미국 여자
1

수잔 최 장편소설 | 유정화 옮김

문학세계사

옮긴이 · 유정화

1963년 출생. 서강대 영문과를 졸업하고, 미국 캘리포니아 올로니 칼리지,
얼바인 밸리 칼리지에서 문예창작코스를 수학했다.
여러 출판사에서 편집자 생활을 하였으며, 지금은 전문 번역자로 활동하고 있다.
옮긴책은『100년 후』,『20세기 컬렉션 디자인』,『힐러리의 선택』,
『아이들의 별 푸른 행성』,『크리스마스 캐럴』,
『오스카 와일드의 어린이를 위한 동화』 등 다수가 있다.

미국 여자 · 1
수잔 최 장편소설

·

초판 1쇄 발행일 2005년 5월 25일

·

옮긴이 · 유정화
펴낸이 · 김종해
펴낸곳 · 문학세계사

주소 · 서울시 마포구 신수동 345-5(121-110)
대표전화 · 702-1800
팩시밀리 · 702-0084
이메일 · mail@msp21.co.kr www.msp21.co.kr
출판등록 · 제21-108호(1979.5.16)
값 9,000원

ISBN 89-7075-335-4   03840
ISBN 89-7075-334-6   (세트)

ⓒ문학세계사, 2005

American Woman

A Novel

SUSAN CHOI

AMERICAN WOMAN
by
SUSAN CHOI

Copyright ⓒ2003 by Susan Choi
Korean Translation Copyright ⓒ 2005 by Munhak Segye-Sa Publishing Co., Ltd.
Korean edition is published by arrangement with Susan Choi c/o
Burnes & Clegg, Inc. through Shin Won Agency Co., Korea.

이 책의 한국어판 저작권은 신원 에이전시를 통해
Susan Choi와의 독점계약으로 문학세계사에 있습니다.
신저작권법에 의해 한국내에서 보호를 받는 저작물이므로
무단전재 및 복제를 금합니다.

— For Pete Wells —

감사의 말

이 책을 쓸 수 있도록 시간과 재정적 도움을 준 유크로스 재단, 레딕 하우스, 국립예술기금에 깊은 감사를 드린다. 그리고 뜨거운 성원을 보내준 프랜시스코 골드먼, 크리스 해리스, 힐러리 힙틴에게도 고마운 마음을 전한다.

요긴한 도움을 한결같이 베풀어준 분들에게 한없이 고맙다. 내가 그 도움을 되갚을 길이 있을까. 이분들은 세미 쉘라스, 빌 클레그, 테리 카튼, 줌파 라히리, 케나 리-리바스, 앤드류 프록터, 애덤 슈나이처, 스티븐 스턴, 그리고 피트 웰스이다.

제1부

1

레드 후크는 두 갈래 길이 만나는 교차 지점에 불과하다. 여기에는 농기구를 파는 가게, 교회와 교회 묘지, 간이식당이 보인다. 그리고 정방형 시멘트 건물로, 편평한 회색빛 정면에는 가로로 〈뉴욕 주 레드 후크 12571번지〉라는 금속 활자가 새겨진 우체국이 서 있다. 그는 드문드문 흩어져 있는 이 건물들을 바람처럼 휙휙 지나쳐 달린다. 처음에는 남북쪽 길을 따라 달리다가 간신히 속도를 늦추게 되자 이번에는 동서쪽 길로 방향을 튼다. 조금만 더 가면 나머지 마을이 자리잡고 있으리라는 게 그의 생각이다. 그러니 저 간이식당과 농기구 가게, 그리고 교회와 우체국은 시내에서 멀찍이 떨어진 외곽일 거라 짐작한다. 그러나 30킬로미터 남짓 달려간 그의 눈앞에는 새로운 도시에 온 것을 환영한다는 간판이 나타나고 만다. 그래서 그는 그대로 차를 돌려 온 길을 되짚어 달린다. 레드 후크에는 인가들마저 보이지 않는다. 길을 따라 울타리만 죽 늘어서 있고 이따금 먼지 날리는 비포장도로가 구불구불 이어져 있을 뿐이다. 울타리 안에 경작지가 보이거나 풀밭과 풀 뜯는 동물들이 보이기도 한다. 그렇지만 어디를 보아도 둥그스름한 언덕이고 사람의 손길이 닿지 않은 무성한 숲이다. 어찌할 바 모르는 이 도시 사내에게는 신기한 풍광이다. 사내는 이곳의 도로를 맹렬하게 질주하는 걸 즐기고 있다. 마치 똑같은 원을 그리고 또 그리며 획획 도는 듯한 기분으로, 돌 때마다 구심점에서 일어나는 작은 소용돌이를 얼핏얼핏 바라보며. 한동안 하릴없이 구불구불한 언덕길을 계속 오르내리고 붕붕 소리를 내며 마구 달려도 본다. 하지만 사내는 자신이 아무것도 놓친 게 아니라는 결론을 내릴 수밖에 없다. 우체국 앞에다 차를 세워두고 안으로 들어가서 그녀의 우편 사서함을 쳐다본다. 작은 철문에 자그마한 창문이라도 달려 있다면 몸을 구부리고 안을 살짝 들여다볼 텐데. 하지만 그런 창문은 없다. 간이식당에 가서 그는 커피와 젤리 도넛을 주문한다. 그리고는 도대체 다들 어디에 사는 걸까 곰곰 생각해본다. 가슴받이가 달린 작업바지를 입은 한 사내가 카운터에 앉은 또 다른 사내에게 어딘가로 가는 길을 묻는다. "난 강 건너편에서 왔거든요." 그가 입장을 설명한다. 차로 되돌아온 프레이저는 지도를 유심히 본다. 허드슨 강은 여기서 서쪽이군. 이 길로 달리면 10분쯤 걸리겠지. 풍경이 멋지겠군. 프레이저는 문제가 생기면 단박에 해치우려는 강박관념이 자신에게 있다는 걸 안다. 지금 이 순간에도 엉뚱한 걸 너무 열심히 들여다보다가 정작 중요한 건 놓칠지도 모른다는 걸 의식한다. 다른 일을 하거나 어쩌면 오늘 하루는 포기해야 옳은지도 모른다. 오늘은 여기서 접고 술집이나 모텔을 찾아보는 편이 나을지도 모른다. 그리고 아침에 산뜻하게 새로 시작하는 게 나을 것이다. 그녀가 이런 곳에 살고 싶어 하지 않을 거라는 사실을 그는 진작에 깨달았어야 했다. 그녀는 우체국이 너무 가까운 곳을 좋아하지 않을 테니까. 그렇지만 그녀는 너무 먼 길을 다니는 것도 좋아하지 않을 것이다. 그녀는 언제나 일종의 제로섬 게임 같은 타협점을 찾는다. 프레이저는 그녀의 이런 면을 안다. 똑같은 결함이 있는 공식에 쉽게 빠지는 그녀를. 프레이저를 믿을 것인가, 혹은 물리칠 것인가? 그냥 두 가지 태도를 어정쩡하게 취하고 있을까? 프레이저는 강 건너에서 왔다던 작업복의 사내를 떠올리면서 다리가 몇 개 되지 않는다는 걸 깨닫는다. 이 도시에서 올바니(Albany, 미국 뉴욕 주의 주도로 허드슨 강을 끼고 있음 : 옮긴이)까지 240킬로미터 거리에 놓인 다리는 네 개뿐이다. 그 중 하나는 여기서 정서쪽에 있다. 하지만 프레이저의 마음은 제니가 우편물 때문에 다리를 건너지는 않으리라는 쪽으로 기운다. 너무 교통이 혼잡하고 속도제한이 많다. 게다가 다리에서는 마땅한 탈출구가 전혀 없다. 그는 레드 후크 지명 위에 가위표를 긋는다. 그리고 나서 자동차로 반 시간 정도 떨어진 거리를 가늠한 후 레드 후크 둘레에 둥글게 반경을 그린다. 대개 이런 행동은 스스로 즐겁자고 하는 것이지만 사람이 가진 경직성과 예측 가능성, 인식 가능성에 대한 믿음 때문이기도 하다. 즉 사람들은 결코 자기에게 친밀한 지역에서 멀리 벗어나 헤매려 하지 않는다. 아주 충격적인 행위라 해도 면밀히 들여다보면 그 사람에게 배인 습관적인 제스처가 보다 요란한 방식으로 드러난 것일 뿐. 요컨대 "자기 성품에서 벗어나는" 사람이란 없는 것이다. 이런 생각이 들자 프레이저는 웃음이 나온다.

다음날 아침, 그는 일찍 일어난다. 그리고는 방이 무너져내릴 듯이 운동을 한다. 대개 여행을 할 때면 아주 작고 아주 무거운 바벨 한 쌍을 가지고 다니는데 이번에는 챙겨오지 않았다는 걸 알게 되자 그는 다른 걸 한다. 점핑 잭 500번. 한 팔 굽혀 펴기. 물구나무서기를 한동안 하고 나자 머리 위로 피가 쏠리고 간밤에 마신 술기운이 땀구멍으로 발산되며 후끈 열기가 달아오른다. 이날은 제대로 해낼 것같이 기운이 넘친다. 욕실의 문틀을 움켜잡고 몸을 허공으로 끌어올리고 양다리는 살짝 앞으로 들어올린다. 그는 큰데 문틀이 작기 때문이다. 그러자 문틀을 감싼 몰딩이 그의 체중을 잠깐 지탱하는 듯하더니, 문틀에 매달린 채 당황한 그가 다음 순간 무슨 일이 벌어질지 감지한 듯 눈을 꿈벅, 하고 나자 몰딩이 떨어져나간다. 동시에 나무에 박혔던 못들이 뽑히면서 끔찍하고 날카로운 소리를 낸다. 진짜 끔찍한 일은 그 다음 순간에 뒤따라 일어났는데, 그가 미처 생각할 겨를도 없이, 두 다리가 어디에 있는지 살펴볼 겨를도 없이 모든 것이 한꺼번에 벌어지고 만다. 그는 곡물을 담은 마대자루처럼 털썩 엉덩방아를 찧으며 떨어진다. 갑작스럽고 불안한 고통이 엄습한다. 옆으로 넘어져 몸을 둥글게 웅크린 채 누워 있다. 몸의 반은 욕실 문 한쪽에, 나머지 반은 그 맞은편에 걸친 채로. 욕실의 노르스름한 리놀륨 바닥에 한쪽 귀가 닿아 있다. 얼굴은 일그러져 있는데, 그것은 눈에 차오르는 눈물이 뺨 위로 흘러내리지 않도록 안간힘을 쓰고 있기 때문이기도 하지만, 어쨌든 눈물은 뺨을 타고 흘러내리고 만다.

체념한 그가 조금 운다. 소리 없이. 그에게 운동은 지극히 신성한 행위이지만 이런 일은 적잖이 당혹스러운 게 사실이다. 그것은 아마도 운동이 너무도 신성한 의식이기 때문이리라. 그는 언젠가 마이크 소사 때문에 놀랐던 일을 떠올린다. 함께 살던 버클리 북부의 아파트에서 일어난 일이다. 그는 늘 소사가 수업을 들으러 아파트를 나설 때까지 기다렸다. 그리고는 아래층 문이 쾅 닫히는 소리를, 삐걱거리는 나무

바닥 현관을 지나가는 소사의 발자국 소리를, 골목길로 풀쩍 뛰어내리는 소리를 듣곤 했다. 그런데 이날 아침에는 수업을 들으러 아파트를 나선 지 한 시간쯤 지난 소사에게 갑작스럽게 집에 올 일이 생겼다. 프레이저는 자신의 규칙적인 일상을 벗삼아 틀어놓은 음악에 너무나 깊이 몰두해 있었던 터라 소사가 문 앞으로 다가올 때까지 아무 소리도 듣지 못했다. 소사는 오랫동안 그대로 서서 프레이저를 빤히 쳐다보다가 입을 열었다. "어이, 친구." 그리고는 아파트의 복도를 지나 자기 방으로 들어갔다. 그러나 프레이저는 얼핏 그의 얼굴에 떠오른 표정을 보고 말았다. 희미한 당혹감과 제대로 감추지 못한 경멸감이 뒤섞인 표정. 마치 프레이저가 소파 쿠션에 대고 미친 듯이 자위행위를 하는 걸 목격이라도 한 듯한 표정이었다. 그저 다리를 벌리고 서서 고개를 숙이고 바벨을 감아올리며 숫자를 세고 있었을 뿐인데. 자신의 몸이 은빛으로 빛났을 거라고, 프레이저는 상상했다. 운동을 하느라 땀이 솟아올랐고 강렬하지만 달콤한 그 냄새, 빨지 않은 양말짝이나 속옷에서 나는 냄새와는 다른 냄새가 방안을 가득 채웠으리라. 그런데 그는 모욕을 당했다. 물론 하던 운동을 멈추지도 않았고 이런 모욕감이 새삼스럽게 놀랍지도 않았다. 그는 자신이 우스꽝스러운 존재로 잘못 인식되는 사람이라는 걸 안다. 세상 밖에서 보는 그의 대략적인 인상이란 언제나 지나치게 발달된 자신의 육체적 특징에 좌우되어 왔으니까. 마치 꼽추가 곱사등에 의해 인상이 좌우되듯이, 갑상선종을 앓는 이가 갑상선에 의해 규정되듯이. 그래서 프레이저는 새로이 어떤 집단에 들어가게 되면 가끔씩 어릿광대 취급을 받는다.

그러나 이런 사람들, 프레이저를 "구제불능 시골뜨기"라든가, 좀 인심을 써서 "멍청한 시골뜨기"로 간주하는 사람들에게 한 번도 떠오르지 않은 생각이란 그가 시골뜨기들하고만 어울려 놀지는 않는다는 사실이다. 만일 그가 사람들의 말처럼 "구제불능 시골뜨기"라면 마땅히 그래야 할 테지만 그는 그러지 않는다.

이런 생각이 들자 기분이 한결 나아진다. 몸을 일으켜 세우고는 동작 시험으로 들어간다. 고개를 돌려보고 무릎도 구부려본다. 기본적으로 모든 동작이 잘 돌아가지만 이것이 그를 몹시 두렵게 한다. 바닥에 쿵 하고 떨어질 때 부딪힌 부위가 사실은 엉덩이가 아니라 꼬리뼈이다. 퇴화하여 흔적으로만 남아 있다는 그 뼈. 마치 괴상한 개미들이 쌓아올린 듯한 칼슘 조각 더미. 이제 그 부위가 움푹 들어갔거나 부서졌거나 그게 아니라면 자신의 나머지 뼈대에서 뚝 부러져서 깨끗하게 잘려나가고 말았을 것이다. 그렇다면 달리 어떻게 해볼 도리가 없다. 그에게는 이것이 '문제 해결'이나 진배없다. 통증 때문에 입술을 깨물거나 이를 갈며 스스로를 해치는 일을 더 이상 하지 않도록, 그는 프랑켄슈타인처럼 무거운 발걸음을 떼어 가방 쪽으로 다가가서는 알약을 한줌 꺼내 삼킨다. 이제부터는 치유가 시작되도록 내버려둘 일이다.

기분이 좀 나아지자 그는 떨어져 나간 몰딩을 문틀에 다시 붙여보려 한다. 하지만 못들이 너무 심하게 휜 데다가 문틀마저 산산조각 난 상태이다. 하는 수 없이 떨어진 몰딩 조각을 주워들어 허공에 매달려 흔들거리는 큼직한 은색 장식을 맞추어 떨어뜨려 버린다. 그런 다음 짐을 꾸리기 시작한다. 그러나 이미 불유쾌하고 혼란스러운 기분이 엄습하고 말았다. 그러자 서둘러 더 나아진 몸의 기세를 몰아 상한 마음이 좀 덜 실감날 만큼 괜찮은 기분을 가지려고 애썼다. 그는 문틀을 부수게 되어 매우 기분이 상했다. 오늘 그녀를 찾게 될 만약의 경우를 대비해서 이 방에 계속 머물 작정이었기 때문이다. 그녀를 만나면 이야기를 나눌 장소가 필요할 것이다. 문 앞에 방해하지 마시오라는 팻말을 달아놓을 수도 있겠지만 그런 팻말이 갖춰져 있는 것 같지 않다. 모텔 사무실에 들러 접수대 여자에게 청소하지 말아달라고 부탁할 수도 있을 것이다. 물론 이건 그가 정말 피하고 싶은 일이긴 하다. 이상하게 보이는 거 말이다. 간밤에 이 모텔을 찾아냈을 때는 기분이 아주 좋았고 마음이 턱 놓이기도 했다. 레드 후크를 벗어나 북쪽으로 달리는 주도(州道) 고속도로의 한켠으로 벗어난 지점에 자리잡은 콘크리트 블록 같은 이 모텔의 수수함이 마음에 들었다. 접수대의 여자는 몹시 창백한 잿빛 안색에다 멍한 눈동자를 한 채 앉아 있었다. 뒷방에서 조무래기 아이들이 뭔가 달라고 악을 쓰고 떼를 쓰는 소리에 정신이 팔린 게 틀림없었다. 드물게 찾아오는 손님에게 기울일 여력이 남아 있지 않을 만큼 마음을 흩어놓은 게 분명했다. 그래서 프레이저는 이 모텔이야말로 진정한 은신처라는 걸 알았던 것이다. 그는 하룻밤 묵을 요금을 현금으로 지불했지만 돈을 내밀던 바로 그 순간에 이미 마음으로 결정을 보았다. 이틀을 묵어야겠다고. 이제 그는 과민해지고 상심에 젖어 있다. 제니처럼 생각하고자 애쓰는 자신의 온갖 노력들이 자신을 제니와 비슷한 사람으로 만들어가고 있는 건 아닐까 생각한다. 하지만 그런 생각은 틀렸다. 그녀는 어리석지도, 무기력하지도 않으니까. 그런 것과는 거리가 먼 사람이니까. 프레이저는 그녀의 눈을 생각한다. 그는 남성이 스스로의 시각을 여실히 드러내는 질문, 즉 여자의 어느 부분이 너에게 가장 중요한가라는 질문(젖꼭지, 엉덩이, 머리카락, 몇몇 불안한 남자들의 경우에는 발)에 눈이라고 대답하곤 했다. 주저 없이. 눈은 지성이기 때문이다. 그리고 이제 프레이저 스스로 알고 있듯이 자신이 상당히 이지적인 남자라는 것, 원대한 야망을 품을 정도의 지성을 소유했지만 아마도 그 야망을 달성할 만한 지성은 갖지 못한 남자라는 것을 잘 알기 때문이다. 그는 자기 삶의 한 시기, 이 사실을 깨닫게 된 시기를 떠올린다. 남들이 분명 저항이라고 부를 만한 반응에도 아랑곳하지 않고 캐럴에게 구애하던 시절이었다. 싫어—거절. 남들이 분명 거절이라고 부를 만한 반응을 그는 받아들이지 않았다. 오히려 물살을 거슬러 계속 헤엄쳐 나아갔다. 고개를 숙이고 오리발을 철버덕거리면서. 그러면서도 집요하게 달려드는 질문은 떨쳐버리지 못했다. 왜? 다른 여자애들도 있는데. 버스에서 보거나 수업을 같이 듣는 여학생들, 아니면 경기장의 사이드라인에서 구경하는 여자애들, 혹은 엉덩이를 흔들며 응원하는 치어리더 애들도 있었다. 그를 좋아했던 다른 여자애들도 있는데. 그러나 그는 마침내 이해하게 되었다. 아마도 당시 그녀와 동거하던 남자친구의 손에 잡혀 캐럴이 살던 집 건물 앞의 골목길로 뛰어내렸을 때, 아마도 어느 크리스마스날 부모님 집으로 돌아간 캐럴을 놀래주려고 히치하이킹으로 서부에서 동부로 가던 중에 폐렴에 걸렸을 때, '왜'에는 이유가 없다는 것을, 선택의 여지가 없다는 것을 깨달았다. 오로지 타협할 줄 모르는 자기보존을 향한 육체의 본능만 있을 뿐이라는 것을. 그는 캐럴이 필요했다. 그때, 여린 스무 살 나이에, 그가 만난 여자애들 가운데 캐럴이 가장 똑똑하다는 것이 그 이유였다. 그리고 그때 그가 잘못된 것은 아니었다. 비록 그 후로 십 년의 세월이 그를 가르쳤고 또 바꾸어 놓긴 했지만 말이다.

그가 제니와 예전에 묵었던 모텔방도 이렇게 생겼었다. 아니, 그건 사실이 아니다. 그는 단지 그 생각으로 옮아가는 다리를 원할 뿐이다. 그러면 우연히라도 그 생각이 불현듯 마음속에 떠오를지 몰라서. 모텔방이라는 것을 빼면 옛날의 그 방과 지금의 이 방은 비슷할 게 그다지 없다. 창 밖으로, 어제 몇 시간 동안 차를 몰고 오는 동안 그의 자동차 지붕을 지나쳤던 파도처럼 물결치는 길, 사람의 발길이 닿지 않은 목초지와 숲이 보인다. 길 위로 드물게 지나가는 자동차 소리는 그가 내뱉는 숨소리보다 더 작은 듯하다. 예전에 제니와 묵었던 방은 케네디 공항으로 가는 고속도로 맞은편에 자리잡고 있었다. 그래서 천둥처럼 요란한 비행기 소리에 방이 뒤흔들렸고 오렌지색 빛줄기가 밤새도록 방안을 뒤덮었다. 빛은 방에 쳐놓은 커튼 틈을 비집고 새어 들어와 벽으로, 침대 위로 손가락처럼 흘러내렸다. 끝도 없이 소음이 들려와 흡사 전쟁터에 나와 있는 듯했다. 서로의 말소리를 제대로 들을 수 없었음에도 아랑곳하지 않고 그들은 주체할 수 없을 정도로 심하게 말다툼을 했다. 둘 다 임종의 말이라도 남기려는 사람들처럼 필사적으로, 옆방의 투숙객들이 엿듣기를 갈망하는 사람들처럼 싸웠다. 그런 장소에서 누군가의 관심을 끌고자 한다면 그들 정도의 싸움으로는 어림도 없었다. 그리고 그게 바로 그가 그 모텔을 숙소로 정한 이유였다. 아침에 그는 화들짝 놀라 일어났다. 잠이 든 지 몇 시간도 채 지나지 않은, 희붐하게 새벽빛이 번진 시간이었다. 그는 낯선 그녀의 얼굴을 들여다보았다. 아름답지 않았으나 꼼짝 못하게 만드는 얼굴. 그는 전혀 새로운 갈망을 느꼈다. 마치 그들이 처음으로 되돌아온 것 같은 기분이 들었다. 둘을 제외한 모든 것, 다른 모든 사람들, 물건들, 사건들은 잘려져 나가버린 채로 처음으로 다시 돌아온 것 같은 기분.

잠에서 깨어난 그가 조심스럽게 그녀의 어깨를 잡아 흔들었다. 무슨 용무라도 있는 듯한 다급한 손길로. 그러자 그녀의 눈이 갑자기 번쩍 뜨였다. 그 눈 속에 담긴 죽음과도 같은 굴욕감을 그는 보았다.

그는 몸을 일으켜 세운다. 등짝으로 쪼개질 듯한 통증이 인다. 방에서 성큼성큼 걸어나와서는 사무실로 들어가 접수대 여자에게 이틀치 숙박료를 낸다. 그리고 부서진 몰딩도 건넨다. "이게 떨어졌습니다." 그가 말문을 연다. 그러나 여자는 어깨만 으쓱할 뿐 대수롭지 않다는 표정으로 받아든 몰딩을 옆 쓰레기통에 내던져버린다.

1974년 6월 4일. 이날은 그가 그녀를 만나지 못한 날이 되고 만다. 하지만 이날은 그가 그녀를 찾아낸 날이다. 이렇게 간단하다니, 아연해진다. 그녀가 아무리 조심하고 경계한다 해도, 자신의 행동 위에 베일을 씌우고 또 씌운다고 해도 그는 그녀의 행적을 훤히 볼 수 있다. 그녀는 스스로를 인디언이라고 생각하는 보이스카웃 소년 같다. 그는 그녀가 뒷걸음질치면서 자신의 발자국을 남김없이 지우는 모습을, 날리는 먼지 속에 선명한 곡선을 남겨놓는 모습을 그려본다. 다시, 또다시 되풀이되는 상형문자를, '나는 두려워'라는 글자를.

그는 모텔 여주인에게 이야기를 시작한다. 자신은 건축 마니아라고. 이 근처에 오래된 훌륭한 저택이 없습니까?

그녀는 심드렁하게 그를 바라본다. 아니 어쩌면 탐색하는 표정일지도 모른다. 그는 그녀가 수많은 근심 걱정들을 감당하느라 사방으로 흩어져 혹사당해온 자신의 뇌 촉수를 이제 그 근심 걱정들로부터 하나하나 떼어내는 광경이 눈에 보이는 것만 같다. 머릿속에 흩어져 있던 촉수들을 한데 끌어당겨 그를 돕고자 하는 것만 같다.

강 건너로 가야지요? 그는 이 고장 사람처럼 보이고 싶어 한 마디 덧붙인다.

아, 아니에요. 그녀가 재빨리 그의 말을 받는다. 거기 안 살아요, 부자들은. 그들은 죄다 이쪽에 사니까.

아.

라인벡에 들어가 보지 그래요, 그녀가 자신있게 제안한다.

거기가 잘 사는 사람들이 살았던 곳입니까? 라인벡이?

음, 그건 아니에요. 그녀가 고개를 가로젓는다.

하지만 거기 가서 누군가에게 물어보면 되겠군요, 그녀가 고개를 끄덕이는 걸 쳐다보며 그가 말한다.

한숨을 내쉬며 모텔 사무실을 나서긴 하지만 그는 자신이 마음만 먹으면 이제 길을 잘못 접어들 일은 없으리라는 확실한 예감이 든다. 어쨌거나 백합처럼 흰 백인만 사는 북부 뉴욕의 한 귀퉁이에서 일본 여자를 찾고 있는 거니까. 더 이상은 닥치는 대로 터벅터벅 걸어가는 식으로 일이 되어가진 않을 것이다. 라인벡에 다다르자 불현듯 엄청난 허기가 엄습해온다. 그래서 공공 도서관에 들어가려다 말고 우뚝 걸음을 멈추고는 도서관 대신 커피숍으로 들어간다. 창문가에 자리를 잡고 앉아 눈으로는 시계를 보며 먹는다. 다급하고 내키지 않는 기분으로. 어제는 이 용무가 게임처럼 느껴졌었다. 마치 공격이 끊긴 틈을 여유롭게 즐기며 대기하는 외야수처럼. 오늘 나올 결과는 명백하다. 그리고 지금은 지연작전을 쓰면서 시간을 벌고 있는 것이다. 그는 어쩐지 그녀를 만나고 싶지 않은 마음이 드는 자신에게 놀란다. 아니, 그녀가 감정을 불러일으키는 존재라는 사실에 놀란다. 몇 년 동안 그녀는 언저리로 돌았다. 그렇지 않은가? 그 전에도 전혀 중요하지 않은 존재였다. 그에게 그녀는 예전에 맡았다가 끝내버린 일 같았다. 그녀가 얼마나 자기 길에서 멀리 벗어나 있는지, 그리하여 그의 도움 따윈 결코 바라지 않는다는 걸 보여주려 하는지를 생각하면 때로는 슬며시 화가 나기도 했다. 하지만 이렇게 모욕적인 기분이 들지 않을 때는 그녀의 행방에 대해 궁금해지는 일이 아주 드물다. 분명히, 전혀 개의치 않는다.

아침식사를 끝내자 읍내를 한 바퀴 돌고 나서 도서관을 찾는다. 잿빛 안색에다 생쥐처럼 날카롭게 쏘아보는 시선의 조그마한 사서가 열성적으로 설명하는 말을 그대로 앉아 다 듣고 나서도, 10시 30분에 시작되는 투어 시간이 되려면 기다려야 했다. 좁다란 일광욕실의 싸구려 접이식 의자에 엉거주춤 몸을 부려놓고 두 손은 무릎 사이에 낀 채로 앉아 있다. 그는 이 저택이 크고 투박하게 느껴진다. 정교하게 채색한 테두리 장식과 셔터, 지붕널, 우아하게 가공된 길다란 주철 레이스 장식에도 불구하고 이 저택은 거대하지도 웅장하지도 않고 오히려 기괴하고 부서질 듯한 느낌을 준다. 심하게 무너져가는 데다 이미 웃자란 풀들 사이로 살짝 주저앉아 있다. 마치 연노랑 바다 위에 떠 있는 듯하다. 이 저택의 이름은 와일드무어라 한다. 썩 어울리는 이름처럼 들린다. 비록 지금보다 좋았던 시절에 붙여졌을 거라 추측되긴 하지만. 그는 암반용 등산화를 갖춰 신고 왔다. 꼬리뼈 다친 걸 생각하니 화가 치민다. 축축한 손바닥을 감추려고 주먹을 쥔다. 정작 자신이 와 보니 그녀가 여기 있으리라고는 상상할 수도, 믿을 수도 없다. 도서관 사서는 이 저택 외에 다른 지역에도 투어를 제공하는 대저택이 두 곳 더 있다고 알려주었다. 게다가 출입구를 설치하고 경비원을 두어 입장료를 받는 개인 저택은 헤아릴 수 없이 많다는 말도 덧붙였다. 그는 그녀가 요새처럼 안전한 이 저택들 중 어느 한 곳에 있다는 걸 안다. 벽난로에 금박을 입히는 작업을 하거나 그릇장 등에 유약을 다시 바르고 착색하는 작업을 하면서. 그게 그녀가 하는 일이니까. 그렇지만 이 집이 그곳이라고는 믿을 수 없다. 누구라도 돈만 내면 들어와 구경할 수 있는 이런 집일 수는 없다. 그런데도 불안한 예감이 시시각각 그를 옭죄어 온다. 전혀 가능성이 없는 듯한 상황일지라도 반드시 만반의 준비는 해야 하는 것이다. 그는 그녀가 자신을 본다 해도 비명을 지르거나 달아나지 않을 거라는 걸 안다. 그녀의 정신은 지쳐 있지만 강인하다. 그리고 임기응변에 능하다. 돌발적인 상황에 부딪히면 판단을 잘한다. 맞닥뜨리게 되면 두 사람은 즉석에서 그럴듯한 구실을 생각해낼 것이다. 무대 연극처럼 꾸밀 수도 있을 것이다. 그리고는 아무도 눈치채지 못하게 무대 옆으로 퇴장하듯 빠져나올 것이다. 두 사람은 이야기를 할 것이다. 벨벳 커튼에 가려져 어두컴컴한 무대장치 뒤에서.

그와 함께 투어에 오른 이는 킹스턴에서 온 은퇴한 노부부뿐이다. 노부부가 자기 소개를 하며 밝게 미소 짓는 바람에 그는 마지못해 얘기를 나눌 수밖에 없다. "저는 목수입니다." 이렇게 둘러대며 이 거짓말이 탄로나지 않게 잘 해낼 수 있을지 의문이 든다. 예전에 그는 소사와 함께 저택에 페인트칠을 하러 다니곤 했다. 그때 오리얼(oriel, 돌출된 벽돌 구조로 받쳐서 밖으로 내단 창문 : 옮긴이)이나 박공장식 같은 전문 용어를 익혔다. 하지만 지금은 그 용어들이 무슨 뜻인지 전혀 기억나지 않는다.

"집을 짓는다고요?" 노부인이 묻는다.

"예."

"정말 근사한 집이에요! 백 년이 다 된 집이라니."

"이를테면 당신에겐 버스 기사들 휴가 같은 것이겠군요, 그렇지요?" 그녀의 남편이 진심어린 표정으로 말한다.

프레이저는 도대체 이 남자가 무슨 뜻으로 이런 말을 하는 걸까 궁금하다. 몸에서 땀이 솟는 걸 느낀다. 그는 계속 주위를 두리번거리면서 제니를 찾아보고 싶었지만 자신의 시선이 광인처럼 쏘는 것 같다는 걸 의식한다. 그래서 그런 눈길을 거두려고 애를 쓴다. "그렇습니다."

그가 대답하자 부부가 같이 웃는다. 그는 이 부부가 자신을 비웃는 것인지 아니면 '자기와 더불어' 웃는 것인지 분간할 수가 없다. 자신을 경멸할 때 사람들은 늘 저런 표정을 지으니까.

투어를 이끄는 여인은 붉은빛이 도는 기품 있는 헤어 스타일에다 줄을 매단 묘안석 안경을 썼고 한껏 들떠 있다. 투어를 도는 동안 이 여인과 노부부는 서로 기분이 잘 맞는 부류임이 드러난다. 포르테 코셰르(porte cochere, 차를 타고 내리는 이를 위해 마련된 지붕이 있는 현관문 : 옮긴이)나 로코코 같은 애매모호한 용어들을 잘 안다는 점에서도 마음이 통한다. 프레이저에게 이 상황이 더욱 죽을 맛인 것은 잘 어울려 기분이 한껏 들뜬 이 삼총사가 죄의식 때문에 한사코 프레이저를 자기들 얘기 속에 끌어들이려고 하기 때문이다. 노부인은 연거푸 "존스 씨"라고 부르며 먼저 시작하라고 요청한다. 자꾸만 프레이저가 그건 자기 성이 아니라 이름이라고 말하는 걸 깜빡하기 때문이다. "이 박공장식들을 어떻게 생각하세요? 존스 씨라면 저런 방식으로 만들고 싶으세요? 요즘도 물고기 비늘처럼 생긴 지붕널을 좋아하는 사람들이 있을까요? 도대체 당신들은 어디에서 저런 재료를 구할 수 있었지요?" 나중에 알게 된 바로는 이 집안의 마지막 생존자로, 달리라는 이름의 부인이 지금도 이 집에 산다고 한다. "하지만 이 부인의 훌륭한 아량으로, 부인은 늘 이 지역사회의 아주 훌륭한 벗으로 지내왔거든요, 이 저택을 일반인에게 개방하게 된 거예요. 일주일에 두 차례 투어를 통해서죠." 프레이저는 이 말이 무슨 뜻인지 안다. 그 부인이라는 여자는 돈이 바닥났던 것이다. 투어를 하려면 3달러를 내야 하는데 그 돈은 "저택의 보존을 위한 기부금"이라고 말하면서도 가이드 여인이 그들에게서 달러를 받을 때는 얼굴에 당혹스러운 기색이 얼핏 스쳤다. 집을 유지하기 위해 돈을 받는다고는 하지만 보존을 위한 노력은 그다지 들이고 있지 않은 것 같다. 프레이저는 그 돈이 반찬거리를 사는 데 쓰일 거라고 확신한다.

일행은 저택 뒤켠의 어느 방으로 들어간다. 방안은 뜻밖에도 놀랄 만큼 환하고 텅 비어 있다. 대형 유리창 두 개가 달려 있고 바닥에는 페인트가 묻어 지저분한 천이 놓여 있는 방이다. 프레이저는 왜 그런지 영문도 알기 전에 맥박이 점점 빨라지는 걸 느낀다. 방안의 나머지 집기들은 모두 페인트 묻은 천에 닿지 않게 한쪽으로 밀쳐 놓았다. 비좁은 느낌이 들 만큼 집기들을 쌓아 올려놓긴 했어도 정돈은 깔끔하게 되어 있다. "19세기 멕시코 거지 식기입니다. 925 순은 선세공 제품이지요. 물론 19세기의 멕시코 거지들이 이런 물건을 쓸 형편은 못 되었지요. 거지 식기라는 용어가 기발하지 않나요?" 프레이저는 방바닥에 떨어져 있는 천을 뚫어져라 들여다본다. 천 위에 떨어진 페인트도 뚫어져라 들여다본다. "여기서 무슨 공사라도 하는 중인가요?" 그가 불쑥 입을 연다.

그가 가이드 여인의 말을 가로막았는데도 그녀는 열심이다. 그의 호기심을 유발했다는 게 기쁘기만 하다. "존스 씨께는 분명 이 저택이 손보아야 할 필요가 있다고 느껴지나 봅니다. 손보아야 할 곳이 너무 많지요. 그런데 우리는 한 번에 하나씩 차근차근 해결해 나가고 있어요. 이렇게 아름다운 창문에 주목해 보시라는 말씀을 드릴 참이었는데요. 빛을 가만히 살펴 보세요. 이 저택의 다른 어느 곳보다 여기가 훨씬 더 밝지 않은가요? 이 방은 천장의 높이가 무려 5미터 가까이 되는데다 넓이도 5.2제곱미터예요. 예전에 브린슨 헨리 부인이 그림을 그리던 화실이었지요. 이 화실에서 브린슨 부인은 허드슨 계곡의 장관을 비추는 빛을 포착하려고 무던히 애를 썼답니다. 창유리를 납으로 고정시키지 않은 게 보이죠? 창문이 모두 통유리로, 쪼개지지 않은 상태예요. 당시로선 아주 드문 형태지요. 그래서 아주 무겁답니다. 몇십 년을 지나오는 동안 이 창유리들은 뒤틀려 창틀에서 벗어나게 되었고, 그 결과로 습기가 배어들어 손상을 입게 된 건 정말이지 비극이에요." 그녀는 한숨을 돌리기 위해 하던 말을 멈추고 그 창유리들을 숙연한 표정으로 바라본다. 은퇴한 노부부는 두려움 때문에 괴로워하는 모습이다. 프레이저 자신은 허파가 텅 비어버린 느낌이 든다. 천천히, 고요히, 그는 방을 둘러본다. 방안의 집기들 하나하나를 뚫어질 듯 응시한다. 마치 그 물건들을 들어올려 손바닥 위에 올려놓기라도 할 것처럼. 쿠션을 올려놓은 의자. 플로어 램프. 큼직하고 번들거리는 까만 장식장. 아까 설명 들은 그 거지 식기. 여기 놓여진 모든 집기들 가운데 그녀의 것이라고는 하나도 없다.

"그런데 이제," 가이드 여인은 깍지 낀 양손으로 가슴을 누르며 설명을 다시 시작한다. "동양의 처녀가 와서 저택의 보존 작업을 도와주고 있답니다." 그녀의 목소리에는 신뢰감이 묻어난다. "정말 아름다워요. 그녀가 작업하는 걸 지켜보는 건 말이에요."

그것은 몇 해 전의 일이었다. 대학에 입학했던 상당수의 학생들이 학교를 떠난 시기를 기준으로 보면 아주 오래 전의 일이었다. 현재 프레이저가 사는 아파트 근처의 맨해튼 대학에서 운동선수 출신으로 향수에 젖은 어느 졸업생이 기부한 몇백만 달러로 대형 체육관을 신축하겠다는 계획을 발표했다. 정확한 기부금의 액수는 비밀에 부쳐졌다. 체육관은 이 대학이 아주 오랜만에 착수하는 건축 프로젝트가 될 것이었다. 그래서 이 체육관 건립에 상당한 기대와 목표가 부여되었다. 신 빅토리아 스타일로 지어질 체육관은 당시 지배적인 건축 디자인인 냉담한 모더니즘 스타일에 가하는 질책이 될 것이었다. 붉은 사암을 건축재로 사용함으로써 우아하면서도 색다른 멋을 자아내는 필라델피아의 퍼니스 예술의 전당 스타일을 반영하게 될 것이었다. 명맥이 끊길 위기에 처했다는 석재 절단 가공 장인이 고용될 것이었다. 체육관 건물은 솟아오른 아치형 기둥들로 성당처럼 화려하게 장식될 것이었다. 그리하여 영혼이 머물다 가는 육체에 바치는 헌사가 될 것이었다. 체육관의 거대한 창유리에는 종교적인 영감을 불러일으키는 이미지들이 아니라 세속적인 영감을 불러일으키는 문구를 새겨넣게 될 것이었다. 체육관 건물은 도시의 한 구획을 온전히 차지하게 되며, 흑인들이 사는 인근 빈민굴 한복판에 세워질 예정이었다. 흑인 빈민굴은 대부분이 이 대학 소유지였다.

공정하게 말하자면 이 대학 당국에서는 흑인 빈민굴을 고려의 대상에서 완전히 배제했던 건 아니었다. 불가피하게 살던 집이 완전히 헐리는 가구들을 다른 곳으로 이주시키는 여러 가지 계획을 세웠다. 또한 체육관이 세워지면 빈민굴에 살던 주민들이 그 편의시설을 사용할 수 있도록 허용하겠노라 공표하기도 했다. 말하자면 체육관이 바로 그 자리에 세워지는 것이 그저 다른 대안이 없기 때문이 아니라 대학에서 말하는 "이 지역사회"를 이어주는 "가교" 역할을 기대했기 때문이라고 공표했다. 지역사회 주민들을 대상으로 소식이나 정보를 전달하는 모임이 열렸고 곧이어 축적도도 공개되었다. 이 축적도는 흰 대리석 건물인 대학 도서관 로비에 정방형으로 사위를 견고하게 방어한 초록 요새처럼 버티고 있었지만 호기심 많은 지역사회 주민들 가운데는 과감하게 찾아와 살펴보는 이도 있었다. 이들은 자녀를 "유아 수영" 반에 등록시키거나 자신이 웨이트 트레이닝 시설을 이용해야겠다는 생각을 한 이들이었다. 이 모든 가능성은 애초에 대학 당국의 대변인이 제안한 바였다. 슬쩍 보면 축적도는 눈길을 끌었고 흥분을 일으키기까지 했다. 진정 아름다운 교회처럼 보였다. 그러나 설계에 관심을 가진 이가 좀더 가까이 다가가서 정밀하게 들여다보면 축적도와 나란히 놓인 청사진에서 "지역사회 접근지점"이라고 표시한 측면 출입구를 찾아낼 수 있었다. 이것은 단지 "합리적이고 효율적인 교통 흐름"을 위한 것이었다. 학생들에게도 "접근지점"이 있었다. 지역사회 주민용보다는 컸고 의외로 건물의 정면에 위치해 있었다. 이외에도 청사진에는 보험과 연관된 여러 가지 이유 때문에 지역사회 주민들이 풀장을 사용하거나 그 자녀들이 유아 수영반에 등록할 수 없다는 대학 당국의 결정이 드러나 있었다. 물론 특별히 정해진 시간을 이용하고 연회비를 내는 경우라면 운동기구 사용이 허용될 것이었다.

  이런 실망이나 낙담도 때가 되면 잦아들었을지 몰랐다. 창문에 아포리즘을 새겨 넣지만 않았더라면 말이다. 축적도를 근거로 판단해 보면 이 아포리즘은 광고 문구처럼, 혹은 부모들의 강력한 권고처럼 표면을 치장했다. 창문에 새겨진 글귀, 말에 능한 사람은 실천에 능하지 않다는 글귀가 무엇을 말하려는 것인지 확실히 이해한 사람은 아무도 없었다. 하지만 이 글귀가 다소 모욕적으로 보인다는 점에는 모두의 의견이 일치했다. 이웃 주민들은 바보 멍청이나 사기꾼으로 몰린 듯한 기분이 들었다.

  따라서 파괴행위가 잇따랐다. 누군가 축적도 모형을 에워쌌던 유리상자를 박살내 버리더니 이내 모형 자체도 박살내 버렸다. 그때까지 학생 공동체가 이 프로젝트에 대해 인식하지 않은 상태였더라면 파괴 행위는 여기서 끝났을지 모른다. 그 즈음 학생 공동체는 많은 일들을 인식하기 시작했다. 즉 동남아시아 지역에 빗발처럼 퍼부어대는 대량 살상무기의 생산에 기여한 대학의 역할, 중앙정보국에서 파견한 인재 스카웃 담당자들을 우호적이고 수용적으로 대우한 대학의 태도, 대학 내에 사라지지 않고 맴도는 백인 우월주의 분위기 등등. 학생들 대부분이 백인인 데다가 백인 지역 출신이기도 해서 처음에는 이 문제를 깨닫지 못했었다. 그러나 용기를 내어 강의실과 기숙사에서 벗어나 점점 더 멀리까지 나가볼수록, 아마도 한밤중에 간단한 간식거리를 먹고 싶다는 가벼운 욕구에 이끌린 것 이상은 아니었을 테지만, 학생들은 자신들의 학교 주변을 거대한 흑인 마을이 에워싸고 있다는 사실을 알게 되었다. 그리고 이런 인식은 캠퍼스에 백인 학생 수가 불균형을 이룰 정도로 많다는 자각으로 이어졌다. 강대국의 힘, 그 사악한 힘이 갑자기 도처에 도사리고 있는 듯했다. 그런데 그것은 헤아리기 난해했다. 하지만 체육관은 형태를 가진 실물이었으므로, 자신들 가까이에 존재하는 것이었으므로, 그리고 매우 터무니없어 보였으므로 자각하기 쉬웠다. 그리하여 이 체육관이 행동을 촉발하는 자극제가 되었다. 얼마 지나지 않아 학생들이 빌딩을 점거하고 플래카드에 그림을 그려 휘두르고 창문이 박살나고 선동적인 학생들이 증가하자 교직원들도 어쩔 줄 몰라 당황하게 되었다. 학생들의 주장과 병력 배치를 기다리는 모종의 비밀무기를 보유한 지역사회에 대한 대학 행정가들의 두려움에도 불구하고 "지역사회 구성원들"이 싸움에 불참하게 되면서 전투는 체육관 시설과는 하등 연관이 없는 문제를 두고 벌이는 싸움이 되어버렸다.

그리고 이 즈음에 미대륙의 반대편에서는 롭 프레이저가 처음으로—마지막이 되지 않기를 바라는 심정으로—진정한 유명인사로 도약하는 한판 승부를 눈앞에 두고 있었다. 대부분의 사람들이 10년쯤 시대에 뒤처져서 행복하게 살고 극소수의 비극적인 사람들이 시대를 앞서서 비참하게 살면서 뭇사람들의 몰이해와 처벌을 받는다는 것이 프레이저의 논리였다. 그 외에 선봉에 서서 파도타기라도 하듯이 앞으로 내달리는 사람들도 있는데, 자신이 바로 그런 사람이라고 그는 스스로 진단했다. 그는 성숙기에 들어서면서부터 자신이 몰입한 집념이 주위 모든 이들의 마음을 사로잡는 하나의 문화적 강박관념으로 꽃피게 되는 것을 보아왔다. 이는 그의 존재에 대한 호응이 아니듯 그의 존재 또한 이런 문화적인 전개에 대해 호응한 것도 아니었다. 그저 동시에 의견이 같았을 뿐. 앞으로 나아가는 물결, 그 안쪽에 자신이 존재했던 것일 뿐이었다. 프레이저는 미식축구로 버클리 학부생 입학 자격증을 받았다. C 마이너스 학점은 따놓은 당상이고 힘만 좋은 대학 운동선수의 장점을 들라면 아무리 형편없이 망쳐놓는다 할지라도 탄성 고무바닥처럼 튕겨져 제자리로 되돌려진다는 점이었다. 급식 받는 줄에 서서 한 번에 2인분을 받을 수 있는 특권이 선수로서 그가 아는 바 존중의 끝이었다. 그는 대학에 들어간 첫 학년 말에 미식축구 연습 시간을 제꼈다. 많은 고매한 대학들과 마찬가지로 버클리는 미식축구를 기본 가산점으로 인정하여 입학을 허가해 주지는 않았다. 그러므로 그가 미식축구를 그만두겠다고 했을 때도 그를 내쫓지 않았다. 그는 이제 합법적이고 정당한 학생 생활로 옮겨갔다. 하지만 그가 발 디딜 만한 틈을 찾을 길이 없어서 이번에는 운동경기를 응원하러 쫓아다니는 여학생들과는 전혀 다른 부류의 여학생들 쪽으로 다가갔다. 몇 년 동안 그는 자신이 발붙일 발판을 찾으려고 고군분투했다. 좌파 정치로 이동하여 발판을 찾아보았는데 여기서 그는 자신의 발판을 마련했다. 머리끝부터 발끝까지 준비하고서 그는 나머지가 찾아오기를 기다렸다. 일단 오기만 하면 그에게 착 달라붙어 떨어지지 않을 것이었다.

프레이저는 이미 나름의 이상을 품고 있었다. 그리고 마땅히 그와 동맹관계를 이루어야 옳았을 반자본주의자들, 반제국주의자들, 반인종차별주의자들, 그리고 반착취주의자들이 자신을 우스꽝스러운 얼간이로, 그들과는 어울리지 않는 부적격자로 생각했음에도 불구하고 언젠가 자신이 빛을 발휘할 순간이 오리란 걸 알았다. 그리고 드디어 그런 순간이 놀랄 만큼 빨리 왔다. 프로 운동선수를 착취하는 데 대해 그동안 그가 주장한 바가 옳았다는 것을 사람들이 알게 되었을 때였다. 그리고 그것이 여러 모로 인종차별주의와 맥을 같이한다는 것을 알았을 때, 흑인 운동선수들의 예외적인 지위야말로 미국인의 두려움의 척도이며, 나머지 흑인들에 대한 혐오의 기준이 된다는 그의 주장이 옳았음을 확인했을 때였다. 그는 이 모든 것에 대해 옳은 시각을 갖고 있었던 것이다. 흑인도 아니고 그렇다고 한결같이 착실한 태도를 보여온 뛰어난 운동선수도 아니고 정치사회 이론가도 아니며, 단지 극도로 활동적인 중산층 백인가정의 자식으로 육체노동을 하는 갱처럼 무시무시한 완력을 지닌 존재이며 결함이 있기는 하더라도 대부분의 사람들이 생각했던 것보다 훨씬 더 훌륭한 사고를 할 수 있는 두뇌의 소유자인 그가 말이다. 완고하게, 그는 사회학과에 들어갔다. 완고하게 등사판으로 밀어 잉크가 번져 얼룩덜룩한 소식지를 발행하기 시작했다. 우선은 자신의 등록상표인 시낭송과 함성을 실었다. 그 다음에는 자기 이름으로 책을 냈다. 개론서였는데, 직접 활자를 고르고 교정도 보았다. 아주 작은 출판사에서 이 책을 낸 다음에는 자동차 뒤에 싣고 다니면서 경기장의 주차장에 차를 세워놓고 직접 팔았다. 수많은 스포츠 팬들에게 모욕을 당했고 점점 더 많은 운동선수들로부터는 열렬한 지지를 받게 되었다. 이런 지지는 프레이저에게는 전혀 놀랍지 않은 반응이었다. 그리고 돌연 사회학 박사과정으로 진로를 돌렸고 소식지의 중재의뢰서를 따내기 위한 노력에도 착수했다. 그에게서 도움을 받을 수 있을 거라 생각한, 뜻을 함께 하는 작가들의 문의도 받기 시작했다. 그리고 그가 작가들을 도울 수 있다는 결과가 나왔다. 그리고 나서, 돌연히, 너무 빨리, 멕시코 시에서 무력 봉기가 일어났고 미국산 불매운동 협박이 있었다. 그는 이에 요란하게 지지를 표명했고 그의 유리창을 뚫고 쇠파이프에 화약을 잰 사제 폭탄이 날아왔다. 같은 날 오후에는 전국에서 뉴스 취재팀이 몰려들었다. 그러자 한 공화당 상원의원이 공공연하게 규탄, 비난하고 나섰다. 이 상원의원은 전직 미식축구 스타 플레이어—그는 프레이저를 이렇게 칭했다—가 미식축구에서 좌절하자 지기 싫다는 오기가 생겨서 미국적 방식을 파괴하려는 어줍잖은 공산당원으로 변해 버린 거라고 비난했다. 예상대로였다. 요컨대, 명성이 문제라는 것이었다.

  버클리를 떠난 후 프레이저는 동부의 작은 대학에 체육감독으로 취직했다. 그러자 그의 채용을 개별 팀 코치단에서 만장일치로 반대하고 나섰다. 그는 단 하루도 일해보지 못하고 해고당했고 일 년치 월급이 해고수당으로 지급되었다. 일도 하지 않고 일 년 월급을 통째로 받은 것이다! 캐럴은 진작부터 맨해튼으로 옮기고 싶어했었다. 이제 그녀를 원하는 곳으로 데려갈 수 있게 되었고 자신이 일할 사무실을 차릴 수 있게 되었으며 소식지도 다시 낼 수 있게 되었다. 그 상원의원의 비난

내용을 소식지 꼭대기에 크게 싣고, 두번째 책의 저술 작업에도 착수했다. 그는 자신이 사람을 볼 줄 안다는 걸 깨달았다. 자신의 지성에 대항하고 행동을 앞세우는 극좌파 인물에 끌리는 학구적인 타입의 사람, 돈벌이가 되는 계약 협상을 할 때 계약방식에 대한 비판적인 의견을 개진하는 방식을 그에게서 전수받은 프로 운동선수, 그의 인맥을 알고서 기꺼이 그 앞에서 스스로를 비하하는 스포츠 기자 같은 사람들이었다.

지방대학의 체육관 건립을 둘러싼 잡음과 소동은 처음에는 전념하고 싶을 만큼 그의 관심을 끌지 못했었다. 그러는 사이 체육관에 얽힌 분쟁이 세 학기째 미해결 상태로 끌고 있었고 학생들의 수업거부가 두 차례 있었다. 그런데 시간이 흘러갈수록 그는 이 문제를 제대로 알고 싶어져서 세밀하게 조사하게 되었다. 하나를 조사하고 나면 또다른 조사로 이어졌다. 결국 대학 당국에서는 비열한 교란작전의 일환으로 그를 체육감독으로 채용했다. 그의 채용이 학생 폭동을 잠재우는 뇌물 같은 역할을 하리라는 기대 때문이었고 좌파 성향의 백인이면서 흑인 친구들과 어울리는 그의 명성을 이용하면 미궁에 빠져 있는 협상 일정에 도움이 되리라는 희망 때문이었다. 프레이저는 체육감독으로 자신에게 주어진 권한을 한껏 누리며 몇 주일을 보냈다. 그동안 이 지역의 언론 매체들과 백 건쯤 인터뷰를 했다. 그러나 사방에서 조용히 있으라는 위협 어린 협박을 해오자 유명한 흑인 이슬람 교도를 자신과 일할 공동 체육감독으로 뽑았다. 그는 세계적 수준의 경기에서 수상한 경력이 있는 800미터 달리기 주자였다. 그리고 나서 프레이저는 다시 해고당했다. 그런데 이번에는 이전에 받은 해고수당의 곱절이나 되는 돈을 받았다. 이는 그가 자신이 체결한 계약권을 대학측에서 모두 사도록 만들었기 때문이었다. 그는 달리기 주자에게 해고수당으로 받은 돈 가운데 상당액을 잘라 주었고 예전보다 더 많은 인터뷰를 했으며 대학 소유의 아파트를 떠나지 않고 캐럴과 함께 살았다. 둘은 합법이든 불법이든 필요한 수단이라면 총동원하여 아파트를 지키기로 이미 결정해 두었던 것이다. 그 아파트는 좋았다. 천장이 높았고 삐걱 소리를 내며 열리는 도어 겸용의 두 짝으로 된 프랑스풍 유리창이 달려 있었으며 욕실에는 받침대가 동물 발톱으로 장식된 욕조도 있었다.

그날 밤 프레이저는 라인벡 모텔 방에서 캐럴의 이름을 부르며 비틀거릴 만큼 행복에 취했던 그때를 생각했다. 마침내 캐럴이 전화를 받자 그는 "안녕." 하고 인사했다. "아직 우유 안 가지고 들어왔지?"

"어머나." 그의 귀에 캐럴이 전화기를 끌고 방을 가로질러 복도로 나가는 소리가 들리는 것 같았다. 전화선이 양탄자 위로 주르르 미끄러지면서 따라가다가 의자 다리에 걸려 팽팽하게 당겨지는 광경이 떠올랐다. 그러면 캐럴은 짜증을 내며 전화선을 홱 잡아당겼다. 바로 그때 뒤쪽에서 무언가 박살나는 소리가 들렸다. "제기랄!" 캐럴이 외쳤다. 프레이저는 결혼하자마자 캐럴에게 15미터나 되는 긴 전화선을 사주었다. 그가 집으로 돌아와 보면 캐럴은 정장을 차려입은 채로 침대에 길게 누워 천장을 바라보며 흐느끼고 있었다. 팔과 다리를 벌리고 침대에 등을 대고 화난 표정으로 눈을 뜨고 누워 있는 모습이 캐럴다웠다. 그녀는 몸을 공처럼 동그랗게 말거나 담요에 얼굴을 파묻고 우는 그런 류의 여자가 아니었다. "무슨 일이야, 자기?" 그가 물었다. 그러면 그녀는 마지못해, 그러나 격렬한 음성으로 이렇게 내뱉었다. "내 사생활은 뭐야? 빌어먹을! 내가 혼자 있고 싶다고 하면 어쩔 건데?"

캐럴은 전화기를 들고 복도를 지나 욕실로 들어갔다. 그녀는 욕실을 마치 개인 사무실처럼 바꾸어 놓았다. 욕실에는 습기가 배어들어 뒤틀린 여성해방론자의 책들로 가득했고 분위기를 내는 각종 방향 기기들이 갖추어져 있었다. 프레이저는 캐럴이 집에 없을 때 욕실에 들어가는 것을 좋아했다. 그녀가 향을 피우는 데 쓰는 앙증맞은 용기들을 손가락으로 만지작거려 보거나 그녀의 향초에 붙어 있는 라벨을 읽어보는 게 좋았다. 이런 물건들은 그들이 사는 아파트 여기저기에 깨진 채로 뒹굴거나 아니면 제자리를 찾지 못하고 아무렇게나 늘어져 있기 일쑤였다. 그녀가 욕실 문을 밀어 굳게 닫는 소리가 그의 귀에 들려왔다.
"젠장할, 로비! 어디 있는 거야?"
"내가 말했잖아, 당신, 우유를 아직 안 가지고 들어왔냐구?"
"오, 롭. 밖에 비가 마구 퍼붓고 있어."
"나가서 제발 우유 가져올래, 응?"
한참 침묵이 흘렀다. 그 동안 프레이저는 비가 내리는 게 그의 잘못이 아니라는 사실을 캐럴이 받아들이기를, 우유도 그녀가 관심을 둬야 한다는 걸, 그리고 이 모든 이유 때문에 그녀가 그에게 악을 써서는 안 된다는 걸 수긍하기를 기다렸다. "알았어." 마침내 그녀가 말했다. "15분 안에 가져올게. 하지만 날 비난하진 마, 설사ㅡ"
"나중에 전화하지, 캐럴." 그가 말했고 그녀는 한숨을 내쉬며 전화를 끊었다.
프레이저는 손목시계를 보았다. 그리고 침대 위에 풀쩍 뛰어 올라갔다가 다시 내려와 바닥에 섰다. 15분이란 긴 시간. 늘 그렇듯이, 아주 짧고 정확한 양의 빈둥거릴 시간이 주어지자 그는 게으름을 참을 수가 없어졌다. 그는 방문을 열고 그 자리에 서서 도로 저편의 들판을 어슴푸레 감싸며 스러져가는 빛을 지켜보았다. 여기서는 해가 떨어지고 나면 한순간에 공기가 서늘해졌다. 냉기가 셔츠 속으로 스며드는 게 느껴졌다. 팔뚝에 난 작은 털들이 일제히 일어섰다. 축축한 흙냄새가 났다. 일정한 리듬을 타고 우는 귀뚜라미 소리가 점점 더 또렷하게 들려오는 듯했다. 그 소리에 귀를 기울이고 있는 것은 자신뿐이리라. 대기는 점차 자잘한 어둠의 알갱이들이 흩어진 듯한 상태로 변해가고 있었다. 흡사 아주 고운 목탄 가루를 흩뿌려놓은 듯했다. 공원의 주차장을 가로질러 바닥에 닿을 듯 말 듯 천천히 날아다니는 개똥벌레 한 마리가 눈에 들어왔다. 갑자기 마음이 어지러워진 그는 앞으로 걸음을 내디뎠다. 때묻지 않은 태고의 원초적 기억들이 오목하게 모은 손바닥에 담겨 있다가 살갗을 훑고 지나가는 듯했다. 주먹을 쥔 손바닥 위에 벌레가 앉아 속살대는 듯한 기분─

시간을 확인해야겠다는 생각이 들었을 때는 이미 20분이 지나 있었다. 그는 다시 방 안으로 들어갔다. 이제 방안은 짙어지는 황혼 속에서 눈부시게 빛나는 무대 같았다. 캐럴은 벨이 한 번 울리자 전화를 받았다. 비에 젖은 타이어가 포장도로 위를 달리며 내는 쉿쉿, 소리가 들려왔다. 브로드웨이를 달리는 차량들이 시끄럽게 내는 소음이었다. 그는 방문을 그대로 열어두었다. 이런 곳에서는 이렇게 해두어야 자신감이 생겼으므로. 잠시 그대로 서서 캐럴의 음성 대신 전화기를 타고 들려오는 도시의 아우성에만 귀를 기울였다. 미동도 없이 정지한 밤을 응시하며. 그는 전화기 속에서 펼쳐지는 드라마를 이렇게 만져질 듯 실감나게 느껴본 게 언제였는지 기억나지 않았다.

"끝도 없이 말을 하고 또 하는 사내가 있었어. 그 사내가 전화를 끊게 하려고 말 그대로 죽어라 노려봐야 했지. 당신은 그자가 아직도 서성댈 거라고 생각해? 샌드위치 가게로 들어가는 걸 보긴 했는데 나오는 걸 봤는지는 기억이 안 나."

"진정해, 자기." 프레이저는 아쉬워하며 몸을 살짝 움직여 발끝으로 문을 밀어 닫았다. 후텁지근한 모텔의 전등빛이 그의 주위를 에워쌌다.

"내게 진정하라고 말하지 마."

프레이저는 웃었다. 그가 캐럴을 좋아하는 여러 가지 이유 중 하나는 그녀가 끊임없이 투덜댄다는 거였다. 그러면서도 정작 그녀가 속으로 무슨 생각을 하는지는 한 번도 궁금하지 않았다. 이런 불가사의한 류의 여자는 대책 없이 사랑할 대상이지 더불어 살 만한 배우자는 아니었다.

"그러니까 이 상황은 이틀 전만큼 유쾌하지 않아. 무엇보다 머리가 돌아버릴 것만 같아. 그 여자를 집에 혼자 두고 나오는 게 겁이 나서 죽을 지경이야. 너무 지쳐서 집중이 안 된단 말이야. 그 여자가 지금 이 순간 뭘 하고 있는지 상상조차 안돼."

"그 여잔 아무 일도 안 하고 있어. 당신이 떠날 때 뭘 하고 있었는지는 모르겠지만 지금 그 일을 하고 있을 거야."

"오, 그래 잘났어, 로비. 바로 지금 이 순간에 홀딱 벗고 브로드웨이를 뛰어다니고 있을지도 모른단 말이야. 난 그 여자가 불붙은 머리채를 흔들며 지나치는 걸 보게 될까봐 자꾸만 두리번거리게 돼. 그 여잘 가두어두고 싶어. 그런데 우리에겐 적당한 자물쇠가 없잖아."

"그녀는 절대로 그 집을 니기지 않아. 당신 지금 제정신이야? 그녀는 바닥에서 몸을 일으켜 세우지도 않을 거라구."

"지금은 일어난단 말이야. 지금은 거리 쪽 창문에 달라붙어 떨어지지 않으려고 한다구."

"그럼 그놈의 창문에 접근하지 못하게 하면 될 거 아냐."

"안돼. 블라인드는 쳐놓았어. 그런데도 계속 창문 쪽으로 기어가서는 몸을 뻣뻣하게 세우고 눈을 휘둥그레 뜨고는 창턱에 자리를 틀고 꼼짝도 않고 앉아 있으려고 해. 마치 무슨 소리엔가 귀를 기울이는 숲속 동물처럼 보여. 난 그 여자가 코를 실룩거리는 걸 분명히 보았어. 다람쥐가 녹초가 되었을 때 어떻게 보이는지 알지? 바로 그런 모습이라니까."

"그녀가 집에서 달아날 가능성이 전혀 없다는 건 너무나 명백해."

"당신 말이 맞겠지. 하지만 난 그 여자가 그래주길 바래." 캐럴이 희미하게 웃었다.

"자기, 참고 견뎌봐."

"다람쥐처럼 웅크리고 있지 않을 때는 우리의 빌어먹을 보안을 들먹이면서 호통을 쳐댄단 말이야. 얼굴을 잔뜩 찡그리고는 방 밖의 복도에 나와서 우리집이 얼마나 안전하지 않은지, 우리가 자기를 얼마나 부당하게 대하고 있는지 온갖 허튼소리를 마구 쏟아내는 거야. 모든 게 미리 짜고 하는 망할 놈의 음모라 하더라도 자신은 놀라지 않을 거라나 뭐라나. 그런데 정말 끔찍했던 건 그 여자가 내 신문을 완전히 망쳐버렸다는 거야. 당신이 떠난 다음에 난 밖으로 나가서 일요일자 신문을 구해왔어. 뭔가 할 일이 있어야 할 것 같았으니까. 그래야 돌아버리지 않을 것 같았거든. 그리고는 다시 밖에 한 오분쯤 있었나봐. 그런데 집으로 돌아와 보니 그 여자가 신문을 완전히 망쳐 놓았더라구."

"자신을 다룬 신문기사를 오려두려고 그런 거겠지. 그런 거 하는 거 좋아하잖아."

"아니라니까! 절대로 그런 게 아니었단 말이야! 신문을 방바닥에 죄다 펼쳐놓고 그 위로 기어 다니면서 매직펜으로 사람들의 얼굴 사진 위에 가위표를 그어댔어. '돼지새끼! 돼지새끼!' 하면서 말이지. 그 여자가 모든 걸 엉망으로 만들었단 말이야."

"이런, 그녀가 가위표를 그어 지워버린 게 누군데?"

"낸들 알겠어? 헨리 키신저."

"그밖에는 무슨 짓을 했는데?"

"별로. 울고 담배 피워대고."

"그녀에게 말을 좀 붙여보지 그래. 서로 사귀어 보라구."

"염병할, 입 좀 닥쳐."

"내가 떠날 때만 해도 너희 둘 아주 잘 지내고 있었잖아."

"그래, 그런데 당신이 떠났지. 내가 다른 여자가 되어버려서인지 아니면 무엇 때문인지 도통 모르겠어. 하지만 당신이 떠나자마자 그 여잔 내게 반감을 보이며 대들기 시작하더라. 지위를 악용해서 명령에 따르라고 강요하는 거지. 젠장 '우리' 아파트에서 말이야."

"지위를 악용해서 명령하다니, 무슨 말이지?"

"그 문젠 말하고 싶지도 않아."

"당신에게 무얼 하라고 시킨다는 건가?"

"정말이지 그 문제로 왈가왈부하고 싶지 않단 말이야. 난 돌아버리고 말 거야. 우리는 싸웠고 그 다음부터 서로 말을 하지 않게 되었어. 지금은 휴전중이지. 그 여자는 우리집 거실에서 용의자를 감시하는 잠복 근무자 같고 나는 침실에 몸을 숨기고 지내는 도망자 신세야."

프레이저는 모텔 침대에 벌렁 누우며 웃었다. "저런. 이거 알아? 널 사랑해."

"그리고 난 네 그런 비웃장을 혐오하지. 언제 돌아올 거야? 그날 올라올 거라고 말했잖아."

"당신은 내게 일이 어떻게 되어 가느냐고 묻지도 않는군."

"미안해. 어떻게 되어가?' 캐럴이 물었다.

두 사람이 대화를 나눌 때 이런 순간이면 종종 캐럴을 향한 프레이저의 사랑, 혹은 캐럴에 대한 자신의 사랑이라고 프레이저가 생각하는 것(아마 감사하는 마음이라고 말하는 편이 더 나으리라. 그들의 각본, 그의 역할과 그녀의 허물없는 언행, 정해진 리듬으로 반복되는 삶의 의식들에 대한 고마움으로, 그가 홀로 있을 때는 결코 느끼지 못한 자유와 대치되는 생활)이 예기치 않게 사라져버렸다. 그것은 대개 그들의 결혼생활에 토대를 이루는 규칙적이고 반복적인 일상에서 기인했다. 이 경우는 그녀의 이기적인 시야가 문제였다. 캐럴은 그가 지금 어떤 상황에 처해 있는지 전혀 상관하지 않았다. 그가 애초에 그녀와 사랑에 빠진 게 바로 이 때문이라는 것은 사실이었다. 그녀는 이기적인 자신의 모습을 극단적일 만큼 즐겼다. 그리고 대체로 약해지는 순간이 아니라면 그는 그 외의 것에는 그다지 가치를 두지 않았다. 그런데 약해지는 이런 순간이 되면 그가 바라는 것은 판이하게 달라졌다. 두 사람 사이에서 파트너십을 좀더 분명하게 느끼고 싶어졌다.

"정말이야. 무슨 일이 생겼는지 죄다 말해줘." 캐럴이 말을 이었다. "그녀를 찾아냈어?' 그는 캐럴이 갑자기 형식적으로 신경을 쓰거나 경청하는 태도를 보이면 더욱더 싫어졌다. 지금과 같은 그녀의 태도 때문에 때때로 모욕을 당한 느낌이 들기도 했다.

"이제 금방 찾을 수 있겠지. 하지만 난 며칠 더 있게 될 거야. 그리고 이제 전화로 충분히 이야기를 나누었다는 생각이 드는군. 자기는 집안 일을 잘 돌보고 착실하게 지내도록 애써봐."

"오, 로비. 난 정말로 듣고 싶단 말이야—"

"잘 있어, 자기." 이렇게 말하며 그는 전화를 끊었다.

다음날 그는 와일드무어로 다시 갔다. 두 개의 기둥 사이로 난 차도에 녹슨 쇠사슬이 떨어져 있는 게 보였다. 기둥 하나에는 자그마한 표지가 걸려 있었는데, 〈저택 투어 월요일에서 금요일까지 오전 10시와 오후 2시. 꼭 다시 와주세요!〉라고 적혀 있었다. 그는 빌린 차의 뒤꽁무니를 도로 쪽으로 내민 채 1분이란 긴 시간을 빈둥거리며 헛돌았다. 그리고 나서야 갓길로 후진할 마음의 여유가 생겼다. 후진한 뒤에는 자동차의 시동을 껐고 그 표지가 걸린 쪽으로 달려갔다. 마치 저격병의 표적이 되어 도망치는 사람처럼. 우아하지만 약간 파손된 저택의 모습을 본 후에도 그는 강박증에 가까울 정도로 탐욕스럽고 괴팍하다는 늙은 부자를 두고 흔히 하는 얘기를 떠올리지 않을 수 없었다. 쉰 마리나 되는 고양이를 키우고 30센티미터 길이로 기른 손톱과 100만 달러에 달하는 큰돈을 매트리스에 넣고 꿰매버린다는 괴상한 늙은 부자들의 기행을. 차들은 잔디밭 여기저기에 녹슨 채로 뒹굴고 있고 흙 속에 숨겨져 있다가 닿자마자 폭발하는 동작 감지선. 드리워진 나뭇가지 때문에 카메라가 눈에 띄지 않는다고 해서 그런 게 없다는 뜻은 아닐 것이다. 그런데도 불구하고 그는 그 표지판 쪽으로 가까이 가고 싶은 마음을 억누를 길이 없었다. 납작한 나무판자로 만든 표지판은 비바람을 맞아 거의 은색으로 탈색되어 있었고 그 위에 그려진 글씨는 까만색이었다. 그 글씨의 필체를 그가 식별할 수 있었다고 할 수는 없을 것이다. 차라리 누구의 필적인지 분간할 수 없도록 쓴 그 솜씨를 그가 알아챘다고 하는 편이 맞을 것이다. 제니라면 저렇게 능숙한 필적으로 간판에 글씨를 그려넣을 수 있었을 것이다. 그들 모두가 버클리에 살던 지난날, 그녀는 일반 가정용 페인트 사업을 위해 마이크 소사가 마련한 트럭에다 글씨를 쓰는 작업을 해준 적이 있었다. 그 시절이 향수 어린 금빛 후광처럼 너무나 아득하게 느껴졌으나 사실은 고작 6년밖에 지나지 않았다. 그때 그녀의 나이 열아홉이었다. 위크스가 새 여자친구라고 소개해서 모두들 깜짝 놀랐었다. 프레이저는 스태니지 거리에 있던 집의 차고 진입로에 그녀와 나란히 앉았던 광경을 떠올렸다. 밝은 색 페인트 통들이 사방에 흩어져 있었고 그녀는 엎어놓은 우유 상자 위에 앉아 있었다. 그가 그녀를 만난 지 몇 개월밖에 되지 않았을 때였다. 그때 그는 버클리 대학 동문들의 모교 방문 축제 기념 경기를 저지할 활동에 쓸 플래카드를 그려줄 사람이 필요하던 차였다. 소사가 그녀와 윌리엄 위크스를 모임에 데리고 와서 소개시키자 그녀가 그에게 다가와서 이렇게 말했다. "내가 플래카드 작업을 하겠어요." 의견을 물어보는 것도, 그렇다고 해주겠노라 제안하는 것도 아닌 단호한 발언이었다. 그는 멍청하게 그런 그녀를 바라보며 히죽 웃었다. 그녀가 자기에게 수작을 거는 거라고 짐작했던 것이다. 나중에, 그는 자신이 마련한 거대한 한 필의 모슬린 위에 한 번에 한 글자씩 거의 1미터나 되는 철자를 거침없이 채워 나가는 그녀의 모습을 바라보았다. 직물 한 필을 발로 차서 펼쳐가며 글씨를 그려 나갔다. 자그마한 체구의 조용한 처녀가 야한 색깔을 써서 선언 문구를 열정적으로 그려내고 있었다. 그녀는 막대기 끝에 접착제로 부드러운 색분필을 붙여서 작업했다. 미리 활자의 밑그림을 그려 글자 사이의 간격을 정확히 해두기 위해서였다. 막대기를 썼으므로 모슬린 천 위를 기어 다닐 필요가 없었다. 작업은 순식간에 끝났다. 그녀는 프레이저의 히죽거리는 그 웃음 속에 담긴 어림짐작을 충분히 파악했고, 그것을 냉정하게 무시해 버렸다. 그리고 나서도 오랫동안 그를 외면했다. 그가 열심히 캠페인을 하고 나서야 비로소 그녀는 그에게 다시 말을 걸었다. 완성된 플래카드는 물론 장관이었다. 군더더기 하나 없었고 당당한 분위기를 자아냈다. 행동을 개시하던 당일날 총 30미터 길이인 이 플래카드를 둘둘 말아 삭구장치를 달았을 때 프레이저는 제니에게 입이라도 맞춰주고 싶은 심정이었다. 이것은 때맞춰 플래카드를 장중하게 휘날리게 하자며 그녀가 생각해낸 아이디어였다.

  그는 표지판의 활자를 손가락으로 만져보았다. 표지판은 바싹 말랐고 먼지투성이였다. 용기를 내어 쇠사슬을 밟고 차도로 달려갔다. 이제 나머지는 운명에 맡겨버리기로 했다. 그런 다음 차에 올라타고 라인백 쪽으로 방향을 틀었다. 그는 천천히 차를 몰고 떠났다. 처음으로 윌리엄 위크스와 제니를 알게 되었을 때 그는 그들에게 찰싹 달라붙거나 그 주위를 맴도는 존재 같았다. 두 사람이 진실로 그를 좋아하지 않는다는 걸, 아니, 그를 달가워하지 않는다는 걸 그도 알고 있었다. 그럼에도 불구하고 그는 단념하지 않았다. 타인을 교묘하게 이용하기 위해 할 수 있는 일이란 아주 많다. 타인이 틈새를 전혀 보이지도 않고, 독려도 전혀 하지 않을 경우에는 조심스럽게 그러나 단호하게 달라붙어야 한다. 그때는 그걸 다른 수단을 활용하는 정치 같은 거라고 생각했다. 그에게는 위크스가 필요했다. 그러므로 위크스에게 믿을 만한 친구로 받아들여져야만 했다. 여섯 병들이 맥주 한 상자나 마리화나를 작은 봉지에 넣어 가지고서 예고도 없이 두 사람의 집에 니타나는 깃쯤은 꺼리지도 않았다. 아니면 지나치게 활기차고 우직스럽게, 눈에 띄게 둔감한 태도로 밀고 들어가기도 했다. 캐럴을 설득해서 결혼 승낙을 받아내기까지, 그는 여러 번 무자비하게 다시 보지 않겠다며 잔인하게 내쫓긴 후에도 그녀의 집을 찾아갔었다. "네가 여기 오는 거 바라지 않아, 모르겠니?" 캐럴은 예전에 이렇게 소리를 질렀었다. 그러면 그도 질세라 되받아 소리쳤다. "내가 오고 싶은 곳에 내가 오는데, 왜 나를 보고 싶어 하는지 아닌지를 신경 써야 하지?"

다시 라인벡을 향해 북쪽으로 달리자 길은 한참을 강과 나란히 펼쳐졌다. 내륙으로 8백 미터쯤 강을 따라 달렸을 것이다. 그러다가 길이 갑자기 동쪽으로 구부러졌고 강은 성큼 뒤쪽으로 사라져버렸다. 프레이저는 왼편으로 서쪽 방향의 갈래길이 나타나자 그쪽으로 접어들었다. 새로 나타난 길은 아까보다 좁았고 포장도 더 엉망이었다. 그가 서쪽으로 달려온 거라면 이제 와일드무어의 서쪽쯤일 것이었다. 길다랗게 이어진 숲을 라인벡 도로와 강과 이 길이 에워싸고 있었다. 울퉁불퉁한 자갈돌과 깊은 구덩이, 그리고 지워져 제대로 보이지 않는 중앙선이 그려진 이 길을 따라가다 보면 와일드무어 저택의 후문 언저리에 다다를지 모른다는 생각이 문득 떠올랐다. 그러자 다시 마음이 가벼워졌다. 내키는 대로 차를 몰았다. 왼편 나무들 사이로 입구가 있지 않을까 유심히 살펴보았으나 우툴두툴한 돌과 쩍쩍 갈라진 틈이 많은 건재용 자연석 벽뿐이었다. 그 벽 너머로는 은빛 풀들이 무성하게 자라고 있었고 더 뒤로 빽빽한 초록 나무숲이 보였다. 길은 갈수록 서쪽보다는 북쪽으로 더 많이 기울어졌다. 몇 킬로미터를 더 달리고 나자 나무들 사이로 강이 보였다. 길 위에 갑자기 정지 표지판이 나타났고 조금 더 달려가자 나무가 에워싸며 길이 끝나버렸다. 어느새 다른 소읍으로 들어온 것이다. 그는 좌회전을 한 후 가파른 갓길을 활강하듯 내려왔다. 길은 돌연 아주 작은 주차장으로 이어졌다. 그는 차를 세우고 밖으로 나왔다.

그가 달려 내려온 언덕에는 나무가 빽빽하게 자라고 있었다. 그런데 좀더 위로 몇 채인가 집의 옆모습이 보였다. 그는 강으로 이어진 큼직한 계단의 마지막 단 위에 서 있는 것 같았다. 주차장 너머로 강물과 거의 같은 높이로 뻗은 철로가 보였다. 주차장은 돌로 지은 자그마한 기차 정거장에 딸려 있는 것이었다. 그가 달려 내려온 옆길, 이 주차장으로 연결된 막다른 길처럼 보였던 그 길은 왼쪽으로 급경사졌다가 다시 읍내 쪽으로 구불구불 이어졌다. 그는 강물의 옅은 소금 냄새, 보이지 않는 바다의 조수 현상으로 흘러드는 냄새를 맡았다. 강물이 그가 서 있는 바로 앞에 펼쳐져 있어서 표면에서 반사되는 빛 때문에 아무것도 보이지 않았다. 그리고 그의 뒤로는 나뭇잎으로 뒤덮여 비밀스러운 분위기를 풍기는 도시가 있었다. 뚜렷한 L자형 길 위의 정거장에는 승객이 한 사람도 없었다. 작은 숲 속에 세워진, 차표를 파는 자그마한 정거장에 온 마을 사람들이 의지하고 살 테고 강물은 마을 사람들에게 별다른 편의를 제공해주지 않을 것이다. 프레이저는 꿈을 꾸다가 엉뚱한 곳에 들어온 것처럼 유쾌한 기분이었다. 눈치채지 못하는 사이에 돌연 환상적인 장소로 여행하게 된 듯 즐거웠다. 그는 기차역 안으로 걸어 들어갔다. 안으로 들어가니 뒤쪽에 위로 올라가는 계단이 보였고 이중문을 지나자 플랫폼이 내려다보이는 작은 산책 갑판이 나왔다. 강 위에 떠 있는 작은 배들을 구경할 수 있는 갑판이었다. 그는 기차가 오가긴 해도 플랫폼에 인파가 몰려 밀치고 밀리는 북새통은 없으리라는 걸 깨달았다. 날은 뜨거웠고 고요한 정적이 감돌았다. 그는 기차역의 매표구를 찾았으나 표를 파는 역무원은 보이지 않았다. 어쩌면 어딘가에 몸을 숨기고 있을지도, 아니면 차가운 돌로 지어진 실내에서 잠이 들었을지도 몰랐다. 프레이저는 햇볕을 받아 따끈해진 돌난간 위에 양팔을 올리고서 2킬로미터쯤 떨어진 서쪽 강둑으로 밀려드는 강물을 가만히 바라보았다. 강 표면이 흔들려 깊은 물살이 흐른다는 걸 보여주었다. 강물은 서서히 끌어당기다가는 세차게 부딪쳤다. 강의 상류에 걸린 아치 모양의 다리가 은색 실처럼 보였다. 시간이 조금 흐르자 고요한 정적을 뚫고 발바닥에서 아주 희미하게 윙윙거리는 소리가 들렸다. 그리고 아득히 기차의 긴 경적 소리가 들렸다. 그는 미소 지었다. 여기 이렇게 서서 들어오는 기차를 바라보는 건 정말 재미있으리라. 이 자그마한 소읍 생활의 어느 시절에 이런 산책 갑판이 딸린 건물을 인가해줄 만큼 기분 전환 놀이가 인기를 끌었을까 궁금해졌다.

　기차가 정말 들어왔다. 요란한 소리와 함께 기차가 그 모습을 갑자기 드러냈다. 그는 자신이 서 있는 아래쪽으로 완만한 경사를 이룬 은색 꼭지가 우뚝 멈추는 것을 지켜보았다. 그러자 세 사람이, 조감도로 바라본 그의 눈길에 의해 흥미롭게 줄어든 모습으로, 각기 다른 열차 칸에서 나타났다. 세 사람은 기차역 쪽으로 발길을 돌렸다. 기차는 기다릴 사람이 아무도 없었으므로 천천히 떠나갔다. 기차에서 내린 세 사람 가운데 하나가 제니였다.

　왜 재회의 순간은 이토록 공허한 걸까? 아마도 만나는 사람 모두 너무 기대에 차 있고, 함께 할 순간에 의미를 부여하기 위해 미리부터 자기만의 상상 속에 빠져 있기 때문이리라. 사람들이 긴 과거의 시간들을 이 대변동의 서막으로 규정하게 되는 것은 혼자 빠져든 허점투성이 상상 탓이리라. 저마다의 상상 속에서 이 순간은 기이하게 퍼지고 팽창되고 확장되며 억제되어 있다. 마치 보석 같은 석회질이 흘러내려 보이지 않는 틈 사이로 스며든 것처럼. 그리하여 허공에 매달린 한순간을 창출한 것처럼. 그러나 소멸하지 않고 오히려 더욱 생생해진 것처럼. 그는 마땅히 그래야 하는 것처럼 여유있게 이 순간을 맞이하리라 상상해 왔다. 이 순간을 스스로 장악해서 어떻게든 가장 좋은 방향으로 이끌 거라 상상해 왔다고 생각한다. 그런데 막상 그 순간이 오자 그것은 잠깐 스쳐가듯 덧없고, 압축되고, 끝이 잘린 듯 불완전할 뿐이다. 어느 모로 보나 이 순간은 다른 모든 순간을 내포하는 동시에 그 모든 순간을 초월하는 것이어야 마땅할 텐데 오히려 다른 순간들보다 더 짧고 훨씬 더 미미하다. 그는 지금 다른 순간들을 생각할 겨를이 없다. 심장이 두근거리고, 마음은 미친 듯이 요동치던 순간들, 밝은 석회질이 모공 속으로 뚝뚝 떨어져 들어오고 오감이 팽창되고 관자놀이가 확대되며 신체 감각의 입자들마다 팽팽해진 채로 그녀에게 다가섰던 그 모든 순간들을. 탁자 앞에, 벤치 위에 앉은 그녀, 다리를 꼬고 풀밭 위에 앉은 그녀, 신문을 보느라 고개를 숙인 그녀, 무심히 빈 자리를 뚫어져라 바라보던 그녀, 다가오던 그를 빤히 쳐다보던 그녀를 만났던 그 모든 순간들을. 늘 그가 다가오리라 예상하고 있었던 사람처럼 전혀 놀란 기색이라고는 보이지 않던 그 사람. 특기할 것 없이 세세한 것들이 쌓인 이 순간은 한껏 고양된 그의 상태를, 그 상태에 대한 추억마저도 우레소리처럼 끝내버렸다. 미미하고 헛된 저항의 몸짓을 보이는 그를 날려버렸다. 평이한 생활이 이어지는 세상 속으로. 단조롭게 똑딱이는 초침 소리에 따라 매순간 별일 없이 지나가는 그의 삶 속으로. 그는 그 사람과 악수를 하고 포옹을 하고 고개를 끄덕일 것이다. 태양처럼 강렬한 불꽃도, 다채로운 화음을 넣은 연주도 없이. 제니리는 것을 그가 확신했을 즈음에는, 검은 머리카락이 여전히 1인치쯤 모자라게 어깨 위로 늘어뜨려져 있고 몸집은 여전히 조그마하며 잰 걸음걸이에 등을 꼿꼿이 세운 제니라는 걸 확인했을 즈음에는 그녀는 이미 문을 지나 기차역 안으로 사라지고 난 지 오래이다. 그래서 그는 아름답지 않게, 이 지역 풍토에 어울리지 않게 계단을 허겁지겁 달려 내려와 기차역 입구를 막 벗어난 데서 그녀를 붙든다. 시원해 보이는 정거장의 둥그런 지붕을 곁눈질하면서, 주차장에 내려앉기 시작하는 오후를 곁눈질하면서. 날씨는 이제 숨막힐 듯 답답하고 후텁지근하다. 그의 귓전에 끊이지 않고 들리던 여름 벌레들의 시끄러운 소리가 점점 더 커져만 간다. 그는 그녀를 따라잡는다. 푸른 티셔츠에 청바지를 입고 운동화 차림으로 자동차 쪽으로 재게 걷고 있는 이 작은 여인을. 그녀가 급속도로 자신에게서 벗어나고 있으므로 그는 팔을 뻗어 그녀의 팔꿈치를 잡는 수밖에 도리가 없다. 기차에서 내린 나머지 두 사람은 각기 다른 방향으로 바람처럼 지나쳐 간다. 한 사람은 자동차에 올라타고 또 다른 한 사람은 숙달된 빠른 걸음으로 가파른 길을 오르고 있다. 그의 손이 팔꿈치에 닿자 그녀가 몸을 휘익 돌린다. 그러자 억제된 시간의 흔적들은 사라져 버리고 만다. 그 자리에 멈추어 선 그녀의 입이 살짝 벌어지고, 갑자기 누군가 호흡을 낚아챈 듯, 목숨이 멈춰버린 듯, 눈도 깜박이지 않고 경악한 표정으로 그를 빤히 쳐다본다. 정말 그럴 수도 있는 것이다, 가끔씩은.

"안녕하세요?" 그가 나지막하게 말한다.

한참을 지나서야 그녀가 몸을 꿈틀거린다. 잠시 멈췄던 깃털같이 가벼운 숨을 내쉴 정도로만. "……안녕." 그녀가 숨을 내쉰다. 그리고는 아까보다 훨씬 더 그 자리에 얼어붙은 듯 정지해 있다.

"난 테드입니다." 잠시 후에 그가 말한다. 그냥 생각나는 대로 지어낸 이름이다.

"아이리스예요." 그녀가 속삭이듯 말한다.

"우리가 갈 만한 곳이 있을까요?"

그녀가 고개를 끄덕인다.

"차가 있어요?"

끄덕끄덕.

"나도 있어요. 내가 뒤따라갈까요?"

끄덕끄덕. 그녀의 눈동자가 이제 초점을 찾았다. 그는 그녀의 뚫어질 듯한 시선 속에서 무언가 떠오르는 것을 본다. 그가 여기 있다는 사실 때문에 받은 충격보다 좀더 특별한 어떤 것. 그녀는 들릴 듯 말 듯한 소리로 묻는다. "그 사람이……"

"뭐라고요?"

"무슨 일이……" 그리고는 그녀는 딸꾹질이 난 듯하다. 그는 그 말뜻을 알아챈다.

"아니에요. 그는 괜찮아요." 그가 말해준다.

"오, 하느님." 그녀가 속삭이며 한 손으로 두 눈을 가린다. 한순간 밸브라도 열린 것처럼 그녀가 운다. 미동도 소리도 없이. 그는 손가락 사이로 스며 나오는 그 눈물을 그저 바라보며 서 있다. 그리고 나자 그녀는 그가 말을 꺼내거나 만질 틈도 없이, 무슨 일을 할 틈도 없이 눈물 젖은 손을 청바지에 세게 문지른다. 그리고는 "여기 오래 있어선 안 돼요. 서둘러요."라고 말한다.

2

사람들의 눈에 띄지 않을 보호막을 간절히 바라는 사람일수록 왠지 남의 이목을 더 끄는 법이다. 그리하여 프레이저는 두 주일 전 샌프란시스코 공항에서 내릴 때 일부러 조잡하고 처량맞은 스타일의 남자 가발을 뒤집어써서 자신의 개성인 땋은 머리를 가렸다. 그리고 긴 소매의 푸른 셔츠를 커프스 단추까지 채우고 그밖에 다른 몇 가지, 자신을 알아볼 만한 특징들도 감추었다. 나머지 차림새는 예전과 마찬가지로 흐느적거리거나 후줄근한 채로 두었다. 플라스틱 빅 볼펜은 셔츠 주머니에 꽂았고 노가하이드(Naugahyde, 실내장식이나 여행용 가방에 쓰이는 모조가죽 : 옮긴이)로 만든, 낙오자들이 신을 법한 예복용 구두를 신었다. 얼굴에는 평범한 렌즈를 끼운 베이클라이트 안경을 썼고 지퍼 달린 싸구려 바람막이 점퍼도 입었다. 공항에 내리자마자 그는 고개를 숙이고 남자 화장실 안으로 몸을 피했다. 황급히 다른 차림새로 바꾸기 위해서였다. 그런데 상당히 곤혹스러운 기분에 사로잡혔다. 옷 때문이라기보다는 옷으로 감춘 자신의 육체가 함축하는 이상한 효과 때문이었다. 감춰진 육체가 끔찍하게 나약한 메시지를 보내고 있다는 기분이 들었던 것이다. 화장실 안에 선 그는 참담한 자기 상실감에 휩싸였다. 다른 사내들이 화장실을 들락날락하는 동안 그는 자신의 모습을 불신과 위축된 심정으로 응시하며 서 있었다. 화장실 입구와 소변기 사이를 오가는 사람들 중에는 세면대에서 손을 씻으려고 그를 밀치는 이도 있었다. 뉴욕에서는 달랐던 것 같다. 욕실에서 모든 준비를 마치고 캐럴 앞에 자신의 모습을 드러내 보이자 그녀는 "오, 세상에!" 하며 자지러질 듯 비명까지 질렀었다. 그때 그는 대담해지고 재미난 기분이 들었었다. 그런데 이제는 더 이상 그런 기분을 맛볼 수가 없다.

그는 길가에서 택시를 타고 마켓과 파월 거리로 갔다. 거기서 내려 커피 한잔을 마신 다음 남쪽으로 몇 블록쯤 걸었다. 그리고는 다시 택시를 잡아타고 "베이 브리지 건너."라고 말했다. 특색 없는 낙오자 행세를 하며, 뒷좌석에 털썩 앉아서는 셔츠에 엎지르지 않도록 조심하면서 커피를 후루룩 소리나게 마셨다. 택시 창밖으로 시내의 풍경이 휘익 사라졌다. 이윽고 택시는 예르바 부에나 터널 속으로 돌진했다. 그러자 요란한 자동차 소음이 에워쌌다. 택시는 아까보다 곱절은 빨리 달리는 것 같았다. 기분이 좋았다. 그동안 너무 많이 떠돌아다닌 탓에 언제나 고향 샌프란시스코가 안겨주던 영화처럼 중요한 순간을 음미하는 것을 거의 잊어버리고 지냈었다. 그가 뉴욕 사람이 된 지는 여러 해가 지났다. 하지만 샌프란시스코로 되돌아오자 어김없이 그동안 잠재해 있던 자각이 되살아났고 자신의 중심축도 되찾았다. 지금 이 느낌처럼, 샌프란시스코가 주는 기분은 마치 수십 년 동안 떠나 있다가 모교로 되돌아온 졸업생이 느끼는 심정 같은 거였다. 어떤 부분은 아주 강렬한 아름다움으로 다가오고 그밖의 부분들은 희미하게 사라지면서 얻어지는 감동 같은 거였다.

아파트 안으로 들어오자 프레이저는 가발을 벗어버리고 손바닥으로 머리를 살살 문질렀다. 안경을 서둘러 벗자 콧잔등에 번들번들한 자국이 보였다. 점퍼는 어깨를 움츠려 벗어던졌고 셔츠의 단추를 끌렀으며 셔츠 자락을 홱 잡아당겨 바지 허리춤에서 빼냈다. 셔츠 밑에 받쳐 입었던 티셔츠에는 〈스틸맨 체육관〉이라는 글씨가 새겨져 있었다. 소매를 잘라낸 티셔츠였다. 프레이저는 항상 열이 나고 덥다고 느끼는 타입의 사람이었다. 일년 내내 엄청난 양의 땀을 뚝뚝 흘렸고 겨울철이 돌아오면 느슨한 플란넬 셔츠로 대충 겉옷을 대신했다. 코트는 너무 부담스러웠기 때문이다. 자신의 존재를 육체에 깊게 뿌리박고 있는 그로서는 몸이 불편하면 마음도 갑갑해지곤 했다. 도착하자마자 맞닥뜨린 더위 탓에 그는 철저한 경계 태도를 유지하기 어려웠다. 그래서 주변을 제대로 파악하지 못했다.

이제야 사물들이 눈에 들어왔다. 주변을 두리번거리면서 문을 열어준 처녀가 폭포처럼 쏟아내는 말들을 건성으로 듣고 있었다. 처녀의 목소리는 알아들을 수가 없었고 잠시도 쉬지 않고 이어졌으며 수심에 찬 음악처럼 오르락내리락했다. 아파트는 아름다웠고 깔끔했으며 고즈넉했다. 어디를 보아도 부드럽고 쾌적하다는 걸 알 수 있었다. 은제 대형 스테레오 장식장에다, 조명은 증류된 연못물 같은 초록색으로 길고 가는 띠를 이루었으며 커피 테이블이 보였고 매끄러운 나무 그루터기 위에는 두꺼운 초록 유리잔이 놓여 있었다. 바닥에는 진한 크림색 털이 깔렸고, 블라인드는 위로 걷혀 있었는데도 널따란 방안이 마치 동굴처럼 은은하게 밝았다. 멀리 벽을 등지고 선 관 크기만한 수족관에서는 웅웅대는 소리가 들렸다. 그러나 수족관 안에는 암석 외에 아무것도 보이지 않았다.

그는 처녀 쪽으로 몸을 돌렸다. 그녀의 이름은 샌디였다. 그 주 초에 샌디는 전몰장병 추도일 집회에서 어느 혁명 '요원'을 변호하는 발언을 했었다. 지난 넉 달 동안 이 혁명요원들은 샌프란시스코의 저명한 가문의 딸을 납치하여 자신들이 주장하는 운동에 따르도록 전향시켰다. 전향한 딸과 함께 이들은 은행을 턴 뒤 로스앤젤레스에서 궁지에 몰렸고 경찰과 대치하여 무려 한 시간 동안 총격전을 벌인 끝에 사살 당했다. 경찰은 결국 발포하지 않을 수 없었던 것이다. 총을 발사하면서 타오른 뜨거운 불길은 모든 것을 태워버릴 만큼 강렬했다. 불에 탄 이들의 치아와 뼈 등 잔해만 남았을 뿐이다. 아직도 잿더미 속에서 잔해를 고르는 작업이 계속되고 있는 중이었다. 다른 사람들과 마찬가지로 샌디도 이 모든 상황을 텔레비전으로 보았다. 많은 사람들이 살아남은 혁명요원들을 외면해 왔었지만 모골이 송연해지도록 굉장한 이들의 죽음을 목격하자 그들이 저지른 행적에 대한 의심스런 눈길이 가뭇없이 거두어졌다. 이전에 샌디는 반전 집회에 나가 군중들과 함께 슬로건을 외치는 것조차 쑥스러워했었다. 그러나 이날은 열렬한 연설로 갈채를 받았다. 집회가 끝나고 군중들이 흩어지고 있을 때 이상하고 구질해 보이는 여자가 샌디에게 슬며시 다가왔다. "나는 죽은 동지들을 알아요, 자매." 여자가 속삭였다. "아직 당신이 도울 수 있는 길이 많답니다." 그 여자는 죽은 이들 중 하나였다. 아니, 그렇게 말하기보다는 경찰은 얼마 지나지 않아 사살했다고 생각했던 세 명의 핵심요원이 어찌된 일인지 아직도 살아 있음을 알게 되었다고 말하는 편이 옳다. 그래서 현기증 나는 어찔어찔한 오월의 어느 날 오후에 샌디는 겁에 질린 아웃사이더처럼 소극적인 여성에서 격렬한 대중 강연가로 변했다가 또다시 겁에 질린, 내키지 않는 구원자 입장으로 변하고 말았다. 그렇게 되자 샌디는 프레이저에게 전화를 걸 수밖에 없었다.

프레이저는 샌디와 그다지 친밀한 사이는 아니었다. 그가 예전에 이곳에 살 때 옛 친구인 탐 밀너와 그녀는 아직 그닥 친밀한 관계는 아니었다. 그녀는 그와 연결된 한 서클의 멤버였다. 가끔씩 열리는 큰 파티에서 누군가 기타를 연주하면 경건한 표정으로 열심히 듣곤 하던 여자애. 한 번 같이 잔 적은 있었지만 그 만남은 잊혀진 과거의 일일 뿐 그에게 별다른 기억을 남기지 않았다. 그래서 그녀의 전화를 받고도 좀 지나고 나서야 누구인지 깨달았다.

"여기가 네 아파트야?" 프레이저가 물었다.

"오, 아니야. 탐의 보금자리지. 탐과 같이 일하는 어떤 남자 소유야."

"와! 굉장히 근사한걸."

그녀가 고개를 끄덕였다. 그리고는 마치 때늦게 떠오른 생각이라는 듯이 "좀 촌스럽지." 하고 덧붙였다.

"상관없어. 그런데 이 집주인이라는 남자는 멀리 떠나 있는 거겠지? 그렇지?"

"그 남자는 지금 중국이나 다른 어디에 있는 것 같아."

"어떻게 탐은 이렇게 화려한 친구를 사귀었지?"

"두 사람 정말 친구는 아니야." 그녀가 변호하는 투로 말했다.

"그저 농담 삼아 해본 말이었어, 샌디." 대단하군. 저렇게 긴장했다니. "탐은 여기 있나?"

"그들에게 줄 점심을 준비중이야."

"그런데 그 사람들 어디 있지?" 그는 공이 튕겨 오르듯 벌떡 일어서며 물었다. 이제는 자신이 채비를 갖추어 긴장하면서.

"좋아, 음." 그녀의 안색이 약간 창백해졌다. "준비됐지?"

수족관 옆을 지나자 큼직한 거실이 나타났고 거실은 통로로 이어졌다. 통로에는 멋진 프레임 속에 아득한 옛 장소처럼 보이는 사진이 걸려 있었다. 그리고 길고 폭이 좁다란 종이에 쓰여진 한문 서예 작품도 몇 점 보였다. 이때가 아마도 처음으로 그의 마음이 제니에게 모아진 순간이었을지 모른다. 전날 심각한 사건들이 갑자기 밀려와 혼란스럽고 어쩔 줄 몰라 당황하며 지낸 이후로, 샌디의 전화를 받고 밤새 캐럴과 의논을 하고 황급히 옷과 가발을 주워 모아 정체를 감추는 변장을 하고 공항으로 달려가느라 경황이 없었다. 이때까지 그는 이 사람들과 정확히 무엇을 하겠다는 것인지 전혀 생각한 바가 없었다. 그와 캐럴이 개입하기로 의견을 모으고 나자 사태가 너무 급속도로 진전되는 바람에 세세한 일에 신경을 쓸 겨를이 없었다. 이제 늘 그의 머릿속 한곳에 상주한 존재였으나 지난 몇 년 동안 아주 먼 자리로 강제 추방되었던 제니는, 저절로 불가피하게 전면으로 떠올랐다. 그리하여 그는 중요한 한 가지 문제가 해결되었다는 걸 깨달았다. 앞으로 날마다 접촉하는 일을 제니에게 믿고 맡기게 될 것이었다. 제니는 이런 일에서 그가 신뢰할 수 있는 유일한 사람일 뿐만 아니라 그가 상상할 수 있는 최고의 사람이기도 했다. 그는 정말 그녀를 찾아야만 했다. 전보다 한결 마음을 가다듬게 되자 그는 잠시 동안 제니 생각에 빠져들었다. 그리고 나서 당장 앞에 놓인 일들에 대한 생각으로 되돌아왔다. 통로를 따라 보이는 문은 비스듬히 열려 있었고 거실처럼 쾌적하고 은은한 불빛 아래 웨이트 트레이닝 기구와 바닥에 깔린 호사스러운 양가죽 러그가 드러났다. 그는 헐렁한 가라데 도복 차림의 백인 남자가 권위적인 자세를 취한 큼직한 사진을 흘깃 보았다. 그리고는 다시 한 번 제니를 스치듯 떠올렸다. 욕실로 들어가는 문이 또 하나 있었고 통로 맨끝에 보이는 문은 닫혀 있었다. 샌디가 그 문을 살짝 두드렸다. 그것이 일종의 암호라는 걸 그는 알아챘다. 한동안 미니 럭비경기라도 벌이고 있었던 것처럼 소란스러운 소리가 난 후에야 문이 빠끔 열렸다. 샌디는 방안으로 몸을 기울이며 나직한 목소리로 말했다. "내가 말했던 그 남자, 프레이저가 왔어요." 방문이 다시 닫혔다. 그리고 다시 문이 열리자 샌디는 프레이저를 보며 고개를 끄덕였다. 그녀는 그가 안으로 들어가도록 한 발자국 옆으로 비켜났고 뒤따라 들어오지는 않았다. 프레이저는 뒤에서 방문이 닫히는 소리를 들었다.

방은 몹시 어두웠다. 조금 전에 지나쳐온 복도의 잿빛 어스름이 그의 눈 속에 한낮의 햇빛인 양 느껴질 정도였다. 그래서 처음에는 아무것도 보이지 않았다. 냄새만 맡았을 뿐이었다. 쾨쾨한 담배연기와 땀냄새가 뒤섞여 코를 찔렀고 뜨거운 방안을 채운 열기 탓에 숨이 막혀왔다. 바깥은 불볕 더위가 기승을 부리는 여름날이었는데도 이 방의 창문은 전부 닫혀 있었다. 그의 눈이 어둠에 익숙해지자 블라인드를 내린 데다 그 위에 담요까지 치고 압정으로 누른 게 보였다. 그래도 아주 미미하게나마 자연 채광이 방 안으로 새어 들어온다는 걸 담요 색깔이 갈색이라는 데서 짐작했다. 그리고 이제 방안에 놓여 있는 집기들을 식별할 수 있는 걸 보아도 햇빛이 들어온다는 건 분명했다. 이 아파트를 통틀어 욕실을 빼면 이 방이 가장 협소한 공간임에 틀림없었다. 그리고 아파트의 다른 공간에서는 선(禪)을 연상시키는 질서정연함과 고요한 분위기가 배어 나오는데 반해 이 방만은 미친 듯 날뛰는 엉망진창의 분위기였다. 빈 와인 술병과 소다수 캔, 빨대와 끈적끈적한 종이컵, 셀로판 뭉치와 기름이 번들거리는 지저분한 자루, 그리고 음식물로 얼룩덜룩해진 쓰레기 조각들이 방바닥 여기저기에 널려 있었고 쓰다 버린 휴지조각과 악취 나는 옷가지, 이불들이 마구 뒤엉켜 있었다. 매트리스도 다른 방에 있던 걸 여기로 끌어다 놓은 것 같았다. 매트리스는 벙커 스타일로 창문에 기대 세워져 있었다. 해가 떨어진 뒤에도 바닥에 깔고 그 위에서 잠을 잤을 것 같지 않아 보였다. 이 방에서는 몸을 웅크리고 바닥에서 새우잠만 잤을 것 같았다. 서른한 살의 프레이저는 문득 자기보다 어린 사람들이 얼마나 앳되어 보이는지 실감할 수 있었다. 그가 이십대 후반이었을 때는 이십대 젊은이들이 마치 동료나 친구처럼 여겨졌었다. 그런데 이제 그들이 어린애처럼 보였다. 겁먹고 강한 척 허세를 부리는 어린아이들. 이들은 깃털이 막 돋아난 야생의 새들이 둥지 속에서 불안에 떨며 쳐다보듯 고개를 들어 그를 뚫어질 듯 쳐다보았다. 인디언처럼 방바닥에 작은 반달 모양을 지어 자리를 잡고 뻣뻣하게 앉아 있는 걸 보며 프레이저는 이렇게 정렬하느라고 마치 럭비경기라도 벌어지는 듯 소란스러운 소리가 들렸었구나, 짐작했다. 이들의 무릎과 어깨 위에는 무겁고 오이처럼 생긴 무언가가 얹혀 있었다. 나중에야 그는 그것이 어깨에 멜빵처럼 걸친 탄약대와 커다란 총이라는 것을 알아보았다. 두 벌의 기관총과 총신이 하나뿐인 엽총 한 벌. 엽총의 총신은 잘려나간 상태였다. "으음!" 생각해 보지도 않고 그가 입을 열었다. 방안의 연기 때문에 눈에서 눈물이 흘러내리기 시작했다. 이러니 젊은 시절에 그가 운동이라는 훌륭한 마약에 빠지기 전에 그 어떤 종류의 마약 맛을 보았을지라도 절대 담배는 피울 수가 없었을 것이다. 담배 연기를 들이마시면 심장이 불규칙

하고 사납게 뛰었다. 지금도 그의 심장은 두근거리고 있었다. "난 무기가 없소." 그가 자진해서 두 손을 양옆으로 붙이면서 말했다. 하지만 그들이 원한 것은 두 손을 위로 높이 쳐들고 손바닥을 쫙 펼쳐 보이는 거였다.

비록 눈에서 눈물이 흐르긴 했어도 그는 이제 그들의 모습을 또렷이 볼 수가 있었다. 자기들끼리 이본느와 후안이라고 부르는 결혼한 부부. 이본느는 금발이었고 거칠었다. 그리고 후안은 키가 작고 탄탄한 체구에다 동그란 안경을 썼으며 머리숱이 많았고 수염이 덥수룩했다. 그리고 그들이 전에 유괴한 여자애 폴린. 엽총을 든 것은 폴린이었다. "앉으시오." 후안이 퉁명스럽게 고개를 방바닥 쪽으로 주억거렸다. 프레이저는 바닥에 주저앉았다. 영문을 알 수 없이 몸이 비틀거렸다. 아마 방안의 뜨거운 열기 때문이었으리라. 폴린이 왼쪽에 앉았고 후안은 오른쪽에 앉았다. 프레이저가 자신과 단독으로 협상하기를 바란 게 그의 의도였음이 분명했다. 이본느는 가운데 시무룩한 표정으로 앉아 있었는데 후안 혼자서 모든 얘기를 하는 게 못마땅한 듯했다. 그녀는 놀랄 만큼 보조개가 깊게 패였다. 프레이저는 그녀가 입을 앙 다물 때마다 양쪽 볼에 잡히는 오목한 보조개를 보았다. 콧마루에는 자잘한 점처럼 주근깨가 퍼져 있었다. 그러나 사실 프레이저가 계속 몰래 훔쳐 보았던 사람은 폴린이었다. 사진을 보고 짐작했던 것보다 그녀의 체구는 더 자그마했다. 들고 있는 엽총의 두 배쯤 될 만큼 작은 키였다. 그리고 사진에서보다 더 예쁘기도 했다. 프레이저는 폴린의 얼굴을 보자 땅거미질 무렵 창백하고 엄숙한 표정으로 바닥에 끌리는 가운을 걸치고 가만히 밖을 바라보는 오래된 유화 그림 속 여인의 모습이 연상되었다. 이제는 눈 밑에 멍이 든 듯이 거무스름했고, 다른 두 사람과 마찬가지로 음식을 제대로 먹지 못하고 햇볕도 제대로 쬐지 못한 탓에 혈색이 파르스름하게 변해 있었다. 프레이저는 이들이 모두 병이 들었을지 모른다는 생각이 들었다. 비타민을 챙겨왔더라면 좋았을걸, 아쉬움이 스쳤다.

어색한 침묵의 순간이 흐르고 난 뒤 프레이저가 마치 단독으로 예행연습을 하듯 입을 열었다. "여러분 동지들의 죽음이 나를 슬픔과 분노에 젖게 합니다. 동지들은 살해되었으나 신념을 위해 투쟁하다 숨진 것입니다. 지난 며칠 동안 여러분에 대해 동정을 느꼈습니다. 그리고 제가 여러분을 도와드릴 수 있다는 걸 알고 기뻤습니다."

그의 연설은 그들을 경악하게 했을 뿐 아니라 완전히 혼란에 빠지게 했다. 프레이저의 상상 속에 다시금 깃털이 갓 돋아난 새의 이미지가 떠올랐다. 그들은 눈을 휘둥그레 뜨고 침을 꿀꺽 삼키며 번득이는 눈동자로 서로의 얼굴을 힐긋거렸다. 프레이저가 더 이상 볼 수 없도록 폴린은 고개를 숙였다.

"으흠, 고맙네요." 후안이 가까스로 대답했다. "당신이 동정한다는 그 마음에 감사드립니다. 그리고 우리 동지들에 대한 생각에도 감사합니다. 그들은 우리에게는 친구이자 동지였으니까 우리가 그들의 복수를 할 겁니다." 후안은 자신이 즐겨 쓰던 열정적인 말투를 되찾은 듯했다. "동지들의 죽음을 되갚아줄 겁니다. 총탄에는 총탄으로. 거기에는 한치의 의심도 없습니다."

"경찰 개새끼들이 탄환을 5400개 정도 쐈어요." 이본느가 불쑥 내뱉었다. "신문에서 그렇게 말하던 걸요. 그건 한 명당 600개의 탄환을 썼다는 뜻이죠."

"맞습니다." 프레이저가 말을 받았다. "그건 비상식적이고 형평에 맞지 않는 학살이었습니다. 그 경찰들은 너무나 피비린내나는 욕망……"

"그들에게 그토록 많은 총탄이 필요했던 건 우리 동지들이 너무나 열심히 싸웠기 때문이에요." 이본느가 말허리를 잘랐다.

"제발 입 좀 닥치고 있어줄래?" 후안이 이본느를 팔꿈치로 밀어젖히며 말했다. 그러자 그가 겨드랑이에 끼고 흔들던 기관총이 앞으로 불쑥 튀어나왔다. "내가 이야기하고 있잖아."

"아, 저기……" 프레이저가 긴장하며 끼어들었다.

후안은 그의 말에 개의치 않는 듯했다. "지금 우리는 포위되어 있습니다. 우리 동지들처럼 말이지요. 당신이 우리를 돕기 위해 무얼 할 건지 알아야겠습니다."

지난 스무 시간 동안 내내, 비행기를 타고 창밖으로 펼쳐지는 미국 대륙의 풍경에 매혹되어 물끄러미 바라보면서 프레이저는 차분하게 이 사람들과의 만남을 그려보았다. 말하자면 그가 그들을 도울 계획을 말해주면 곧바로 뜨거운 감사의 말로 맞아줄 거라고 상상했다. 그런데 이제 그는 자신의 기대가 틀렸다는 것을 깨달았다. 이 세 명의 도주자들은 그가 입을 연 그 순간 삼인조를 이루어 모욕감을 느낀 것이다. 그는 그들을 동부로 이주시키려 한다는 계획부터 말해주었다. 그들이 필사적으로 서부를 떠나고 싶어하리라 짐작했기 때문이었다. 그가 황급히 책을 쓰자는 계획에 대해, 책으로 벌어들일 돈에 대해, 그리고 모든 혁명활동에 대해, 또는 그들의 주장에 호의적인 외국으로 떠날 가능성에 대해 설명했지만 이미 세 사람은 관심을 보이지 않았다. 동부에 대한 말이 나오자 그들은 다시금 눈을 크게 떴다. 그리고 이본느와 폴린은 후안을 손가락으로 쿡쿡 찌르기 시작했다.

"……여러분 자신만을 위해 위험을 무릅쓰고 돈을 벌자는 것은 아닙니다. 보다 중요한 것은 책을 펴내는 것이 여러분들의 의도를 외부에 알리는 길이라는 것, 여러분 입장에서 상황을 설명하는 길이라는 것입니다. 특히나 지금은……" 프레이저가 이렇게 말하는 중에 후안이 끼어들었다.

"우리는 캘리포니아를 떠날 수 없습니다!" 후안이 말했다. "당신은 지금 여길 뜨라고 말하는 거 아닙니까?"

프레이저는 눈을 가늘게 뜨고 후안을 찬찬히 바라보았다. "그게 위험하게 느껴질 거라는 건 나도 압니다. 공항에도, 버스 정류장에도, 어디를 가더라도 경비가 삼엄하고 여러분들 사진이 사방에 나붙어 있지요. 하지만 내게 계획이 있어요……"

"절대로 안돼, 안 됩니다! 거듭 말하지만 우리는 캘리포니아를 뜰 수가 없습니다. 우리는…… 우리는 지금 전쟁중이란 말입니다. 여기가 우리들의 싸움터입니다. 우리 동지들이 여기서 죽었고 여기가 우리들이 아는 지역이에요. 전쟁터에 나선 병사라면 자기가 아는 지역을 고수해야 하는 법 아닙니까. 아무렇지도 않게 전투지를 뜰 수는 없습니다. 당신 제정신으로 하는 소립니까? 절대로 그럴 수가 없어요! 절대로! 제기랄!" 후안은 총을 움켜쥐더니 벌떡 일어섰다. 단신이지만 힘이 넘쳐흐른다는 걸 프레이저는 알 수 있었다. 마치 두 손을 빌리지 않고 몸을 벌떡 일으켜 세우는 것처럼 보였다. 그대로 공중으로 우뚝 솟아오른 것도 같았다. 노골적으로 분열된 모습을 보이고는 있지만 언제든지 이 삼인조가 조화를 이룰 수 있는 가능성을 엿본 것은 바로 이때였다. 그들은 이제 모두 프레이저를 뚫어질 듯 쳐다보았다. 불신을 담고 있는 완강한 시선이었다. 폴린은 경멸하는 눈초리마저 던졌다. 끔찍한 열기가 퍼진 방 안에서 프레이저는 두피에서 불기둥이 뿜어져 나오는 것 같은 느낌이 들었다.

"알다시피 나는 여러분을 모릅니다. 하지만 대개의 사람들은, 어떤 지역에서 범죄라고 간주되는 행위를 저질렀을 때, 그 후로도 이들이 해당 지역에 여전히 남아 있다는 걸 증명하는 사건들이 계속 벌어질 때, 게다가 바로 지난 주까지도 수천 명의 FBI 요원들이 밤낮을 가리지 않고 이들을 잡기 위해 이 지역 요소요소에 잠복하고 있을 때, 심지어 그 과정에서 많은 동료들이 체포되거나 사살될지 모르는 때, 이런 때라면 이들은 이동하지요. 새로운 지역으로 이동한단 말입니다!"

"그러니까 지금 당신 말은 동지들이 죽임을 당한 게 우리 탓이라는 거예요?" 이본느가 소리를 질렀다.

"아닙니다! 내가 지금 말하고자 하는 것은 여러분도 동료들과 마찬가지로 붙잡히거나 사살될 위험에 처해 있다는 사실입니다. 절박한 위기 상황이지요. 특히 여기가 더 위험합니다. 이곳을 벗어난다면 어디를 가더라도 지금보다는 더 안전할 겁니다. 동부로 가면 여러분은 한동안 은신하면서 대처할 방책을 차분히 정리하고 미래의 투쟁을 준비하며 지낼 수가 있어요. 순교자처럼 죽고 싶다면, 지금 그냥 텔레그래프 거리로 걸어 나가 총을 휘둘러대십시오. 그렇게 되면 나는 집으로 돌아가겠지요. 그건 내게도 많은 어려움을 덜어주는 길입니다. 그리고 돈 이야기가 듣기 거북하지 않다면, 많은 돈을 아끼는 길이라는 것도 덧붙여야겠군요."

프레이저의 눈에 다시 이본느의 보조개가 들어왔다. 꼭 다문 입술 양켠에 패인 보조개. 그러나 미소는 아니었다. 후안은 안절부절 못하고 왔다갔다 했다. 폴린은 아까부터 무릎을 뚫어져라 내려다보며 머리카락을 한 움큼 입에 물고 흔들어대고 있었다. 잠시 후 후안이 이본느와 폴린에게 의미심장한 눈길을 던지며 입을 열었다. 마치 자신들의 결속력을 되찾으려는 듯했다. "우리에게 자금이 필요하다는 당신 말은 옳습니다. 돈은 악이므로 우리 자신을 위해서 그걸 좇아서는 안 되겠지만 지금 우리에게는 돈이 필요하니까요. 돈이 없으면 살아남을 수 없으니까."

"맞습니다. 그래서 여러분들이 동부로 옮겨야만 하는 겁니다. 살아남기 위해서. 캘리포니아를 떠난다고 포기하는 게 아니지요. 결코 포기하지 않기 위한 전략적인 조치입니다. 제 말을 오해하진 마십시오. 지금 여러분 모습을 보십시오! 햇빛도 들어오지 않는 이 좁은 방안에 갇혀서 몸을 온전히 펼 자리도 없이 제대로 숨을 쉬지도, 먹지도……" 그는 사방에 어지럽게 흩어진 테이크아웃 음식 찌꺼기들을 몸짓으로 가리켰다. "여러분이 나와 함께 동부로 간다면 제대로 숨쉬고 휴식을 취하고 맑은 머리로 생각할 수 있는 공간을 보장해드리겠습니다. 그곳으로 가서 다음 방책을 계획합시다. 그리고 그곳에서 우리의 전술을 제대로 사용한다면 활동자금을 벌충할 수 있을 겁니다."

"어떻게?"

프레이저는 초조한 자신의 심정을 내비치지 않으려고 조심했다. "내가 이미 말했지요. 책을 한 권 쓴다는 걸. 여러분의 입장을 담을 책 말입니다. 여러분이 왜 그런 일을 했는지 그 이유를 밝히는, 말하자면 공식 성명서 같은 것이지요. 하지만 좀더 긴……"

후안의 표정이 일그러졌다.

"난 모르겠습니다." 후안이 말했다. "책이라는 건 그런 것 같은데. 난 잘 모르겠다구요."

"부르주아적인 짓거리지." 이본느가 말했다.

"하지만 또다른 투쟁 방식이지요. 글을 통한 투쟁. 게다가 그건 여러분이 돈을 버는 데도 도움이 될 겁니다."

"나는 선언서를 선호합니다. 내 말은, 물론 마오는 책을 썼어요. 분명하지요. 하지만 이 나라에서 책이란 건 죄다 엉터리 짓거립니다."

"나도 동의합니다." 프레이저가 말을 받았다. "그래도 내 생각으로는 그 때문에 더욱이……"

"여기를 떠나야만 하는지에 대한 생각은 할 만큼 했어요. 우리 투쟁이 국제적인 투쟁이라는 것은 사실입니다. 우리는 세계 곳곳에 퍼져 있는 자유 수호자들과 연대의식을 갖고 있어요. 그러니 세계 어디라도 갈 수 있는 것이지요. 그러나 캘리포니아는 우리 동지들이 죽임을 당한 바로 그 자리란 말입니다." 후안은 다시 바닥에 앉았다. 모두 멍한 눈길로 입을 다문 채 잠잠해졌다.

그들의 기분을 헤아려 충분한 시간이 흘렀다고 생각되었을 때 프레이저가 입을 열었다. "그 문제를 생각이라도 해보겠습니까? 여러분이 벌게 될 돈은 그 값어치를 하게 될 겁니다. 그리고 돈이 벌릴 때까지는 내가 여러분을 부양합니다."

"왜죠?" 이본느가 물었다.

"나는 여러분들 편이니까요." 프레이저가 말했다. 진심이었다. 그러자 비로소 이본느가 그를 향해 미소를 지어보였다. 보조개가 패이며 짓는 미소를.

그들은 여러 질문을 프레이저에게 쏟아냈다. 어떻게 거기에 갈 건가? 자동차로…… 누구 차인가? 다양한 친구들 차다…… 차종은? 링컨, 올스모빌…… 분위기는 점차 바뀌어갔다. 따지듯 도전적인 어조에서 차츰 걱정과 궁금증이 담긴 어조로. 이들은 프레이저가 생각조차 해보지 않은 것에 대해서도 질문을 던졌다. 길 위에서 몇 밤을 보내야 하나? 어떤 길로 갈 건가? 이런 의외의 질문들을 받자 프레이저는 즉석에서 대답을 지어냈다. 자신이 권위적이고 당당하게 행동하면 할수록 그들이 점점 더 자신을 의지하고 좋아한다는 것을 간파했기 때문이다. 어느 순간에 후안이 물었다. "우리가 책을 내는 작업을 하겠다고 결정하면 원고 내용을 죄다 타자로 쳐야 합니까? 나는 타자를 칠 줄 알지만 이 둘은 쓸모없어요." 폴린과 이본느가 자신들을 쓸모없다고 말한 후안에게 격렬하게 따지고 들자 프레이저가 대답했다. "무슨 말을 그렇게 합니까? 내가 여러분에게 제공하려는 것은 전문적인 계획이고 준비예요. 여러분에게는 필사자, 대필작가는 물론이고 원하는 건 무엇이든 제공될 겁니다. 그건 기본입니다." 이렇게 말하며 프레이저는 다시금 자신의 권위적인 태도가 그들의 마음을 더욱더 끌어당기고 있다는 걸 감지했다. 그래도 그들은 결정을 하지 않았다. 자기들끼리 회의를 열어야 할 테니까.

잠시 후 문 두드리는 소리가 희미하게 들려왔다. 어쩌면 몇 분 동안 노크 소리가 계속 났을 텐데 방안의 사람들이 듣지 못한 건지도 몰랐다. 왜냐하면 노크 소리가 들리기 전에 그들은 마침내 프레이저가 무슨 일을 했는지 물어보아야겠다는 생각을 했고 프레이저는 그들에게 프로 스포츠계에서 자행되는 인종차별주의에 대해 설명을 시작했기 때문이다. 그들이 프레이저의 얘기에 관심을 보이자 프레이저는 활기차게 이야기를 계속 하고 있었던 것이다.

노크를 한 사람은 탐이었다. 그는 점심 요깃거리와 와인을 들고 들어왔다. "어이, 오랜만이군." 탐이 프레이저에게 고개를 꾸벅하며 인사를 했다. 탐은 긴장한 듯 보였는데, 프레이저에게는 뜻밖이었다. 그는 자신이 근사한 존재가 된 듯한 기분이 들었다.

세 명의 도주자들은 와인을 보자 허겁지겁 달려들었고 방바닥에 뒹굴던 끈적끈적하고 얼룩덜룩한 컵들을 주섬주섬 챙겨 들었다. 하지만 음식을 싼 꾸러미를 끌러보는 데는 그다지 열성을 보이지 않았다. 그래도 프레이저는 후안이 포장지를 벗긴 햄버거를 실눈으로 들여다보다가 다시 덮더니 폴린에게 건네는 모습을 놓치지 않았다. "여러분이 음식을 든 뒤에 결정을 내릴 기회를 갖는 게 나을 것 같군요." 프레이저의 제안에 그들은 한번 쳐다보지도 않고 고개만 끄덕거렸다. 프레이저는 방 밖으로 나와 여유를 갖기로 했다.

거실로 나온 그는 탐과 샌디를 보았다. 그들은 자기몫의 음식을 천천히 먹고 있다가 고개를 돌려 프레이저를 빤히 쳐다보았다. 어쩐지 석연치 않은 기색이 느껴지는 눈길이었다. 마치 프레이저가 수술실에서 나와 가족에게 나쁜 소식을 전해주는 외과의사라도 되는 것처럼. "그러니까 이건 상당히 초현실적이야." 프레이저가 활기차게 말했다.

두 사람은 여전히 두려움이 가득 담긴 낙담한 표정으로 그를 지켜보았다. 마침내 탐은 뇌에 충격이라도 받은 사람처럼 입을 열었다. "자네가 그들을 여기서 데리고 나갈 건가?"

"그건 그들에게 달렸어. 난 그렇게 되길 바라지만." 프레이저가 말했다.

"아 참." 탐의 어투는 감각을 잃은 듯했으나 프레이저는 그 목소리 속에서 진실한 기분을 감지했다. "나로서는 그들이 지금 당장 여기에서 나가줘야겠는데. 내 친구가 이틀 안에 돌아오거든."

"걱정 그만해. 그렇게 줄창 걱정하려고 내게 전화한 건가?"

프레이저의 이런 반응에 탐과 샌디는 그를 몇 년 동안 알고 지낸 사람들이 아닌 것처럼, 자신들이 그와 마찬가지로 방만하고 느슨하긴 하지만 고결하고 올바른 신념을 가진 서클에 든 사람들이 아닌 것처럼, 그를 드문 능력을 소유한 존재로 여기지 않는 것처럼, 나아가 전에 그를 한 번도 만난 적이 없는 사람처럼 뚫어질 듯 바라보았다. 그리고는 다시 아까처럼 점심을 먹었다.

"폴린의 햄버거에 뭐 특별난 거라도 있어?" 잠시 후에 프레이저가 물었다.

"뭐라고?" 탐이 프레이저를 보며 눈살을 찌푸렸다.

프레이저가 씨익 웃었다. 그는 손가락으로 허공에 따옴표를 표시하며 "폴린"이라고 강조했다. "폴린이 특별히 좋아하는 버거라도 있느냐고?"

"이런, 도대체 뭘 말하는 건지 모르겠군."

"자네가 저 사람들에게 가져다준 그 버거들 말이야, 젠장, 탐. 그 햄버거에 별난 토핑 같은 거라도 없은 건가?"

"어, 아니. 내 말은, 그렇지. 그 중 하나는 토핑을 얹거나 소스를 치지 않아야 했지. 케첩도 바르지 않고 피클도 얹지 않고, 아무것도 넣지 않은 거. 폴린은 토핑을 좋아하지 않으니까."

"끄으윽." 프레이저는 무심결에 인상을 썼다.

탐이 어깨를 으쓱했다. "어쨌거나 그 사람들은 거의 먹지도 않는 걸 뭐. 음식을 맛만 보고는 한켠으로 내던져버리고 말아."

복도 저편의 그 방에서 아무런 기척도 들리지 않는 채로, 프레이저가 서 있던 방 안에서는 대화가 끊긴 채로 몇 분이 족히 흘렀다. 그는 벽을 따라 방안을 어슬렁거렸다. 느긋하게 수족관 안을 들여다보다가 그림과 서예 작품들을 바라보았다. "이 친구 동양적인 것에 빠져 있군." 그가 탐을 바라보며 논평했다.

"그 사람 가라데 사범이야." 탐이 말했다. "지금 일본이나 뭐 그런데 있을 테지. 하지만 돌아와, 곧."

"백인 가라데 사범이란 말이지? 제니라면 굉장히 좋아하겠는걸." 프레이저는 옛 생각이 떠올라 잠시 낄낄거렸다. "어쨌거나 제니는 어떻게 된 거야? 최근에 제니 소식 들었나?"

"뭐라고?" 샌디가 날카롭게 말했다.

"왜?" 프레이저는 눈썹을 치뜨고 고개를 돌려 그녀를 바라보았다. "무슨 말이야? 제니는 너랑 있잖아, 그렇지 않아?"

프레이저가 웃었다. "제니가 그렇게 말했어?"

"그렇게 말했다니? 제니는 여기서 너랑 같이 떠났잖아! 네가 제니를 돌봐주고 있었던 거 아냐?"

"지금도 여전히 돌봐주고는 있지. 내가 제니에게 아주 훌륭한 환경을 만들어줬거든. 하지만 너도 알잖아, 제니가 얼마나 독립적인지. 제니에게는 매순간마다 손을 잡아줄 내가 필요하지 않아. 최근에 우린 그냥 연락이 끊어졌어. 뉴욕에서는 그렇게들 살지. 이제 제니는 진짜 뉴욕 사람이 되어버린 거야."

"하지만 제니는 도시에 있는 것도 아니잖아. 그녀가 보낸 편지에 그렇게 적혀 있던걸."

"물론 아니지. 맞는 말이야. 그렇지만 뉴욕 주에는 있지." 어느새 프레이저의 심장이 고동치고 있었다.

"내 짐작이긴 한데, 제니는 뉴저지쯤에 있을 거야. 강 근처에 살고 있어."

"허드슨 강?" 프레이저가 물었다.

"몰라."

"제니가 보낸 편지에 찍힌 소인이 어디였지?"

"모르겠어. 그 편지는 윌리엄에게 가는 거야. 제니가 편지를 보울더에 있는 데이너에게 보내면 데이너는 그걸 다시 베껴서 윌리엄에게 보내주는 거지. 하지만 지난번 데이너에게 들었는데, 제니 목소리가 정말 좋게 들리더래. 잘 지내는 것 같았대. 네가 제니하고 연락이 안 된다니 믿어지지 않는군."

"사람들이 도시를 떠나면 일이 그렇게 되는 거라구. 서로 지속적으로 소식을 주고받기란 정말 어렵지. 데이너는 제니 주소를 갖고 있는 건가?"

"응. 윌리엄이 편지를 쓰면 그 편지를 데이너에게 보내거든. 그러면 제니의 편지를 받았을 때랑 똑같이 윌리엄의 편지를 제니에게 보내게 되어 있으니까."

프레이저는 다시 고개를 돌려 수족관을 뚫어질 듯 쳐다보았다. 가까이에서 들여다보니 둥그스름한 암석처럼 보였던 것이 사실은 거북이들이었다.

"윌리엄이 제니에게 편지를 많이 쓰는 것 같군." 잠시 후 그가 입을 열었다.

"정말 그래." 샌디가 말했다.

"윌리엄은 어떻게 지내지?" 프레이저는 이렇게 묻는 자신의 목소리가 문득 아까 탐의 목소리와 같다는 느낌이 들었다. 뇌에 심한 충격을 받은 듯한 목소리.

"아아." 샌디가 한숨을 내쉬었다. "그를 보러 갈 때마다 울게 돼. 내가 찾아가도 별로 윌리엄을 기운나게 해주지 못하니까."

무슨 소리가 복도 끝에서 들려오자 샌디는 벌떡 일어나 부리나케 달려 나갔다. 잠시 후에 그녀가 돌아왔다.

"그들이 너랑 다시 얘기하고 싶대." 샌디가 프레이저에게 말했다.

방안은 프레이저가 나올 때와는 많이 달라져 있었다. 조금 전에 날라다준 점심식사 찌꺼기들은 이미 방바닥에 있던 다른 쓰레기들과 뒤섞였고 세 사람은 무릎에 총을 올려놓고 반달 모양으로 빙 둘러 앉아 있었다.

"우리는 결정을 내렸습니다." 후안이 말했다. "당신의 제의를 받아들이기로 했어요. 음, 몇 가지 조건을 들어준다면 말입니다."

"물론이지요." 프레이저가 독려하듯 대답했다.

"우리가 동부나 다른 어느 곳으로 이주하는 건 아닙니다. 당분간 거기 머물면서, 당신이 말한 대로, 몸을 숨기고 다시 사람들을 재결집해야겠어요. 자금도 마련하고."

"충분히 이해합니다. 그 말은 여러분들이 책을 쓰는 작업을 통해서 자금을 마련하겠다는 뜻이겠지요."

후안은 피곤하다는 듯이 어깨를 으쓱했다. "그렇다고 할 수 있겠지요." 프레이저는 이본느가 몰래 후안의 넓적다리를 쿡쿡 찌르는 걸 보았다. "그리고 우리는 진심으로 감사하게 생각합니다." 후안이 덧붙였다. "지금까지 우리가 고마워하지 않는 것처럼 보이지 않았기를 바랍니다. 당신이 진정한 우리 형제라는 건 압니다. 그저…… 요즘 우리가 안 좋은 날을 보낸 탓으로 그랬던 것뿐이에요." 후안이 이렇게 일장 연설을 하는 동안 이본느와 폴린은 열심히, 심지어는 채근하는 듯한 눈길로 후안을 지켜보고 있었다. 이제 두 여자는 근심스러운 눈길을 프레이저 쪽으로 던졌다. 후안은 고개를 숙여 자신의 부츠를 내려다보고 있었다.

"이거 잘됐습니다." 프레이저는 차분하고 당당하게 말했다. "내게도 두 가지 조건이 있습니다. 그 조건이란 모두 여러분의 안전을 위한 겁니다. 제1조건은 우리가 길을 떠나게 되면 내가 하라는 대로 따라야 합니다. 여행길은 위험할 겁니다. 그리고 나는 우리가 논쟁을 벌이면서 시간 낭비하는 걸 원치 않아요. 만일 여러분이 생명을 맡길 만큼 나를 믿어준다면 우리는 쉬지 않고 가게 됩니다. 그렇지 않다면 나는 지원을 철회하게 될 겁니다."

그들은 또다시 한 얼굴로 그를 뚫어질 듯 쳐다보았다. 후안이 냉정하게 말했다. "제2조건이란 뭐요?"

"길을 떠나면 총을 지니지 못한다는 것이죠. 여러분의 총은 여기 남겨두고 떠나야 합니다."

"무슨 헛소리를 지껄이는 거요?" 후안은 자기 총을 움켜쥐면서 다시 벌떡 일어났다. 그동안 무릎 위에 올려놓고만 있던 총을 이제 손에 잡고는 오른쪽으로 들어올렸다가 다시 다시 앞으로 내밀었다. 프레이저는 금세 손바닥이 축축해지는 느낌이 들었다. 마치 손이 물에 흠뻑 젖은 것 같았다.

"후안!" 이본느가 소리를 질렀다.

"미안합니다." 후안은 프레이저의 냉정을 완전히 앗아가고 말 정도로 차분하게 말했다. "하지만 우리는 전쟁 상황 속에 있습니다. 그러니 무방비 상태로 있을 수가 없어요. 우리 총을 포기하는 일은 절대 있을 수 없단 말입니다."

"저 사람은 우리가 두려운 거예요." 여자 둘 중 하나가 말했다. 프레이저는 입을 쩍 벌리고 그 여자를 바라보았다. 폴린이었다.

"그렇지 않습니다!" 프레이저가 반박했다.

"당신은 우리에게 당신을 믿으라고 요구하지만 정작 자신은 우리를 믿지 않아요." 폴린이 싸늘하게 말했다.

프레이저는 마치 자신의 턱이 툭 튀어나온 기계 부속품처럼 움직이는 느낌이 들었다. "이해를 못하는군요." 그가 말했다. "길을 가는 중에 경찰이 요구하면 길 한켠에 차를 세워야 할지 모릅니다. 여러분은 변장할 수 있겠지만 총은 감출 수 없단 말입니다. 대륙을 가로질러 차를 달려야 하는데 총을 들고 갈 수는 없는 겁니다!"

"그렇다면 거기 가서 우리가 어떻게 총을 구합니까?" 후안이 따지듯이 물었다.

"뭐라고요? 총을 구하겠다고요? 여러분이 나서서 구할 필요는 없습니다. 제가 새것으로 마련해 드릴 테니까." 프레이저는 자기도 모르게 이렇게 말해버렸다. "이런 세상에! 그게 여러분 생각이었습니까? 내가 여러분에게 절대로 총을 가져서는 안 된다고 말하는 줄 알았습니까? 내가…… 우와, 완전히 오해를 샀군요." 그는 웃음을 억눌러 참는 것처럼 말했다. 티셔츠가 몸에 착 달라붙는 느낌이었다.

돌연, 후안도 웃었다. 짧고 날카로운 외침 같은 웃음이었다. "이런 제기랄. 당신이 우리를 한 방 먹였소이다. 난 당신이 우리에게 총을 포기하라고 말하는 줄 알았으니까."

"아, 아니지요. 압니다." 프레이저가 희미하게 웃으며 덧붙였다. "절대로 아니에요. 내 말은, 우리가 여기서 지니고 있는 것들, 이것들은, 음……"

"이건 12구경 펌프 연사식 산탄총이죠. 변형 모델이 틀림없어요."

폴린이 말했다.

프레이저가 깜짝 놀라며 그녀를 바라보았다. "어, 그렇죠. 내가 나중에 그 끝부분을 교체해 드리지요. 틀림없이."

"난 차라리 전자동으로 하겠어요." 그녀가 말했다.

"입 닥치라니까." 후안이 되풀이했다. "이야기는 내가 하는 거야, 잊었어?"

그날 오후의 남은 시간 동안, 갈색 담요 뒤로 태양빛이 점점 더 희미해져 가는 동안, 그리고 솟아오르는 담배 연기가 새록새록 방안을 채우는 동안 와인 술병은 삽시간에 비워졌고 그들은 논의에 논의를 거듭한 끝에 문제를 마무리지었다. 위태로운 일촉즉발의 순간과는 전혀 거리가 멀었다. 다행스럽게도 다시 그런 순간은 오지 않았다. 이들이 다 같이 정리한 복잡한 계획은 프레이저가 말한 그대로 그날 이후 며칠에 걸쳐서 실행되었다. 지루하긴 했으나 순조롭게 자동차의 근거리 왕복 운행이 이어졌다. 한 번에 한 사람씩, 차례로. 맨 처음에는 폴린을, 그 다음에는 이본느를, 그리고 마지막으로 후안을 실어 날랐다. 캐럴이 새로 빌린 집은 전혀 위험하지 않은 안전가옥으로, 맨해튼에서 자동차로 1시간 거리에 있는 오래된 농가였다. 그리고 마지막으로 많은 총들은 프레이저의 옛 친구들이 맡기로 했다. 언젠가 소유자들이 찾으러 올 때까지 보관하기로 한 것이다. 프레이저는 총 보관의 책임을 탐에게 맡겼다. 탐은 이 과업을 도망자들을 지키는 일에 비해 격상된 것으로 받아들이는 것 같았다. 짐작컨대 지금쯤 이 총들은 베이 에이리어 여기저기로 흩어졌을 것이다. 프레이저와 제니가 한때 가입해 있던, 세계를 면밀하게 계획했던 비밀 동아리 소속 회원들 사이로. 한때는 규모도 컸고 충성을 맹세했던 서클. 아직도 충성을 맹세하고 있는 걸까? 그로서는 알기 어려웠다. 뉴욕에서 너무 오랫동안 지내왔기 때문에 서클 사람들이 그들끼리는 물론이고 자신의 뜻에 동조해 줄는지 판단할 잣대도, 근거도 없었다. 샌디는 도주자들이 자기 집 앞에 한꺼번에 밀어닥치자 그에게 전화를 걸었다. 그리고 나중에 데이너가 그에게 제니의 우편 사서함 번호를 일러주었다. 그렇지만 샌디와 데이너는 늘 그의 의식에서 가장 끄트머리에 자리한 존재들이었다. 그저 얼굴만 아는 사람들. 얼굴만 알고 지내는, 얕은 교제를 튼 사이는 세월이 흐른다고 변하지 않는 것 같다. 이런 관계는 형성중인 혹성처럼 더 큰 덩어리가 될 만큼, 아니면 지나치게 큰 별처럼 날아가 흩어져버릴 만큼 실질적이지 않다. 그는 지금 자기 앞에 가는 이 여자와 자신의 관계도 그런지 어떨지 알 수가 없다. 라인클리프를 벗어난 두 사람은 작은 도로를 달려 시골길로 접어들었다. 그녀가 다리를 좋아하지 않는다는 그의 판단은 옳다. 그러나 지금 그는 자신이 틀렸다고 생각한다. 좌회전을 하여 다리를 놓아 만든 길 위를 달려가자 그의 자동차가 미끄러져 그녀의 자동차 백미러에서 잠시 벗어난다. 그녀는 그가 놀라 눈썹을 치뜨는 걸, 깜박이 등을 켠 채로 그녀의 뒤를 조심스레 따라오는 걸 볼 수가 없다. 그는 그녀의 목에 가느다란 혈관이 팔딱거리는 걸 볼 수가 없다. 강의 끝자락까지 오자 그녀는 마른 풀들이 자라는 2차선 도로를 따라 8킬로미터쯤 거리를 그를 이끌고 간다. 제멋대로 뻗은 그 길을 지나자 널따란 농지와 텅 빈 들판이 나온다. 마치 술주정꾼이 그어놓은 줄무늬 그림 같다. 그녀는 새 길이 나타날 때마다 자주 길을 바꾸고 있다. 그에게는 그녀가 뒤쫓는 자신을 따돌리려 한다는 생각이 들기 시작한다. 또다시. 그녀가 제한속도를 넘지 않고 일정하게 액셀러레이터를 밟고 있다는 사실을 빼면 말이다. 나무들이 사방을 에워싸고 그들이 달리는 길은 오르막길로 변해간다. 심해처럼 울창한 숲의 왼쪽으로 길이 열려 있다. 오른쪽으로 암벽을 껴안으면서 오르막길을 달리고 또 달리다가 돌아야 할 때면 그녀는 속도를 줄이고 더디게 달린다. 그리고 그는 느릿느릿 돌아가기 전에 그녀가 가볍게 경적을 울리는 소리를 듣는다. 저 아래 소리 없이 고요한 샛강이 깊은 계곡 바닥에 띠처럼 흐르는 것이 그의 시야에 들어온다.

그리고 나서 그들은 다시 텅 빈 길로 나온다. 그러나 아주 높이 솟은 길이다. 그는 창문 사이로 쏟아져 들어오는, 살을 에일 듯 찬 공기를 마시며 고지대라는 걸 실감한다. 그녀는 길을 바꾸고 또 바꾼다. 두 사람의 자동차가 만드는 그림자가 그들 앞에 길게 늘어져 있다. 그들은 이제 동쪽으로 향하고 있다. 그들이 출발했던 방향으로 되돌아간 것이다. 트윈 레익스 캠프라는 표지판이 세워진 곳에서 그녀는 먼지 나는 길로 접어든다. 네번째, 혹은 다섯번째 캠핑 구역마다 야외용 테이블과 불 피우는 구덩이, 텐트와 캠핑객들이 타고 온 자동차가 보이고 그 곁을 그들의 자동차가 덜컹거리며 지나친다. 지금은 주중이고 유월이 거의 다 되었지만 아직 야영을 하기에는 좀 이른 시기이다. 그렇게 많지 않은 사람들. 곁눈으로 프레이저는 배낭을 멘 채로 몸을 웅크린 채 앉아 있는 여자애를 본다. 함께 온 남자애가 그녀의 어깨끈을 갑자기 홱 잡아당긴다. 금발의 여자애 얼굴에는 따분하고 냉소적인 표정이 어려 있다. 그녀가 인상을 쓴다. 그런데 도로의 커브 길을 지나치자 그녀의 모습이 길모퉁이 뒤로 사라진다. 아주 잠깐 그 소녀를 흘끗 보았으니 어쩌면 그녀가 폴린일지도 모른다는 생각이 들 수도 있겠다. 프레이저는 미국 전역에서 지금 바로 이 순간에 저런 표정을 지을 사람이 얼마나 많을까 문득 궁금해진다.

도로는 호숫가의 공터에서 끝난다. 호수에는 자갈이 흩어진 손바닥만한 공터가 있고 인명 구조원용 낡은 의자가 쓰러져 있다. 공터에는 또 다른 차 한 대가 서 있다. 제니는 가급적이면 그 차에서 멀리 떨어진 곳에다 차를 세우고 차에서 내려 호수에서부터 사람의 발길로 다져진 오솔길을 따라 올라간다. 프레이저가 그녀를 뒤따른다. 완만하게 경사가 지고 듬성듬성 나무가 서 있는 오솔길을 몇백 미터쯤 가다보니 풀밭이 펼쳐지고 풀밭은 낭떠러지 위에서 사라진다. 골짜기 전체가 발 아래에 드러나 있다. 그 중간쯤에 햇빛에 반사되어 아른거리는 오후의 아지랑이 사이로 프레이저는 강을 바라본다. 가느다란 은빛 강줄기를. 강 저 너머 초록빛이 감도는 회색의 주름진 산자락에는 매연과 안개가 뒤섞여 어슴푸레하다. 그들 앞에는 자동차로 달려온 농토가 축소되어 보인다. 농토는 초록색 선이 그어져 있고 검정, 노랑, 초록 색깔이다. 대기는 황금빛이다. 한낮은 세상의 모든 것을 말려버리고 아주 미세한 소리만 남겨 놓은 것 같다. 그 소리들이 계곡을 타고 그들이 서 있는 곳까지 올라온다. 기이할 만큼 명료하게 들리는 소리이다. 프레이저는 개가 짖는 소리를 듣는다. 아마도 몇 킬로미터쯤 떨어진 데서 나는 소리이리라. 그리고 오토바이처럼 윙윙거리는 모기 소리도 가느다랗게 들려온다. 들판은 축구를 해도 될 만큼 넓다. 더 멀리 들판 끝에는 밝은 색 옷차림에 중년으로 보이는 몇몇 사람들이 서로 사진을 찍어주고 있다. 그들은 비교적 가까운 거리에 있는데도 말하는 소리는 들리지 않는다. 소리는 들리지 않고 들뜬 몸짓만 보자니 흡사 무언극 같다. 제니는 낭떠러지의 맨 끝까지 걸어가 앉는다. 여기서 보면 이 낭떠러지가 만화에 그려진 것처럼 나무나 풀이 자라지 않는 민둥벽은 아니라는 걸 알 수 있다. 울퉁불퉁한 흙더미와 나무들이 어지럽게 뒤엉킨 내리막길처럼 보인다. 그러나 프레이저는 아직도 속이 뒤집히는 것 같다. 그는 제니 곁에 앉는다. 바로 옆도 아니고 닿을 만큼 가까이도 아닌 자리에. 그래도 그녀의 어깨에서 30센티미터 이상 떨어지지는 않았다. 친밀감을 느낄 만큼 가깝게. 그는 그녀의 맞은편에 앉고 싶다. 2년이라는 세월이 그녀를 어떻게 변화시켰는지 찬찬히 살펴볼 수 있도록. 그러나 그러지 못하고 계곡만 뚫어질 듯 바라본다. 그녀의 성난 호기심이 빠르고도 가볍게 자신에게 옮겨오는 것을, 만져질 듯 민감하게 느끼면서. 그녀는 그가 먼저 입을 열기를 바라지만 그는 그러지 않을 작정이다. 그녀는 청바지 주머니에서 담배를 꺼낸다. 담배쌈지와 종이도. 그리고 무릎을 세워 산들바람을 막고 담배를 동그랗게 만다. 양손을 모두 쓰는 탓에 애써 보긴 하지만 그보다 먼저 성냥을 긋지 못한다. 덮치듯 갑자기 떠오르는 그에 관한 이 작은 사실은 기억이라기보다는 몸의 반사 작용이다. 마지막으로 담뱃잎이 겹쳐진 자리가 부드럽게 부풀려지는 기분 좋은 느낌을 프레이저보다 먼저 성냥을 움켜쥐려는 충동이 불쑥 솟아오른 탓에 망치고 말았다. 어느새 프레이저는 성냥을 그어 그녀 쪽으로 몸을 기울이며 그 집요한 둥근 대머리를 그녀의 짧은 앞머리에 닿을 듯이 가까이 들이대고는 컵처럼 오므린 양손을 그녀 입 가까이에 댄다. 그녀는 아주 오랫동안 그에 대한 생각을 피해왔기 때문에 그의 특이한 성격 때문에 불편하고 피곤했다는 사실이 뒤늦게야 떠올랐던 것이다. 그는 이미 성냥을 그었고 양손을 컵 모양으로 오므렸는데, 이는 그 작은 불꽃이 기류 때문에 꺼지지 않도록 하기 위해서였을 뿐만 아니라 정중한 태도로 위장해서 그녀에게 좀더 가까이 다가가 대화를 유도하려는 의도도 있었다. 프레이저는 항상 불꽃 주위로 양손을 컵처럼 오므리고 몸을 가까이 기대온다. 장소가 실내라서 바깥바람이 전혀 들어오지 않는 곳에서도 마찬가지이다. 남자들 중에는 용맹성이라는 퇴화된 태도를 기꺼이 받아들이는 부류가 있다. 아무리 우회적으로 표현한다 할지라도 용감하고 씩씩한 모습이 여성을 성적으로 사로잡는 데 효과가 있음을 직관으로 터득했기 때문이다. 그녀는 프레이저가 이런 부류의 남자라고 생각한다. 그들이 맨 처음 만났을 때부터 늘 그렇게 생각해왔다. 어떤 상황에서든 여자에게 접근하려는 끔찍한 본능과 에너지를 가진 그런 족속의 남자들 가운데 하나라고. 아마 모든 여자에게 그러는 건 아닌지도 모른다. 성냥불이 담배 끝에 닿자 그녀는 재빨리 한 모금 빨고는 재가 생기면서 빨갛게 타오르는 걸 바라본다. 그녀가 살짝 고개를 들자 프레이저가 거기 있다. 그녀의 시야를 꽉 채우며. 그녀와 눈길이 마주치자 그는 그녀를 열심히 쳐다본다. 그녀는 얼굴이 달아오르는 걸 느낀다. 그는 잠시 동안 그대로 그녀를 응시하다가 다시 바닥에 앉는다. 성냥불을 흔들어 끄면서. 그가 잠깐 동안 빨아들였던 계곡과 강과 하늘이 다시 나타난다.

  2년의 세월 동안 그는 인내를 배웠다. 그것이 그녀를 놀라게 한다. 그는 대체로 미친 듯이 연설을 해대는 사람이고 다른 사람의 말에 귀를 기울이는 법이 별로 없다. 이 말은 누구라도 일단 그에게 말할 기회를 주면 그는 몇 분 안에 다섯 가지 다른 방식으로 자신의 본색을 드러내고야 만다는 뜻이다. 하지만 그는 억지로라도 그녀가 먼저 입을 열게 하겠노라고 결심한 터이다. 사실 그는 지금 참을 수가 없어서 폭발할 지경이다. 하지만 그는 결심을 꺾지 않는다. 그녀는 담배를 거의 한 모금에 쭉 빨아들여 다 피워버린 것 같다. 다 피운 담배를 손가락으로 가볍게 튕겨서 버리고는 또 한 개비를 만다.

  결국 그녀가 입을 연다. "당신 혼자야?"

"그럼. 내가 여길 보안대와 같이 왔다고 생각하는 건가? 그러지 마, 제니."

그는 그녀가 자신의 이름을 듣자 움찔하는 걸 본다. "모를 일이지."

"당연히 난 혼자야."

"어떻게 날 찾아냈지?"

"왜 찾아내게 만들었지?" 이렇게 말하며 그는 그녀에게 다시 한 번 시선을 던진다. 그녀가 두려움으로 위축되어 있다는 생각이 든다. 너무나 연약한 존재. 마치 거미의 작업 같다. 실을 한 줄 치고는 시험해 보는 거미. 실의 아래위로 살살 걸어가면서 눈길은 다음에 칠 실 쪽을 향해 있는 거미. "딕이랑 헬렌과 전화 통화했어. 네가 떠난 날 밤에."

"난 떠날 수밖에 없었어, 롭. 그들이 점점 미심쩍어 했거든. 그들은 날 데리고 있는 걸 달가워하지 않았어."

"그들 태도로는 너를 데리고 있는 걸 싫어하는 것 같아 보이지 않는데."

"물론 그렇겠지, 당신한테는. 당신 친구들이니까. 그들은 자신들이 겁먹었다는 걸 인정하고 싶지 않았던 거야."

"그들의 목소리가 겁에 질린 것처럼 들린 건 네가 떠나고 난 후였지. 아침에 일하러 나갔다가 밤에 돌아와 보니 네가 사라졌다는 거야. 쪽지 한 장 남기지 않고. 설령 그들이 의심을 품을까봐 두려웠다 하더라도 네가 한 선택은 최악이었어."

"미안해, 롭."

"게다가 책임과 비난은 내가 혼자 덮어쓰게 하고 떠나버렸지."

"미안해, 롭."

"그래놓고는 왜 네가 놀라 달아났는지 그럴듯한 변명을 생각해내려고 애쓰고 있더군. 그건 막연하기 짝이 없는 그들의 의심과는 전혀 상관없는 행동이었어. 분명 그 사람들은 의심을 품었지. 하지만 그 의심이라는 건 네가 떠난 후에 생겨났던 거야."

"미안해, 롭." 그녀는 미안하다는 말만 연거푸 하고 있다. 그와의 싸움을 피하려는 태도이다. 그녀는 그의 얼굴을 제대로 쳐다보기까지 한다.

"그리고 넌 그 후로 나한테 연락 한 번 한 적 없지." 그가 결론짓는다. 이렇게 말하며 그는 목이 뻑뻑해지는 기이한 느낌이 든다. 근질근질한 것 같기도 하다. 아마도 고지대라서 공기가 희박한 탓이겠지. 그가 내린 결론에 대해 그녀는 한 마디 대꾸도 없다. 그리하여 그 결론의 진실 여부는 가려지지 않고 공중에 매달린 채로 남아 있다.

"어떻게 나를 찾아냈지?" 그녀가 마침내 아까 했던 질문을 되풀이한다.

"어렵지 않더군. 네 펜팔 친구가 네가 새로 얻은 일감에 대해 말해주었지. 그리고 너희들 중개인이 네 우편사서함 번호를 일러주었어. 그들은 모두 내가 그저 정보망과의 접촉이 끊긴 걸로 생각했지. 난 너무 바쁜 사람이니까. 그 사람들은 네가 날 뒤흔들어 놓으려고 애쓴다는 생각은 꿈에도 못했지. 우린 모두 친구니까, 기억나?"

그녀는 다시 얼굴을 붉힌다. 그런데 그는 이번에는 자기 때문에 붉어진 게 아니라는 걸 안다. 기차역에서 그녀를 보고, 그녀 때문에 굉장히, 완전히 놀란 나머지 예전의 감각이, 되돌아왔던 감각이 변질되고 만다. 잠시 동안 그는 그녀와 더불어 새로운 환경, 오로지 두 사람만이 짝을 이루어 생겨난 새로운 환경 안에서 배회했다. 옛날의 방식으로 가득 채우고, 그러나 옛날의 얼룩들은 말끔히 씻어버린 채로. 이제 그

옛날의 얼룩들이 다시 돌아와 있다. 반갑지 않은 승객들도 함께. "네 펜팔"이라는 말을 듣자 그녀의 손은 말 그대로 목 쪽으로 날아올랐다. 하지만 그녀는 표적에서 살짝 못 미치는 지점에서 손을 멈추고는 자신의 티셔츠를 움켜쥐었다. "당신이 윌이랑 얘기했어?" 묻는 그녀의 목소리가 반 톤쯤 높아져 있다.

"물론이지."

"내 말은 그 사람 만났느냐구?"

"물론. 내가 말했잖아. 그가 잘 지낸다고 말이야."

"난 당신이 그 사람 만날 줄은 몰랐어."

"그는 면회자를 받을 자격이 있으니까." 목소리가 퉁명스럽게 들린다. 하지만 자신이 그녀가 낚아채이듯 빼앗긴 연인과 최근에 물리적으로 가깝게 접촉했다는 그 생각이 그녀에게 말할 수 없는 두려움을 주고 있다는 걸 프레이저는 간파한다. 비록 그녀는 그런 공포를 드러내지 않으려고 안간힘을 쓰고 있지만.

"그 사람 어때?" 그녀는 집요하다.

"괜찮아. 내가 말했듯이. 음식 먹는 걸 그다지 내켜하지 않더군. 그에게서 편지를 많이 받고 있는 거 아닌가?"

"물론 많이 와. 하지만 직접 받는 건 아니야. 데이너가 받아서 내 주소로 다시 보내줘. 그래서 편지가 늦어. 한 달에 한 번쯤 되는가 몰라."

"그게 다야?"

그녀가 고개를 끄덕인다.

"그가 편지를 더 자주 보내주길 바라겠군." 이렇게 말하면서도 프레이저는 그런 자신이 혐오스럽다.

"우리 둘 다 데이너를 통해서 편지를 주고받고 있어. 그건 시간이 걸리는 일이야."

아아, 그는 자신이 혐오스럽다. 만일 잔인하게 굴 거라면 잔인해져라! 끝까지 잔인함을 고수하라! 그러나 그는 그럴 수가 없다! 그가 말한다. "난 그저 농담해본 거야. 그를 볼 때마다 네 얘기를 못 견디게 하고 싶어 하더라. 너도 알듯이 그는 얘기를 할 수가 없잖아. 얘기를 하지는 못했지만 자기 마음이 그렇게 간절하다는 신호를 보냈지. 말하고 싶어서 못 견뎌하는 심정을 말이지."

"그가 뭐라고 했는데?" 그리고는 손이 다시 날아오른다. 이번에는 눈 위로. 마치 기차역에서 그랬던 것처럼. "이런 젠장." 그녀가 중얼거린다.

"자기." 그는 아주 오랫동안 그녀를 이렇게 부르지 않았다. 이렇게 부르고 나니 가슴에 구멍이 뻥 뚫린 것 같은 기분이다. 그는 눈을 가린 그녀의 두 손을 떼어내려고 애를 쓴다. 하지만 그녀는 그를 뿌리친다.

"아무 말이라도?" 여전히 그녀는 손으로 눈을 가리고 있다. "당연히 말했지. 음, '군인이 새로운 진로의 일을 받았다는 말이 들려.' 늘 그렇듯이 빙긋이 웃으면서 그러더군. 네 이야기를 한 거야." 그녀가 고개를 끄덕인다. 여전히 눈을 가린 채로. 프레이저는 한두 문장을 더 궁리해 내느라 정신이 없다. "'나 대신에 계속 여러 가지 일들을 잘 돌봐 줘' 라고 했는데 여러 가지 일들이란 너를 말하는 거야. 그는 나한테 아무 말도 없이 네가 떠나버렸다는 걸 모르니까. 우리가 줄곧 연락을 하고 지내는 줄로 생각하니까. 그건 내가 너를 보호해 주길 바라기 때문이지. 너를 사랑하기 때문이고. 자기, 제발 얼굴을 보여줘." 그는 배우가 되었어야 마땅했다. 그게 아니라면 적어도 대리 인생을 살아가는 존재여야 했다. 왜냐하면 옛날에 그랬듯이 지금도 이 여자에게 다른 사내의 사랑을 확신시켜 주어야 하는 끔찍한 고통이 시작되고 있으니까. 일단 그의 목구멍, 살로 두터운 벽을 이룬 목구멍과 그 가운데 맺힌 딱딱한 옹이가 기적처럼 첫 마디를 만들어내고 나자 그는 끊임없이 새로운 말을 만들 수 있게 되었다. 이제 미소를 지을 수도, 일부러 얼굴을 찡그리며 자신에게는 아무렇지도 않다는 듯이 다른 사내의 헌신적인 마음을 담은 일화들을 무심하게 다시 들려줄 수 있다. 비록 '자기' 라는 애정어린 말, 대수롭지 않은 듯 쓴 이 말을 자기 혼자만 고이 간직하고 있음에도. 그녀가 이 말을 듣는 걸 싫어한다는 걸 알면서도 이 말을 할 때마다 전율처럼 기쁨이 느껴진다. 이제 그는 이렇게 말한다. "너와의 접촉이 끊겼다는 걸 그가 알았더라면 난 무지 욕을 먹고 된통 당했을 거야. 그는 내가 너의 안전을 보장해 줄 것으로 믿고 있으니까. 너 스스로 잘 지낼 수 있다고 생각한다는 거 알아. 하지만 그에게는 그걸로 충분하지 않은 거라구. 난 그에게 너를 보살펴주겠다고 맹세했어." 그러자 그녀는 눈을 가리고 있던 손을 내리고 눈물 젖은 눈으로 그를 바라본다. 그 모습에 가슴이 너무 아파서 그는 그만 할 말을 잃어버린다. 그녀는 얼굴을 무릎 위에 파묻는다. 그녀 주위로 고독이란 작은 방울이 맴돈다. 낭떠러지의 끝자락에 남겨진 프레이저는 저 멀리 허공을 응시한다.

한동안 서로 무관한 소리들이 떠다닐 뿐 아무것도 없다. 새 소리, 대기 어딘가에서 낮게 울리는 제트기 소리. 그는 그녀가 여전히 울고 있는 소리를 듣게 될까봐 두려우면서도 줄곧 열심히 귀를 기울인다. 흰 옷차림의 중년 커플들이 그와 제니가 앉아 있는 뒤쪽 들판을 비스듬히 가로질러 간다. 사람들이 오간 발자국으로 생겨난 길 쪽으로 가는 것이다. 미풍이 불어오는 방향이 바뀌어 잠시 중년 부부들의 명랑

하고 불분명한 목소리가 그들 쪽으로 들리더니 이내 잦아든다. 마침내 제니가 한숨을 내쉬고 셔츠의 소맷자락으로 얼굴을 훔친다. 그녀가 몸을 돌려 그를 바라보자 그는 흠칫 놀란다. 그는 늘 이처럼 그녀가 순화된 눈길로 바라봐 주기를 꿈꾼다. 하지만 그녀가 진정으로 그런 시선을 보내는 경우는 아주 드물었다. 그런 시선을 마주하면 그는 늘 움츠러들었고 외면했다. 고개를 돌려 외면하고 있는 지금처럼. "롭." 그녀가 부른다. 그는 고개를 끄덕이며 기다린다. "윌리엄을 만나면 말해줄래? 우리가 엉망으로 망쳐버린 그때 이야기."

우리가 엉망으로 망쳐버린 그때 이야기. 프레이저는 신중하게 행동하겠다던 다짐을 버리고 그녀를 바라본다. 그는 자신이 무슨 생각을 하고 있었는지 알 수가 없다. 거기에는 특별한 것이라곤 아무것도 없다. "네 말은—" 그는 말을 일부러 길게 늘인다. 마치 기억의 어두운 저장고를 더듬어 찾아다니기라도 하는 것처럼. "지난번 네가 날 만났을 때 말이야? 아무튼 그때가 언제였더라? 틀림없이 내가 어딘가에 신문을 오려두었을 거야. 그 날짜에 압정을 찔러두려고. 감옥에 가지 않도록 내가 네 목숨을 구해준 게 아마도 1972년 3월쯤이었을까. 그때 너를 본 듯한 어렴풋한 기억이 있거든. 그게 네가 말하는, 엉망으로 망쳐버린 그땐가?"

"롭."

"물론 난 그에게 말하지 않았어. 난 늘 네가, 성스러운 정화 의식의 한 과정으로, 네가 말하리라 짐작하고 있었지. '내 끔찍한 죄를 용서해줘. 나, 프레이저랑 잤어'라고. 그게 네 방식 아냐? 순결한 마음, 순결한 삶. 자본주의 체제 속에서 직업을 갖게 되면 혁명을 위한 투쟁을 할 수 없다는 식. 그리고 서로에게 절대로 권력을 과시하지 않는 완벽한 영혼의 동반자라는 걸 확신한다면 그 연인에게 거짓말을 할 수 없다는 식! 맞지? 그를 만나러 갈 때마다 늘 그가 주먹을 날려서 나를 튼튼한 창유리 밖으로 날려 버릴 거라는 생각을 해. 하지만 그는 만면에 미소를 머금고 사랑을 보여줄 뿐이지. 네가 그에게 결코 말하지 않았기 때문에 넌 겁이 나는 거야."

"난 두려운 게 아니야. 그런 이야기는 절대 편지로 고백할 수 있는 그런 게 아니니까. 그거야말로 정말 비겁한 짓이니까. 내가 그걸 밝히게 되는 순간은 그의 얼굴을 마주하는 때일 거야. 그런데 당신은 어때? 당신은 캐럴을 떠나보내지 못했잖아? 그녀의 얼굴을 바라보며 말할 수 있었을 텐데 당신은 그러지 않았어."

"나와 캐럴은 일부일처제를 믿지 않아. 그러니까 대체 네가 지금 무슨 이야기를 하는지 모르겠어."

"오!" 그녀는 속이 상해서 펄쩍 뛴다. "도대체 당신은 왜 여기 온 거지, 롭? 왜 내 뒤를 쫓아왔느냔 말이야?"

그녀는 이제 서 있다. 화가 나서 땅을 질끈 밟고 서 있다. 그는 그녀가 차라리 성큼성큼 걸어서 저 초록 들판을 가로질러 사람들이 오가며 만든 오솔길을 지나서 자기 자동차에 올라타고는 그를 떠나버리고 싶을 거라는 걸 안다. 그는 지난날 그들이 벌인 논쟁을 죄다 기억한다. 표면적으로는 이념을 두고 벌인 논쟁이었으나 사실은 그의 집요함, 그녀의 거절 때문에 다툰 것이었다. 그리고 그 언쟁은 이렇게 끝이 났다는 것도 기억한다. 혼자 남겨진 프레이저는 미동도 하지 않으려고 조심했다. 움직인다면 격분한 그녀가 떠나버린 그 자리에 정지해 버린 한 세계를 다시 가동시키는 것이 되겠기에. 그리고 그 세계를 다시 가동시킨다면 모욕감이라는 수의를 입겠다는 수락을 뜻하겠기에. 문이 쾅 하고 닫힌 후 애매하게 허공에 떠 있는 정적처럼 막연하게 허공에 매달려 있던 모욕감이 아래로 내려와서 자신을 완전히 뒤덮어버리도록 허용한다는 뜻이 되겠기에. 그가 그 모욕의 수의를 입으려면 몇 분간 준비할 시간이 필요하다. 가급적이면 그 수의를 아주 살짝만 걸치고 싶다. 지난날 제니는 불같이 화를 내며 가버린 일이 많았다. 그를 팬 케이크를 파는 간이식당의 주차장에 남겨둔 채로. 두 사람은 캐럴이 여성 모임이나 연기수업을 받으러 가는 밤이거나 윌리엄이 세미나를 주관하거나 밤근무를 하는 밤이면 그 간이식당을 찾곤 했다. 그런 밤들이 잦았고 그때마다 두 사람은 늘 다투었다. 서로의 성품에 대해 모욕적인 언사를 퍼부었고 서로의 신념에 대해 욕설과 비방을 일삼았다. 그러면서도 그 만남을 지속했다. 그렇지 않았는가? 그런데 그 만남이 아무런 의미도 없었던 것일까? 두 사람을 묶어준 어떤 의미는 있지 않았을까?

   그녀는 색이 바래고 페인트로 뒤덮인 낡은 진바지를 입고 있다. 지금까지 프레이저는 그녀가 입은 진바지를 자세히 보지 않고 있었다. 그런데 이제 그녀는 일어나서 양손을 엉덩이에 대고 떠날 자세이고, 자신은 상체를 뒤로 비스듬히 젖혀 팔꿈치에 지탱한 자세로 무심하게 먼 곳을 응시하는 척하고 있지만 실은 그녀를 바라보고 있어서 그녀의 진바지가 보인다. 최근까지 작업하느라 페인트가 어지럽게 튄 진바지가. 제니는 이 바지를 여러 해를 거듭하며 입었다. 처음에는 멋진 바지였다고 그가 기억하는 건 앞쪽에 달린 솔기 때문이었다. 별다른 쓸모가 있다기보다는 장식으로 달린 솔기는 황금색 실로 수가 놓여져 데님 천이 살짝 튀어나와 있다. 황금색 수실은 넓적다리 한복판에서 무릎을 지나 발목까지 줄무늬를 이루며 죽 이어져 있다. 제니의 특징이랄 수 있는 진바지였다. 프레이저는 몇 해 전 어느 날 밤을 떠올린다. 그들이 모두 캘리포니아에 살던 그때를. 그들 중 누구도 감옥에 가지 않았던 그때를. 함께 한다는 데 순수하고 참된 흥분을 느꼈던 그때를. 한 동아리가 된 친구들이 가족처럼 소중하게 느껴지던 그때를. 서로가 서로에게 누구도 가지지 못했고 세상 어디에도 없을 것 같은 이상적인 가족 같았던 그때를. 그때 캐럴은 몇 주 전부터 자기가 연기수업을 받으며 익힌 게임을 해보자고 친구들을 설득하던 중이었으나 모두들 짐짓 그런 건 멍청한 짓인 양 치부해 버렸다. 그런데 이날 밤, 모두 거나하게 취해 해롱거리고 있었는데, 윌리엄이 그래, 캐럴이 말하는 놀이를 해보자고 제안했다. 모두 내심으로는 이 놀이를 해보고 싶었거나 아니면 하자고 나선 것이 윌리엄이기 때문이었거나 어쨌든 놀이를 해보기로 마음을 모았다. 다들 사방으로 흩어져서 눈가리개로 쓸 만한 스카프나 스타킹을 이리저리 찾아 다녔다. 그리고 나서 다시 거실에 모였다. 불안하게 웃어대며 스스로를 부추겨 보거나 용기를 내보려고 남아 있던 마리화나를 빨거나 술병에 남은 술을 한 모금씩 삼켰다. 캐럴은 놀이의 요점은 스스로를 갓난아이나 외계인인 양 흉내내는 거라고 설명했다. 아무런 지식이 없는 존재, 가구도 카펫도 레코드판도 사람도 맥주병도 전혀 모르는 존재가 되는 역할 놀이라 했다. 불을 모두 끄고 눈가리개를 하고 바닥을 기어 돌아다니며 집기들이 어디에 놓여 있었는지 전혀 모르는 듯 상상해 보는 게 놀이의 전부라고 설명했다. 사방에 켜두었던 불이 모두 꺼지자 모두들 아얏! 쉬! 썩 꺼져! 등 한 마디씩 쏟아냈다. 그러나 차차 소리들이 점차 잦아들면서 부스럭거리거나 뒤척이는 소리, 섬뜩하고 낮은 한숨 소리만 들려왔다. 놀이는 기억상실증을 실험해보려는 건 아니었다. 손을 뻗어 어깨와 얼굴을 찾았고 아주 살짝만 만져보고 누군지 알아맞추어 보려고 했다. 몸을 사리거나 어슬렁 거리다가 숨소리도 내지 않고 꼼짝없이 있던 사람이나 꽁무니를 빼며 뒤로 물러나는 사람과 맞닥뜨렸다. 프레이저는 살살 거실을 나와서 부드럽고 차가운 나무 감촉이 느껴지는 복도 바닥까지 왔다. 복도에서 목석처럼 앉아 있는 사람과 부딪혔다. 소스라치듯 놀란 나머지 헉, 숨이 막혀왔다. 잠시 후에 손가락 하나를 아주 천천히 앞으로 내밀었다. 드디어 구부리고 있는 무릎에 손가락이 닿았다. 튀어나온 데님천이 느껴졌다. 제니였다.

  그는 얼른 손을 치울 작정이었지만 그러지 않았다. 멈칫거리며, 미심쩍어 하며, 손가락으로 튀어나온 자리를 따라갔다. 눈가리개를 한 상태에서 솔기에서 손가락이 벗어나지 않게 하려면 얼마나 세심한 주의가 필요한지 놀랍기 그지없었다. 이제 그녀의 숨소리가 들려왔다. 그의 손길만큼이나 조심스럽고 느린 숨소리. 손가락은 이제 그녀의 넓적다리 쪽으로 내려갔고 주름진 부분을 지나 허리께로 올라갔다. 그녀는 움직이지 않았으므로 그는 진로를 늘렸다. 더 위로 올라가 따뜻하고 둥근 유방까지 갔다. 단단한 젖꼭지가 만져지자 전율이 왔다. 거의 다 왔을 때 손으로 그녀의 몸을 감쌌다. 그가 시작했던 놀이가 아니었고 이렇게 넘은 경계선은 대체로 사건 많고 무절제한 그의 성생활에서 최초로 벌어진 에로틱한 삽화 중 하나가 될 테지만 지속 시간은 단 1초도 못되었다. 이내 그는 내키지 않은 자신을 억지로 앞으로 몰아갔다. 가슴을 벗어나 그녀의 몸 위를 멈추지 않고 올라갔다. 쇄골을 스치듯 지나서 목을 더듬어 솜털처럼 보드라운 귓불로 갔다가는 머리카락 쪽으로 벗어났다. 그리고는 허공 속으로. 거실에서 요란한 소리가 들려왔고 곧이어 떠들썩한 웃음소리가 뒤따랐다. 캐럴의 목소리. 그는 공포에 휩싸여 몸을 돌렸다. 불이 다시 켜졌을지 모른다는 생각에. 겁에 질려 말문이 막혀버린 짐승처럼 허둥지둥 기어서 거실로 되돌아왔다.

지금은 유명한 진 종류가 많다. 세척해서 나오기 때문에 흰색에 가깝게 탈색된 낡은 느낌의 진과 다양한 채색으로 점과 줄무늬를 낸 진도 있다. 제니의 진바지에 도드라져 보였던 예전의 장식 솔기는 이제 희미해져 버렸다. 바지에서 힌트를 잡아라, 롭,이라고 그는 생각한다. 과거는 희미해진 것이다. 이제부터는 미래다. 중년 커플들은 모두 가 버리고 없다. 이제 오롯이 두 사람뿐이다.

"앉아." 그가 말한다. "지금부터 할 이야기는 소리 지르며 하지 않았으면 해."

제니를 찾아다니는 동안 줄곧 프레이저는 예행연습도 함께 해왔다. 어색하지는 않지만 초조함이 담긴 진지한 모습으로, 심지어는 행복에 도취된 듯한 상태로 연설을 하리라 기대하며. 그러나 막상 기다려온 그 순간이 왔는데 준비했던 연설은 사라져버렸다. 대조와 비교, 가정에 기초한 상황 설명들이 한데 뒤범벅이 되어 있고 설익은 노력들 또한 시도해 보지도 못한 채 정지상태이다. 말하자면 너 같은 사람이야. 너와 같은 사람들. 신조와 원칙이 있는 사람들, 자신들이 반대한 국가에 쫓기는 사람들이야! 시간이 얼마 남지 않았어…… 은신처가 필요해, 네가 그랬던 것처럼…… 그러니까 해줘……

연습까지 하며 준비했던 말 대신 그는 무덤덤하고 실질적인 어투로 말한다. "네가 처한 현재 상황은 헬렌과 디과 같이 살 때보다 별반 나아진 게 없어 보여. 그 노부인이 보수를 주지 않는 게 틀림없어. 아니면 너한테 많은 돈을 줄 수 없는 형편이거나."

"무슨 말을 하는 거야?" 그녀가 묻는다. 고요한 그녀의 얼굴에는 불안감이 숨겨져 있다. 그는 자신의 추측이 옳았다는 걸 감지한다.

"내 말은 너한테는 계획 같은 게 없다는 거야, 제니. 계획이 있어? 넌 지금 모두에게서 달아나려 하고 있어. 심지어 나한테서도. 그렇지만 달아난다 해도 갈 곳이 없잖아."

"갈 곳이 있을지도 모르지."

"아, 그래? 거기가 어딘데?"

"당신이 상관할 바 아냐."

이제 그는 그녀가 정말로 아무데도 갈 데가 없다는 걸 안다. 그녀 또한 이 사실을 알고 있다는 것도 안다. 자기—그들—앞에 떨어진 이 기회가 그에게 흥분과 열렬한 기쁨이 되어 돌아온다. 이와 더불어 미리 준비해왔던 연설의 내용도 얼마간 되살아난다. "내가 최근에 만난 몇몇 사람들에 대해 너에게 이야기해도 될까? 기본적으로 우리와 신념이 합치되는 그런 사람들이야. 비록 그들이 구사하는 전술이 우리 방법과는 다소 벗어나 있는지는 모르겠지만 말이지. 곤경에 처한 사람들이야. 네가 그래왔던 것처럼. 그들이 처한 어려움의 정도는 훨씬 더 심각한 정도라고 말할 수밖에 없을 거야. 그들에게는 당장 안전한 장소가 필요해. 네 생각은 어때?"

"당신이 그 사람들을 도울 수 있을 것 같은데. 그러면 그 사람들은 나보다 훨씬 더 고마워할 테니까 말이야."

"내가 아니라, 너야. 네가 그 사람들을 돕는 영웅이 되는 거야." 그녀는 그가 말하는 앞날의 계획에 대해 거부하지만 처음에는 저항하리라고 그가 예상한 바다. "너는 지하생활의 노하우, 지혜를 갖춘 사람이기 때문이지. 그래, 내가 장담하는데 너는 잃을 게 아무것도 없어, 이건 진실이지. 더 말하자면 너에겐 이익이야! 제니, 내 말 잘 들어봐. 이 사람들, 우리에게 필요한 사람들, 네게 필요한 이 사람들은 그저 평범한 사람들이 아니야. 이들에게는 세상을 들끓게 할 만한 굉장한 얘기가 있어. 안전한 은신처만 마련된다면, 그래서 그 센세이셔널한 이야기를 쓰기만 한다면 이들은 수십만 달러, 아니 어쩌면 수백만 달러도 벌게 될 거야. 이들이 추구하는 대의에 소용될 돈이자, 이들을 도운 사람들에게 소용될 돈이지. 그러나—" 그는 경고하듯 한 손을 들어올린다. "그건 까다로운 일이야. 왜냐하면 이 사람들에게는 합법적인 세계에서 공공연히 활동하는 사람, 타협하지 않고 이들을 위해 계획을 짜고 일을 조정해줄 사람이 필요해. 그리고 지하세계에 있는 사람도 필요하지. 너 같은 사람, 일상생활을 돌봐줄 사람이 필요해. 먹을거리를 사오고 전화를 걸고 받을 사람, 너 같은 사람, 중간에서 봉사할 사람, 말하자면 이 사람들과 나 사이에서 일해줄 사람이 필요하다고."

"하지만 난 불가피할 경우에만 돌아다녀. 내겐 위험한 일이야."

"매주 《타임》지에 나오는 사람들과 비교하면 넌 위험한 축에도 못 끼지. 염병할 텔레비전에 매일밤 나오는 사람이 누군데, 제니? 모두가 알고 싶어하는 게 누구 얘긴데……"

이제 그녀는 그를 빤히 쳐다보고 있다. 백짓장처럼 창백한 얼굴. "세상에." 그녀가 놀란다. "지금 말하고 있는 사람이 내가 생각하는 그 사람들은 아니겠지, 그렇지?"

"만약 그렇다면 어쩔 건데?" 그가 대답한다. 오랫동안 지탱해왔던 자제력이 결국 무너지고 만다. 그는 그녀를 바라보며 들뜬 듯 경박한 미소를 흘린다.

"이거야말로 내가 늘 두려워했던 일이로군." 그녀는 놀라 숨이 멎을 것만 같다. "당신은 스스로를 퍽이나 우아하고 점잖다고 생각할 테지만 사실 앞뒤 헤아리지 않는 무모한 인간이야! 스스로 언행에 신중하다고 생각할 테지만 떠벌리지. 당신을 그 사람들과 같은 출신이라고 말하지 마. 그저 그 사람들을 만났던 거고 그런 다음 나를 찾은 거니까!" 그녀는 사나운 표정으로 주위를 둘러본다. "난 갈 거야."

"이러지 마." 그가 말한다.

하지만 그녀는 언쟁을 벌이며 머물고 싶지 않다. 그가 지금 벌어지는 상황을 미처 받아들이기도 전에 그녀는 몸을 다시 일으키더니 그에게서 도망치듯 달려간다. 넓은 들판을 가로질러 멀어지더니 나무숲 속으로 미끄러지듯 사라져버린다. 그는 돌연히 홀로 남는다. 한쪽으로 나무들이, 다른 한쪽으로는 아득한 지평선이 둥그렇게 에워싸고, 그 한가운데 그가 동그마니 앉아 있다. 마치 산꼭대기에서 문득 잠이 깨어보니 한바탕 꿈이었던 것처럼. 뱃고동 소리가 들려온다. 저 아래 강에서 들려오는 소리일지도, 아니면 수백 킬로미터 떨어진 바다에서 들려오는 소리일지도 모른다. 방음장치를 해놓은 것처럼 기이한 상황에 놓여 있는 듯하다. 들으려고만 한다면 그녀의 심장소리도 들릴 것 같다. 아직 그녀의 자동차 시동 소리는 들리지 않았다. 그는 벌떡 일어나 들판을 전속력으로 가로질러 달린다. 게임에서 공격을 지휘하고 통솔하는 쿼터백을 빼내올 수는 있지만 쿼터백에게서 게임을 앗아갈 수는 없는 것이다. 나무숲을 지나 주차장으로 뛰어간다. 그러나 주차장은 텅 비어 있다. 그의 차만 남겨둔 채로.

3

산 속으로 들어가 서쪽으로 한참을 더 가서 남쪽으로 기울어지며 동쪽으로 돌게 되는 먼 길, 아주 오래 걸리는 길, 내리막길이다. 이는 계곡으로 가파르게 내리꽂히는 길이 아니라 구릉지대를 구불구불 달려 조금씩 내려간다는 뜻이다. 예전에 와본 길이 전혀 아니건만 그녀는 계속 백미러를 힐끗힐끗 쳐다보는 바람에 자동차가 자꾸만 갓길로 벗어나고 바퀴는 자갈을 밟아 자박자박 소리를 낸다. 제1규칙은 운전하지 않는 것, 그러나 불가피한 경우라면 조는 것처럼, 혹은 술 취한 것처럼 운전하지 않는 것이다. 그녀는 늘 운전을 하지 않으려 한다. 그러나 이제 그녀는 기차역에 고정적으로 보이는 얼굴이 되었다. 기차역의 차장들 여럿이 알고 좋아하는 사람이 되었다. 또 하나 깨진 규칙. 잘 지내요, 아이리스. 오늘 푸프킵시로 내려가나? 미소를 지으며 인사하는 게 나쁘다는 걸 안다. 꼬박 앉아서 신문을 읽으며 하루를 보내는 정거장의 매표원과 친해진 게 나쁘다는 걸. 이따금 강변까지 내려가

푸프킵시에서 쇼핑을 하고, 우편물은 마을을 두 곳이나 지나쳐 멀리 레드 후크에서 가져오긴 해도, 다리를 건너는 위험을 무릅쓸 만큼 멋진 경치를 보이는 지점을 그냥 지나치면서 감정적으로 약해지는 걸 자제하긴 해도, 라인벡에서 익숙하게 마주치는 얼굴이 되었다는 게 나쁘다는 걸 안다. 임시열차에 뿌리내린 것과, 프레이저가 결국 찾아내고야 만 바로 그 장소, 익명의 우체국 사서함을 정해놓았다는 게 나쁘다는 걸 안다.

아주 먼 길로 돌고 돌아 오느라 그녀는 도저히 다과 모임 시간에 맞출 수 없었다. 대개 이맘때쯤이면 그녀가 집안 깊숙이 몸을 숨기고 있을 시간이다. 이미 찻물을 끓이고 쿠키를 넉넉히 접시 위에 얹고 우유를 크림통에 살며시 따른 다음 집게로 설탕 그릇 안에 사각 설탕을 떨어뜨리고―미스 달리는 세균 감염을 막아야 한다며 집게를 사용하는지 까다롭게 점검한다―덜컹거리는 쟁반을 들고, 부서질 듯 노쇠했으나 빈틈없는 자세로 엉덩이를 일으켜 세운 노부인이 있는 베란다로 내가고 났을 시간이다. 쟁반을 베란다에 날라다 놓고 나면 방문객이 나타나기 전에 한창 작업중인 장소로 살며시 빠져 나온다. 이맘때쯤이면 사람들의 발길이 닿지 않고 눈길이 미치지 않을 만큼 멀찍이 떨어진 서고 천장을 바라보며 누워 있을 것이다. 비누처럼 거품이 이는 표백수 용기를 들고 자신이 조립식으로 엉성하게 만든 발판 위에 누워 수백 년에 걸쳐 연기에 그을려 갈색으로 변한 잔재를 닦아내고 있을 것이다. 가만히 귀를 기울이며. 의례적인 다과회 모임에서 빠져나와 몸을 숨기긴 했지만 여전히 마음을 졸이며 무슨 말이 흘러 나오는지 귀를 기울일 것이다. 저 동양처녀는 어떻게 그 일을 해낼까요? 그녀가 연장을 사려고 부엘네 철물점에 온 걸 아무개가 보았다는군요. 저 처녀

고향이 원래 어디죠? 와일드무어로 통하는 길의 마지막 모퉁이를 돌아 나오며 그녀는 누군가 이미 와 있다는 것을, 쇠사슬을 벗기고 〈저택 투어〉라고 씌어 있는 표지판 쪽에서 〈함께 하는 다과모임 오후 4~6시. 매일.〉이라고 씌어진 표지판 쪽으로 돌아갔다는 것을 깨닫는다. 미스 달리를 찾는 손님은 모두 지나치리만큼 정확하게 시간을 지키는 나이 많은 사람들이다. 남자들은 마르고 자세가 꼿꼿하며 커다란 새가 어기적어기적 걷는 것처럼 천천히 몸을 움직인다. 여자들은 몸집이 자그마하고 눈이 침침하며 목소리가 시끄럽다. 이들은 강변에서 영겁의 세월을 살아온 것처럼, 그리고 한 번도 직업을 가져본 일이 없는 사람들처럼 보인다. 갈고리에 걸린 쇠사슬을 벗긴 이가 누구인지는 모르지만 그 쇠사슬은 저택으로 통하는 차도의 흙더미 위에 떨어져 있다. 차바퀴가 그 쇠사슬을 밟아 요란한 소리를 내자 그녀는 차에서 나와 쇠사슬을 걸리적거리지 않게 한쪽으로 치운다. 쇠사슬을 던지던 그녀의 눈에 표지판 위에 하얀 새똥이 작은 줄무늬처럼 묻은 게 띈다. 그녀는 엄지 손톱으로 새똥을 긁어 벗겨낸다. 표지판은 낡아 보이고 어느덧 색도 바랬다. 그녀가 여기 와서 처음 만든 것 가운데 하나이다.

그녀는 남은 길을 나무들을 지나치며 달린다. 그리고는 뒷문으로 재빨리 들어가려고 한다. 그러나 그때 누군가 베란다에서 "아이리스!" 하고 소리쳐 부른다. "네!" 하고 그녀가 대답한다. 대답하는 목소리가 갈라지다가 기침으로 터져 나온다. 담배를 너무 많이 피운 탓이다. "잠시만 여기 와봐요!" 부르는 이의 음성은 미묘한 데리곤 없는 단조로운 억양인데 무언가 빈정대는 듯한 기미가 서려 있다. 부른 이는 미스 달리가 아니라 파울러 부인이다. 역사협회에서 나와 저택 투어를 이끌고 있는 부인. 제니의 심장 박동이 점점 빨라진다. 두려움을 감지하는 데는 몸이 더 민활하다. 두뇌보다 늘 다섯 호흡쯤 앞서간다. 그럼에도 불구하고, 그녀는 걸음을 멈추지 않고 부지런히 걷는다. 식당 방으로 걸어 들어오다가 찬장의 대형 거울에 비친 자신의 모습을 본다. 잿빛 피부와 충혈된 눈, 바람에 날려 메두사처럼 헝클어진 머리는 머리 위로 삐죽 솟아 있다. 쫓기는 사람처럼 겁에 질려 잔뜩 움츠린 데다 흉측하다. 하지만 그것은 그녀다운 모습이기도 하다. 혼란스럽고 공교로우며, 특별히 뭐라고 표현할 수는 없으나 충격은 그녀의 존재 자체와 연관되어 있다. 이 세상을 겪고 또 겪어오는 동안 지속되는 그녀의 존재와 어떤 연관이 있다. 그녀는 가장 가까운 견고한 표면 위에 그냥 주저앉고 싶다. 그러나 그녀의 손이 찾아낸 것은 오로지 번쩍거리고 울퉁불퉁하며 옥좌처럼 생긴 벨벳 의자뿐이다. 그런데 그 의자는 앉기에 마땅해 보이지 않는다. 바닥에 앉아도 괜찮을까? 공포와 당혹감에 휩싸인 그녀의 몸으로 견딜 수 없이 심한 통증이 훑고 지나간다. 지난날 습관적으로 윌리엄이 그녀에게 건넨 무언가에 취해 정신이 몽롱해졌을 때 참담해진 심경으로 아무도 모르는 사이에 자신이 죽어가고 있다고 생각하던 그때와 같은 격통이 느껴진다. 마치 힘겨운 심장 소리가 들릴 때마다 그것이 마지막인 것만 같아서, 폐에 필요한 산소가 들어오는 통로가 막혀버린 것만 같아서 숨이 멎었다는 두려움 때문에 저절로 경련이 일곤 했다. 그녀는 옥좌처럼 생긴 그 의자에 무거운 몸을 기대고 선다. 방이 빙글빙글 도는 것 같지 않아질 때까지 그대로 서 있다. 어지럼증이 사라지자 몰래 거울에 비친 자신의 모습을 다시 훔쳐본다.—정말 변한 것은 아무것도 없다. 그녀는 몸을 돌려 조심스러운 발걸음을 떼어 베란다까지 나아간다. 고개는 바닥에 떨군 채로.

미스 달리는 평상시와 다름없이 자기 의자에서 고개를 뻣뻣이 펴고 도도하게 앉아 있다. 좀 재미있다는 표정이다. 파울러 부인은 차 쟁반 쪽으로 몸을 숙이고 있다가 제니가 밖으로 나오자마자 불쑥 한 마디 던진다. "당신을 찾아온 손님이 있었어요!" 그녀의 목소리가 떨린다. 제니는 암석정원과 다과회, 가느다란 대나무 필기도구에 유난히 관심을 보이는 그 부인의 저의가 무얼까 오랫동안 미심쩍어 하고 있었다. 파울러 부인은, 동양미술의 감식가로서, 자신의 예술적 재능에 대해 제니가 인정해주기를, 상당히 독특한 심미안을 갖추고 있다고 선전해 주기를 고집스럽게 기다리고 있다. 파울러 부인은 제니가 자신을 피하는 건 쉽사리 마음을 터놓지 않고 안개에 싸인 듯한 동양인 특유의 거리감 탓이라고 여겨왔다. 지금 그녀는 제니가 이 자리에 함께 한 것이 기뻐 보인다. 그녀는 차반에 놓였던 봉투를 집어 들더니 의미심장하게 흔든다. "당신에게 숭배자가 있다는 걸 알게 되었어요. 그 사람이 당신에 대해 묻는 태도를 보고 알았죠. 그가 전에 당신을 만났었다는 걸 난 그냥 알아봤어요. 그는 드러내지 않으려고 애를 썼지만 난 남자들 마음을 읽는 데 아주 능하답니다! 그런데 그 사람, 방금 전에 다시 여기에 들러서 자기 집 페인트칠 하는 일로 당신의 조언을 구하고 싶다는 아주 소중한 사연을 전했지 뭐예요. 우리가 차를 마시고 가라고 간곡히 권했지만 그는 사양했어요. 다만 당신에게 보내는 짧은 쪽지를 휘갈기듯 쓰더니 그 쪽지를 넣을 봉투가 있는지 묻더군요. 미스 달리에게 그 이야기를 하던 참이랍니다. 차가 뜨거우니 뚜껑을 열어 김을 날려 보내야겠지요! 이니, 세상에, 내가 당신을 늘리고 있었네요, 아이리스. 앞으론 절대 그러지 않을게요. 괜찮아요? 얼굴이 파리한 걸요. 차를 좀 마셔 봐요. 거기 그냥 앉아 있어요. 내가 차를 건네줄 테니. 그리고 나서 다같이 봉투를 열어보는 거예요."

"법석 그만 떨어요, 루이즈." 미스 달리가 말한다. 언제나 그렇듯이 파울러 부인의 흥분을 함께 나눠보려고 해보지만 결국은 짜증이 나고야 만다. 제니가 그렇듯이 달리도 파울러 부인이 저택 투어를 하는 동안 집안 어딘가로 자취를 감추어버리곤 한다. 그리고 그것은 파울러 부인이 이렇게 꼬박꼬박 다과 모임 자리에 참석하는 이유 중 하나이기도 하다.

"아뇨, 괜찮아요." 제니는 그 봉투를 아무렇지도 않은 듯이 집으려고 애쓴다. 베란다에 놓여진 의자 위로 쓰러질 것 같은 기분을 간신히 버티면서.

"레모네이드예요. 물론 그 유명한 미스 달리의 레모네이드죠." 파울러 부인이 봉투를 부산하게 흔들어대며 말한다. 마치 교향악단의 지휘자가 팔을 흔드는 것 같다. 그녀는 어깨 너머로 달리를 바라보며 눈을 찡끗, 한다.

미스 달리는 그녀의 시선을 외면해 버린다. "지금 작업중인 것이 그을음 제거 작업인 줄 아는데." 그녀가 제니에게 말한다. "포르테 코셰르에 낀 그을음은 어떻게 되어가나? 페인트를 벗겨내는 데 박피제를 사용하는지 모르겠군. 그런 화학약품은 내 유리울새에게 나쁠 수도 있어서 말이지."

"유리울새를 키운단 말인가요!" 파울러 부인이 탄성을 지른다.

미스 달리는 파울러 부인을 뜨악하게 바라본다. "포르테 코셰르에 둥지를 튼 유리울새라오."

"너무나 사랑스럽겠네요!"

"새들이라는 게 그렇지요." 미스 달리가 말한다. "내 말 들었나, 아이리스? 만일 그 그을음 제거제 가스 때문에 자네 안색이 그렇게 파리해질 정도라면 이 작은 유리울새들은 그 열기에 타버리고 말 게 틀림없어."

"이 저택에 유리울새가 둥지를 튼 줄은 까맣게 몰랐네요. 내 투어 설명에 이 얘기를 덧붙여야겠어요. 그 합성 헤로인인가 뭔가 하는 게 유리울새를 죄다 죽였다고 들었는데. 아 참, 이거 보고 싶었죠, 아이리스? 어떻게 생각해요, 달리? 그녀에게 보여줘야 하는 거겠죠?"

손에 봉투를 받아들고 나자 제니는 똑바로 서려고 애를 쓴다.

"가보겠어요."

"오, 안 돼요." 파울러 부인이 살며시, 그러나 단호하게 제니를 밀어 의자에 다시 앉힌다. "미스 달리와 나는 궁금해서 미쳐버릴 지경이라구요. 달리, 그렇지 않아요? 당신은 정말 수수께끼 같은 사람이에요, 아이리스. 우리에게 한두 가지쯤은 이야기해 줘야죠? 대관절 어디서 이 젊은 남성을 만났던 거죠? 당신에겐 가까운 친구가 전혀 없는 것 같고 페인트 사러 갈 때를 빼면 아무것도 하지 않는 것 같은데 말이에요. 우리에게 말해봐요. 달리, 제니가 입을 열게 만들어 봐요."

"부디 우리 계약서를 기억하기 바라네." 담담하고 메마른 목소리로 달리는 엉뚱한 말을 꺼낸다. "숙식에 관한 내용 말이지."

제니가 고개를 끄덕인다. "잘 기억합니다."

파울러 부인이 화들짝 놀라며 달리를 처다본다. "무슨 계약서?"

"숙식에 관한 계약이지." 달리가 말한다.

"남자 방문객은 절대로 허용할 수 없다는 내용이에요." 제니가 설명한다. "이 남자는 저를 찾아온 게 아니에요. 전 이 사람 모릅니다. 그가 착각한 게 틀림없어요."

"오, 미스 달리. 그건 너무나 비낭만적이고 비현실적인 말이에요. 지금은 1974년이라구요. 당신이 아무리 막으려 해도 젊은 처녀애들은 자기가 하고 싶은 일이면 뭐든 할 거예요. 내게 딸이 있어서 알아요. 난 딸애 남자친구가 도무지 어딘지도 모르는 곳으로 딸애를 데리고 나가게 하느니 차라리 우리 집으로 오게 하는 편이 훨씬 낫다고 봐요. 요 며칠 전만 해도 모린이……"

제니가 말을 가로막고 나선다. "설령 그가 남자친구였다 하더라도, 사실은 남자친구가 아니지만, 전 그 사람 알지도 못하니까 절대로 그 사람이 찾아오지 않게 할 겁니다."

"내가 그 누구의 부모라면 내 말을 바로잡아 주시지요." 달리가 말한다. "내가 아는 한 난 그 누구의 부모도 아닙니다. 지금껏 내가 와일드무어에 하숙생을 받아들일 때는 언제나 남자일 때는 여자의 방문을 금지했고 여자일 때는 남자의 방문을 금지했습니다. 그리고 그건 내가 누군가의 부모라서가 아니었어요. 여기가 내 집이기 때문에 그래왔던 겁니다!"

"물론 그렇지요." 파울러 부인이 말한다.

"하고 많은 사람들이 3달러를 내밀고는 집 안팎을 쿵쾅거리면서 돌아다닌다 해도 여기는 내 집이란 말입니다."

"그건 얼마나 다행스러운 일인가요!" 파울러 부인이 탄성을 지르듯 큰 소리로 말한다. "이렇게 오래된 집 가운데 소유주와 분리되는 경우를 왕왕 보거든요. 그건 정말 제 마음을 아프게 한답니다. 저 벨링엄 고택을 보세요. 지금은 고인이 된 벨링엄 씨가 결국 그 집을 포기하고 밀린 세금 때문에 주정부에 팔았잖아요? 주정부에서는 사들인 저택을 공원으로 바꾸었지만, 관광이나 보존에 필요한 예산은 책정조차 하지 않았다고요. 그저 대문에다 '동틀녘에서 해질녘까지 개장'이라는 팻

말만 세워놓고 차량 통행로에는 이동식 화장실을 한줄로 늘어세운 것뿐이죠. 가끔씩 거기 가보면 잔디밭에는 핫도그 바비큐를 하기에 그곳만한 데가 없다고 믿는 사람들만 수두룩해요. 분수 바닥에 깔려 있던 어여쁘고 앙증맞은 채색 타일 기억나세요? 그 예쁜 타일들을 파헤쳐 버리고 말았어요. 한 장도 남김없이 말이죠. 그 분수는 이제 공중 수영장이나 매한가지니까 문제조차 안 되겠지만. 정말 가슴이 아파요."

미스 달리는 이 장광설이 줄줄 흘러가다가 마침내 잠잠해질 때까지 내버려둔다. "내가 말하고자 하는 바는, 여기는 내 집이라는 사실입니다." 마침내 그녀가 결론을 내린다.

잠시 후에 파울러 부인이 밝은 목소리로 입을 뗀다. "차 더 할래요?"

"난 위스키 소다수로 하겠어요." 달리가 말한다. "아이리스, 7월 4일 날 준비는 어떻게 되어가는지 알아야겠어."

"그러세요." 그녀가 조심스럽게 대답한다.

"내 공은 구했나?" 노란 크로케 공을 말하는 것이다. 지난 여름, 달리가 연중행사로 개최한 독립기념일 야유회에서 노란색 크로케 공이 불가사의하게 사라져 버렸다. 당시 수십 명의 하객들이 작정하고 숲 속을 헤치고 돌아다녔고 그 후 겨울이 올 때까지 땅을 파헤쳐 보았지만 잃어버린 이 공을 찾지는 못했다. 이것과 똑같은 공을 팔려는 사람을 수소문하는 것이 제니에게 주어진 가장 화급한 과제 가운데 하나였다. 달리가 한 세트를 새로 구입하는 걸 내켜하지 않았기 때문이다. 이 일로 제니는 오늘 아침에 포프킵시에 내려가 보아야 했다. 그리고 돌아와 보니 프레이저가 자신을 기다리고 있었다는 사실을 알게 되었다. 그러나 아직까지도 그녀는 노란 크로케 공을 구하는 데 성공하지 못한 상태이다.

"……아니오." 그녀가 대답한다.

"아니라구?" 이 과제는 한동안 아무런 진척을 보이지 않았던 것인데도 불구하고 실패했다는 말에 달리는 새삼스럽게 놀라는 것 같다. "아니라니? 구하는 게 얼마나 어려우랴? 라인벡에 있는 부엘 상점에 가보았나?"

제니는 고개를 끄덕인다. 그녀는 원래 라인벡의 부엘 상점에 가보고 싶지 않았다. 라인벡에서는 아무것도 하고 싶지 않았다. 여기서 가장 가까운 대도시였으므로 라인벡은 그녀가 마땅히 피해야 할 곳이다. 하지만 노란 공을 찾아내야 하는 까다로운 일의 성격 때문에 그녀는 두려운 지역들을 거의 대부분 가보지 않을 수 없었다. 한곳을 들러보고 없으면 또 다른 곳으로 찾아다니는 식이었다.

"부엘은 뭐라던가?"

"부인에게 노란 공을 드리게 되면 노란 공이 빠지니까 그 세트를 팔 수 없게 된다고 했어요."

"그에게 그 공이 누구에게 필요하다는 걸 말했나?"

"네."

"그런데도 여전히 그럴 수가 없다던가?"

제니가 고개를 가로젓는다.

"부엘에게 올해 내가 여는 독립기념일 야유회에 초대받지 못할 거라는 말도 했고?"

"오, 달리." 파울러 부인이 끼어든다.

"흠, 그건 아무것도 아니지." 달리가 말한다. "그건 훨씬 더 끔찍한 어떤 걸 뜻한단 말이지."

"내일 다시 찾아볼게요." 제니가 말한다.

"내 생각엔 자네가 도시 쪽으로 내려가 보는 편이 낫겠어. 그런 데는 분명 크로케 공을 바꾸어 끼울 만한 세트를 얼마간 갖추고 있을 테니. 차이나타운에 가보면 없는 것이 없다질 않나? 그 주변이라면 어디를 가봐야 하는지 자네가 잘 알 터인데."

"지금까지 제니가 쓴 기차 삯만으로도 새 세트를 장만할 수 있었을 거예요." 파울러 부인이 경솔하게 내뱉는다.

"당신은 내가 아는 바의 반푼어치도 이에 대해 아는 바가 없으니 불행한 일이에요." 달리가 말을 가로채버리고는 제니를 보며 "내일 맨해튼으로 가보면 찾을 수 있으리라 내 장담하네. 이 문제를 반드시 처리해야 해. 이 일 말고도 해야 할 일이 많으니까."

"물론이에요." 제니가 대답한다. 맨해튼 안으로 들어간다는 생각만으로도 심장이 한층 더 빠르게 고동쳤다. 이제 심장의 고동소리는 진창길을 뚫고 오는 소리처럼 느껴진다. 쿵… 쿵… "가보겠습니다." 그녀가 웅얼거린다.

"가보게." 달리가 찻잔을 들어올리며 말한다.

베란다를 벗어나 집안으로 다시 들어오면서 제니는 가급적 봉투를 표나지 않게 들고 있으려고 애를 쓴다. 파울러 부인의 목소리가 들린다. "난 그녀의 남자친구에 대해 알아내고 싶었단 말이에요."

"난 남자친구가 있다고 저 사람에게 돈을 주는 게 아니에요." 달리의 말.

사실을 말하자면, 달리는 제니에게 보수를 거의 지급하지 않는 거나 다름없었다. 그녀는 프레이저가 자신에 대해 너무나 많이 알고 있는 것 같아 공포스럽다. 그녀가 처한 상황이 좋지 않은 정도가 아니라 매우 나쁘고, 자신이 절박할 정도로 돈이 없다는 걸 훤히 꿰뚫고 있는 듯하다.

　달리가 그녀를 고용할 때 두 사람은 숙식비를 포함해서 일주일 단위로 시간당 소액의 수당을 지급하는 내용으로 계약했다. 그리고 그녀가 직접 자신이 일한 시간을 기록하기로 했다. 처음 몇 달 동안 달리는 계약한 대로 그녀에게 임금을 지불했다. 하지만 지금은, 그녀가 자신이 일한 시간, 가령 이번 달에는 150시간, 혹은 이번 주에 30시간, 혹은 적거나 많거나 일정량의 시간을 일했노라고 말할 때마다 달리는 우수리 없이 딱 떨어지도록 시간이 채워질 때까지 기다리라고 말한다. 은행에 가는 게 너무 복잡하고 번거로운 일이라면서. 그러는 사이에 그녀에게는 아주 적은 액수의 돈이 주어졌다. 그 돈으로 지금까지 반찬거리를 샀고 기차표를 샀으며 자동차 가스비와 집안 살림에 필요한 물품들을 구입해 왔다. 그것이 그녀를 이곳에 계속 붙들어 두고 있다는 걸 제니는 안다. 그게 전부이다.

　쪽지를 펴보기 전에 그녀는 담뱃불을 붙이지 않을 수가 없다. 그리고 나서도 담배 한 개비를 그대로 피우지 않을 수가 없다. 손톱을 너무 많이 물어뜯은 탓에 그녀는 봉투 뚜껑을 집을 수가 없다. 급기야 짜증이 폭발해 버린다. 그녀는 봉투의 가장자리를 이빨로 북 찢어버린다. 봉투 안에 든 종이 쪽지에는 이렇게 씌어 있다. 아이가 마구 낙서를 한 것 같은 프레이저의 필체로.

　〈라인벡 모텔방, 10호. 제발 와 줘. 나를 믿어줘. 내 말을 끝까지 들어줘.
　　　　　　　　　　　　　　　　　　　　—프레이저〉

* * *

프레이저의 친구 중에 딕과 헬렌이 있는데, 교수인 딕과 작가 지망생인 그의 아내 헬렌은 예전에 브롱스의 리버데일에 살았다. 프레이저는 이 부부를 선동적인 활동으로 유명했던 작은 대학에서 잠시 체육감독으로 일할 때 만났다. 딕은 브롱스와 와일드무어 사이의 강 상류지역 중간쯤에 자리한 이 대학에서 그 후로도 계속 가르쳤다. 제니는 딕이 프레이저를 알게 된 것은 좋았어도 프레이저를 좋아하지는 않는다는 느낌을 받았다. 한편 헬렌은 프레이저를 싫어하는 것만큼이나 그와 알고 지내는 것도 싫어하는 것 같았다. 하지만 이 두 사람은 확고부동하게 자신들을 대담하고 용기있다고 느끼는 부류였다. 그들은 《에버그린 리뷰》를 정기 구독했고 전위적인 연극을 공연하는 극장의 정기 입장권을 구입했다. 딕은 전공 분야가 19세기 미국소설이었으나 실제로는 실험주의 시인이었다. 아직 시집을 내지는 않았지만 라이벌 교수의 신랄한 공격에 맞서서 동년배 작가를 옹호하는 열띤 어조의 그의 글들이 근대언어협회지에 속속 실리고 있었다. 이 글 자료를 모으는 일이 제니의 일감으로 맡겨질 터였다. 딕이 나중에 이 자료들을 모아 책으로 출간할지 모른다는 생각을 하고 있었기 때문이다. 헬렌은 작년에 막내아이가 대학에 진학해서 집을 떠날 때까지 가정주부로 살아왔다. 그들이 이전까지는 꿈도 꾸지 못했던 어떤 일을 촉발한 하나의 자극제가 된 것이 바로 이 변화였다. 그들은 가사일 도우미를 구했고, 덕분에 헬렌은 작업실로 세낸 그리니치 빌리지의 자그마한 아파트로 날마다 나갈 수 있게 되었다. 그녀는 작업실에서 소설 집필을 하고 싶어 했다.

프레이저는 딕과 헬렌에게 제니가 "당분간 은신할 장소가 필요하다"고 말해두었다. 그러면서 그 이상에 대해서는 모르는 편이 최상이라는 말도 덧붙였다. 헬렌은 프레이저가 애매모호한 말로 베일을 치는 데 선수라는 걸 인정할 수밖에 없었다. 제니를 구타하는 남자친구가 있는 것처럼 말하는 듯하다가 그녀가 정정당당하고 결백한 도주자라는 암시를 내비치기도 했다. 둘 가운데 어느 쪽이 진실이든 딕과 헬렌은 고지식하고 비정하게 보이지 않으려면 그녀를 받아들이는 걸 거절할 수가 없었다.

두 사람은 주위에다 제니의 사정을 설명할 만한 이야기를 지어냈다. 즉 제니가 집안 친구로 오래 알고 지내는 사람의 딸이고 거처를 마련해서 정착할 때까지 딕 부부 집에서 함께 살게 되었으며 뉴욕의 주립대학에 지원할 거라는 이야기를. 그들이 지어낸 제니의 이름은 샐리 첸이었다. 그들은 그녀가 의사가 될 계획이라고 둘러댔다.

딕은 제니에게 이렇게 말했다. "이 나라 학교의 진실로 위대한 측면 가운데 하나는 언제나 모든 인종과 모든 국가를 편견 없이 포용한다는 점이야. 백인, 흑인, 황인, 홍인종까지. 그러니까 헬렌과 내가 중국 사람을 알고 지낸다고 하는 건 우리 지인들이 충분히 납득할 만한 얘기지. 샐리. 미안하군. 우리 축하해야겠지?"

딕과 헬렌은 가능한 한 미국적 상업주의에서 벗어난 생활을 중시했다. 그들은 그때 남프랑스를 막 다녀온 참이었는데 텅 빈 채로 가져갔던 두 개의 여행용 가방 안에 작정했던 대로 물건들을 가득 채워서 몰래 가지고 들어왔다. 그 물건들이란 미국에서는 구할 수 없는 브랜디와 와인을 비롯해서 많은 양의 수제 치즈였다. "고급요리의 장인다운 면모가 완전히 스러져가고 있어." 딕이 마치 외과의사처럼 조심스럽게 둥그런 치즈 덩어리를 아주 작은 v자형 쐐기 모양으로 잘라가며 말했다. "농업의 민영화와 상업화 때문이지. 근본적으로는 우리나라가 명시하고 또 세계의 다른 지역으로 퍼뜨리는 데도 능수능란했던 그 모든 놀라운 사회악 때문이고. 자네들, 치즈 좀 들어보게나." 그가 제니와 프레이저에게 권했다. "그리고 와인도 마셔보고. 와인에 대해서는 말도 꺼내지 말자구."

"옳소!" 프레이저가 말했다. 그들은 유리잔을 높이 쳐들었다.

"맛을 음미해 보겠나?" 딕이 목소리를 높였다. "신맛이 강한 와인을 마시면 치즈 맛이 또렷이 느껴지지 않아. 그게 바로 우리가 잃어버리고 있는 바야. 이 모든 지식들 말이지.—이 나라의 문화. 자유를 위해 건배." 그는 나중에 이 한 마디를 덧붙였다.

서로간에 타협을 거쳐 마련된 이런 상황이 여섯 달쯤 지속되었다. "내 생각은 이래." 어느 날 밤 딕은 과시하는 듯이 어휘를 골라가며 제니에게 말했다. "너는 진국이지. 상황이 더 나았더라면 내가 아주 가까운 친구로 여길 만한 타입의 사람이야. 그렇게 생각하지 않아?" 그리고 또 어떤 날은 이런 말도 했다. "네 사연을 알지 못한다는 게 헬렌에게는 힘들게 느껴지나봐. 헬렌은 늘 최악의 경우를 상정해 보는 타입이거든. 만일 우리가 너에게 갖는 것처럼 너도 우리를 존중하는 마음을 갖고 있다면 상황을 명확하게 설명해줄 수 없을까? 그러면 헬렌의 마음이 편해질 텐데. 내 말은," 그는 항복하는 투로 손을 들어올리면서 웃었다. "그냥 암시를 주는 거야. 우리에게 네가 누구인지 절대 밝히지는 말아줘! 그저 크게 한번 날려보라는 거지. 우리 지금 다양한 죄목으로 기소된 경우를 말하고 있는 건가, 혹은, 아, 초범 얘긴가? 아니, 어쩌면 네가 잠시 떠나 있고 싶었던 건 그저 기분이 나빴기 때문이었을까?"

그리고 나서 결국 제니는 자신의 방에서 그와 함께 잠에서 깼다. 치즈와 퀄런이 뒤섞여 찌든 그의 입김이 침대에 기댄 그에게서 그녀의 목덜미로 확 끼쳐왔다. 그녀는 화들짝 놀라 몸을 일으켰다. "잘 자고 있는 거야?" 그가 속삭였다.

"네, 고마워요." 그녀가 대답했다. 그리고는 그가 자기 방으로 되돌아갈 때까지 몸을 잔뜩 움츠리고 있었다.

다음날 아침, 모두가 일하러 나간 뒤에 제니는 짐을 쌌다. 그리고 나서 고무장갑을 낀 다음 집안에 있는 집기란 집기는 모조리 닦았다. 그러느라 몇 시간이 걸렸다. 부엌의 찬장 서랍과 포크와 나이프, 수저와 주방기구 등을 죄다 닦았다. 양념 선반에 놓인 양념통도 모두 닦았고 냉장고 안에 든 터퍼웨어 밀폐용기도 빠짐없이 닦았다. 아파트의 이 방 저 방을 옮겨 다니면서 이전에 손도 대지 않았던 물건들까지 다 닦았다. 록웰 켄트의 판화 그림 액자와 폴 로베슨의 레코드판까지. 욕실은 마지막에 하려고 남겨두었다. 마침내 욕실에 다다르자 그녀는 변기 위에 올라섰다. 지금껏 그녀는 일주일에 한 번씩 변기 위에 무릎을 꿇고 앉아 변기를 말끔히 청소해왔었다. 갑자기 이 변기를 전에 한 번도 본 적이 없는 듯한 기분이 들었다. 잠시 후 그녀는 변기를 닦기 시작했다. 마지막으로. 그리고 떠났다.

그녀는 라인벡을 되는 대로 골랐다. 수중에 지닌 돈의 4분의 1을 들여 갈 만한 곳으로 가자고 마음먹었던 것이다. 그래서 그다지 멀리 가지는 못했다. 더플백을 메고 아코디언 파일을 든 채로 황량한 라인벡의 기차역 플랫폼에 오랫동안 서 있었다. 뉴욕에서부터 줄곧 기찻길을 끼고 흐르는 강물을 물끄러미 바라보면서. 썩어가는 수목 냄새와 소금 냄새가 났다. 코로 그 냄새를 들이마셨다, 깊이. 썰물 때였다. 그런데도 바다 내음이 한결 더 짙게 느껴지는 것 같았다. 바다는 이제 두 시간쯤 거리에 떨어져 있었는데도. 그녀는 마침내 기차역 앞으로 걸어 나왔다. 택시를 불러 가장 가까운 모텔로 가자고 했다. 모텔은 라인벡이라는 이름의 타운에서 몇 킬로미터 떨어진 내륙에 단 하나뿐이었다. 모든 게 강변으로, 라인이라는 단어가 붙어 있었다. 모텔방을 얻게 되자 그녀가 가진 돈의 상당액이 사라지고 말았다. 하지만 바로 그 다음 날 라인벡《가제트》에 실린, 와일드무어에서 사람을 구한다는 광고를 보았다. 나중에 알게 된 일이지만 이미 몇 달 전부터 광고가 내리 실렸지만 아무도 반응을 보이지 않았던 일자리였다. 달리는 임금을 주는 일이 거의 없다는 것을 읍 주민이라면 누구나 아는 사실이었기 때문이다. 그러나 그녀는 타지에서 온 탓에 그런 사정을 몰랐고 달리 선택의 여지도 없었다. 그녀는 숙식 비용을 자신이 받게 될 임금에서 빼는 조건으로 계약을 했다. 1972년 10월 말. 길게 이어진 시골길에서 시작되어 노란 잎이 무성한 숲길 속으로 사라지는 한갓진 차도의 끝에서 보았던 닉슨 플래카드가 이따금씩 기억 속에 떠오르곤 했다.

그녀는 레드 후크에다 우편사서함을 마련하기로 했다. 그것은 레드 후크가 읍내라고 보기 어려운 지역이었기 때문이다. 게다가 이 레드 후크 우체국은 외딴 교차로를 막 벗어나는 지점에 자리잡고 있었고 드문드문 흩어져 있는 농가 사람들을 상대로 업무를 보는 곳이었기 때문이다. 아니, 어쩌면 게시판에 붙은 작은 광고지를 보았기 때문인지도 모르겠다는 생각이 든다. 그녀는 자기 이름을 아이리스 왕이라고 적고 라인벡《가제트》의 정기구독 신청을 했다. 일단 이 신문이 오기 시작하자 그녀는 일주일에 두세 번 저녁에, 우체국 창구가 닫히고 난 뒤에 자동차를 타고 레드 후크로 왔다. 얇게 쌓여 있던 신문 꾸러미를 챙겨 들고 그녀는 강변의 방치된 작은 공원으로 갔다. 공원에 덩그마니 놓여 있는, 함부로 다루어서 훼손된 피크닉 테이블 앞에 앉았다. 그녀는 한 번도 이 테이블을 이용하는 이를 본 적이 없었다. 그리고 그녀 또한 이용한 것은 아니었다. 들고 온 신문들을 자동차 안에 앉아서 읽었던 것이다. 우선 AP통신에서 전하는 간략한 기사들을 열심히 훑어본 뒤에 2,3일치 신문의 국내 소식 지면을 휙익 펼쳐보았다. 그런 다음 눈을 가늘게 뜨고 고개를 약간 비낀 채로 기사를 대충 읽었다. 흡사 신문 활자 때문에 눈이 멀까봐 두려워하는 듯한 자세로. 국내 뉴스를 다 훑어보아도 자신을 다룬 내용이 없다는 걸 확인한 후에는 처음보다 한결 차분하게 다시 읽어보곤 했다. 보다 넓은 세상에 대해 알 수 있는 정보는 별로 없었다. 아니, 라인벡 지역의 상황마저도 제대로 알 만한 기사가 거의 없었다. 교회의 스파게티 저녁모임 소식이나 캐나다 거위를 잔디밭에 들어가지 못하게 막는 요령 같은 내용으로 채워진 신문이었기 때문이다. 그러나 그녀는 뜻밖에도 신문의 그런 면이 흥미로웠다. 그녀 또한 갇혀 있다는 걸 일깨워주는 것 같아서였다. 지금으로서는 자신이 갇힌 감방에 익숙해지는 것 말고는 예상할 수 있는 게 아무것도 없었으므로.

  11월, 12월. 새해 첫날, 1월. 그녀가 신문을 가지고 치르는 이 의식은 어느덧 게으른 탐닉으로 변해 버렸다. 그녀는 자동차 시동을 그대로 켜둔 채로 히터를 틀고 라디오 볼륨을 한껏 올린 다음 천천히 담배를 피웠다. 적어도 반 갑의 담배를. 2월 초순의 어느 날 아침, 그녀는 1973년 1월 28일자 신문을 읽었다. 파리에서 베트남 전쟁을 종식시키는 휴전 협정이 체결되었다는 소식이었다. 이 기사는 《타임》지의 내용을 재수록한 것이었다. 〈니구엔 티빈 베트콩 임시혁명정부의 외무장관은 허리 부분에 꽃무늬 수장식이 달린 호박색 아오자이를 입었다. 그녀로서는 이례적인 장식이었다. 국무장관 부인인 로저스 여사는 위는 붉은색이고 아래 스커트는 남색인 드레스를 입었다.〉 이 전쟁의 부당함에 대해 항의하는 뜻으로—아니, 종식시키기 위해 감행한 일 때문에 그녀가 사랑한 남자는 감옥에 갇혔고 그녀는 도망자 신세가 되었다. 그런데 이제 이 모든 일들이 차분한 결론을 맺고 있었다. 마치 사회면 칼럼 기사나 되는 것처럼 다양한 정당 인사들의 다양한 옷차림에 대한 설명으로 끝이 나 있었다. 그녀는 들고 있던 신문이 무릎 위에 떨어지던 일이, 담배를 한 개비 다시 꺼내 물고 불을 붙이던 일이, 셔츠 소맷단을 손목 바로 위까지 잡아당겨 자동차 앞유리에 맺힌 수증기 물방울을 닦아내던 일이 떠올랐다. 해는 마악 강 저편으로 사라져버렸다. 차가운 겨울철의 잔광은 마치 멜론 속 과육처럼 분홍빛이었다. 나무마다 잎새들이 모두 떨어져버렸고 잔광이 가득 번진 저녁 하늘에는 헐벗은 나뭇가지들이 까만 선 세공 장식처럼 퍼져 있었다. 어디선가 거위들이 저녁 잠자리를 찾느라 미친 듯이 강물 위에서 날뛰며 토해내는 울음소리가 들렸다. 그녀는 문득 이 기사를 보관해야 할지 모르겠다는 생각이 들었다. 추억을 떠올리는 기념품으로. 담배를 한 개비 더 피우고, 마지막으로 한 번 더 저물어가는 하늘을 바라본 다음 그녀는 나머지 신문들을 창밖으로 모두 내던지고 차를 달려 와일드무어로 되돌아왔다. 와일드무어로 돌아온 후에는 챙겨왔던 그 기사마저 버리고 말았다. 공허한 듯했다. 추억거리는 아무것도 없는 듯했다.

이전에, 이전의 삶에서 그녀는 폭파범이었다. 그녀와 윌리엄은 표적으로 삼은 공공시설 몇 군데를 폭파한 바 있었다. 대개가 징집위원회 사무실이었고 행동을 개시한 것은 밤 깊은 시각, 아무도 목숨을 잃지 않을 시각이었다. 그들은 폭력보다 확실하게 대중의 관심을 사로잡을 방법은 없다고 생각했다. 사람의 생명을 구하기 위한 자신들의 헌신적인 활동은 정당성이 충분히 입증되리라고 믿었다. 그들이 의도는 가장 호전적이고 저항적인 미국민을 설득하자는 데 있었고, 또 그 의도를 실현할 수 있다고 확신했다. 하지만 지하세계로 들어간 뒤 제니는 그들이 맞닥뜨리게 될 상황이 어떤지 제대로 몰랐었다는 것을 깨닫게 되었다. 그동안 그들이 알고 지낸 사람들은 뜻을 같이하는 동지들뿐이었다. 베이 에어리어 주변에 사는, 이른바 보수적인 사람들까지도 그들과 그다지 견해가 다르지 않았다. 와일드무어에서의 생활이 제니로서는 그녀와 윌리엄이 지지자로 상정했던 사람들이 사는 지역에서 처음으로 숨어 지낸 시기였다. 그들은 이들을 위해 그토록 원대한 희망을 품고 투쟁했으나 그 결실은 보잘 것 없었다.

와일드무어에서 그녀가 깃든 삶의 반경은 극도로 좁았다. 한정되어 있어 쉽게 알 수 있는 상황인 데다, 스무 명 남짓한 사람들이 아득한 시간의 리듬 속에서 살고 있는 세상이었다. 1973년이라기보다는 차라리 그녀가 막연하게 생각하는 1933년쯤, 혹은 달리가 태어난 1893년쯤의 상황처럼 느껴졌다. 이곳 원주민에게는 진정한 이상향이었다. 여기서 두 달을 살고 난 뒤에 그녀는 립 반 윙클(Rip Van Wrinkle, 워싱턴 어빙의 단편소설에서 20년간 나무 아래에서 잠들었다가 깨어나 그동안 변해버린 세상을 보고 놀라는 인물: 옮긴이)의 전설에 대해 찾아보았다. 어디를 가도 이 사람 얘기가 들렸기 때문이었다. 캘리포니아에서 교육을 받은 그녀로서는 처음 듣는 얘기였다. 그리고 나자 주위 모든 사람들이 아직도 잠들어 있는 립 반 윙클의 혈통을 이어받은 자손들처럼 보이기 시작했다. 만일 이들이 기차를 타고 도시에 한 번 나가 보기라도 한다면, 혹은 스스로 자동차를 몰고 반 시간쯤 달려 올바나나 포프킵시로 가본다면 어떤 생각을 하게 될까? 그들과는 상관없이 분노와 혼돈 속에 들끓는 1973년을 어떻게 생각할까?

　이 지역의 특성이 담긴 표정은 그녀를 고용한 새 고용주에게서 극명하게 드러나 있었다. 그녀는 지금까지 돈을 가진 사람을 알고 지낸 적이 한 번도 없었다. 상식을 초월하고 시간의 구애를 받지 않는 무궁한 돈, 단 한 번의 개입으로 돌이킬 수 없는 항구적인 효과를 발휘할 만큼 불가해하고 엄청난 위력의 돈, 우행과 노동의 혐오로 점철된 지난 200년의 세월로도 사라지지 않을 만큼 끄떡없는 그런 돈. 예전에 그녀는 자신이 속한 계급에 관해 다 안다고 생각했었다. 미국 실업계의 거물들 이름과 면면을 모두 식별할 수 있었다. 그리고 이들이 누리는 부라는 게 사실은 사기와 도박 등 부정 이득을 취하려 애쓰다가 결실을 보지 못하고 인생을 마감한 이들 아버지 대에서부터 행운의 발자국을 몇 발자국 더 내디딘 결과일 뿐이라는 걸 깨닫게 되었다. 그러나 그녀는 돈을 가진 사람을 직접 알고 지낸 적이 전혀 없었다. 그리고 돈을 가진 사람을 전혀 알지 못했었기에, 이제는 자명한 이치처럼 터득하게 되었지만, 부자는 알고 싶은 게 없는 부류라는 사실을 우연히라도 마주친 적이 없었다. 그녀는 자기소개서를 들고 달리의 집을 찾아왔있다. 소개서는 그다지 흥미진진한 내용도, 그렇다고 무미건조한 내용도 아니었다. 너무 익숙한 내용도, 그렇다고 너무 낯선 내용도 아니었고, 너무 빈틈없는 내용도(그녀의 삶을 샅샅이 기억하는 이는 아무도 없으므로), 그렇다고 너무 허술한 구석이 많은 것도 아니었다. 그런데 달리는 거기에 대해 일체 물어보지 않았다. "차는 있소? 괜찮아. 내 차를 몰면 되니까"라는 말 외에는 그 어떤 질문도 그녀에게 던지지 않았다. 달리에게는 "샌프란시스코 출신"으로 "중국인"인 "아이리스 왕"이 자신이 필요로 하는 집안 구석구석에 쌓인 일들을 구체적으로 해나가야 한다는 사실이 전혀 놀랍지 않은 듯했다. 그리고 이런 그녀의 태도를 접하자 제니는 꼬치꼬치 묻는 상황을 모면했다는 게 조금도 다행으로 여겨지지 않았다. 오히려 점점 더 자신을 알려주고 싶은 충동이 강렬해졌다. 점점 더 아무 질문도 받지 않는다는 사실에 화가 났다. 불가피한 경우가 아니라면 정보를 주지 않는 편이 낫다는 걸 알고 있는 그녀였다. 하지만 점점 더 자진해서 흥미로운 가십거리를 늘어놓기 시작했다. 심지어 사실이 아닌 이야기를 지어서 해보기도 했다. "제 부모님은 드로잉에 관심을 보이는 저를 결코 이해하지 못하셨지요." 달리가 의자에 앉아서 플라타너스 나무 위에 깃든 유리울새를 지켜보고 있던 어느 날 제니는 불쑥 이렇게 말해버렸다. "내 조부 브린슨은 대단한 드로잉 수집가였지." 달리의 말. "조부께서 페루에서 들여오신 드로잉 가운데 몇 점을 내려다가 일광욕실에 걸어둘 수 있을까 모르겠군."

그러니까 투어 목적으로 저택을 개방하는 일은 달리가 아직 실현하지 못한 계획이었다. 사실 이것은 파울러 부인의 계획이었지만 달리에게도 돈이 필요했다. 그런데 제니가 오면서 이 계획에 탄력이 붙었다. 파울러 부인은 저택의 보존 작업 자체가 사람들의 관심을 불러일으킬 거라고 판단했다. 제니는 자청해서 보존 작업을 배우는 일에 나섰다. 예전에 혼자서 유성 페인트를 다루는 방법과 낡은 자신의 차를 고치는 요령, 그리고 타이머와 퓨즈를 조립하는 방법 등을 터득해둔 그녀였다. 그녀는 지역도서관에 보관되어 있는 와일드무어 관련 스크랩북을 활용하기 시작했다. 지금까지 와일드무어의 개조 내역이 담긴 달리의 개인 자료들은 그녀가 쓰는 방들 가운데 어딘가에 깊이 파묻혀 있어서 그 자료를 발굴하려면 별도의 작업이 필요할 정도였기 때문이다.

어느 날 자료를 읽다가 제니는 우연히 달리가 1954년에 조카의 결혼을 축하해주기 위해 열었던 파티에 대해 언급한 내용을 발견하게 되었다. 강 하류와 상류지역에 사는, 사회적 지위가 대등한 사람들뿐만 아니라 라인벡과 라인클리프 타운에 사는 사람들도 초대받은 파티였다. 파티장에 도착한 하객들은 두 그룹으로 나누어졌다. 강변에 사는 사람들은 캐비어와 철갑상어알 소금절임과 샴페인이 차려진 집안으로 안내를 받으며 들어갔다. 읍내에서 온 사람들은 들판으로 내보내졌다. 망루 근처에 팽팽히 쳐진 밧줄 맨끝으로. 그러자 읍내 사람들은 하나가 되어 파티장에서 나와 버렸다. 그때는 이미 1954년이었던 것이다! 그들은 노예가 아니었다! 그러자 미스 달리가 정말 당혹스럽다며 자신의 심정을 공개적으로 밝혔다. 주민 대표가 미스 달리에 대한 읍내 주민들의 심정을 설명하고 나자 그녀는 지역 신문을 통해 사과했다. 그리고 자신은 라인벡 공동묘지에 묻힐 계획이라는 말을 덧붙였다. 자기 가문의 부지가 아니라 일반인들이 묻히는 땅에. 그리하여 모욕은 용서되었다.

그로부터 얼마 지나지 않아 철물점의 좁은 통로에 서서 물품 목록을 훑어보고 있던 제니는 계산대 근처에서 누군가 말하는 소리를 듣게 되었다. "이제 그 늙은 년에게 3달러를 주고 그년 집을 구경하는 특권이 우리에게 주어졌단 말이지. 드디어 빈털터리가 된 모양이군."

"그래도 싸지." 다른 누군가가 말했다.

제니가 필요한 물품들을 팔에 얹고서 통로 밖으로 나와 모습을 드러내자 말을 나누던 두 사람, 라인벡에 사는 두 남자는 몸을 돌려 그녀를 뚫어져라 쳐다보았다. 그 중 한 사람은 철물점 주인이었다. 제니가 이 가게에 처음 물건을 사러 왔을 때 친근하게 대해준 사람이었는데 이날은 아무 말도 하지 않은 채로 돈만 받고 계산해 주었다.
　"저 여자야." 제니는 문밖을 나서면서 그가 옆의 남자에게 하는 소리를 들었다.

　그녀는 결코 어디에서나 낯익은 얼굴이 되고픈 마음이 없었다. 그런데 자신도 모르게 사람들과 어울려 잡담을 나누는 걸 깨닫곤 했다. 철물점 주인에게, 기차역 차장에게, 도서관 사서에게 스스로 나서서 말을 거는 자신을. 그것은 자신의 생경함을 무마하려는 보상심리에서 비롯되었다는 걸 그녀는 알았다. 이 마을에 대해 느끼는 자신의 생경함이 아니라 외로운 아시아인인 자신의 낯선 얼굴을 보고 마을 사람들이 느낄 생경함 때문이라는 것을. 말하자면 의혹의 눈초리를 앞서서 무마해 보려고 애쓰고 있었던 것이다. 가끔씩 그녀는 거부감 없이 수용되기를 바라는 욕망을 채우고 싶어서 친구가 있었으면 하는 간절한 심정이 되었다. 믿을 만한 여자친구, 자신이 허물어지지 않았다는 걸, 패배하지 않았다는 걸 확인할 수 있고 비밀을 마음 놓고 털어놓을 만한 친구가 있었으면. 자신의 직관과 판단력, 그리고 결단에 대한 믿음이 점점 더 엷어져 가는 듯했다. 함께 폭탄을 제조하던 작업실에서 FBI에 의해 윌리엄이 체포된 지 일년째 되던 날, 그녀가 허겁지겁 쇼핑가방 두 개에 소지품을 챙겨 넣고 살던 아파트에서 도망쳐 나온 날, 자신을 태우고서 바람이 쌩쌩 부는 어둠을 뚫고 프레이저가 5번 주간 고속도로를 달려 로스앤젤레스 공항에 태워주고 갔던 날. 그리고 며칠이 지날 때까지 정황을 파악하지 못했다는 사실. 자신의 방심을 생각하자 그녀는 당황스럽고 두려웠다. 잠을 자다가 큰소리로 잠꼬대를 했거나 발가벗고 마을에 들어갔거나, 아니면 정체를 노출시키는 경솔한 행동을 저지른 듯한 기분이었다.

이 모든 자아비판의 밑바닥에는 이렇게 홀로 지내는 자신이 얼마나 끔찍하게 외로운지 떠올리지 않으려는 생각이 자리하고 있었다. 자신의 갈망은 순전히 실용적인 것인 양했다. 말하자면 친구가 생긴다면 새로운 관점이라는 선물을 줄 거라는 계산이었다. 둘이라면 하나일 때보다 중대한 생각을 바로잡는 데, 극단적인 편집증으로 치닫거나 극단적인 무감각으로 흐르는 경향을 무마하기에 더 쉬울 것 같았다. 그녀는 오랫동안 그랬던 적은 없었지만 후자 쪽으로 빠지기 쉬운 경향이 있었다. 짧은 동안이었다 해도 앞뒤를 헤아리지 않을 만큼 무모했다. 흡사 운전을 하는 동안 바퀴가 덜컹거리는 것처럼. 그렇게 덜컹거리며 달리다가는 길에서 벗어나는 실수를 할지도 모른다. 그러다가 바보 멍청이가 되는 것이다. 최근에 수렁에 푹 빠져 있는 것 같은 그녀의 마음이 바로 그렇게 멍청하고 술에 취한 듯 휘청거렸다. 덜렁거리는 멍청이. 휘청거리는 겁쟁이. 그녀의 마음속에는 위험천만한 죄의 목록들이 점점 더 늘어나고 있었다. 말벗이 있다면 그녀가 이런 문제를 대면하는 데 도움을 줄지도 몰랐다. 죄목 중에서 가장 으뜸인 건 불합리하고 일관성 없는 생각, 즉 그녀의 형기가 거의 끝났다는 생각이었다. 몇 달만 더 지난다면 세상 밖으로 나가도 되리라는 생각이었다. 예전의 그녀는 시간이 흐르면 해답이 떠오를 거라고 기대했고 또 어느 만큼은 믿기도 했다. 자신의 문제가 물리적인 세계에서 일어난 하나의 현상처럼 세월이 흐르면서 비와 바람, 파도 따위에 침식될 거라고. 아니면 문제야말로 자신이 기다리는 좁다란 기회의 창일 거라고 여겼다. 다양한 태도와 사건이 한데 만나는 합류지점이 언제라도 나타날 것만 같았다. 만일 그런 거였다면 그녀는 이미 그 기회를 놓쳐 버렸는지도 몰랐다.

그녀가 와일드무어에서 처음으로 맞은 여름에 워터게이트 청문회가 시작되었다. 그녀는 일을 하면서도 청문회의 진행 상황에 열심히 귀를 기울였다. 청문회 내용을 들으면서 드디어 이층 침대의 페인트칠을 끝냈다. 날씨가 추웠을 때 작업 준비를 완벽하게 해두었던 것이다. 미리 가구들을 창고로 옮겨놓았고 엄청난 짐짝만큼 쌓인 먼지를 청소기를 돌려 빨아들였으며 적당한 페인트 색깔들을 골라 배합했다. 몰딩의 형태마저 뭉개질 만큼 오랜 세월을 거쳐오는 동안 덧입혀진 페인트를 살살 벗겨냈고 셀 수 없이 복잡한 모양의 판유리들 위에 덮개를 덮었다. 그녀가 귀 기울여 들은 작고 값싼 트랜지스터 라디오는 마구간에 떨어져 있던 걸 집어온 것이었다. 그녀보다 앞서 이곳에서 잠시 일하다가 임금을 한푼도 받지 못했을 어느 잡역부가 잊고 두고 간 라디오 같았다. 이 라디오는 전파가 제대로 잡히지 않았다. 몇 초마다 잡음이 모래 폭풍처럼 일어나 말소리를 한순간에 빨아들이곤 했다. 그러면 그녀는 사다리에서 내려와서 안테나를 휙 잡아당겨 보았다. 그러다가 문득 라디오를 전기 연결코드로 이은 다음 덕트 테이프로 사다리에 묶어야겠다는 생각이 떠올랐다. 그런 뒤로는 안테나를 거세게 잡아당기거나 다이얼을 비틀어가며 방송을 들어보려고 애를 썼다. 그동안에도 페인트를 칠하는 일손은 멈추지 않았다. 체에 거른 듯한 페인트 입자가 자그마한 이 라디오 위에 내려앉은 모습은 마치 잡음이 밖으로 표현되면 저렇지 않을까 싶었다. 미나리아재비빛 노랑과 바다 초록빛, 그리고

서양 장밋빛 핑크로 펼쳐진 잡음의 스펙트럼. 드디어 활기차게 작업을 하게 되자 행복하기까지 했다. 어쩌면 자신이 국가의 생존 문제에 다시금 합류하게 된 듯해서 행복한 건지도 몰랐다. 때로 워터게이트 사건은 꿈처럼 비현실적으로 느껴졌다. 이 문제를 두고 그녀와 토론할 사람이 아무도 없었기 때문이다. 닉슨의 전직 비서가 무심코 흘린 비밀들이 낱낱이 녹음되었다는 사실을 들었을 때 숨이 막힐 만큼 놀란―정말로 숨이 막혀버렸던―사람은 그녀 외에는 아무도 없었다. 그녀는 방에서 뛰쳐나왔다. 너무나 놀란 나머지 사다리를 타고 내려와서 방 밖으로 달려 나가서는 층계 꼭대기까지 단숨에 뛰어올라갔다. 그리고 그 자리에 멈추어 서서 베란다에서 바람결에 실려오는 달리의 담담한 목소리를 들었다. 다과회가 진행중인 소리와 이 강변에 사는 어느 지주의 목소리를 들었다. "우리 계층"이라는 소리는 위대한 과거에 닻을 내리고 있었다. 그 과거 속에서는 흙먼지와 나무들마저도 그들의 정당성을 인정해주었다. 그들에게 국가의 생존 문제란 결코 소란을 떨 만한 일이 못 되었다. 대기 중에 변화의 기미란 없었다. 거기에는 "평균 미국인들"이 느끼는 국가적 수치심이라는 감상마저도 없었다. 그들이 사는 나라는 그처럼 일시적인 것을 초탈한 곳이었다. 붓을 손에 쥔 채로 계단에서 몸을 돌리면서 그녀는 저들의 세상은 도대체 어떤 곳일까 생각했다. 자기만족이 넘치는 저 세상은 내게 이상한 징후들을 주시할 필요가 없다고, 바람결에 스민 변화의 징후를 탐지할 필요가 없다고 말하고 있었다. 조금도 관심을 기울일 필요가 없다고. 닉슨으로 하여금 대화 내용을 녹음하도록 몰아간 것은 분명 정상적인 일이 아니었다. 그것은 불안증과 강박증에 시달리던 자, 자신이 거느린 제국에 대한 확신이 없었던 자가 저지른 행동이었다. 강변에 세워진 이 제국이야말로 영원한 제국이었다. 설령 3달러짜리 투어로 재정 운영이 이루어질지라도.

첫번째 방의 페인트칠을 끝내자 그녀는 사포로 닦는 기계를 빌려다가 바닥을 고치는 작업을 시작했다. 그 기계는 버섯구름처럼 수북히 쌓인 톱밥을 5미터 높이의 천장까지 날려올렸다. 톱밥은 그녀가 힘들여 재도장한 몰딩을 따라 두껍게 내려앉았다. 그해 여름은 습기가 몹시 많았던 탓에 페인트 칠이 무척 더디 말랐다. 톱밥들이 새로 칠한 페인트 위에 언제까지나 들러붙어 있을 것 같았지만 그렇지는 않았다. 물론 사흘간의 품이 더 필요하기는 했다. 이런 일이 벌어지자 그녀는 절로 울음이 나왔다. 그리고 나서 그녀는 사포로 닦는 기계를 다시 가져다가 바닥은 가급적 신경 쓰지 않고 페인트 작업을 하기로 마음먹었다. 바닥 문제는 나중에 처리하기로 했다. 드디어 창문을 모두 닫을 수 있게 된 첫날, 페인트 칠이 완전히 말라서 더 이상 아무 냄새도 남아 있지 않게 된 그날 밤에 첫 서리가 내렸다. 겨우 구월 초였다. 가을 동안 그녀는 서고 천장을 깨끗하게 만들 계획이었다. 바닥과 집기들 위에 씌워져 있던 먼지 방지 커버들을 모두 걷어버린 다음 그 직전에 깔끔하게 쓸어낸 바닥을 마지막으로 대걸레질했다. 선 채로 자신이 해놓은 작업을 둘러보고 있는데 달리가 들어왔다. 지난 석 달 동안 하루도 거르지 않고 매일 세 차례쯤 방들을 둘러보아온 그녀였건만 이제 와서 이렇게 말했다. "내가 어렸을 때는 징두리 벽판에 어두운 그늘이 지지 않았던 걸로 기억하는데."

"아마 색조에 조금 차이가 날 수 있을 거예요. 이렇게 오래된 색깔은 맞추기 어렵거든요."

"내가 말하는 건 색조가 아니야, 아가씨. 색채가 그렇다는 거지. 내가 어렸을 때는 징두리 벽판 색깔이 우중충한 회색은 아니었다고 기억한단 말이야."

한동안 잠자코 서 있던 제니가 아주 차분한 목소리로 말했다.

"페인트 색깔은 모두 라인벡 도서관에 있는 스크랩북을 참고했습니다. 그리고 나중에 미스 달리께서 제가 골라온 무늬목 색깔이 맞다고 하셨고요."

"내가 기증한 스크랩북 말인가? 맥널티 부인이 자네와 같이 그 스크랩북들을 모두 훑어봤나?" 그랬다는 확답을 듣고 나서도 달리는 마치 자신의 의도가 부당하게 곡해된 것처럼 여전히 불쾌한 기색을 버리지 않았다. "맥널티 부인은 일을 훌륭하게 하지." 달리는 눈을 가늘게 뜨고 벽판을 바라보았다.

"정말 훌륭한 스크랩북들이에요." 제니는 자기도 모르게 말했다. "그걸 보면서 저는 아주 많은 걸 배웠습니다. 거기서 미스 달리께서 성대한 파티를 열었다는 내용을 읽었어요."

"그건 필시 내가 아니었을 게야. 난 성대한 파티 같은 거 좋아하는 사람이 아니니까."

"당신은 1954년에 큰 파티를 열었어요. 조카분이 결혼했을 때죠."

"내가 그랬다구? 나는 그저 차를 대접하는 걸 훨씬 더 좋아하지."

"그 때문에 다과회를 시작하신 건지 궁금했어요. 마을 사람들에게 저택에 들어오지 못하도록 막았다가 다시 개방하기 위해서인가요?"

"자네가 무슨 말을 하는지 잘 모르겠군. 차를 마시는 건 대대로 내려오는 전통일 따름인걸. 내 모친께서도 사람들이 저택에 방문하는 시간을 따로 마련하셨고 내 조모께서도 그러셨으니까. 그리고 우리 계층의 이들이 모두 해오던 일이지."

"하지만 누구라도 티타임에 올 수 있게 된 거죠. 단지 미스 달리, 당신 사회에 속하는 사람들만이 아니고요."

"이제 더 이상 나와 같은 계층의 사람을 찾는 건 어려울 테니까."

"제 말씀은, 당신은 조카분을 위해 성대한 파티를 열었을 때 같은 계층에 속하지 않는 사람들은 집안에 들이지 않았다는 겁니다."

달리가 제니를 쳐다보았다. 그렇게 본 것은 처음인 듯했다. "그건 오래 전 일이지. 난 얼마나 세상이 많이 변했는지 깨닫지 못했던 거야."

"세상은 지금도 여전히 변하고 있어요." 제니는 더 이상 자기 입에서 무슨 말이 나올지 몰라 서둘러 아래층으로 내려갔다.

비로소, 지난 가을에야, 나무들이 다시금 노랗게 물들고 나서 땅 위에 한 자락 눈보라가 나부끼기 시작하고서야 그녀는 워터게이트 스캔들이 그녀에게 어떤 의미인지 이해하게 되었다. 그녀는 신문을 가지러 레드 후크에 갔다가 윌리엄에게서 온 편지를 받았다. 신문에는 대통령이 특별검사를 파면하고 특별검사제를 폐지했다는 소식과 법무장관과 법무차관이 사임했다는 소식이 실려 있었다. 의회의 입장은 날이 갈수록 닉슨의 탄핵 쪽으로 기울어가고 있는 것 같았다. 하지만 이 모든 기사의 내용은 그녀가 이미 라디오 뉴스를 듣고서 알고 있는 내용이었다. 윌리엄의 편지는 이랬다.

〈우리는 뒤바뀌어진 상황을 거쳐서 마침내 분별있는 쪽으로 되돌아왔어. 정부의 사기꾼들조차도 대통령을 가리켜 가장 악질 사기꾼이라고 주저 없이 부르고 있는 지금이야말로 우리가 예전에 두려워했던 대중 봉기가 절대 일어날 수 없는 상황이라고 판단된다. "평균 미국인들"이 닉슨의 하야를 원하고 있어. 우리가 전쟁에 관해 그토록 열심히 심어주려고 애썼던 위험한 수완이 이제 백악관과 관련되어 나타난 거야. 나는 내가—아니면 나와 같은 누구라도—이제 이 달라진 풍토 속에서 법복을 입은 판사 앞에 불려나갔을 때 어떻게 하는 것이 잘하는 것인지 판단이 서질 않는다.〉

윌리엄의 편지에는 데이너가 쓴 짧은 쪽지가 붙어 있었다. 〈윌리엄이 내게 아주 좋은 친구 이름을 네게 알려주라고 부탁했어. 윌리엄은 네가 꼭 이 친구를 찾아봐야 한다고 생각해. 아래 주소로 그에게 편지를 쓰고 전화를 넣어봐.〉

이 쪽지의 말, 그녀가 반드시 찾아봐야 한다는 좋은 친구란 분명 윌리엄의 어법이었다. 그녀는 이전까지 데이너와 윌리엄이 자신과는 별도로 서신을 주고받는다는 사실을 몰랐었다. 그건 그녀의 등뒤에서 그들 두 사람이 제니, 그녀의 운명 같은 지극히 사적인 문제에 대해 골몰한다는 뜻이었고, 그 사실은 그녀를 괴롭혔다. 아니, 무언가 그녀를 석연찮게 만들었다. 그녀는 자신이 어린애처럼 경찰에 자수한다는 것의 실질적인 의미를 직시하고 싶지 않아 한다는 사실을 깨달았다. 자수하는 상황을 상상하면 깔끔하게 옷을 차려입고 샌 퀸틴 교도소를 찾아온 근심어린 면회자들 틈에 끼어 있는 자신의 모습이 떠올랐다. 한쪽 손을 방탄유리 칸막이에 대고 손바닥을 윌리엄의 손바닥과 맞추어 그의 살갗에서 전해오는 따뜻한 느낌을 느끼는 자신의 모습. 유리의 한쪽 끝에 서서 몇 안 되는 면회자들 틈에 윌리엄마저 없다는 걸 알게 되는 자신의 모습은 절대로 상상할 수가 없었다. 그녀는 정말 자수는 상상할 수가 없었다. 그런데 자신과 윌리엄이 서로 헤어졌을 때 무엇을 할지에 대해 한 번도 의논한 적이 없다는 사실이 떠오르자 그녀는 무척 놀라웠다. 그들은 함께 체포되었을 때 무엇을 할지에 대해서만 끊임없이 의논하고 토론했었다. 아마 둘 중 하나만 잡혔을 때 무얼 할지에 대한 생각이 두 사람의 머릿속에 한 번도 떠오르지 않았기 때문이리라. 그때까지 그들이 한 활동은 모두 두 사람이 함께 열성적으로 해온 것이었다. 두 사람이 협력하여 함께 움직인다는 그 사실, 더불어 한다는 것이 그들의 활동에 힘을 실어주었다. 그러다가 그가 체포되었고, 그것은 기이하기 짝이 없는 사건처럼 여겨졌다. 터무니없는 사고처럼 여겨졌다. 집으로 오는 길에 그는 세낸 차고에다 꾸민 그들의 작업실에 들러 연장을 집어올 요량이었다. 그녀는 집에서 둘이서 저녁거리로 먹을 샐러드를 만드는 중이었다. 24시간 떨쳐버릴 수 없는 강박적인 습관처럼 경찰의 수갑 소리에 귀를 기울이면서. 당근 껍질을 벗길 무렵에는 그러나 경찰의 수갑 소리보다는 계단을 밟는 윌리엄의 발소리가 들리는지에 더 신경을 썼다. 라자냐는 오븐에서 익어가고 있었다. 누구나 때로 농부의 커다란 낫이 떨어지는 바로 옆에 서 있을 때가 있다. 장보기 가방을 들고 소지품을 쥐고서 아파트를 뛰쳐나올 때가 그랬다. 그런데 왜일까? 그녀는 물었다. 왜 자신의 목숨은 살려준 걸까? 왜 자신은 아무런 해를 입지 않은 걸까? 언젠가 윌리엄은 참된 결혼이라면, 배우자보다 더 오래 살게 될까봐 두려운 마음에 비하면 자신의 죽음을 두려워하는 마음은 사소하고 미미하게 느껴진다고 말한 적이 있었다. 그의 체포는 그동안 그녀에게 그의 죽음이나 다름없었다. 그래서 그녀도 죽고만 싶었다. 그러나 자신이 계속 살아가야 한다는 걸, 그를 기다려주어야 한다는 걸 알았다. 그리고 그것이 사는 목적이 되었다. 그가 그녀에게 넌지시 자수를 권유한 것은 어쩐지 그가 그녀를 자유롭게 풀어준 것 같은 기분이 들게 했다. 물론 그것이 그의 뜻이 아니라는 것을 그녀는 알고 있었다.

그녀는 "우리들의 좋은 친구와 연락이 닿으면 알려줄게."라고 답장을 썼다. 그리고 변호사 이름과 전화번호가 적힌 종이 쪽지를 신발 속에 풀로 붙여 놓았다. 구두 안창 밑에 깔고 온종일 그 위를 잘근잘근 밟으며 곱씹어 생각할 수 있도록. 변호사에게 전화를 한다고 해서 그녀가 자수하기로 결정했다는 뜻은 아니었다. 그러나 일주일이 지나고 다시 몇 주일이 지나도록 그녀는 전화를 하지 않았다. 겨울이 깊어가면서 그녀는 가끔씩 강가로 내려가 기차를 바라보며 앉아 있곤 했다. 강물에 가까이 다가갈수록 바람은 더욱 혹독하게 불었다. 장갑을 끼지 않은 손가락이 빨갛게 얼고 뻣뻣해지면 담배를 피워 물곤 했다. 그것은 그녀가 이곳에 올 때 타고 온 것과 같은 기차였다. 와일드무어 영지가 이 기차의 선로와 나란히 이어져 있다는 사실에 자신이 얼마나 큰 만족감을 느꼈었던지를 기억했다. 마치 그 근처에 머물다 보면 언젠가는 다시 그 기차에 올라타고 채 끝나지 않은 여행을 마무리하리라는 확신이 생기는 것만 같았다. 이제 그녀는 그 기차가 캐나다로 떠나갔다는 걸 알게 되었다. 말라 비틀어진 풀밭 위에 앉아서 찬바람에 새파랗게 질리고 추위에 꽁꽁 언 몸으로 강물에 씻겨 수면 위로 떠오른 금속 찌꺼기를 바라보았다. 기차가 달려오면 그녀의 뼛속으로 먼저 전해졌다. 그리고 나서 이가 부딪치듯 딸각딸각 소리가 점점 더 커지다가 갑자기 밀려들듯 기차는 그 모습을 드러냈다. 그녀는 기차가 번개처럼 질주하여 커브를 도는 것을, 창백한 얼굴의 차장이 잠깐 그녀를 향해 손을 흔드는 것을 보았다. 그리고 그 모습은 휘익, 하고 순식간에 시야에서 사라져버렸다. 그녀는 자신이 넉넉한 여비를 모을 가능성과 국경을 넘을 기회에 대해 골똘히 생각하는 척하곤 했다. 하지만 그녀는 안다. ―만일 기차가 조금만 더 멀리 떠나갔다면, 만일 강의 다른 쪽으로 미끄러지듯 지나갔다면, 만일 기적소리가 아니라 한밤중에 들렸던 울부짖음이었다면 그녀는 몰랐을지도 모른다.—그 기차가 꿈이란 것을. 그녀에게는 준비된 서류도, 돈도 없었다. 아니, 캐나다에 아는 이조차 없었다.

그리고 이월이 시작되자 그녀가 혼자서 골똘히 생각했던 일과는 아무런 상관없는 일이 생겼다. 그래서 망설이지 않고 곧장 전화기로 달려갔다. 버클리에서 복면과 무장을 하고 검은 복장의 남녀 일당이 캘리포니아의 최상류층 가문의 열아홉 살 난 딸을 납치했다. 납치된 소녀의 성은 프리먼트 가문만큼이나 잘 알려져 있었다. 견고한 대형 빌딩들, 거대한 공원 이름을 접하면서 캘리포니아 사람 누구에게나 익숙해진 성이었다. 납치범들은 이전에 아무도 그 소문을 들어본 적 없는 급진주의 핵심요원들이었다. 그들은 세상 사람들에게 보다 잘 알려진 협박과 위협의 목록을 장황하게 열거하면서 자신들이 그런 사건들과 긴밀한 관계가 있다고 주장했다. 가령 웨더 언더그라운드(Weather Underground, 1960년대 말에서 1970년대 초에 이르기까지 사회변혁을 촉구하기 위해 연방정부 건물을 폭파한 급진적 좌파 테러리스트 그룹으로 Weatherman이라고도 불림 : 옮긴이)와 흑표범당(Black Panther Party, 1966년 미국 캘리포니아 주의 오클랜드에서 바비 씰, 휴이 뉴튼, 헹드리지 클리버 등을 중심으로 결성된 급진적, 전투적인 흑인해방운동 조직 : 옮긴이)의 활동에도 깊이 관여하고 있다고 주장했다. 납치사건은 이웃 사람들이 버젓이 보는 공공연한 장소에서 벌어졌다. 버클리 대학원생들과 젊은 커플들은 바닥에 몸을 던지듯 엎드렸다. 기관총이 발사되어 그들이 사는 집의 창문들을 박살냈고 비명을 지르던 그 소녀는 자기 집에서 잠옷 가운만 걸친 채로 질질 끌려나왔다. 그리고 대기하고 있던 승용차의 트렁크에 짐짝처럼 던져졌다. 나라 전체가 이 납치사건을 보고 분노와 공포에 휩싸였다. 사건은 심지어 라인벡《가제트》지의 머릿기사로까지 실렸다. 윌리엄이 옳았다면— 워터게이트 스캔들이 미국 주류층 사람들을 급진주의에 대해 보다 동조적인 입장을 갖도록 만들었다면— 이것은 새로이 조성된 이 동조적인 분위기를 단박에 소진시키고 말 사건이었다. 그녀는 납치범들에 대해서 아는 것이 하나도 없었다. 이들이 누구인지, 이들이 성취하고자 하는 바가 무엇인지 전혀 몰랐다. 하지만 그들에 대한 묘사나 설명이 최악의 관점에서 이루어지고 있다는 사실은 알 수 있었다. 그녀는 그동안 자신을 향해 기회의 창이 하나 열릴지도 모른다는 꿈을 꾸었었다. 워터게이트 스캔들이 그 창을 정말로 열어준다면 어떻게 될까도 생각했었다. 그러나 이제 대중들이 이 납치사건에 대해 품은 공포와 실망감을 보면 아마도 그 문은 다시 닫힐 것이었다.

그리하여 얼어붙을 듯 매섭게 추운 어느 날 아침 그녀는 라인클리프에서 기차에 올라탔다. 그녀로서는 좀처럼 이용하지 않는 시간이었기에 아는 차장은 한 사람도 보이지 않았다. 기차는 그녀가 떠나왔던 그 밤 이후로 그녀가 가보았던 곳보다 더 남쪽 도시를 향해 달렸다. 그녀는 피크스킬에서 내렸다. 여기서는 강물이 고지대의 구릉 사이로 불쑥 모습을 드러냈다가는 다시금 널따랗게 물웅덩이를 이루며 넓은 호수로 흘러들었다. 고풍스러운 기차역 옆으로 훼손된 몇몇 벤치들이 강을 마주보며 놓여 있었다. 그리고 맞은편 강둑에서 800미터쯤 떨어진 곳에 시멘트 공장이 보였다 "만일 비가 오면 당신을 안에서 만나겠어요." 그녀는 그에게 이렇게 말해두었다. "하지만 비가 오지 않으면 바깥 벤치에 앉아 있겠어요. 일년 중 이맘때면 강가에 바람이 혹독하게 불어요. 우리 모두 동행이 없으리라 믿어요."

드디어 나타난 그 변호사는 실제로 보니 예상보다 훨씬 젊은 사람이었다. 그를 만나기 전에 그녀는 콧수염과 눈썹이 희끗희끗하고 지금보다 어두운 세월과 지금보다 훨씬 더 나쁜 상황을 보아온, 말하자면 사회당에서 살아남은 인물쯤으로 상상했었다. 하지만 예상과 달리 그는 뽀송뽀송하고 부드러운 뺨과 잘생긴 얼굴이었으며 근엄해 보이려고 강철테 안경을 쓰고 있었다. 그가 제니에게 안녕하십니까, 라고 인사했을 때의 목소리는 이미 그녀가 전화로 들었던 대로 딱딱한 도시의 날카로움이 배어 있었다. 전화의 그 목소리는 설득력이 있었다. 그러나 직접 대면하고 듣자니 너무 귀에 거슬리는 목소리였다. 그의 얼굴과 잘 어울리는 목소리. "좋은 장소로군요." 칼라를 목 주위로 바짝 당겨 세우면서 그가 말했다. 그날은 어둡고 바람이 부는 전형적인 뉴욕 주 북부지방의 날씨였다. 강풍에 밀려온 주석 빛깔의 구름이 그들 머리 위로 넘실거렸다. 대기는 눈을 잔뜩 품고 있는 것 같아 맑은 날 추운 것보다 더 혹심한 한기가 느껴졌다. 그녀는 거의 반 시간쯤 그를 기다리고 있었다. 얇은 진바지와 단추가 두 개나 떨어져 나간 낡은 가죽 재킷, 그리고 두껍고 헐거운 스웨터를 목도리처럼 말아 감고 앉아서. 손가락과 발가락의 감각을 느낄 수가 없었지만 그녀는 이런 것에 익숙했다. 그녀는 이곳에 온 뒤로 겨울옷을 사지 않았다. 한 번도 옷을 살 만한 돈을 지니지 못했던 것이다.

"오래 걸리진 않을 겁니다." 그녀가 당혹스러워하며 말했다. 그녀는 자신이 마음 한켠으로 나이 지긋한 할아버지 같은 변호사가 나오기를 기대했었다는 걸 깨달았다. 퉁명스럽게 고개를 끄덕이기보다는 따뜻하게 응시하는 눈길을 가진 그런 사람이 오기를. 식견이 넓고 느긋하고 그녀의 경우보다 더 어려운 사건들도 기억하지 못할 만큼 많이 승소한 경험이 있는 그런 사람이 오기를. 그녀는 갑자기 그런 누군가의 보호를 받고 싶다는 갈망이 일었다. 자신의 갈망과는 어긋나게 그녀는 이제 상당히 젊은 이 남자와 바깥 벤치에서 사람들 눈을 피해가며 상의해야 했다. 그래서 이들의 만남에는 마치 데이트처럼 어색하고 긴장된 느낌이 감돌았다.

  그는 그녀를 바라보고 있었다. 그녀가 입을 열 때를 기다리면서. 그래서 그녀는 마침내 질식할 듯한 목소리로 질문을 했다. "현 정치풍토의 견지에서 볼 때," 그녀는 어색하게, 자신이 미리 연습한 대로 말을 시작했다. 그녀가 말을 마치자 그가 잠깐 뜸을 들인 다음 입을 열었다. "현재 풍토가 과거와 상당히 유사하다고 해도 공정하다고 저는 생각합니다. 도주자들에게 정치상의 홍정이라는 건 없습니다. 그들은 일단 당신이 자수를 하고 나면 그 뒤에 대화를 할 겁니다. 당신이 자발적으로 자수를 하는 것이 훗날 도움이 될 거라고 생각하는 건 무리한 추측은 아닐 테죠."

  "내가 말하는 건 법무부 내부의 풍토만이 아니에요. 전반적인 정치풍토를 뜻하는 것입니다. 워터게이트 스캔들 말이에요."

  "그게 무슨 연관이 있다는 건지 알 수가 없군요."

  "행정 수반 차원에서 권력을 남용한 정황이 이토록 분명한 경우에는 급진적인 운동에 대한 호의나 동조적인 분위기가 더 강해질지 모른다는 생각이 문득 떠올랐습니다."

  "난 그런 건 모릅니다. 그런 거, 마음 한구석에 접어두는 게 당신 신상을 위해 더 안전할 겁니다. 그게 당신 문제에 아무런 영향도 미치지 않을 테니까요."

  이제 그녀는 자신이 윌리엄이 쓰는 문투를 고스란히 따라하고 있지는 않다는 걸 느꼈다. 이 젊은 변호사의 어투가 너무나 위세 당당하고 확신에 차 있어서 그녀는 정말 이 사람이 얼마나 어린 걸까 궁금해졌다. 나보다 더 어린 걸까?

"어떻게 그렇게 말할 수 있죠?" 그녀가 따지듯이 물었다. "정부가 보여준 검찰 직무에 관한 관행은 언제나 정치적이잖아요."

"물론 그렇지요. 하지만 당신에게 씌워진 혐의는 심각합니다. 나는 지금 닉슨을 지지하자는 게 아닙니다. 이 작자들, 더할 수 없는 사기꾼들이라는 게 제 생각입니다. 하지만 국가 기관이 범죄 행위를 저질렀기 때문에 자기 자신의 범죄행위는 중요하지 않다고 말할 수는 없는 겁니다."

"그건 흔히들 말하는 범죄행위가 아니에요. 그 안에 숨겨진 이유가 있다는 거죠. 우리의 행동이 야기된 배경이나 정황을 빼버리고 범죄행위였다고 단정할 수는 없어요. 마찬가지로 베트남에서 자행된 범죄행위를 빼버린 채 합법적인 모험이었다고 말할 수 없는 겁니다."

"베트남은 전쟁이었어요. 명백한 법률체계가 거기에 적용되었습니다."

"그렇다고 전쟁이 정당화되지는 않아요."

"맞습니다. 하지만 당신 사건은 법에 따라 결정될 겁니다. 나도 당신과 같은 의견이에요, 제니. 하지만 우리가 지금 얘기하고 있는 바는 사법체계 안에서 당신이 확보할 수 있는 기회에 관한 것입니다. 지금 윤리학 강의를 받고 있는 게 아닙니다."

이 말을 듣자 제니는 이 만남이 끝났으면 좋겠다는 생각을 했다. 한낮이었지만 하늘은 마치 황혼녘 같았다. 그녀는 강 저편으로 타오르듯 선명한 시멘트 공장을 뚫어질 듯 바라보았다. 공장에서 뿜어져 나오는 초록색과 황금색 불빛이 강렬하게 빛났다. 하얗게 솟아오르는 연기는 아마도 수증기일 것이다. 바람은 쉴새없이 이 연기기둥을 낚아채 갔다. 강은 마치 바다의 하류 어귀처럼 보였다. 초록색 거친 물살이 삼각 파도를 일으키고 있었다. 그녀가 말했다. 바람 소리 때문에 자신에게도 거의 들리지 않는 목소리로. "내겐 돈이 하나도 없어요."

"거기에 대해서는 말할 필요 없습니다."

"앞으로는 얘기할 필요가 있을 거예요. 어쩌면 우리가 이야기한다는 것 자체가 아무 소용없는 일인지 모르겠지만요. 난 법정 변호사를 써야 할 거예요."

"가족들이 도움이 될까요?"

"어머니는 내가 아기였을 때 돌아가셨어요. 아버지는 내 견해에 대해 호의적이거나 동조하지 않으세요."

"그만 됐어요, 제니. 만일 당신이 나와 같이 일을 진척시키겠다면 돈은 문제가 안 된다고 생각해주길 바랍니다. 돈 문제는 어떻게든 해결될 테니까요. 정작 문제는 당신이 들어가고 싶은가 하는 겁니다. 자수를 원합니까?"

하얀 연기기둥은 아직도 쉴새없이 공장 굴뚝에서 나와 바람결에 갈라지고 있었다. 그녀는 한숨을 내쉬었다. 그리고는 사정 보지 않고 원하는 걸 달라고 우겨대는 아이처럼 말했다. "원한다고 해두죠."

"앞으로 벌어지는 일은 당신이 얼마나 많이 협조하느냐와 밀접한 관련이 있을 겁니다."

"난 연루자나 공범의 이름을 대는 일은 하지 않을 겁니다."

처음으로 그녀는 조바심이 나는 걸 느꼈다. "그러면 당신은 어려움을 겪게 될 겁니다." 그가 다리를 꼬았다가 풀고 또다시 꼬면서 말했다. "정부에 대항하여 파괴행위를 저지른 사람들에게 모종의 워터게이트 특별사면이 있을 거라는 말을 내게서 들으리란 기대는 하지 않기를 바랍니다. 당신의 유일한 이점은 당신이 알고 있는 바로 그것들입니다. 당신은 버클리에 살 때 광범위한 친구들과 교제했습니다. 당신의 남자친구는 징집위원회 사무실을 폭파한 혐의로 유죄 판결을 받았지요. 그 당시 인민군의 소행이라는 주장이 제기되었으므로 그가 홀로 한 일이라고 믿는 이는 아무도 없습니다. 아니, 오로지 그와 당신 두 사람이 저지른 일이었다고도 믿지 않지요. 알겠지만 나는 여기 오기 전에 사전조사를 나름대로 철저히 했습니다. 만일 당신이 자수를 한 뒤에 아무런 정보도 제공하지 않는다면 상당히 냉혹한 취급을 받게 될 겁니다."

"난 친구들을 배신할 수 없어요. 당신을 다시 윤리학 강의에 끌어들이고 싶진 않지만 그건 내 원칙입니다."

"당신이 가진 정보 중에는 당신의 가까운 친구들이 연루되지 않은 내용이 있을지도 모르잖습니까? 가령 입소문으로 전해 들은 정보 같은 것들."

"어떤 거 말인가요?"

"이번 납치사건과 연관된 정보라면 당신에게 도움이 될 겁니다. 상당히."

그녀는 이런 얘기가 나와도 놀라지 않아야 한다는 걸 알았다. 하지만 그녀는 납치사건이 그녀가 그에게 전화를 건 이유임을 그가 감지했는지 여전히 궁금했다. 좌파가 아닌 다른 데서 보이는 대담한 행동. 아니면 자신을 숨기고 싶은 돌연한 욕망. "내가 속한 서클에는 없어요." 그녀가 말했다.

"고향이 같아요. 당신의 지인 중에 그들 누군가를 아는 이가 있을지 모릅니다."

"그런 건 몰라요. 설령 알더라도 다시금 윤리 강의로 돌아갈 수밖에 없군요. 전반적인 내용이라면 기꺼이 말하겠어요. 흔히 쓰는 기법이나 타깃으로 삼는 유형 같은 거라면······."

"당신은 납치범들을 배신하지 않겠다는 건가요? 그건 상식적인 틀을 벗어나는 겁니다, 제니. 그들은 어린 소녀를 낚아채듯 강탈해 갔어요. 그들이 지금 이 아이에게 무슨 짓을 하고 있는지 아무도 모른단 말입니다."

"어린 소녀가 아니에요. 열아홉 살 대학생이라고요. 물론 그렇다고 그녀가 납치당할 만하다는 뜻은 절대로 아니에요. 그들은 그녀를 제네바 협약에 따라 합당하게 대우하고 있다고 말하고 있잖아요."

"이런 세상에, 그들이 지껄이는 엉터리 같은 말보다 더 한심한 말이로군요. 그 말을 곧이곧대로 믿어서는 안 되지요."

"나는 아직까진 그 말을 불신하지 않아요! 전세계 사람들이 그들에 관해 가장 나쁘게 하는 말을 믿고 있는 것 같군요. 가장 좋게 말하는 걸 믿을 사람이 남아 있기나 하겠어요? 우리가 아니라면 말예요?"

"납치행위는 정치가 아닙니다. 이 어릿광대들이 주장하는 바가 무엇이든 상관없이 말입니다."

"지금 내 말은 그들의 의견에 동조한다는 게 아니에요. 증거가 불충분할 경우에는 유리한 쪽으로 해석하는 무죄추정을 그들에게 부여하고자 하는 것이죠. 그건 당신 전문인 법률적 담론에 속하는 거 아닌가요? 납치는 내가 절대로 신봉하거나 채택하지 않을 전술이에요."

"그러지 않기를 나도 바랍니다. 그런데 당신이 신봉했거나 혹은 신봉하지 않았던 게 무엇인지에 대한 이야기는 그만두지요. 가정에 기초한 얘기라 하더라도. 난 아직 당신을 대변하고 있지 않으니까."

이 말은 그녀를 아프게 찔렀다. "당신은 아직 내 변호를 맡고 싶은지에 대해 명확하게 말하지 않았어요." 잠깐의 침묵이 흐른 뒤 그녀가 다시 입을 열었다.

"물론 나는 맡고 싶습니다. 하지만 당신은 내가 변호를 맡았으면 하는지에 대해 의사를 표명하지 않았습니다. 게다가 당신이 그걸 원하는지에 대해 나로서는 확신이 없어요. 당신이 기꺼이 이 과정을 헤쳐나갈 마음인지에 대해서도 마찬가지고요. 당신이 내 변호 의뢰인이 되면 나는 있는 힘껏 무슨 일이든 하겠습니다. 그렇다 해도 당신은 여전히 똑같은 선택과 직면해야 할 거예요. 말하는 데 엄청난 중압감을 느끼게 되겠지요. 그건 비단 정부로부터만 받는 스트레스는 아닐 겁니다. 당신은 십 년 동안, 아니면 그 이상을 감옥에서 보내는 걸 바라지 않잖아요. 내가 지금 말하는 건 우리가 질 게 뻔하다는 게 아닙니다. 당신이 지켜왔던 원칙들을 버리라는 말도 아니구요. 당신이 사실을 똑바로 직면할 필요가 있다는 걸 말하고 있는 겁니다. 앞으로도 워터게이트 특별사면은 결코 없습니다."

그녀는 그의 단정적인 어조 때문에 얼굴이 붉어졌지만 그 말이 옳다는 것은 알았다. 어쩌면 그건 자신도 이미 알고 있었던 것인지 몰랐다. 윌리엄이 감옥에 있다는 걸, 그녀는 깨달았다. 이 믿을 수 없는 사실이 전에 없는 위력을 발휘하는 걸 실감할 때도 가끔 있었다. 윌리엄은 감옥에 갇혀 있다. 그러니 정치적 기류를 가늠하는 능력도 그가 예전에 바깥세상에서 활동할 때와 같지는 않을 것이다. 그녀는 이 젊은 변호사의 시간을 낭비하고 있었다. 그래도 어느 면에서는 이 시간을 즐기고 있었다. 그와 언쟁을 벌이는 것이 좋았다.

"알아요." 그녀가 그에게 말했다.

도시로 떠나는 기차 시간이 되었다. 정류장으로 발걸음을 돌리기 전에 그가 말했다. "당신이 저 납치범들의 행방을 모른다는 건 정말 안타까운 일입니다. 그걸 안다면, 못해도 워터게이트의 세 배쯤은 가치가 있을 텐데요."

"정말인가요?" 그녀는 그것이 화해의 선물이라는 걸 알았다.

"당연하죠. 저들은 모든 혐의를 기각하고 당신을 FBI 요원으로 만들어 줄 걸요."

"최악의 운명이겠는 걸요!" 그녀가 웃으며 말했다.

"내게 편지하세요." 그가 손을 내밀자 그녀가 그 손을 잡았다. 차가운 냉기 때문에 얼얼해진 손은 감각을 잃었지만 그의 손에 담긴 온기는 느낄 수가 있었다. 그리고 그 충격, 따뜻한 접촉은 그녀의 마음을 갈망으로 들끓게 했다. 그녀는 재빨리 손을 뺐다.

"편지 쓸게요." 그녀가 말했다.

그것이 어렵다는 걸, 납치범들이 무죄추정을 부여받기 어렵다는 걸 그녀는 인정해야만 했다. 그들이 자신들의 요구사항을 전하는 데는 몇 주일이 걸렸다. 그리고 마침내 그들이 요구사항을 전했을 때, 두려움에 떨며 밤새도록 고심한 시간들, 커피와 줄담배에 쩔은 채로 미친 듯이 논쟁을 벌이다가 결국은 분별을 잃어버리고 마구잡이 타협으로 무너진 흔적을 그녀는 감지했다. 요구사항은 타자로 친 몇 페이지 분량이었다. 몇 가지 원칙과 사회학적 영역에 대한 선언, 그들 사이에 통용되는 상징의 신화적 해석 등이 담겼다. 자신들과 이데올로기적으로 연대를 이루는 다른 혁명운동 목록도 길게 이어졌다. 아마도 협박하려는 의도였을 텐데 "지상 전투 병력과 보급품, 탄약의 논리학적/물질적 상호교환 조정" 내용도 있었다. 그리고 납치당한 희생자의 목소리가 담긴 녹음 테이프도 첨부되었다. "그들이 나를 선택한 것은 내가 자본주의 체제의 문제를 상징한다고 보았기 때문이에요. 엄마, 아빠, 노력한다면 그들이 주장하는 바가 무엇인지 알 수 있을 거라고 난 생각해요." 납치된 소녀는 상세하게 요구사항을 열거해 나갔다. 또박또박 읽는 그녀의 목소리가 야릇했다. 소녀처럼 앳된 듯하면서도 무덤덤하게 들렸다. 그녀가 읽어 내려간 그들의 요구는 다음과 같았다. 일주일 분량의 "양질의 건강식품"을 캘리포니아 주민으로, 한 해 소득이 생계유지에 필요한 최저 소득기준에 미치지 못하거나 사회적으로 무시받거나 소외당하는 사람들, 가령 최근에 가석방으로 풀려난 범죄 전과자, 혹은 캘리포니아 주의 표준 소득 기준 이하인 저소득층 가정, 혹은 빈곤 상태를 입증할 수 있는 사람들에게 배급한다. 필요한 사람들에게는 모두 음식이 공급되어야만 한다. 음식은 일체의 부대조건이나 제한, 그리고 일체의 흥정이나 시비 없이 배분되어야만 했다. 요구한 때로부터 일주일 안에 배급이 시작되고 적어도 한 달 동안 지속되어야만 했다. 음식 배급은 사회복지관이나 정부 기록보존 기관이 아닌 장소에서 이루어져야 했다. '인민'들이 익숙하게 가는 평범한 슈퍼마켓이 바람직하다고 했다. 음식을 편리하게 받아 가도록 하자는 의도였다. 그러나 이 음식 배급이 실제 몸값은 아니었다. 몸값에 관한 협의는 선행을 하고 난 뒤에 시작할 것이었다. 일정한 간격을 두고 납치 소녀는 잠깐씩 읽기를 중단했다. 그럴 때는 종이가 부스럭거리는 소리가 들렸다. "페이지를 넘겨야 하니까 그래요." 소녀는 한순간 투덜거렸다.

서고 천장 아래 세워둔 발판 위에 드러누워 그녀는 플랑드르풍 창문으로 들어오는 빛에 물든 마름모꼴 무늬가 다리 위로 어릿어릿 흔들리는 것을 가만히 바라보았다. 삼월의 햇살이 헐벗은 나무 사이로 스며들고 있었다. 그녀는 비누거품이 이는 스펀지를 들고 지저분한 갈색 얼룩을 살짝살짝 훔쳐냈다. 아직도 그 트랜지스터 라디오를 곁에 두고 듣고 있었다. 어찔어찔한 여름과 가을이 지나자 워터게이트 스캔들은 겨울 내내 그 빛을 잃어버리고 말았다. 의회는 문제의 테이프를 원했으나 대통령이 이미 거부한 상태였다. 그리하여 이제 결과는 법원의 판결에 달려 있었다. 어쩔 수 없이 합류할 수밖에 없다고 생각하자 우울해지는 청취자로서, 뉴스를 듣는 일반 시민들과 마찬가지로 그녀의 관심사도 어느새 워터게이트 사건을 소홀히 방치하게 만든 납치사건으로 옮겨가버렸다. 하지만 그녀에게는 다른 소파족들은 전혀 아는 바 없는 이상하고 은밀한 가족적인 차원이 자리잡고 있었다. 좌파로 경도된 언론은 몸값 요구를 들쑤셔서 흠을 들춰냈다. 그런 보도 태도는 인민들의 실질적인 요구와는 단절된 것으로, 비실용적이고 독선적이며 관중을 흥분시키려는 현란한 제스처에 지나지 않았다. 1회에 그친 음식 배분은 그저 현시적이고 가부장적인 태도가 빚어낸 온정주의 같은 것이었다. 미국 정부가 그 붕괴를 도왔던 제3국가들에게 즐겨 과시하는 것과 같은 류의 제스처였을 뿐이었다. 이것이 분명 그들에게 좌절감을 불러일으켰으리라고 제니는 상상했다. 힘들여 고심하며 생각해낸 몸값, 자신들에게 스스로를 돌보지 않는 무욕과 고결함의 상징이었던 그 몸값 요구가 뜻밖에도 비난으로 되돌아오고 말았으니 낙담했을 것이다. 그녀가 가끔씩 채널을 맞추어 듣곤 하는 학생 운영 라디오 쇼에 나온, 상당히 급진적인 초대 손님마저도 이런 말을 했다. "변혁운동의 맥이 끊기고 쇠퇴해가고 있으므로 모골이 송연해질 만큼 무시무시하게 상황이 돌아가도 놀랍지 않다. 마치 죽은 시체가 꿈틀하며 경련을 일으키는 것 같다. 이런 상황은 좌파가 쇠퇴하는 데카당트 단계로 부를 수 있을 것이다. 과거에 좌파의 황금기가 설령 있었다고 하더라도 그 황금기는 이미 끝났음을 알리는 신호이다." 그녀는 분노와 수치심이 뒤범벅된 심정이었다. 그리고 이런 논평을 들을 때면 소녀를 납치한 이 혁명요원들을 뜨겁게 옹호하고픈 기분에 사로잡혔다. 그래, 그들은 미쳤을 것이다. 그러나 합법적인 테두리 안에서 활동하는 자들에게는 불타는 신념이란 게 정신 나간 짓거리처럼 치부되어 오지 않았던가? 이 납치행위는 좌파들이 공공연하게 굴욕을 당하고, 옷을 발기발기 찢긴 채로 추방당하는 근거가 되었다. 하지만 제니에게는 워터게이트로 들끓던 여름 동안 그녀가 느꼈던 '한나라' 의식을 부여해 주는 것이었다. 이 나라가 그녀의 것, 그녀 내면에 자리한 그녀 자신의 나라라는 것만 뺀다면. 국경을 공유하긴 하지만 서로 엇갈리는 비행기를 타고 쫓아야 하는 두 나라.

만난 지 몇 주일이 지난 후 그녀는 그 젊은 변호사에게 거절의 편지를 썼다. "당신 말이 옳았어요. 난 아직 마음의 준비가 되어 있지 않아요."라고 거절의 이유를 해명했다. 그리고 이 편지를 부치러 피크스킬로 가는 기차를 탔다. 그가 그녀와 연관된 장소로 피크스킬 한 곳만 알고 있기를 바랬기 때문이다. 그리고 나서 구조받기를 기원했다. 변호사를 만난 후 몇 주일 동안 그녀는 그를 다시 만나고 싶은 절박한 심정이었다. '아니다' 라는 단 한마디 말일지라도 그의 얼굴을 마주보고 전하고픈 간절한 마음이었다. 그는 거의 두 해 만에 그녀가 진심어린 이야기를 한 사람이었다. 그러나 자신을 무기력하게 만드는 이런 욕망을 채워주서는 안 된다는 다짐을 넘어설 만큼 강렬한 욕망은 아니었다. 그녀는 꿈 속에서 그를 보았다. 굴욕을 느끼게 하는 그 꿈 속에서 두 사람은 절망적으로 사랑을 나누었다. 그것은 추상적인 감정뿐인 꿈만큼 참담하지는 않았다. 그런 꿈 속에서 그녀는 그가 자신을 사랑한다는 걸 "알았다." 그녀는 처음에 자신이 윌리엄을 그리워했던 것처럼 지금도 그를 그리워하기를 바랐다. 그와 처음으로 헤어졌을 때 파도처럼 밀려오던 맹목적인 고통의 기억을 다시 떠올리려고 애를 썼다. 심지어는 그들이 함께 했던 세월 속에서 가장 깊었던 절망의 순간들을 곱씹어보려고 애를 썼다. "칠흑 같은 어둠 속으로 들어가면 자기 사랑의 확실성을 가늠할" 수 있으리라 기대하면서. 그녀는 결국 윌리엄에게 자신의 결정을 설명하는 편지를 보냈다. 그리고 편지의 몇몇 구절 때문에 죄책감이 들었다. 가령 "법복 입은 판사들이 보다 친절한 쪽으로 마음이 기울어져 있을지도 모른다는 당신의 말은 내게 희망을 주지만 사정은 그렇지 않아. 지금은 당신이나, 당신과 같은 상황에 놓인 그 누구라도 더 부적절한 판단을 내릴 수 있어. 아주 믿을 만한 소식통으로부터 들은 거야."라고 쓴 대목이 그랬다.

라인벡 도서관은 읍내의 광장에 자리잡고 있었다. 깎아 다듬은 돌과 스테인드 글래스로 장식된 아담한 건물이었다. 라인클리프 기차역 건물과 비슷한 형태였다. 이 두 건물은 같은 건축가가 설계한 것이었다. 철도 업계의 어느 거물이 고용한 사람이었다. 이곳에서 여름휴가를 보내던 이 거물은 자신이 초대한 사람들이 기차를 타고 찾아오기를 바랐던 것이다. 도서관에 가서 신문을 훑어보고 고개 숙여 기도를 드리기를 바랐던 것이다.(그래서 훌륭한 교회도 세워졌다.) 자신들이 익숙하게 보아오던 화려한 장식으로 건물들을 꾸미긴 했지만 보다 예스러운 아취가 배어 있고 전원풍이었다. 맥널티 부인은 이렇게 말하곤 했다. "역사적인 우리의 하천 계곡 어디를 둘러보더라도 과거로 이어지는 문이 있답니다." 그녀는 제니를 좋아하게 되었는데, 그녀가 복원 전문가라는 소문을 들었기 때문이다. 제니가 용기를 내어 처음으로 도서관 안으로 들어갔을 때, 와일드무어 스크랩북을 찾으러 간 게 아니라 서부 지역 신문을 보려고 들어갔을 때 맥널티 부인은 허둥지둥 자신이 모아둔 앤 여왕 시대의 장식 관련 자료들을 가져왔다. 그러나 며칠이 지나자 제니가 도서관을 찾은 용건이 바뀌었다는 것을 알아챘다. 이제 도서관에 들르면, 제니가 언제나 별스럽지 않은 태도를 보이려고 애를 쓰며 들어서면, 최근에 도착한 《샌프란시스코 크로니클》이나 《이그재미너》지가 자신이 좋아하는 구석의 넓은 탁자 위에 계단의 단처럼 날짜를 한눈에 볼 수 있도록 가지런히 놓여 있는 것을 볼 수 있었다. "제발 그러지 마세요, 괜찮아요, 맥널티 부인." 제니가 이렇게 말해도 신문은 변함없이 그렇게 차곡차곡 정돈되어 탁자 위에 놓여 있었다. 가끔씩 제니가 신문을 읽고 있는 도중에 새로운 우편물이 오는 경우도 있었다. ─도서관에는 늘 그렇듯이 신문이 늦게 도착했다. 제니는 맥널티 부인이 콧노래를 부르면서 조그마한 가위로 우편물 묶은 끈을 자르는 소리를 듣곤 했다. 그리고 나면 이내 맥넬티 부인은 새로 온 신문들을 마치 갓 구워낸 빵처럼 두 팔에 안고 가져다주곤 했다. "오, 아이리스. 당신이 고향을 그리워하면 어쩌나 걱정이에요." 그녀는 이렇게 말하며 신문더미를 탁자 위에 내려놓곤 했다.

납치된 소녀의 가족들은 납치범들의 요구에 까다로울 정도로 꼼꼼한 관심을 보였고 선의를 담은 행위를 하라는 요구에도 호응했다. 그래서 납치범들의 요구가 불합리해 보일 정도였다. "친애하는 여러분,

우리에게 공정하고 정직하게 처신해 준 데 대해 그 사람들과 제 귀여운 딸에게 진심으로 고마워하고 있습니다." 소녀의 아버지는 잔디밭을 가득 메운 카메라를 바라보며 말했다. "그래서 우리는 지금 어떻게 하면 이 요구를 충족시킬 수 있을지 알아보려고 열심히 애쓰는 중입니다. 그런데 요는, 그 요구가 좀 애매모호하다는 겁니다. 일주일치 음식을 한 달에 걸쳐 분배한다는 건—우리 생각에는 한 달 동안 일주일에 꽤 여러 차례의 배급이 이루어져야 한다는 걸로 보는데 어떻습니까? 우리는 다만 모든 것을 제대로 처리하는지 확인하고 싶다는 겁니다. 음, 친애하는 여러분, 숫자에 관해서인데요, 여러분께서 이 사람들에게 전해주기를 바랍니다. 즉 우리처럼 거대한 주에서는 가난한 사람을 모두 찾아내는 일이 수월하지 않다는 걸 말입니다. 가난한 사람의 숫자를 헤아리는 방법은 너무나 많습니다. 그리고 그 수는 상당히 클 것으로 보입니다. 그런데 그건 모든 사람을 행복하게 해주는 게 못됩니다. 안타깝지만 그게 세상사 이치니까요. 우리가 잘되기를 간절히 기도하며 정말로 많은 도움을 주시는 분들을 여기 모시고 있습니다. 바로 수학자, 통계학자분들입니다. 그런데 이분들이— 음, 이분들이 어림잡은 견적에 따르면, 우리가 지금 말하는 게 5억 달러어치의 음식이 될 것 같습니다." 여기서 그의 목소리가 갈라졌다. "그런데 저에게는 부득불 그만한 일을 해낼 방도가 전혀 없다는 걸 말씀드려야겠습니다. 그렇지만 제가 할 수 있는 한 전력을 다할 것입니다."

반응은 불과 며칠 사이에 왔다. 라디오 방송국 앞에 또 하나의 테이프가 놓였다. 테이프는 하늘에서 뚝 떨어진 것만 같았다. 지문이 전혀 묻지 않은 테이프였다. "아빠, 이 사람들은 아무도 만족스러워할 수 없는 요구를 하려던 게 아니라는 걸 아빠가 아셨으면 해요. 음, 아빠가 할 수 있는 한 전력을 다하시겠다고 하신 거요, 그건 정말 좋아요. 그대로 해주세요, 아주 빨리요, 아셨죠?" 그러나 소녀의 긴장된 목소리는 생소하고 짜증이 섞이거나 언짢은 어조로 바뀌기도 했다. "이 사람들은 자신들이 정신 나간 게 아니라는 사실을 아빠가 알아주었으면 해요. 이 사람들을 정신 나간 사람처럼 보이게 하려고 애쓰지 마세요. 이들이 전하는 메시지는 정치적인 메시지예요. 빈곤과 자본주의의 문제점을 말하고 있는 거라구요. 그리고 저는 그 모든 것의 상징이죠, 그들이 말했던 것처럼요. 이 사람들은 제네바 협약의 모든 조항들을 잘 지키고 있어요…… 국제법 규약에 합치되도록 말예요." 그녀는 원고를 들고 있는데도 그 내용에서 벗어난 말을 하는 듯했다. "그리고 엄마가 계속 그렇게 우시면―그건 정말로 맥 빠지게 하는 일인데―제 죽음을 재촉하는 거나 마찬가지라고 말해 주세요."

그는 말한 대로 전력을 다해 관여하는 것처럼 보였다. 혁명 요원들의 요구 가운데 받아들일 만한 최소한을 수락했고 나머지 많은 요구들은 무시했다. 대단한 재력가의 위력을 발휘하여 신속하게 소녀의 집안에서는 음식을 배급하는 지휘센터를 설치했고 냉장용 트럭을 소함대 규모로 빌렸다. 그런 다음 혁명분자들이 그것을 강권했노라고 강조했다. 그리고 음식 배급을 받는 대상을 생활보호 대상자들, 가석방으로 풀려난 전과자들, 그리고 실직 상태가 잦은 사람들로 국한시켰다. 누구나 예상할 수 있는 일련의 결과들이 속속 벌어졌다. 상당수의 전과자들이 신문 잡지를 통해 제2의 인생을 설계할 기회를 준 것을 고맙게 생각한다고 말했다. 음식을 가득 실은 트럭 한 대는 권총을 들이대며 협박한 무리들에게 강탈당했다. 이보다 교묘하고 포착하기 어려운 방법으로 사라진 트럭들도 많았다. 트럭이 습격당하지 않고 무사히 도착한 곳에서는 음식을 나누어주는 이들에게 노동자들이 달려들었고 뒤에서는 주먹을 휘둘러댔으며 몰려든 군중들끼리 서로 짓밟고 뭉개며 아수라장을 만들었다. 여덟 살 난 사내아이가 냉동 통닭에 부딪혀 실신하는 일도 발생했다.

제니는 이 가족들이 얼마나 능란하게 괴롭힘을 당하고 시달리는 입장으로 자신들을 드러내는지를 보며 전혀 놀라지 않았다. 이들은 친절을 베풀기 위해 나름대로 최선을 다했으나 끔찍한 탐욕에 포위되어 꼼짝 못하는 것처럼 비쳐졌다. 이들을 향한 일반인들의 동정심이 점점 커져갔다. 즉 이들이야말로 고귀한 신분이면서도 도의상의 임무를 다하는 진정한 귀족, 노블레스 오블리지의 화신이었다. 그들이 전력을 다하고 있는 마당에 자기 재산을 한 조각 나누어 주는 부자들보다 그걸 받아먹겠다고 허겁지겁 달려드는 가난한 이를 더 두둔할 사람이 어디 있겠는가? 이제 좌파 세력들은 그동안 지켜온 마지막 한 자락 인내심을 잃어버리고 말았다. 이 무책임하고 무모한 무리들 때문에 부자들이 저토록 호의와 동정을 받게 되었다며 불만을 토로했다. 이렇게 소용돌이치듯 전개되는 사건을 지켜보면서 이 집안 사람들이 대응하는 태도에 불쾌감을 가진 이는 납치 피해 당사자인 소녀였다. 음식을 배급하는 계획이 와해되자 세번째 테이프가 미사일처럼 허공에서 곡선을 그리며 떨어졌다. "제가 보기에 아빠는 전력을 다하는 게 전혀 아니에요." 소녀가 말했다. 이제 그녀의 목소리는 몹시 화가 난 듯이 들렸다. "음식 배급 계획은 완벽한 허위였다구요. 어쨌든 그건 세금 공제 혜택을 받게 되는 거잖아요, 그렇죠, 아빠? 저는 정말 궁금하지 않을 수가 없네요. 만일 아빠나 엄마, 아니면 알렉사나 케이티가 납치되었더라면 난 무슨 대가를 치른다 해도 주저없이 했을 것 같아요. 그런데 아빠는 그렇게 하지 않고 있잖아요!" 그녀는 더 이상 준비된 원고를 읽고 있지 않는 것 같았다. 그녀를 납치한 자들은 점차 그녀가 말하는 방식, 그녀가 상황을 풀어내는 방식을 알게 된 듯했다. 새로이 준비한 원고는 그들에게 결핍된 듯 보였던 능란하고 유연한 언변을 과시하는 듯했다.

삼월이 지나자 제니는 자동차를 몰고 부엘 철물점에 갔다. 목재를 벗겨내는 박피기와 페인트, 바닥과 가구를 다시 씌울 먼지방지 커버, 좀더 튼튼한 발판 사닥다리를 사기 위해서였다. 날씨는 다시 창문을 열어놓고 일해도 좋을 만큼 따뜻해졌다. 그동안 미뤄두었던 위층 온실 작업을 시작할 수 있게 된 것이다. 이제 곧 덥고 후텁지근해질 테고 착색한 염료들도 당즙처럼 찐득거려 쉽사리 마르지 않는 날이 올 터였다. 겨우내 탁하고 울퉁불퉁한 얼음이 강 표면을 뒤덮었다. 하지만 이제는 온종일 얼음이 신음 소리를 냈고 금이 가서 쩍쩍 갈라지는 소리가 간간이 들려왔다. 이따금씩 쾅! 하는 소리와, 불현듯 어딘가에서 엽총을 쏜 듯한 소리도 들리곤 했다. 그녀가 사다리를 뒷좌석 창문 밖으로 툭 튀어나오게 싣고서 자동차를 달려 와일드무어로 되돌아올 때면 맑고 보드라운 바람이 차 안을 가득 채웠다. 봄은 아직도 그녀를 감동시키는 힘을 지니고 있었고 움트는 변화의 기미를 느끼게 해주었다. 이곳의 봄은 늘 짧고 선명하고 마음을 기울게 만들었다. 벚꽃나무들은 섬세한 세공품처럼 하얗게 꽃을 피웠고 선명한 분홍빛 사과나무에는 열매가 맺혔다. 크로커스와 샛노란 수선화도 땅을 뚫고 뾰족뾰족 새순을 내밀었다. 그녀가 여기서 두번째로 맞이하는 봄이었다. 돌아오는 가을이면 세번째 맞는 가을이 될 것이다. 이런 생각이 들자 봄의 기쁨은 가뭇없이 사라지고 다른 무언가가 기쁨의 자리에 들어섰다. 그것은 가을이 올 때마다 절망감이 점점 더 깊어진다는 느낌이었다. 그녀는 어깨를 움츠리며 절망감을 떨쳐내려 했다. 호의에서 비롯되었다 할지라도 짜증스런 누군가의 손길이 자신의 어깨 위에 올려 놓인 것처럼. 황금빛으로 물든 유휴지들 사이를 지나 남쪽으로 자동차를 돌려 강과 나란히 달리면 대기에 스민 바닷소금 냄새를 맡을 수 있었다. 이따금씩, 몽상에 깊이 빠져든 채로 이 길을 달리다 보면 자신이 탄 차를 어떤 손 하나가 내려와 낚아채서는 공중으로 높이 들어올리는 것 같은 착각이 들곤 했다. 몽상에 젖어서 갈조들을 강물 저 멀리까지 밀어붙이고 맨해튼의 발치에서부터 퍼져나가는 대서양의 파도를, 맨해튼의 사나운 소용돌이가 오하이오의 중간쯤에 그림자를 던지고는 융단처럼 펼쳐진 광활한 초원을 휘감고 캘리포니아 쪽으로 질주하는 광경을 보곤 했다. 그녀의 삶은 그곳에 있었고, 그림자처럼 허망한 그녀의 삶은 이곳에 있었다. 그녀는 그 모든 것을, 달리의 승용차 안에 앉은 자신의 모습을 보곤 했다. 그러다가 몽상이 끝났고, 자동차에 앉았던 그녀는 다시 운전을 시작하곤 했다. 그녀는 차 안에 부착된 라이터를 눌러 담뱃불을 켰다. 운전을 하면서 라이터를 능숙하게 사용하는 요령은 좀처럼 생기지 않았다. 그래서 늘 비틀거리며 지그재그로 달리다가 경찰의 제지로 차를 세워야 할까봐 두려웠다. 테이프의 내용은, 이전의 다른 세 개의 테이프와 마찬가지로 내용을 절대 줄이거나 수정한 바 없다고 뉴스 진행자가 확실하게 밝힌 뒤에 방송되었다. 그 소녀의 목소리는 처음에, 거의 두 달 전에 그랬던 것처럼 다시금 공허하게 들렸다. "오늘은 1974년 4월 3일입니다. 내게 다음 두 가지 선택권이 주어졌습니다. 자유롭게 풀려나 가족에게 돌아가거나 아니면 이 동지들과 함께 투쟁에 합류하거나 둘 중 하나를 선택하게 된 것입니다. 나는 결정했습니다. 이 동지들 곁에 영원히 머물겠어요. 왜냐하면 이들의 투쟁이야말로 세상에 단 하나뿐인 정당한 투쟁이기 때문입니다. 이들은 내 가족입니다. 예전의 가족은 나를 돌보아주지 않았지만 내 새로운 가족들은 나를 돌보아주고 있습니다." 새로운 삶을 살아가기 위해 이 소녀는 이미 새 이름, 폴린이라는 이름을 만들었다. 제니는 자신의 시선이 초점을 잃고 멍해지다가 다시 돌아오는 걸 느꼈다. 그리고 뜬금없이 자동차 앞유리에 벌레들이 잔뜩 달라붙어 더러워진 걸 깨달았다. 그만큼 날씨가 따뜻해진 것이다. 레드 후크에서 벗어나 구불구불 이어진 길 위에 앉아서 그녀는 눈앞에 아득히 펼쳐진 오래된 들판을 바라다보았다. 세월이 가면 저 들판에 씨앗이 뿌려질 것이고 오래된 돌담은 무너져 내리고 잡초들이 그 자리에 무성할 것이다. 그녀는 근원도 알 수 없는 기묘한 전율을 느꼈다. 워터게이트 특별 사면이란 건 없었다. 그러므로 기회의 창이 열린 적도 없었다. 그런데도 그녀는 무언가가 소리 없이 닫히는 듯한 기분이 들었다. 차의 시동을 다시 걸어보았다. 그러자 자동차가 날카로운 비명소리를 토해냈다. 이미 시동이 걸려 있었던 것이다. 테이프 내용이 나간 다음에는 논평이 시작되었다. 보도기자들까지도 강한 반감이나 혐오감을 구태여 감추려 하지 않았다. 한 사람이 말했다. 저 가엾은 소녀가 견뎌내야 했던 모진 고문을 상상하면 넌덜머리가 납니다, 이런 말이었던 것 같다.

집으로 되돌아온 그녀는 심지어 미스 달리도 텔레비전을 켜 놓고 있는 걸 보고 놀랐다. "세뇌된 게지." 낮고 단조로운 뉴스 진행자의 목소리가 들리는 가운데 의자에 앉은 달리가 말했다.

"어떻게 그걸 알죠? 미스 달리, 당신이 어떻게 그녀가 그들과 뜻을 같이하지 않는 거라는 걸 안다는 거죠?" 제니가 물었다.

"오, 제발 그러지 말라구." 달리는 어쩔 수 없이 동감을 표시해야 하는 사람들을 향한 경멸이 가득한 어조로 말했다. "그런 가문 출신 아이는 안돼. 저애 같은 소녀는 절대 그럴 리 없지."

두 주일이 지난 후 혁명 요원들은 은행에서 1만 5천 달러를 털어 달아났다. "폴린"의 모습이 보안감시 테이프에 선명하게 잡혔다. 보는 입장에 따라 세뇌당한 모습으로, 혹은 섬뜩하리만큼 차분한 모습으로 다가왔다. 이 돈은 '인민해방군' 지원 자금으로 소용될 것이라 했다. 이들이 강탈한 은행의 소유주는 공교롭게도 폴린 아버지의 저명한 사업 파트너였다. 은행을 턴 요원들은 종적을 감추었다. 경찰의 수사 포위망을 놀랄 만큼 수월하게 뚫고 유유히 사라져 버린 듯했다. 소녀 가족들의 항의와 이의 제기에도 불구하고 법무장관은 폴린을 더 이상 범죄의 희생자가 아니라 범죄자라고 선언했다. 그리하여 그녀의 얼굴이 붙은 지명 수배 포스터가 발행되었다. 좌파 성향의 언론들은 나름대로 이같은 조치를 비난하며 폴린의 수배 포스터를 몰래 훔쳐다가 자신들의 아파트 벽을 장식했다. 그러나 좌파 언론들은 법무부의 조치와 마찬가지로, 분무기를 뿜어 빌딩 벽에 "우리는 폴린, 당신을 사랑한다!"는 식의 글을 써대는 부류의 사람들도 좋아하지 않았다. 제니는 나무 박리제에서 나온 화학약품이 만든 구름 위에 둥실 떠 있는 듯했다. 라디오에서는 낮고 단조롭게 웅얼거리는 소리가 들려왔고 머리는 어쩔어쩔했으며 시야가 흐릿해졌다. 나른한 산들바람은 이 박리제를 충분히 걷어내지 못했다. 그녀는 아무 생각도 못하고 박리제에 취해 정신이 몽롱해졌다. 달리나 그 누구의 방해도 받지 않는 다과회 시간이 가까운 늦은 오후가 되면 그녀는 비틀거리며 밖으로 나와 산책을 했다.

그리고 신선한 공기를 한껏 들이켰다. 저택은 그녀의 갖은 노력에도 불구하고 여전히 텁수룩한 리어왕 같았다. 점점 기울어져가고 있긴 했지만 언덕 꼭대기에 올라가 바라보면 강물로 이어지는, 500미터 넘게 이어진 구릉지대에 여전히 그 모습을 드러내고 있었다. 구릉지대의 경사가 차츰 가팔라지면 줄지어 선 나무들이 나타나기 시작했다. 나무들은 마치 출입구를 이루고 있는 것처럼 보였다. 나무들 사이로 강쪽을 바라보면 물길이 점점 더 넓어져 갔다. 줄지어 선 나무의 맨 앞줄을 막 벗어나면 망루가 서 있었다. 망루 앞에 서면 강물과 이 집의 맨 꼭대기가 보였다. 그 뒤로 우스꽝스럽게 생긴 탑도 보였다. 그리고 나면 마침내 집은 시야에서 사라져 가라앉았다. 100년 전에 구획한 이 땅은 마치 파종을 앞둔 영국 농가처럼 야생적인 분위기를 내기 위해 신경을 많이 썼다. 그런데 그 효과는 예전보다 지금에 와서 훨씬 더 자연스럽게 드러났다. 새로운 나무들이 수십 년에 걸쳐 자라면서 병풍처럼 둘러쳐진 나무들의 폭도 한층 넓어졌고 사이사이로 고목들이 죽어 생겨난 틈도 점점 더 커져갔다. 이제 들판은 그렇게 보이도록 꾸민 게 아니었는데도 말 그대로 웃자란 잡초들이 빼곡히 들어차 있었다. 영락없는 황야였다. 버려진 땅의 쓸쓸함과 한적한 분위기가 짙게 배어 있었다. 그래도 일단 낭떠러지 바로 앞, 마지막 전망대에 다다르면 강물 바로 곁으로 이어진 철길이, 그리고 철길 바로 곁으로는 전선들이 보였다.

 집으로 돌아오는 길에 그녀는 때로 눈앞에 펼쳐지는 이 풍광에 큰 기쁨을 느꼈다. 초원 너머로 기울어가는 오래된 집이 눈앞에 펼쳐질 때 가슴에 사무치는 감동이 밀려왔다. 그럴 때는 이 집을 마치 자기 집인 양하는 것이 얼마나 그녀답지 않은 행동인지 잊어버리곤 했다. 맨 처음 산책을 나갔다가 이 집의 대지가 몇 킬로미터를 걸어도 끝나지 않고 계속된다는 걸 깨달았을 때 받았던 깊은 충격도 잊어버리곤 했다. 낮이 점점 더 길어졌다. 달리가 다과회에 참석한 사람 사이에 편안하게 자리를 잡게 되면 그녀는 옆문으로 살며시 되돌아와서는 이층 연회장으로 올라가곤 했다. 연회장에는 강물에 반사된 황금빛 햇살이 커다란 창문으로 쏟아져 들어왔다. 공중에 떠다니는 먼지 티끌을 헤치고 널빤지 위로 올라가면 그녀의 선명한 그림자도 따라 움직였다. 어느덧 대기는 뜨거운 열기를 조금씩 잃어가기 시작했다. 그녀는 페인트공들이 쓰는 전등을 사두었다. 늦은 오후의 햇살이 만드는 인상적인 그늘을 보완하기 위해서였다. 이 전등이 있어서 달리가 잠자리에 들고 난 다음, 밤 늦도록 일할 수도 있었다. 밤에 하는 작업은 그 나름의 호젓한 기쁨을 주었다. 방안이 정말로 추워지고 바깥을 부드러운 벨벳처럼 감싸는 어둠이 내릴 때, 간간이 올빼미 울음소리가 메아리처럼 울려올 때. 그녀는 밝고 노란 이 전등 불빛이 저 멀리 강 끝자락까지, 몇 킬로미터 떨어진 곳에서도 보일 거라는 걸 알았다.

그리고 언제나 라디오를 켜두었다. 그것은 어쩐지 그녀의 외로움을 덜어주기보다는 더욱더 도드라지게 만들었다. 그녀는 달리에게서 멀찍이 떨어진 곳에서 작업했다. 그런데도 밤이 이슥해지면 라디오의 볼륨을 작게 줄이곤 했다. 거대한 밤의 고요 속에서는 라디오를 아주 작게 틀어 놓아도 그 소리를 들을 수 있었다. 바깥세상과 대조를 이루는 그녀의 생활이 이런 밤이면 한층 더 크게 느껴졌다. 라디오는 그녀가 탄 둥둥 떠다니는 풍선에 난 아주 조그마한 증기 구멍 같았다. 오월 중순의 어느 날 밤, 그녀가 밤마다 듣는 음악 방송이 갑자기 뉴스 때문에 중단되었다. 혁명 당원들의 거처를 추적해 마침내 찾아냈다는 소식이었다. 그들이 머물렀던 곳은 로스앤젤레스의 흑인 거주 지역에 있는 가옥이었다. 이들은 FBI 요원들과 이 지역 경찰들, 그리고 특수기동대 팀에 포위되었다. 폴린을 비롯한 열두 명의 당원이 모두 그 집안에 있는 것으로 추정되었다. 자수를 권하자 발포로 반응이 돌아왔다. "로스앤젤레스에서 실황으로 들려드리겠습니다"라고 뉴스 진행자가 힘주어 말했다. 그리고 나자 혼란의 소용돌이가 터져 나왔다. 이렇게 작은 라디오에 그토록 엄청난 소리를 담을 수 있으리라고는 생각하지 못할 정도로 요란한 소리였다. 기자는 심하게 말을 더듬어서 무슨 소리를 하는지 거의 들리지 않았다. 굉음처럼 폭발하는 폭격 소리가 들리자 그녀는 전쟁이 벌어졌다는 생각이 들었다. 기자가 말하고 있었다. 연기가, 집에서 연기가 솟아나고 있습니다. 폭탄에서 나오는 연기, 아니, 주황색 불꽃이 보입니다. 아니, 불입니다, 라고 말했다. 이것들은…… 교전의 수칙이라고…… 전해집니다…… 그들이 재차 자수를 요구했다고 합니다. 저는 여기 이웃 지붕 위에 올라와 있습니다. 오, 세상에. 저건 정말로 굉장히 뜨거운 불길입니다. 저렇게 귀를 먹먹하게 할 만큼 요란하게 울리는 굉음은 그들이 집안에 두었던 탄약과 총탄 등 폭파장치가 열을 받아 터지는 소리라고 전해집니다. 자욱한 연기 사이로 고립된 한 사람의 모습이 보였습니다. 뒷문으로 살금살금 기어 나가다가 기민한 특수기동대 팀에게 붙잡혔습니다. 제니는 성큼성큼 걷다 말고 그 자리에 멈추어 섰다. 목재용 니스 도료를 담은 커다란 깡통을 잡은 손을 허공에 그대로 든 채로. 가슴 속에서 숨이 그대로 얼어붙었다. 깡통의 무게를 못 견뎌 당장이라도 넘어질 것만 같았다. 상황이 끝나고 나서야—15분? 1시간?—비로소 그녀는 자신이 이렇게 서 있다는 걸 깨달았다. 천천히, 들고 있던 깡통을 바닥에 내려놓았다. 오른팔 근육이 와들와들 떨려왔다.

잠시 후 그녀는 라디오를 껐다. 황혼녘에 라디오로 들은 것 이상은 전혀 상상할 수 없었다. 어렵사리 죽음을 모면한 세 명의 도망자가 5번 주간도로를 북쪽으로 달려가고 있었다는 것을, 어느 아파트에 짐짝처럼 던져지고 있었다는 것을, 반대편 해안, 뉴욕에서 한밤중에 프레이저의 전화벨이 울리고 있었다는 것을.

제2부

1

그들은 한 시간이 넘게 이어지는 좁다란 시골길을 쉬지 않고 달려왔다. 새벽 다섯시에 가까운 시각인데도 제한속도를 조금 밑돌아 거의 기어가다시피 천천히 달렸다. 지평선 위로 걸린 둥글고 거대한 달이 뿌옇게 보였다. 여름 밤의 축축한 습기는 신기하게 대기를 통과하면서 희미한 황금 달빛으로 바뀌었다. 그래서 어두운 밤인데도 아주 잘 보였다. 빽빽한 숲의 희미한 그림자와 외로이 서 있는 나무들, 지평선까지 완만하게 이어진 검은 언덕들. 그녀는 오랫동안 창밖을 뚫어질 듯 바라보고 있었다. "롭." 그녀가 입을 열었다. "폴린이 혁명요원으로 합류했을 때…… 그게 정말 그녀의 선택이었다고 확신해?"

"그 사람들 만나기 전까지는 나도 이런저런 의심이 들었었지." 프레이저가 잠시 말을 멈추었다. 다시 입을 열었을 때 그의 목소리는 너무나도 확신에 차서 오싹할 만큼 단호하게 들렸다. "폴린은 그 사람들과 한 배를 타고 있는 게 확실해. 내 말뜻은 차차 알게 될 거야."

시골길에서 벗어난 뒤 풀로 뒤덮인 긴 비탈길을 올라와 이토를 깔아 놓은 경주로를 만났을 때 별들이 하나둘 사라져가기 시작했다. 울퉁불퉁한 바닥을 달리자 자동차가 덜컹거렸다. 비탈길의 꼭대기에 거의 다 와서야 그 집이 보였다. 작고 어두운 집이었다. 집 뒤로는 캄캄한 숲이 있었다. 길에서 누군가 다가오지 않아도 진작부터 불길한 전조를 느낄 법했다. 이를 입증이라도 하듯이 제니는 캐럴이 밖에서 그들을 기다리며 서 있는 것을 보았다. 그녀는 반바지와 헐렁한 스웨터 차림으로 새벽녘의 한기를 막아보려고 몸을 잔뜩 웅크리고 있었다. 갑자기 프레이저가 제니를 만지며 그녀의 손을 잡았다. ―그녀가 자신이 묵던 모텔 문 앞에 나타났을 때도 만지려는 몸짓조차 보이지 않았던 그였다. 문간에 앉아서 그와 몇 시간 동안 담배를 피우고 언쟁을 벌이고 자신이 하고 싶은 바와 자신이 하고 싶지 않은 바를 확인하고 결정하는 동안에도 마찬가지였다. 그는 그녀에게서 자신의 손을 멀리 떨어지게 두려고 신경을 썼었다. 그런데 그들 두 사람만의 긴 자동차 여행이 끝나자마자 그녀의 손을 덥석 잡았던 것이다. 그녀가 그걸 미처 느끼기도 전에 그는 잡았던 손을 다시 놓아주었고 그들이 탄 자동차가 멈추어 섰다. 프레이저는 차 창문을 내렸고 캐럴이 차 쪽으로 달려와서 말했다. "돌아가서 뒤에다 차를 세워. 다른 차가 거기 있어." 그리고는 몸을 돌려 그들을 집 뒤쪽으로 이끌고 갔다.

두 사람이 타고 온 차를 주차시키고 나자 그는 의자에 잠시 앉은 채로 움직이지 않았다. 그래서 그녀는 그가 무슨 말을 하리라 생각했다. 그런데 그는 아무 말 없이 그냥 차 밖으로 나가버렸다. 그래서 그녀도 따라 차에서 내렸다.

"안녕, 젠. 우리는 네 걱정을 했었어." 캐럴이 인사했다. 때늦게 두 사람은 불쑥 앞으로 나아가 포옹했다. 캐럴과 포옹하는 아주 짧은 순간 동안 제니는 고개를 들어 프레이저가 자신들을 지켜보는 것을 보았다. 프레이저는 재빨리 시선을 돌려버렸다.

캐럴은 제니에게서 몸을 빼며 프레이저에게 말했다. "난 일 때문에 도시로 돌아가봐야 해. 밤새도록 당신들 도착할 때를 기다렸어. 도대체 왜 이렇게 오래 걸린 거야?"

"그 사람들 어디 있지?"

"잠들었어. 드디어. 마치 미친 것처럼 온 집안을 헤집고 다니면서 '보안점검' 이랍시고 하더니, 매사에 염병할 불평만 늘어놓고……"

"캐럴." 프레이저가 입을 열었다.

"난 집에 들어갈게." 차에서 자신의 물건을 서둘러 꺼내면서 제니가 말했다.

뒷문은 오래된 나무틀에 금방이라도 부서질 듯 낡아빠진 방충망이 끼워져 있었다. 제니가 살며시 그 문을 열자 흐느껴 우는 듯한 소리가 났다. 그녀의 귓가에 작은 고무공이 굴러 떨어지는 소리가 들려왔다. 쥐들이 내는 소리였다. 집안으로 들어간 그녀는 짐을 내려놓고 눈이 어둠에 익숙해질 때까지 기다렸다. 그녀가 들어온 곳은 작은 부엌 안이었다. 부엌의 집기들은 모두 흔히 볼 수 있는 종류였고 탁자 하나와 의자가 여러 개 놓여 있었다. 그리고 탁자 위에는 무언가 가득 담긴 불룩한 식료품 봉투가 몇 개 보였다. 그녀는 손가락으로 벽을 더듬어가며 출입구를 거쳐 짧은 계단 아래 있는 작은 전실 앞에 다다랐다. 이층 출입구를 지나자 새벽빛을 받아 어슴푸레하게 방 하나가 나타났다. 커튼을 쳐 놓은 몇 개의 창문을 지나니 맨 끝에 또 다른 문이 나왔는데 닫혀 있었다. 검은 형체의 소파. 도주자들이 어디에 있는지 모른다는 사실을 그녀는 깨달았다. 그들이 위층에 있는지, 혹은 아래층, 혹은 닫힌 문 뒤에 있는지 알 수가 없었다. 방충망 문이 끼익, 하며 열리는 소리가 들렸다. 잠시 후 프레이저는 그녀가 있는 방안에 들어왔다. "젠." 그가 속삭였다. 기침 같은 불연음이 들렸다. 시동 거는 소리. "캐럴이 도박으로 가진 돈을 전부 날려버렸어. 그녀는 도시로 되돌아가고 싶어해. 그러니 그녀를 따라가 봐야겠어. 나머지 차 한 대는 네가 쓸 수 있게 여기 남겨 두어야 하니까. 너에겐 돈이 필요할 거야. 빌어먹을. 이건—우라질. 40달러야, 괜찮아? 다음에 오면 한 달 동안 지낼 만큼 넉넉히 줄게. 하지만 기록은 해둬야 해. 그래야 내가 잊어버리지 않을 테니까, 제니? 내가 준 거 기록해 둬. 그래야 내가 쓴 걸 알 테니까. 노트 같은 거 마련하라구."

"알았어." 그녀가 말했다. 그녀의 심장이 쿵쾅거렸다. 그때도 이랬다. 라인클리프의 기차역에서 밖으로 걸어나와 그를 보았을 때. 그리고 자신이 어디 있는지, 자신이 누구인지, 아무것도 알 수 없었던 그때도. 그 자동차, 그녀와 프레이저가 함께 타고 이 집에 왔던 그 차가 집 앞쪽으로 돌아나오고 있었다. 캐럴이 운전석에 앉아 있었다. 그녀는 프레이저를 따라 차문 쪽으로 갔다. 캐럴은 그들을 쳐다보지 않았다.

"금방 돌아올게." 프레이저가 말했다. "이걸 처리하느라 몇 주일 동안 집을 떠나 있었어. 그러니 그동안 미뤄둔 일들이 상당히 많아. 하지만 너는 내가 돌아올 때까지 잘 해낼 수 있을 거야. 냉정을 잃지 말고 침착해야 해." 그가 빠른 걸음으로 성큼성큼 걸어가 운전석 옆자리에 올라타면서 이렇게 덧붙였다. 프레이저와 캐럴은 작별의 손도 흔들어 주지 않은 채 차를 몰고 떠나갔다.

아침 여덟 시가 되자 기온이 올라가기 시작했다. 벌레들의 울음소리도 점점 더 커져갔다. 귀를 먹먹하게 하는 찍찍 찌르륵 여치들 울음소리, 덜컹덜컹 울리는 소리, 윙윙거리는 소리. 보이지 않는 어딘가에서 낮은 웅얼거림처럼 들려오는 소리의 가닥들이 너무나 다채로웠다. 그녀는 귀에 닿는 새의 지저귐이나 동물의 울음소리를 한 음조 한 음조 가려보려 했다. 하지만 그 모든 소리는 어찌된 셈인지 하나로 통일된 소리로 들려왔다. 파도처럼 리듬을 타고 들려오는 소리였다. 그녀는 무기력하게 부엌 식탁 앞에 앉아서 어딘가에서 무슨 신호나 소음이라도 들려오기를 기다렸다. 그러다가 결국은 밖으로 나왔고 웃자란 풀밭 위에 고요하게 쉴 수 있는 안식처가 있는지 찾아 다녔다. 몇 발자국 떨어져서 보았을 때는 보드라울 거라 기대한 자리도 막상 가까이 걸어가 보면 가시투성이로 따끔따끔하고 벌레들이 스멀스멀 기어 다녔다. 불과 몇 미터밖에 떨어지지 않은 지점에서 바라보아도 이 집은 심할 정도로 기울어져 있었다. 마치 뒤집힌 채로 무성한 잡초 더미에 뒤덮여 있는 듯 보였다. 그녀는 걸음을 멈추고 언덕을 올려다보았다. 언덕에는 시커먼 숲이 시작되었다. 산등성이까지 올라갔다가 다시 길이 나 있는 걸로 알았던 자리로 내려왔는데, 어찌된 영문인지 길은 사라지고 보이지 않았다. 그녀는 가슴 위로 팔짱을 꽉 꼈다. 날씨는 더웠는데도 한기가 느껴졌던 것이다. 어느 모로 보나 이 집은, 그리고 이 집이 자리잡은 길게 이어진 황금빛 언덕비탈은 버려진 느낌은 주지 않았다. 다만 여러 대에 걸쳐서 불운했던 농가의 주인들이 모두 도망치듯 떠난 것처럼 보였다. 집 위쪽으로 S자로 나 있는 두 줄의 바퀴자국을 따라가 보니 헛간이 나타났다. 그리고 물이 거의 말라버린 연못도 있었다. 그녀는 풀밭 위를 천천히 걸어서 이 헛간으로 다가갔다. 헛간의 육중

한 문들을 당기던 그녀는 새삼스럽게 달겨드는 공포를 느꼈다. 마치 헛간 안에 세 명의 도주자들이 숨어 있기라도 한 것처럼. 하지만 그것은 그녀의 머리 위로 희미하게 비치는 십자형 서까래에 앉았다가 갑자기 요란한 소리를 낸 한 떼의 비둘기들일 뿐이었다. 그녀는 지붕 틈으로 떨어지는 창백한 햇살 속에서 비둘기들이 둥글게 원을 그리며 날아가는 모습을 지켜보았다. 헛간에는 거무스름한 물건들로 가득 차 있었고 건초더미 썩는 냄새가 풍겼다. 그녀는 헛간에서 물러나와 다시 문마다 빗장을 걸어 닫았다.

그녀가 되돌아왔을 때도 집안에는 여전히 섬뜩할 만큼 정적이 감돌았다. 아까보다 햇빛이 더 많이 들어와 있고 아까보다 좀더 기온이 올라가 있다는 걸 빼면 달라진 건 아무것도 없었다. 그녀는 조심스레 부엌 창문 가운데 하나를 열었다. 그러자 곧바로 방충망 문이 산들바람 때문에 문틀에 탁, 하고 부딪히는 소리를 냈다. 그녀는 황급히 달려가서 그 문의 빗장을 걸었다. 그렇지만 잠에서 깨어난 기침소리나 발소리는 여전히 들리지 않았다. 거실에 드리워진 커튼 사이로 스며 들어온 빛 가장자리로 티끌 같은 먼지가 빙글빙글 돌았다. 그녀는 거실의 창문도 살며시 열었다. 거실 옆에 있는 닫힌 채로 있던 방문은 아직도 닫혀 있었다. 살짝 열린 두번째 문틈으로 욕실이 드러났다. 쇠사슬을 잡아당기게 되어 있는 낡은 변기와 청동 줄무늬의 낡은 욕조, 그리고 물이 새는 욕조 안의 수도꼭지가 보였다. 욕실을 벗어나서 짧은 계단 발치로 가자 계단 꼭대기에 한 뼘의 햇살이 비쳤다. 그녀는 계단 위로 올라갔다. 아무리 조심해서 걸어도 삐걱거리는 소리가 났다. 계단 꼭대기에서 그녀는 열린 문을 보았다. 이것은 지붕의 물매가 뜬 자그마한 다락방으로 통하는 유일한 문이었다. 다락방에는 키 낮은 창문 하나뿐이었다. 그게 다였다. 이제 그녀는 이 집에 있는 방들을 전부 본 것이었다. 그러나 아래층의 문이 닫힌 방은 보지 못했다. 이 집에는 지하실도 없었다. 다락방에는 좁다란 싱글 침대가 한쪽 벽을 따라 놓여 있고 금방이라도 부서질 듯한 테이블과 램프, 그리고 마찬가지로 금방이라도 부서질 듯한 의자를 빼면 별다른 가구장식이 없었다. 그 맞은 편 벽 쪽의 바닥에는 두껍게 내려앉은 먼지에 직사각형 모양의 자국이 있었다. 대략 침대 크기만 했다. 마치 침대가 단번에 아래층에서 옮겨 온 것 같았다. 아니, 위에 놓여 있던 또다른 침대가 아래로 옮겨졌을 거라는 걸 그녀는 깨달았다. 그녀는 침대 옆에 무릎을 꿇고 앉아서 해진 침대보를 살며시 들춰보았다. 침대 밑에 뭐가 있는지 보고 싶었던 것이다. 아래에도 역시 먼지가 두껍게 쌓여 있었다. 그래, 그들은 정말 이곳에 있었다. 그들이 이층에서 침대를 아래층으로 옮겼던 것이다. 문을 닫아 건 채로. 어찌된 셈인지 자신이 혼자가 아니라는 이 작은 확인은 안심이 되기보다는 질겁을 하게 했다. 마치 『로빈슨 크루소』에서 모래밭에 찍힌 발자국처럼.

길게 띠처럼 쌓인 먼지, 그들이 옮긴 침대의 흔적은 그녀가 미풍이 들어오도록 하나뿐인 창문을 열자 서로 뒤섞이더니 회색 덩어리가 되어 흩어지기 시작했다. 이제 태양은 하늘 높이 떠올라 있었고 비좁고 답답한 방안은 더웠다. 굵은 땀방울이 뚝뚝 떨어졌다. 자신이 피곤하다는 걸, 그녀는 깨달았다. 어제부터 한숨도 못 잤던 것이다. 아침 일찍 일어나 포프킵시에 갔다기 돌아오던 길에 자신을 기다리고 있던 프레이저를 기차역에서 본 후로는 눈을 붙이지 못했다.

그녀는 침대 위로 올라갔다. 침대에서는 희미하게 흰곰팡이 악취가 풍겨났다. 한순간 외로움이 가슴을 스치고 지나갔다. 절대로 잠이 들지 않을 것 같았으나 몹시 피곤했던 터라 다음 순간 눈을 떴을 때는 이미 황혼녘이었다. 아까 여실히 그 모습을 드러냈던 방안에는 어느덧 부드럽고 푸른 기운이 감돌았다. 시원한 공기가 창문으로 고동치며 들어왔다. 바깥에는 헛간의 검은 형체가 눈에 들어왔다. 그리고 좀더 가까이에는 마지막 햇살을 받으며 희미해져 가는 거대한 단풍나무 숲이 보였다. 벌레들이 자아내던 교향악 소리도 차츰 작고 단조롭게 변해갔다. 이제 귀뚜라미만 남아 불안하게 망설이는 듯한 고음으로 끼이익 소리를 내고 있었다. 그밖에는 무언가 날쌔게 날며 내는 획획, 윙윙 소리가 조그맣게 들렸다. 가장 좋은 시간은 황혼녘이라는 걸, 그녀는 깨달았다. 예리하게 모든 것을 발가벗겨 보여주던 빛은 바람결에 날아갔지만 아직 밤은 내리지 않은 시간. 도망자를 위한 시간이었다. 어두워가는 대기가 안식처럼 느껴지지만 여전히 경계의 눈빛은 풀 수 없는 시간.

 아래층의 거실은 아침에 그녀가 처음 보았을 때와 마찬가지로 그늘져 어두컴컴했다. 그 문은 아직도 그대로 닫혀 있었다. 그녀는 발끝으로 살금살금 욕실로 들어가서 불도 켜지 않은 채 소변을 보았다. 물을 내리는 쇠사슬을 잡았다가는 생각이 바뀌어서 그냥 변기 뚜껑만 덮었다. 거실에서 부엌으로 이어지는 복도에 그녀의 더플백과 아코디언 파일이 놓여 있었다. 그동안 그녀는 이 물건들을 까맣게 잊어버리고 있었다. 프레이저가 그녀를 이곳에 데려와서, 이곳에 남겨놓고 떠난 게 아득한 옛일처럼 느껴졌다.

 부엌을 지나서 방충망문을 잡아당겨 열던 그녀는 숨이 멎을 듯 놀라 그 자리에 얼어붙었다. 누군가 계단 위에 앉아 있었던 것이다. 담요를 덮어 쓰고 활처럼 둥그렇게 등을 구부린 채로 그녀 쪽과는 다른 쪽을 바라보며. 언덕 위의 헛간과 그 너머의 숲을, 그리고 잔광을 받아 기이하게 어슴푸레한 색을 띤 하늘로 사라져버린 어두컴컴한 산등성이를 향한 시선. 오랫동안 그 사람은 그녀 쪽으로 고개를 돌리지 않았다. 옆으로 살짝 몸을 틀었을 뿐이다. 그 움직임이 너무나 미미해서 살아 있는 존재 같은 느낌이 들지 않을 정도였다. 그래도 그녀가 계단으로 내려올 만한 자리를 내주기는 했다.

그는 남자─후안─였다. 담요로 감싼 널따란 등을 보고 그녀가 감지한 대로였다. 하지만 그밖에는 그의 모습에서 낯익은 점이라곤 없었다. 그녀가 여러 신문에 실린 사진을 통해 본 그는 곱슬머리에다 코가 뭉툭했고 턱은 둥그스름했으며 싱긋 웃는 소년의 모습으로, 옹골찬 중서부 농촌 아이였다. 신문 사진에는 얼굴부터 어깨까지 상체만 나왔기 때문에 나머지 부분은 그녀가 짐작해 보아야만 했다. 그녀는 키가 크고 호리호리한 체구일 거라고 상상했었는데 실제로 본 그는 키가 작고 탄탄한 몸집으로 흡사 발이 달린 원통형의 맥주통 같았다. 그리고 얼굴은 이미 신문에서 보았는데도 여전히 놀랍고 낯설었다. 머리카락은 마구 헝클어졌고 턱수염을 길렀으며 금속테의 작은 안경을 쓴 표정이 무뎌 보였다. 얼굴 윤곽도 희미했고 움푹 들어간 검은 눈은 광택 없이 흐릿했다. 하지만 그녀는 그가 자신을 뚫어져라 쳐다보고 있다는 게 느껴졌다. 마치 유령이라도 보듯이, 어떤 초자연적인 사건이 자신에게 갑자기 닥쳐오는 바람에 깊은 충격으로 어떻게 대응해야 할지 몰라 꼼짝달싹 못하는 듯이 동작이 굼떠 보였다. 발치 풀밭에는 구깃구깃한 담뱃갑이 놓여 있었다. 밖으로 나올 때는 담뱃갑을 들고 나왔으나 손에서 흘러내려 땅바닥으로 떨어졌는데도 까맣게 잊어버린 듯이 보였다. "안녕하세요." 제니가 저절로 입밖에 낼 수 있는 말은 이 한 마디

뿐이었다. 한 마디 이상을 말한다는 것은 그녀로선 상상할 수 없었다. 이렇게 전혀 미동도 하지 않은 채 자신을 노려보고 있는 남자 앞에 서 있자니 대기가 금방이라도 깨져버릴 듯 팽팽하게 느껴졌기 때문이다. 벌레들이 웅웅거리는 소리와 나뭇잎이 바스락대는 소리 사이로 뱉은 자신의 음성이 생각보다 더 작게 들린다는 게 의아하게 느껴졌다.

"캐럴이 아니었군요." 그가 가까스로 입을 열었다. 그런데 그 음성도 그녀보다 나을 게 없었다. 가래가 들끓고 담배연기와 피로에 찌든 사람의 음성처럼 들렸다.

"난 제니예요. 캐럴과 프레이저의 친구죠."

후안은 무심하게 고개를 주억거렸다. 그는 이미 제니에 대해 이야기를 들은 터였다. "그 사람 어디 있습니까?" 그가 잠시 후에 물었다.

"두 사람은 이미 도시로 되돌아갔어요."

"그 사람 온 거 기억 안 나는데."

"오늘 새벽 일찍 왔거든요. 곧 다시 돌아올 거예요." 비록 후안의 말투는 프레이저를 다시 보게 될지에 그다지 신경 쓰는 것 같지는 않았지만 그녀가 덧붙였다. "그리고 내가 여기서 일상적인 일들을 처리하게 될 거예요. 당신들이 필요로 하는 일이라면 무엇이든 도우려고 온 거죠."

정말 이 사람이 후안일까, 정말 이 사람이 얼마 전 그 악명 높았던, 인질을 포함한 열두 명 가운데 하나이며, 보란 듯이 엽총을 휘두르던 그 사나웠던 사람, 자신이 속한 혁명그룹의 4분의 3이 학살된 후 남은 두 명의 대원을 이끄는 리더인 후안일까. 그러나 후안은 어느새 고개를 기울여 주먹 위에 이마를 살짝 대고 있었다. 마치 머리의 무게를 견디기가 힘든 사람처럼 보였다. 그들 주위로 어둠이 깊어갔다. 그리고 너무 많은 시간이 흘러갔기에 그녀는 그가 혹시 잠들었을지 모른다는 생각을 했다. 허기가 느껴지자 그녀는 죄책감이 들었다. 전날 밤, 라인 클리프를 빠져나와서 프레이저와 여기까지 달려오던 도중에 허겁지겁 먹어치운 버거 외에는 여태껏 아무것도 먹은 게 없었다. 하지만 지금 이 순간에 허기를 느낀다는 게 그릇된 일처럼 여겨졌다. 그녀는 마침내 새벽녘부터 줄곧 느껴온 두려움의 근원이 무엇인지 깨달았다. 그것은 죽음이었다. 그것은 후안에게 수의처럼 걸쳐 있는 것은 아니었고 그렇다고 그의 뒤통수 언저리에 어쩌면 그가 꾸었을 악몽처럼 버티고 있는 것도 아니었다. 그녀가 명확하게 꼬집어 가리킬 수 있는 자리 그 어디에도 없었다. 어디를 찾아보아야 하는지 자신도 알 수 없었다. 그럼에도 그녀는 죽음이 그의 살갗 위에 그 재를 뿌려놓았다는 느낌을 떨쳐버릴 수가 없었다. 결국 그와 뜻을 같이했던 동지들이 새카맣게 타서 숯이 되었다고, 그렇게 지난 신문들은 전했었다. 그래서 완전히 숯으로 변한 각각의 뼈들을 잿더미 속에서 골라낼 수밖에 없었다고 신문들은 전했었다. 쓰고 있던 군사용 방독면이 그들의 두개골 위로 그대로 녹아내린 게 발견되었다고 전했었다. 그녀는 속이 뒤집히는 것 같았다. 후안의 몸은 여전히 미동도 안 했다. 이제 집과 그의 형체를 분간하기 힘들게 되었다. 하늘의 별들은 아까보다 더 밝게 빛났다.

"뭣 좀 먹을 걸 만들어야겠어요." 그녀가 말했다. 이미 그녀의 식욕은 싹 사라지고 난 뒤였다. 그녀는 문 쪽으로 되돌아가려고 그가 앉아 있는 쪽으로 한 발자국 다가섰다. 그러자 그가 아까처럼 몸을 옆으로 살짝 비틀었다. 그랬다. 그는 아직도 깨어 있었던 것이다.

그녀는 몸을 간신히 밀어 넣을 만큼 문을 살짝 열고 안으로 돌아왔다. 부엌의 전등이 있는 위치를 찾아내어 불을 켰을 때 싱크대 위 창문에 비친 자신의 모습을 보고는 기겁을 했다. 순간 누군가가 밖에서 안을 몰래 엿보고 있다는 생각이 들었던 것이다. "후안이에요?" 누군가 소리치는 목소리가 들렸다. 손으로 눈을 부비면서 거실에서 나와 출입문 쪽으로 천천히 걸어 나가는 이는 폴린이었다. 아니, 그 사람은 폴린이 틀림없었다. 제니는 마치 한 편의 옛날 영화를 보고 있는 듯한 기분이 들었다. 주인공이 자신은 흑인 쌍둥이 형제 중 하나라고 충격적인 고백을 하는 그런 영화를. 같은 배우가 연기하는 쌍둥이인데도 이상하게 서로 상반되는 느낌이 깊어만 가는 그런 영화를. 신문과 잡지에 실린 금발머리 그 신인배우는 우연하게라도 지금 이 소녀와 연관이 있다고는 결코 말할 수 없을 것 같았다. 폴린의 머리카락은 손질을 하지 않아 들쭉날쭉했고 섬뜩할 만큼 붉은 색으로 염색되어 있었다. 선연한 핏빛과 홍당무색의 중간 색깔로. 제니는 폴린도 키가 클 거라고 상상했었다. 하지만 직접 본 그녀는 아주 작았다. 키만 작은 것이 아니라 뼈만 앙상할 정도로 상상했었던 것보다 현격하게 작은 몸집이었다. 혈색이 너무나 창백해서 눈자위 아래의 보라색 얼룩을 빼면 파리한 빛이 감돌았다. 이 얼룩은 조그마한 그녀의 얼굴에서 상당히 넓은 자리를 차지했다. 더러운 티셔츠와 청바지를 푸대 자루처럼 걸친 그녀는 화들짝 놀란 표정으로 제니를 뚫어져라 쳐다보았다. 마치 후안이 제니를 보았을 때처럼. "왜 불이 켜져 있지?" 그녀가 말했다.

밖에 앉아 있던 후안이 몸을 일으켜 세워 문을 열었다. "괜찮아." 그가 안으로 들어오며 말했다. 폴린은 후안 쪽으로 고개를 돌렸다. 그녀는 제니가 거기 있다는 사실을 잊어버린 듯했다.

"잠이 깨서 보니까 당신이 사라졌잖아." 폴린이 말했다.

후안은 똑바로 서 있었으나 기력이 떨어진 탓에 갈고리에 목덜미가 걸려 있는 것처럼 구부정해 보였다. 그는 뚫어져라 쳐다보는 폴린의 눈을 자신도 빤히 쳐다보았다. 제니는 죽을 만큼 피로하면서도 흠칫 놀라는 몸짓이 그에게 습관처럼 배어 있다는 걸 감지했다. 자기 앞에 폴린이 서 있다는 걸 아직도 믿을 수 없는 듯했다.

"와이는 어딨지?" 그가 물었다.

"자고 있어요."

"너도 자야 해."

"잘 수가 없어요."

잠시 후 후안은 제니 곁을 스쳐 지나갔다. 그도 역시 폴린처럼 그녀의 존재를 잊어버린 것 같았다. 오직 식탁 위에 놓인 식료품 봉투에 코를 박고 열심히 뒤적거렸다. 그녀는 그를 도와주러 다가갔다. 봉투 안에는 토마토, 칩 한 봉지와 콘 플레이크 한 상자, 깡통 수프 한 개, 바나나 한 쪽뿐이었다. 캐럴의 찬장에 버려져 있던 것들을 주워 왔으리라. 이것들 외에 봉투 안에 남은 것이라곤 큼직한 와인 술병들뿐이었다. 그 중 하나는 이미 병뚜껑이 따져 있었고 빈 병이나 다름없었다. 후안은 식기장 안을 휘젓듯 뒤져서 먼지투성이 긴 유리잔을 찾아냈다. 와인병을 들어 그 유리잔에 가득 채운 다음 폴린에게 건넸다. 그리고 또 다른 잔에다 자신이 마실 와인을 부었다. 폴린은 받아든 유리잔을 잠시 뚫어질 듯 쳐다보더니 홀짝 한 모금 마셨다. 그리고는 이내 죽 들이켰다. 유리잔에 물이 담겨 있기라도 하듯.

"우리 규정에 마약은 금지되어 있습니다." 후아이 힘겨운 듯 조리대에 몸을 기대고 와인 병의 코르크 마개를 닫으면서 말을 시작했다. 순간 제니는 그가 자기에게 얘기하고 있다는 사실을 깨달았다. "그러나 우리의 리더는 와인을 마셨지요. 근심으로 그의 사고가 흐려질 경우에는. 와인은 자연스러운 거예요. 와인이나 대마초는…" 후안은 강의를 해도 무방하겠다는 판단을 내린 듯했다. 집 뒤쪽의 문이 열리고 세번째 사람이 불쑥 들어왔다. 이본느였다. 문지방을 건너 다가오는 그녀의 뒤엉킨 금발 머리카락은 위쪽으로 제멋대로 뻗쳐 있었다. 팔과 등이 훤히 드러나는 끈 달린 얇은 면 운동복은 가슴에 착 들러붙었다. 게다가 얇은 팬티 외에는 아무것도 입지 않은 차림새였다. 제니의 눈에 그녀의 큰 젖꼭지와 넓적다리 위쪽으로 돌돌 말린 까만 털이 비죽 튀어나온 게 보였다. 활기찬 그녀는 키가 컸고 피부는 거칠거칠한 복숭아빛이었으며 장난꾸러기 꼬마 요정처럼 생긴 콧잔등에는 주근깨가 소복했다. 이들이 그동안 어떤 폭풍우를 견뎌왔는지는 모르지만 아마도 그녀가 그 폭풍우에 가장 의연하게 맞서 견뎌냈을 것만 같았다. 아니 그녀는 예전에는 지금보다 키가 더 크고 더 강인한 여자, 아마존의 전사였을지도 몰랐다. 그녀는 제니를 냉정한 눈길로 빤히 쳐다봤다.

"프레이저 동지가 제니에 대해 우리에게 얘기했었지?" 후안이 이본느에게 말했다.

이본느가 고개를 끄덕였다.

"자기 와인 마실래?" 잠시 후 후안이 물었다.

이본느는 다시 고개를 끄덕였다.

한 손에 마시던 와인 잔을 든 채로 후안은 다른 손의 손가락 하나를 술병 손잡이에 끼우고 나머지 손가락을 찬장에 들이밀어 세번째 먼지투성이 유리잔을 찾아냈다. 그런 다음 제니에게는 말도, 눈길도 던지지 않은 채로 부엌 바깥으로 스러지듯 사라져버렸다. 제니는 두 사람이 어두운 거실을 지나고 침실 문간을 지나면서 부딪히는 소리를 들었다. 문은 스치듯 천천히 닫혔다.

농가에서 서쪽으로 달리자 수목이 우거진 언덕을 요리조리 누비며 길이 이어졌다. 숲 속에 흙길이나 농토는 전혀 없었다. 황금빛으로 물든 강 유역의 저지대를 지나쳤지만 나무로 지은 허름한 농가나 드문드문 흩어져 한가롭게 쉬는 암소 떼조차도 보이지 않았다. 몇 킬로미터 지날 때마다 마을을 가리키는 표지판이 나타났다. 그러나 제니는 이 마을들이 모두 어디에 숨어 있는지 볼 수가 없었다. 그녀가 경사진 언덕길을 달려 사람들이 사는 동네에 내려간 것은 단 한 번뿐이었다. 펀데일인가 뭔가 하는 그곳에는 우체국과 애그웨이(Agway, 농업 관련 물품을 파는 상점 : 옮긴이), 교회가 있었지만 그녀는 차마 차를 세울 용기가 나지 않았다. 그래서 의자에 몸을 깊숙이 파묻고 천천히 이 마을을 지나쳤다. 한 쌍의 눈동자와 검은 머리 꼭지가 비틀의 빨간색 낡은 핸들 위로 스쳐갔다. 그녀는 언제나 라인벡과 라인클리프를 울타리가 쳐진 농장이 있고 거룻배와 예인선이 떠 있는 허드슨 강의 풍경 속 시골로 생각해 왔다. 하지만 사실 이 두 곳은 뉴욕의 강을 끼고 이어져 있는 뉴욕의 변방이었다. 그 어느 곳과도 연관을 맺지 않은 잃어버린 땅처럼 느껴지는 곳이었다.

펀데일을 지나 이십 분을 달린 후, 농가를 벗어난 지 사십 분이 되었을 때 그녀는 작은 지방 도로와 4차선 주간도로가 만나는 교차로에 다다랐다. 여기는 신문 판매대가 색다르고 재미난 물건을 파는 만물상 안쪽이 아니라 커브 길에 놓여 있었다. 그녀는 《타임스》와 《몬티첼로 이그재미너》라는 제호의 생소한 신문을 샀다. 그리고 몬티첼로가 정확하게 어떤 곳인지 탐색해 보려고 나섰다. 그곳은 좀 넓은 소읍이었다. 사람들의 행색은 초라하고 언저리로 나갈수록 더 칙칙해 보이는 이곳에는 식료품 가게가 세 군데 있었다. 그녀는 세 곳을 모두 둘러보왔다. 물론 컴컴한 식료품 가게를 보자마자 거기로 가고 싶은 마음이 들기는 했다. 이 가게의 주차장에는 새 차가 단 한 대도 없었던 것이다. 그녀는 낡은 차들과 텅 빈 쇼핑 카트들이 뒤죽박죽 뒤섞여 있는 이 주차장에 차를 세웠다. 그리고는 물건을 최대한 빨리 고른 다음 엄청난 양의 통조림 식품들을 계산대 위에 올려 놓았다. 깡통 수프, 칠리, 스파게티, 콩, 옥수수, 참치, 그리고 심지어 빵이 그 안에 들었다고 주장하는 통조림 류까지 골라왔다. 산처럼 수북이 쌓인 통조림들을 보자 계산대 직원이 "정말 열심히 일하는군요"라고 한 마디 했다. 그러더니 갑자기 건너편 쪽을 향해 소리를 질렀다. 제니의 손바닥이 얼얼하고 따끔거리기 시작했다. 하지만 그것은 키가 크고 홀쭉한 한 사내아이를 호출하는 소리였을 뿐이다. 머리에 빗을 꽂은 이 사내아이는 식품을 모두 상자에 담아 그녀의 차에 실어주려고 밖으로 나갔다. 사내아이의 솜털처럼 보드라운 머리카락은 마치 갈색 화환을 얹어놓은 것 같아 보였다. 아이는 쇼핑한 물건들을 상자에 나눠 담고 그 상자들을 카트에 실었다. 그리고는 잠시 멈춰 서서 빗을 뽑아 들더니 머리카락을 한 움큼 능숙하게 홱 쓸어올렸다. 머리카락이 처졌다는 생각이 든 모양이었다.

"베트남에서 왔죠?" 사내아이가 주차장을 가로지르며 제니에게 물었다.

"아니야!" 화들짝 놀란 제니가 대답했다. 그녀는 자신이 그럴듯한 이야기를 지어내야 한다는 걸 잊고 있었다는 사실을 깨달았다. 이제 더 이상 "샌프란시스코 출신의 중국인 아이리스 왕"이 될 수는 없는 노릇이었다. 그녀는 불안한 마음으로 아이를 빤히 쳐다보았다.

"아, 미안해요!" 그애가 말했다. "베트남 출신이 아니란 말이죠. 그래요, 베트남 출신이 아니군요. 그럼 어디서 왔어요? 그냥 물어보는 거예요."

"뉴욕." 그녀가 겨우 대답했다.

"도시에서요?"

그녀가 고개를 끄덕였다.

"우와!" 소년이 감탄 섞인 목소리로 말했다. "뭔가 된통 운 나쁜 일이 생겨서 몬티첼로까지 오게 된 거로군요." 어느덧 두 사람은 그녀가 타고 온 비틀을 세워둔 곳까지 왔다. 그녀는 트렁크를 여는 버튼을 가지고 안간힘을 썼다. "우리 형이 베트남에 갔어요." 사내아이는 기다리는 동안 다시 빗을 꺼내 들고는 말을 계속했다. 그녀가 마침내 트렁크를 열자 아이는 통조림을 담은 상자를 하나씩 들어올리기 시작했다. 상자는 전부 다섯 개였으나 트렁크에는 두 개밖에 들어가지 않았다. 그러자 아이는 차문을 열고 나머지 상자 세 개를 뒷좌석에 실었다.

"형에게 무슨 일이 생겼지?" 아이가 마지막 박스를 차 안에 밀어 넣고 있을 때 그녀는 팁을 주려고 동전 지갑을 뒤지기 시작했다. 아이는 차에서 상반신을 아주 조심스럽게 빼냈다. 헤어스타일을 망치지 않으려고.

"그들이 형을 붙잡아 갔죠." 아이가 당혹스러운 듯 씨익 웃으며 대답했다. "형은 잽쌌지만 그자들이 더 잽쌌던 거죠." 그리고는 바보처럼 어줍잖은 미사여구를 늘어 놓으면서 팁을 받으려고 손을 내밀었다. "전 돈을 받으면 안 되는 걸로 되어 있어요. 그런데 저 상자들은 너무 무거웠거든요. 행운을 빌어요." 이렇게 덧붙인 아이는 시선이 그녀에게 머물자 뚫어질 듯 응시했다. 그녀의 가슴이 덜컥 내려앉았다.

"고마워." 그녀가 말했다.

다시 주간 고속도로를 달리게 된 그녀는 새로운 길을 찾아보려고 애썼다. 식료품 가게를 떠난 지 15분쯤 지나자 펀데일보다 훨씬 더 크고 몬티첼로보다는 작은, 리버티라는 읍에 들어서게 되었다. 그녀는 재빨리 우체국을 찾았다. 우체국은 뜻밖에도 장중한 대리석 건물이었다. 작은 주차장에 차들이 꽤 많이 세워져 있었고 보도에도 적잖은 사람들이 보였다. 건물 밖에 놓인 우체통에 편지를 부치고 저마다 자신의 하루를 시작하러 가는 사람들이었다. 그 가운데 아무도 그녀를 별다르게 쳐다보는 이는 없었다. 우체국 안은 서늘한 동굴 속 같았다. 보다 웅장하고 보다 위용을 자랑하는 읍내의 건물로 세워진 것 같았다. 창구는 한 곳만 열려 있었고 창구에 앉은 여자는 그녀가 다가갔는데도 아무런 말도 하지 않았다. 그녀가 서 있는 쪽으로 냉정하고 무심한 눈길만 던졌을 뿐 미동도 하지 않고 그대로 앉아 있었다.

"우편 사서함이 필요해요." 이렇게 말하는 그녀의 가슴은 두려움과 흥분으로 쿵쾅거렸다. 레드 후크에서 난생 처음으로 우편 사서함을 요청하던 때와 똑같은 기분이었다.

그녀는 부리나케 신청서를 작성했다. 이제 완전한 이야기가 떠올랐다. 뉴욕에서 온 앨리스 챈으로 직업은 풍경화가. "난 여행을 하고 있어요." 신청 양식서를 채우면서 그녀는 지나가는 말처럼 던졌다. "그래도 여기는 종종 지나가죠."

"우편물을 사서함에 몇 주일씩 수거하지 않은 채 내버려둬서는 안 됩니다. 쌓인 우편물로 사서함이 막혀버리게 두면 안 돼요. 여기선 그런 걸 허용하지 않습니다. 광고물 같은 잡동사니 우편물이 당신 사서함에 쌓여가도록 그냥 내버려두어서는 안 됩니다. 정기적으로 사서함을 비워야만 해요. 아니면 우리가 손님 대신 비워드리죠. 곧바로 쓰레기통에 던져버리는 거예요."

　우편 사서함 열쇠를 받아들자 그녀는 모퉁이를 돌아 나와 창구에 앉은 여자의 시선에서 벗어났다. 자그마한 청동 문들이 벽처럼 길게 이어져 있었다. 새로 얻은 사서함 위에는 청동 독수리상이 새겨져 있었다. 그녀는 이 상징물을 그다지 좋아하지는 않았지만 돋을새김이 아름답다는 생각이 들었다. 건물의 다른 부분과 마찬가지로 이 부조도 오래된 것이었다. 그녀는 독수리를 손가락으로 쓸어보았다. 그리고는 열쇠가 제대로 작동하는지 시험해 보았다. 우편 사서함은 그녀가 들어서 있는 로비를 고스란히 줄여놓은 축소판 같았다. 서늘하고 침침하고 텅 비어 있었다. 그녀는 그 안을 살며시 들여다보았지만 보이는 것은 맞은편의 텅 빈 벽뿐이었다. 우편물을 분류하는 구역도, 편지가 수북이 쌓인 부대자루 같은 쓰레기통도 보이지 않았다. 그녀는 사서함을 닫고 열쇠를 주머니에 넣었다.

　우체국에서 나온 뒤에는 적당한 공중전화 박스를 찾아냈다. 판자를 세워 만든 간이식당의 주차장에 서 있는 공중전화 박스였다. 전화박스에 들어가서 프레이저 집으로 전화를 걸었다. 너무 이른 아침이긴 했으나 그녀는 그가 집에 있을 거라고 생각했다. 캐럴이 전화를 받았다. 간밤에 늦게 잠든 사람처럼 그녀의 목소리는 거칠었다. 전화선 너머로 침대 스프링이 삐걱거리고 시트가 부스럭거리는 은밀한 소리가 들려왔다. "안녕." 제니가 말했다.

　"기다려." 전화를 받는 캐럴의 음성에 날이 서 있었다.

　허둥대면서 웅얼거리는 소리와 신경이 곤두선 불평 소리가 들려왔다. 잠시 후 프레이저가 받았다. "지금 막 가게에 가려던 참이었어. 우유 좀 사려고." 그가 말했다.

그녀는 전화를 끊고 손목시계로 시간을 체크했다. 그리고는 두 팔로 온몸을 감싸 안은 채 기다렸다. 오전 열시가 막 지난 시각이었다. 십오 분이란 시간이 견딜 수 없을 정도로 길게 느껴졌다. 자동차 안에 들어가 있어야 옳을지, 아니면 자동차를 건물 뒤쪽으로 끌어다 놓아 길에서는 볼 수 없게 하는 게 옳을지 몰라 망설였다. 간이식당의 텅 빈 주차장에 덩그마니 자신의 차만 세워둔다는 건 부적절한 행동 같았다. 도로에는 달리는 자동차가 거의 보이지 않았다. 그러다가 차 한 대가 지나갔다. 그리고 나서 째깍째깍 한참을 지난 후에 다시 또 한 대의 차가 지나갔다. 그녀는 그 차들을 몰던 사람들이 속도를 꽤 줄이고 달린 게 틀림없다고 단정했다. 도로와 등지고 무심히 누군가를 기다리는 사람처럼 엉덩이를 뒤로 뺀 채로 서 있었지만 정적 속에서 경찰차가 농가를 향해 긴 언덕 위로 쇄도하듯 몰려드는 환상에 사로잡혔다. 산등성이 위로 올라온 헬리콥터의 얇고 편평한 날개가 뿌옇게 보일 정도로 빠르게 돌아가는 광경을, 검은 옷의 특수기동대 소속 저격병들이 풀밭에 포복한 채로 다가오는 광경을 상상했다. 어찌된 셈인지 세 도주자들은 마약에 취한 듯 초점을 잃은 눈동자를 하고 새로운 상황에 대해 전혀 관심이 없어 보였다. 그래서 대개는 제어할 수 있었던 그녀의 편집 망상증이 네 배쯤 더 배가되었다. 그녀에게는 이들 한 사람, 한 사람이 전사의 무거운 짐을 지고 있다가 그 짐의 끈을 끌러 자신에게 떠안기고는 정작 본인들은 그 중압감을 떨쳐버린 채 홀가분하게 지내는 것처럼 느껴졌다. 그 전날 아침, 농가에 온 뒤 두번째로 맞는 아침에 그녀는 새벽빛 때문에 눈을 떴다. 저녁 요기로 마른 시리얼 한 접시를 먹은 게 전부였으므로 배가 몹시 고팠다. 손으로 벽을 더듬으며 부엌으로 들어간 그녀는 후안이 또다시 담요를 뒤집어쓴 채로 몸을 웅크리고 앉아 있는 걸 보았다. 그는 펜칼로 또다른 와인 술병 마개를 딴 것 같았다. 그런데 이제는 펜칼의 날로 팔뚝의 맨살을 훑고 있었다. "그러지 말아요." 그녀가 기겁을 했다. 그러자 그가 그녀를 올려다보았다. 아마 그녀를 이본느나 폴린으로 생각했었기 때문인지 그다지 놀라지 않는 것 같았다. "느낌이 없어." 그가 말했다. 그리고는 비틀거리며 몸을 일으켜 세웠다. 그녀는 그가 자기 앞으로 기울어지면서 바닥에 고꾸라질 것 같다는 생각이 들었다. "이건 꿈일 뿐이야." 발음이 꼬였다. 그는 피를 흘리지 않는 팔로 술병을 끌어안고는 좌우로 비틀거리면서 자기 방 쪽으로 돌아갔다.

그녀가 거리의 공중전화로 전화를 걸었을 때 프레이저는 금방 받았다. "무슨 일이야?" 그가 물었다. 그녀는 아주 급박한 위기상황일 때만 이렇게 전화를 걸기로 되어 있었다. 그러나 죽음 같은 고요가 감도는 그 집에 있어본 적이 없는 프레이저에게 어떻게 상황을 납득시킬 수 있을지 방법이 떠오르지 않았다. 그녀 나름대로 설명을 해보려고 애를 썼으나 그가 이해하지 못하는 것은 당연했다. "그 사람들, 글은 쓰고 있어?" 그가 물었다.

"롭, 그 사람들 음식을 입에 대지 않고 있어."

"전에 지낼 때는 그렇게 나쁘지 않았는데. 캘리포니아에서는 먹는 걸 봤거든."

"그건 캘리포니아에 있을 때 사정이지. 캘리포니아는 그 사람들 고향이잖아. 여기서는 물을 벗어나 물고기 같은 처지란 말야. 거기 그렇게 엎드린 채로." 그녀는 거기서 죽어가고 있다는 표현은 쓰고 싶지 않았다.

전화선을 타고 침묵이 흘렀다. 아니, 적어도 프레이저 쪽에서는 아무 말이 없었다. 그녀의 귓가에 브로드웨이를 달리는 자동차 소리가 거센 회오리바람이 윙윙 울어대는 것처럼 들려왔다. "나 무서워." 그녀가 두려움을 고백했다.

"침착해야 해."

"내가 그 사람들을 어떻게 도울 수 있을지 방법을 모르겠어."

"당연히 넌 그들을 도울 수 있어. 무엇을 도울지 그걸 아는 사람이 있다면 그건 바로 너란 말이지. 그들을 바쁘게 만들면 돼. 우리에게 시간이 무한정 있는 게 아니라구."

"나도 그건 알아."

"지금으로서는 그들이 흔적도 없이 자취를 감춰버린 것으로 성공이야. 하지만 지금부터는 분초를 아껴가며 지내야 할 필요가 있단 말이지. 지금은 책 원고를 쓰느라 타자기를 탁탁탁 쉼없이 두드리고 있어야 한다구."

"그 사람들 그런 데 신경 쓰는 것 같지 않아. 자기 목숨도 신경 쓰지 않는 것 같던데."

"헛소리 마. 난 그런 거 안 믿으니까. 그자들은 전사란 말이야, 제니. 투지에 불타는 전사들이라구. 나보다 더 큰 배짱을 가진 사람들. 그들에게 자신들이 누구인지 환기시켜줘."

"내가 어떻게 그런 걸 할 수 있겠어? 그 사람들이 누구인지 나 스스로도 확신이 없는데."

"뭐야? 그 사람들은 이 나라에서 가장 중요한 인물들이야. 그게 바로 그 사람들의 실체라구! 철저하게 정부를 위협해온 사람들. 그들은 보통 미국인들로 하여금, 이건 괴상한 꿈이 아닐까? 하고 생각하게 만든 사람들이라구. 우리 사회가 너무나 하자투성이라서 쓰잘 데 없는 일이라며 아무도 맡으려 하지 않는 이런 강경한 사건들이 계속 일어나는 건가? 하는 의문이 들게 한 사람들이지. 그리고 그 질문에 대한 대답은 예스야. 이 세계에서 제일 부자 여자애가 이건 거짓이라고 말했잖아. 거기다 총을 쏴대고 싶은 게 내 심정이야. 제니, 우리 이렇게 계속 전화통화를 할 수가 없어. 난 지금 브로드웨이와 116번가 사이의 모퉁이에 서 있는데 누군가 내 말을 엿듣고 있을지도 몰라."

"그렇다면 여기 와서 직접 봐! 지금 나한테 지껄이듯이 그들 앞에서도 말해 보라구. 그 사람들에게는 그게 필요해. 그들에게 필요한 건 어떤……"

"지금부터 두 주일 지나서 갈게. 내 일정이 머리가 팽팽 돌 지경이라서. 이번 주는 안 되고 이번 주말도 정말 불가능해. 다음 주도 안 되지만 주말에는 꼭 갈 거야. 걱정하지 말아. 그때쯤이면 그들이 쓴 원고가 산더미처럼 쌓여 있을 테니까."

그녀는 확신할 수 없었다. 그들이 정말로 죽고 사는 일에 개의치 않는 것인지. 그러나 그녀에게는 그들이 모든 에너지, 별로 남아 있지도 않은 그 에너지를 모두 와인을 마셔대고 한낮의 햇빛을 피하는 일에 소진하고 있는 듯이 보였다. 후안과 우연히 맞닥뜨린 다음날 밤에 그녀는 또다시 잠에서 깨었다. 여러 사람들의 목소리가 들려왔기 때문이다. 나지막한 소리였으나 산들바람이 들어오도록 침실 문을 열어두고 잤던 터라 들을 수가 있었디. 다시금, 그들은 부엌에 내려와 있었다. "언제나 업보에 대해 얘기하는 건 당신이야." 이상하리만큼 친근하게 들려오는 폴린의 작은 목소리.

"그건 업보가 아니야." 이번에도 여자 목소리. 이본느.

"만약 후안이 그 가게에서 그걸 훔치지 않았더라면…… 만일 그가 스스로 말하는 것처럼 정직하게 행동했더라면……."

"정직한 사람은 탄약대를 사지 않아. 그게 후안의 생각이었어. 그리고 괜찮았을 거야. 만일 그 개새끼들, 난 정말 그 얼간이 같은 청원경찰놈들이 싫어……."

"하지만 우리에겐 그게 필요 없었어. 모두 두 벌씩 갖고 있었으니까. 우린 탄약대가 필요 없었단 말이야."

"언제부터 네가 우리에게 뭐가 필요한지 알게 된 건데? 언제부터 네가 우라질 놈의 의견을 낼 그 꼴같잖은 권한을 부여받은 건데?"

이제 두 여자는 모두 잠잠해졌다. 낡은 나무의자의 삐걱대는 소리마저도 들리지 않고 고요했다. 제니는 그대로 침대에 누워 있었다. 침대 스프링에서 시끄러운 소리가 날까봐 꼼짝도 하지 않았다. 이본느가 말하는 걸 들은 것은 그때가 처음이었다. 위세를 부리듯 거만하고 경청을 갈망하는 목소리였다. 그 음성을 듣노라니 이본느의 몸이 떠올랐다. 착 달라붙는 속옷 외에는 아무것도 걸치지 않은 모습을 보았던 그때가. 이본느의 어조는 나지막했고 마치 방백처럼 들렸지만 도주자들이 토론을 벌이는 음성치고는 너무 컸다. 그들이 무엇에 대해 이야기하고 있는지는 모르지만 후안이 함께 있을 때는 저런 식으로 말하지 않았다는 것만은 분명했다. 그리고 제니는 그것이 함께했던 동지들의 죽음과 연관된 얘기라는 확신도 들었다. 이본느가 침묵을 깨면서 "난 네가 그걸 후안의 잘못이라고 생각하고 있다는 거 알아. 넌 우리를 엄호해 주기로 되어 있었잖아? 그런데 넌 행동이 너무 느렸었어."라고 덧붙이는 소리를 듣자 더욱 그런 확신이 들었다.

"난 후안 잘못이라고 생각하지 않아. 난 그냥……." 폴린이 울음을 터뜨렸다. "난 슬퍼." 그녀가 울부짖었다. 울부짖는데도 그녀의 목소리는 아주 작아서 제니의 귀에 잘 들리지 않을 정도였다.

"쉬잇, 오, 그러지 마, 폴린. 후안이 깨겠어." 위세를 부리는 듯했던 이본느의 태도는 어느덧 어머니의 꾸지람처럼 변했다. 제니는 누군가가 일어나면서 내는 삐걱거리는 소리를 들었다. 그리고 액체를 붓는 소리도. 또 한 병의 와인.

"조심해. 엎지르겠어." 이본느가 말했다. 잠시 침묵이 흐른 뒤에 이본느가 다시 말했다. "나도 슬퍼. 너무 슬퍼서 죽어 있는 기분이야."

"난 죽었다면 좋겠어."

"닥쳐." 그리고는 한결 조심스러운 목소리로 이본느가 말했다. "그런 말 나한테는 할 수 있겠지만 절대로 후안에게는 하지 마. 그 이유는 네가 알 거야."

"용감한 자는 죽음을 두려워하지 않는다. 약한 자는 죽음을 갈망한다." 폴린이 말했다. 누군가의 말을 인용한 게 분명했다.

처음 산 많은 식료품을 들고 집 안으로 들어오던 그녀는 그들이 거실에 나와 있는 걸 보고 놀랐다. 창문마다 닫혀 있었고 커튼도 모두 드리워져 있었으며 담배 연기가 짙은 안개처럼 실내를 가득 채우고 있기는 했다. 그녀가 거실 문을 열기 전에 그들은 말을 하고 있었던 듯했지만 이제는 잠자코 앉아만 있었다. 그리고 마치 한 사람처럼 일제히 그녀를 올려다보았다. 똑같이 아무런 기대나 관심을 담지 않은 시선으로. 폴린은 앞의 쿠션 위에다 신문의 낱말 맞추기 면을 올려놓고 소파 위에 몸을 옆으로 웅크린 자세로 앉아 있었다. 손가락에 끼운 연필이 흔들렸다. 후안과 이본느는 바닥에 누워 있었다. 그들이 자동차로 이동할 때 캐럴과 프레이저의 집에서 가져온 작은 라디오가 켜져 있었으나 채널이 제대로 맞추어진 게 아니었다. 파도처럼 밀려오는 잡음 속에서 대형 밴드의 음악 한 소절이 들린 것 같기도 했다. 좁고 답답한 방안에 잡음 섞인 라디오 소리가 요란한데도 아무도 다이얼을 돌려 채널을 맞추지도, 아예 끄려고 일어나지도 않았다. 바깥 날씨는 몇 시간째 무더웠다. 그들의 체취가 느껴졌다. 코끝을 찌르는 시큼한 냄새는 그들이 마신 와인 냄새와 뒤범벅이 되어 악취를 풍겼다. "당신들 볼 만한 신문이랑 시사 잡지를 사왔어요." 제니가 말했다. 지난 주에는 시커먼 연기와 오렌지빛 불길이 《뉴스위크》와 《타임》의 표지를 뒤덮었었고 "굴복!"이라는 글귀가 헤드라인을 장식했었다. 표지 사진 사이로 열두 명의 동지들 모두가 평범한 보통 미국인으로 살았던 예전의 모습이나 환하게 웃는 가족사진이 보였었다. 그것은 아홉 구의 시체들이 명백히 아홉으로 계산되고 각각의 신원이 치아를 통해 확인되기 전, 그리고 후안과 이본느와 폴린의 실종이 확인되기 전의 일이었다. 이번 주는 소강 상태였다. 그 틈에 다른 이야기들이 표지 사진의 자리를 되찾았다. "이건 좋은 소식이네요." 제니가 이렇게 말하며 신문더미를 그들 앞으로 내밀었다. "당신들은 흔적도 없이 사라져버린 거예요. FBI는 LA지역에서 범인 색출을 위한 집중 수색을 강화하고 있어요. 남쪽으로 수색의 방향을 잡고 멕시코까지 훑는 거죠. 캐나다에서부터 서부 지역, 그리고 티후아나까지는 당신들을 보았다는 이들이 있었지만 동부에서는 아무데서도 눈에 띄지 않았어요."

후안은 제니가 말하는 동안 간신히 몸을 바로 세우고는 일주일치 뉴스를 그녀에게서 받아들었다. 그녀는 후안의 팔에 생긴 흉한 상처 딱지를 보았다. "고마워요." 그가 말했다. 한참 동안 다음에 무얼 해야 좋을지 모르는 것 같았다. 이윽고 그가 "정보기관"이라고 웅얼거리면서 《타임》을 이본느에게 건네주었다. 그리고 신문들은 폴린에게 주고 자신은 《뉴스위크》를 집어들었다. 폴린은 신문의 1면들을 뚫어져라 내려다보았고 이본느는 굼뜬 자세로 손가락으로 짚어가며 《타임》지를 읽었다.

제니가 말했다. "당신들이 잃어버린 동지들에 대해 느끼는 감정을 글로 써본다면 도움이 되지 않을까 생각했어요. 그들에 대한 기억을 써내려가다 보면 도움이 될지 몰라요. 당신들이 지금 괴로워하고 있다는 걸 알아요."

그들은 마치 제니가 동지들을 소생시킨 다음 다시 살해하자는 제안을 하기라도 한 것처럼 돌연 그녀를 뚫어지게 쳐다보았다. "그건 당신이 상관할 바가 아녜요." 이본느가 말했다.

"우린 괜찮소이다." 후안이 거칠게 말했다. "책 쓰는 작업에 착수하면 그렇게 할 거요."

그들은 그녀를 프레이저와 마찬가지로 오로지 책 쓰는 작업을 재촉하려고만 한다고 생각했을 것이다. 그런 생각이 들자 그녀는 조심스럽던 태도를 떨쳐버리고 말했다. "나는 책을 말한 게 아니었어요. 내 뜻은, 어쩌면 여러분들이 책 쓰는 작업을 시작하기 전에 동료들 이야기를 써야 하는 건 아닐까 생각했던 거예요. 그들을 기리는 추도사를 쓰세요."

"우리는 동지들을 살해한 그 경찰 개새끼들의 피로써 동지들을 추도하겠소!" 갑자기 활기에 넘친 후안의 말이었다.

"눈에는 눈이지. 그게 현명한 거야."

"그게 바로 혁명이야, 자매들." 그가 코웃음을 쳤다.

제니는 자리를 뜨지 못하고 문간에서 잠시 더 서성거렸다. 자신에게 붙박힌 그들의 적대적인 여섯 눈동자를 자신도 뚫어질 듯 응시하면서. 잠시 후 그녀는 몸을 돌려 부엌으로 들어왔다. 그리고 다시 뒷문을 통해 밖으로 나가 비틀의 범퍼 위에 걸터앉았다. 아직도 그녀가 사온 나머지 식료품들은 그대로 자동차 뒷자리에 남아 있었다. 그녀는 불을 켜서 담배를 피워 물었다. 프레이저가 예전에 했던 말이 떠올랐다. 그들이 미국에서 가장 중요한 사람들이라던 말도 아니었고, 그들이 어째서 전사들인지 그 이유를 설명하던 말도 아니었다. 그것은 프레이저가 묵었던 라인벡의 모텔방에서 서로 언쟁을 벌이고 눈을 부라리다가 마침내 흥분을 가라앉혔을 때 그가 고백한 말이었다. 처음 만났을 때 세 명의 도주자들이 프레이저에게는 너무 어려 보였다는 말이었다. 그 말은 프레이저 자신이 불합리하게 늙었다는—너무 늙었다는—뜻이었다. 그는 그들이 신념을 지켜나갈 수 있을지 염려된다고 했다. 하지만 그들은 젊었다. 그녀가 산 식품들을 들어다준 그 아이처럼 어리진 않았지만 그래도 젊었다. 그녀가 이런 말을 그에게 했더라면 그는 비웃었을 것이다. 후안과 이본느는 그녀보다 몇 살밖에 더 어리지 않았다. 스물둘이나 스물셋의 나이였다. 폴린은 이제 갓 스무 살이 되었다. 그렇게 많은 나이 차이는 아니었지만 그 차이가 제니에게는 크게 느껴졌다. 스물세 살 때 그녀는 지하에서 자신의 삶을 시작하고 있었다. 그 시절의 자신이 규율을 지키고 절제된 생활을 했다고는 말할 수 없었다. 두려움에 떨지 않았노라고, 자기연민에 불타지 않았노라고도 말할 수 없었다. 그녀는 분노 때문에 어리석은 짓을 했고 어리석은 말을 내뱉기도 했다. 그리고 붙잡히고 싶다는 무분별하고 가학적인 충동에 사로잡히기도 했었다. 그렇다면 스무 살의 그녀는 어떠했나? 그때는 그녀가 윌리엄과 지낸 첫해였다. 윌리엄과 함께하기 전의 그녀는 거의 아무것도 몰랐다. 이 두 시절의 자신을 이제 되돌아보니 그때는 어린애였다는 기분이 들었다. 그 각각의 나이가 그녀 자신이었다는 것이, 그리고 그렇게 먼 옛날도 아니라는 것이 그녀는 새삼 놀라웠다.

프레이저가 라인벡에 있는 그녀를 찾아냈을 때 그녀는 윌리엄에게 편지를 쓰고 있던 중이었다. 윌리엄이 보낸 편지에 대한 답장을 그녀는 거의 넉 주째 쓰고 있었는데, 그의 편지 내용은 이랬다. "난 요즘 열성당원들에 대해 많은 생각을 했어. 자신들이 들이마신 이념의 호수 전체를 어떻게 더럽히는지에 대해, 그 호수의 물을 공유했을지 모르는 사람들 모두를 어떻게 더럽히는지에 대해. 내가 '동지'라고 할 때 그 말이 무얼 뜻하는지 당신은 짐작할 거야. 당신은 새로운 소식에 밝을 테니까." 맨 처음 이 편지글을 읽었을 때 그녀는 정말 마음이 언짢았다. 당당하고 허세를 부리는 경향이 있는 윌리엄의 문장, 그녀가 한번도 의심해본 적이 없었던 그 문장 속에 그들 사이에 지켜져야 할 긴요한 암호가 낱낱이 노출된 듯한 기분이 들었던 것이다. 이제 그녀는 그에 대해 이렇게 고약한 생각을 한 자신에 대해 죄책감이 들지 않았다. 그녀는 윌리엄이 말한 바로 그런 "열성당원들"과 한 집에서 지내고 있었다. 그리고 그 사실을 그에게 숨겨야만 했다. 그녀는 그가 보낸 편지를 다시 접은 뒤 주위에서 들리는 소리에 귀를 기울여 보았다. 이른 아침이었고 그들은 아직 잠자리에서 일어나 움직이는 것 같지 않았다. 그녀는 쓰다 만 편지를 꺼내 비판의 눈으로 쭉 훑어보았다. 와일드무어를 떠난 뒤로 날마다 그녀는 그 편지를 끝맺으려고 애를 썼지만 많은 일들이 끼어들어 매듭짓지 못한 채 내버려둘 수밖에 없었다. 결국 그녀는 편지를 처음부터 새로 쓰기 시작했다. 노란색 크로케 공을 구

미국 여자 · 1   181

하러 돌아다니는 사연에 대해 썼다. 마치 자신이 아직도 와일드무어에서 지내는 것처럼. 다음번에 더 잘 하리라 다짐하면서. 지금 당장 자신이 무슨 수로 이런 새로운 상황을 편지 속에 옮겨 적을 수 있겠는가? 그녀는 윌리엄에게 정직해야만 했지만 동시에 교도소의 검열관들이 혹여 간파할 만한 단서를 하나라도 떨어뜨려서는 안 되었다. 그리고 이것은 기본적으로 윌리엄에게 거짓말을 한다는 걸 뜻했다. 그래도 그녀는 그에게 거짓말을 하는 건 아니라고 믿고 싶었다.

진실을 말하자면 윌리엄과 주고받은 모든 편지들, 그녀가 항상 생각했고 또 너무나 많은 에너지를 쏟아 부었던 편지들이 어느 면에서는 그녀를 비참하게 만들었다. 처음에 그녀가 그에게 편지를 썼을 때는 전혀 위험하지 않을 뿐더러 명확하기도 한 암호, 즉 그의 "누이"가 보낸다고 짧게 서명을 달았었다. 그 또한 순수하게 그녀의 "오빠"로서 편지를 보내는 것으로 했다. 이건 정말 멋진 생각 같았다. 위기의 한가운데 있으면서 아주 작은 부분일지라도 둘은 무엇을 해야 하는지 이해했던 것이니까. 그러나 쓸 수 있는 활자판은 한정되어 있었다. 윌리엄의 편지들이 그녀의 것보다 훨씬 대담하긴 했지만 훼손된 것 같았다. 그녀는 편지란 단지 암시일 뿐이라는 걸, 계곡 저편에서 훅, 하고 솟아오른 연기 같다는 걸 알았다. 그러나 그 편지들에는 윌리엄과 자신을 묶어주는 핵심이, 연결해주는 결속력이 점점 더 약해져 가는 듯했다. 데이너가 한 일은 그저 윌리엄의 편지를 새 봉투에 넣고 봉한 것뿐인데도, 봉투를 뜯을 때 서늘한 바람이 스며든 것처럼 제니에게는 느껴졌다. 그녀의 고백을 읽으면서, 암호를 써야 했으므로 이미 무뎌지고 경직되고 부자연스러워진 데다가 늘 데이너를 거쳐서 오는 편지를 읽으면서, 그는 어떤 기분이 들까? 제니가 쓴 편지와는 너무나 다른 편지, 그녀 특유의 뾰족하고 장식 없는 필체, 집요할 만큼 쪽 고른 굵기로 써내려간 편지들, 밑줄을 치고 요란한 감탄사들이 섞인 편지들과는 너무나 다른 편지들. 제니의 편지에 담긴 모든 것이 데이너가 베끼는 과정에서 다림질된 것처럼 주름도 없이 납작하게 펴졌을 테고 제니가 품은 사랑의 마음도 상당 부분 수증기처럼 사라졌을 터였다. 그녀가 받아온 그의 편지는 변함없이 멋진 글자체로 반듯하게 써내려간 것이었다. 그런데 이제는 신중하게 잰 듯한 이상하고 낯선 어조를 벗어나지 않고 있었다. 이런 식이었다. "너를 무척 사랑해. 내겐 해야 할 일들이 상당히 많다는 걸 알게 돼. 난 요즘 열성당원에 대해 많은 생각을 해왔어." 두 사람은 그가 체포되기 전까지는 한 번도 서로에게 편지를 쓴 적이 없었다. 그럴 필요가 전혀 없었기 때문이었다. 어쩌면 편지 쓰는 게 그들의 장기가 아니었기 때문인지도 몰랐다. 그리고 그들의 사랑에 있어서 편지란 아무 의미가 없었던 것인지도 몰랐다. 하지만 여전히, 그녀는 편지에 담긴 낭만적인 사랑을 믿었다. 그래서 그녀는 그의 편지를 읽을 때면 마음이 아파왔다. 그의 편지에는 부족한 게 아무것도 없다고 말해도 할 말은 없었다. 하지만 그녀는 편지 속에서 만져지지 않는 어떤 것을 찾는 일을 멈출 수가 없었다. 자신의 피부에 와 닿는 그의 손길처럼 느껴질 만한 그 무엇을 그의 반듯한 글씨들 속에서 찾아내고 싶었다.

언제나 그렇듯이, 그녀는 그의 편지를 다시금 닳아빠진 갈색 아코디언 파일 속에 집어넣고 흐물흐물한 리본으로 묶어서 단은 후에야 그의 존재를 보다 완전하게 느꼈다. 이 파일은 그녀가 딕과 헬렌의 아파트를 빠져나올 때 더플백과 함께 들고 온 것이었다. 잡동사니 틈에 섞여 있었던 이 파일 위에는 가로로 큼지막하게 과세연도 1964라는 글씨가 휘갈겨 쓰여 있었다. 이제 파일 안이 너무 꽉 차서 리본이 떨어져나갈 거라는 생각이 들었다. 하지만 그녀는 간신히 리본을 묶은 뒤에 무릎으로 파일을 내리눌러 닫았다. 이제 그녀는 자신을 잃어버릴 수 있었다. 그녀가 편지 속에서 자신을 잃어버리기를 갈망했듯이. 그녀는 버클리에서 그들이 쓰던 침대를 생각했다. 열어젖힌 창문으로 불어오던 산들바람과 가루처럼 새어들던 거리의 희미한 불빛을 생각했다. 흐물흐물한 낡은 침대와 구세군 가게에서 산 중고 매트리스를 생각했다. 매트리스 한가운데에서 조금 비껴난 자리가 살짝 들어간 것을 생각했다. 거기 누워 있으면 두 사람이 흡사 케이스 안에 든 악기 같은 기분이 들던 일도 생각했다. 그리고 나서 그녀는 그의 몸을 생각했다. 붉은 빛이 도는 반투명의 금발 머리. 울퉁불퉁한 푸른 혈관은 그의 피부 깊숙이 박혀 있는데도 상당히 도드라져 보였었다. 그의 페니스 안쪽에 퍼진 혈관도 생각했다. 그녀는 갑자기 눈을 번쩍 떴다. 마치 붙잡히기라도 한 것처럼. 하지만 그녀가 돌연 생각을 멈춘 진짜 이유는 이렇게 세세한 일들이 기억 속에서 얼마나 빨리 사라져 가는지 생각하자 마음이 어지러워졌기 때문이었다. 그를 기억하려면 우선 기억하려고 노력해야만 떠올릴 수 있게 된 지 이미 오래였다. 그녀는 오롯이 그와 관련된 기억을 떠올린 마지막이 언제였는지 알 수 없었다.

그들이 이 집에서 보낸 첫날 이후로 원고 작업에 필요한 도구가 든 상자—타자기, 노가하이드 모조가죽으로 만든 여행용 케이스 속에 든 취재용 녹음기, 마치 누군가의 집 방바닥에 어질러져 있던 걸 그대로 그러모아 온 듯한 묶지 않은 신문 스크랩 더미, 스프링 노트들, 메모장들, 고무지우개가 달린 볼펜들과 모조리 잘근잘근 씹어대어 끝이 심하게 망가져버린 연필 꾸러미들 등등 프레이저의 집 서재에서 거두어들인 모든 것들이 들어 있는 상자는 아무도 손을 대지 않은 채로 뒷문 안쪽에 방치되어 있었다. 몇 분 후 제니는 아래층으로 내려갔다. 그 상자에 자기가 갖고 있는 봉투보다 좀 나은 봉투가 들어 있을까 찾아보기 위해서였다. 그런데 그 상자가 사라지고 없었다. 그리고 거실 문도 닫혀 있었다. 문 가까이에 귀를 대보니 안에서 타자기 자판을 시험 삼아 쳐보는 소리가 들렸다. 탁…… 탁 탁 탁. 그리고는 잠잠해졌다. 못 보던 커피포트가 눈에 띄었다. 포트 바닥에는 아직도 따뜻한 커피가 조금 남아 있었다. 그녀는 컵에다 커피를 채우고 뒷문 밖으로 나왔다. 낮게 윙윙대는 소리가 들리고 습기찬 유월이 한창인 날이었다. 그녀는 집 앞으로 돌아서 옆 창문을 지나 부엌 조리대 쪽으로 걸어갔다. 부엌 식탁 너머로 정면을 향한 창문을 지나 걸음을 멈추었다. 집의 다른 자리에서는 보이지 않는 지점에서. 더 가보지 않았어도 그녀는 그들이 창문들을 열어놓았다는 걸 알았다. 후안의 음성이 산들바람을 타고 실려왔다. "아냐. 모든 단어가 칼같이 이해되어야 해."

"밤새도록 생각해본 거예요." 폴린이 말했다.

"그렇더라도 그건 지랄 같은 홀마크 문구처럼 들린단 말이야. '에번, 당신은 내가 꿈에 그리던 남자예요'."

"제발이지, 폴린이 원하는 대로 해줘." 이본느가 짜증을 냈다.

그날 저녁 무렵에 그들은 타자기에서 벗어나 녹음기로 옮겨갔다. 몇 시간 동안 타자기 소리가 들리지 않았다. 그러다가 생각에 잠긴 암탉이 부리로 쪼는 듯한 소리가 났다. 가끔씩은 엄청난 액체가 터져나와 분출하는 듯한 소리가 들리기도 했다. 지붕 위로 자갈돌이 우박처럼 떨어지는 소리 같았다. 어느 때는 바닥에 내동댕이쳐지는 소리도 들렸다. 종이를 감는 캐리지가 제자리로 돌아오며 경쾌한 종소리처럼 울렸다. 이렇게 산발적으로 발작하듯 들리는 소리에 비하면 녹음 작업은 일정하게 들리는 희미한 비가 였다. 누군가 단조로운 음성으로 한동안 이야기를 하다가 갑자기 뚝 끊겼다. 그러다가 다시금 예의 흔들리는 리듬으로 단조로운 음성이 이어졌다. 이야기를 하지 않는 다른 누군가는 방안을 서성대며 뭐라고 열심히 중얼거리고 있었다. 녹음기는 켤 때와 끌 때 덜컥 하고 요란한 소리를 냈다. 나뭇가지가 부러지는 소리처럼 들렸다. 그녀는 부엌 쪽으로 살며시 다가가서 토스트를 굽고 깡통 수프를 데웠다. 그런데 무얼 먹고 싶은지 물어보려고 그녀가 문을 두드리자 그동안 들인 그들의 노력은 물거품이 되고 말았다. "이런, 젠장!" 그녀가 문을 열고 빼꼼히 들여다보자 후안이 소리를 질렀다. 이제 그들은 처음부터 다시 해야 했다. 배경에 소음이 들어가서는 안 되었던 것이다. 창문들이 죄다 다시 닫힌 것도 그 때문이었다. 그리고 그 방에 하나뿐인 전등을 담요로 가려놓은 것도 그 때문인 듯했다. "잘 들어봐." 후안이 말했다. 그러나 밤벌레들이 톱을 켜는 듯한 소리, 삐걱거리는 소리 외에는 아무 소리도 들리지 않았다. 이런 소음들이 예전에 버클리에서 지낼 때도 들렸었는지, 후안은 알고 싶었던 것일까? 바로 이런 소리 아냐? 자, 들어보라구…… 폴린과 이본느는 고개를 한쪽으로 기울였다. 귀를 곤두세우기라도 하듯이. 밤 비행기가 아득히 먼 하늘 위로 날아가고 있었다. 만일 낮이었더라면 저 제트기는 그저 하늘에 떠 있는 작디작은 흰 깃털처럼 보였을 것이다. 비행기는 먼 데 바닷물 소리처럼 희미한 소음을 내며 지나갔다. 그러나 하버드에서 교육받은 한 FBI요원이 저 소리를 듣고서 "저건 팬 아메리칸 항공편 405로 시카고 발 런던 행인데 6월 9일자에 3만 9천 피트 상공을 비행하지.

그러니까 이 정기 항공편의 항로 아래 전지역을 수색해 봅시다."라고 말한다면 어떻게 될까?

　그 다음날이 되어서야 제니는 후안이 무슨 말을 한 건지 알 수 있었다. 자동차 문을 요란하게 여닫는 소리 때문에 그녀는 잠을 깼다. 이른 아침의 한기를 막으려고 온몸을 감싸며 창가로 다가갔다. 그들 세 사람이 자동차 쪽으로 살금살금 다가가고 있는 게 보였다. 흡사 먹을 거리를 찾아 거리를 누비고 다니는 개구쟁이들처럼 보였다. 그녀는 진바지를 급히 입고 아래층으로 내려갔다. 그리고 뒷문을 통해 밖으로 나갔다. 차가운 이슬의 감촉이 발바닥에 느껴졌다. 잠시 동안 그녀는 그들을 가만히 지켜보며 서 있었다. 바깥에 나와서 햇볕 아래 선 그들의 모습을 본 것은 처음이었다. 눈에 핏발이 서 있고 열병에 걸린 것처럼 몹시 흥분한 상태였으며 안색은 창백했다. 머리를 치렁치렁 늘어뜨리고 몸에 너무 큰 옷들을 걸치고 있었다. 캐럴이 산 차는 중고차였다. 현금을 내고 산 이 차를 그녀는 끝내 등록하지 않았다. 하지만 조수석 앞 글로브 박스에는 예전에 썼던 보험카드와 운전자용 사용 설명서가 그대로 들어 있었는데, 이것들이 이제 죄다 풀밭 위에 내던져져 있었다. 그녀가 인근 읍내에 갈 때 보려고 산 지도도 마찬가지로 내팽개쳐졌다. 공처럼 뭉쳐진 담배 은박지와 때절은 페니 동전, 그리고 담배 꽁초들이 땅바닥에 빗방울처럼 우수수 떨어지고 있었다. 자동차 맞은편에서는 폴린과 이본느가 깔판을 밖으로 휙 잡아당기고는 좌석 사이의 틈새를 샅샅이 뒤지고 있었다. 그러는 동안 내내 서로 뜨거운 시선을 주고받았다. 마치 봤지? 내 그럴 줄 알았다니까! 라고 말하는 듯했다. 후안은 동작의 속도를 늦추는가 싶더니 이윽고 멈추었다. 그는 힘에 겨운 듯이 자동차에 기대서서 처음으로 그녀를 바라보았다.

"지금 뭐하는 거예요?" 제니가 물었다.

폴린과 이본느는 그녀에게 시선도 주지 않았다. "추모사를 끝냈소." 그의 음성이 자갈돌 부딪히는 것처럼 귀에 거슬리게 들리는 것으로 보아 세 사람이 한숨도 자지 않은 채 간밤을 꼬박 밝혔다는 걸 제니는 눈치챘다. "가야겠소." 후안은 한 손으로 자동차를 짚으며 몸을 바로세웠다. 그녀는 그의 손에 자동차 열쇠가 들려 있는 걸 보았다. 자신이 햇볕 가리개에 끼워두었던 열쇠였다.

제니는 조심스럽게 한 발자국 앞으로 나아갔다. "어디로?"

"배달하러. 라디오 방송국에. 경찰 돼지새끼들은 이제 우리가 동지들의 복수를 한다는 사실을 알게 될 거요." 후안은 한 손으로 머리카락이 제일 무성한 쪽을 긁적거렸다. "서둘러." 그제서야 비틀 자동차 지붕 위에 불안하게 놓여 있는 작은 꾸러미가 제니의 눈에 띄었다. 크기로 보면 샌드위치 같았다. 하지만 포장된 모양으로 미루어 보아 굉장히 불길한 무언가가 들어 있는 게 틀림없었다. 여러 겹의 메모 용지로 감싼 다음 다종다양한 색깔의 고무줄로 여러 번 단단히 묶은 이 꾸러미는 누가 보더라도 의심스러울 만했다.

"라디오 방송국이라고요?" 제니가 물었다.

폴린과 이본느는 이미 자동차에서 벗어나 있었다. "우리가 제작한 이 테이프를 세상 밖으로 가져가야 해요." 이본느가 말했다. 마치 제니가 우둔해서 이해가 느리다는 투였다.

"하지만 그 추도사는 당신들을 위해 준비했으면 한 거였어요. 당신들을 돕기 위해…… 당신들 상처를 치유하고 앞으로 나아갈 수 있도록 하기 위한 것이었단 말예요. 그걸 라디오 방송국으로 가져갈 수는 없어요." 세 사람 중 그 누구도 그녀의 말을 듣는 것 같지 않았다. 후안은 어깨를 움츠려서 작업 셔츠를 벗더니 한쪽 손에다 장갑을 낀 것처럼 느슨하게 둘둘 감았다. 그리고 바로 그 손으로 포장 꾸러미를 집었다.
"좋아요." 제니가 말했다. "테이프에 지문 흔적을 남기지 않으려는 건 잘하는 일이에요. 그리고 당신들이 간밤에 보여준 조심스럽고 경계하는 태도, 배경에 소음이 들어갈까 조심한 일도 좋아요. 이제 난 그 모든 걸 이해해요. 내가 당신들 일에 누가 되지 않았기를 바라요. 설마 백주 대낮에 자동차를 몰고 시내 라디오 방송국까지 가는 일로 그간의 모든 노력을 수포로 돌아가게 하고 싶은 건 아닐 테죠. 아무도 당신들이 동부에 와 있다는 사실을 알지도 못하는 지금 상황에서 말이에요."
"당신, 그 의전 절차를 두고 설교하는 거 그만두쇼." 후안이 말했다.
이제 그녀는 더 이상 참고 있을 수가 없었다. "당신들은 자동차에 올라타서도, 테이프를 배달해서도 안 돼요! 지금 밖에는 당신들 죽이는 일에 희열을 느낄 자들이 포진해 있다는 사실 잊었나요?"
"내가 그 자들을 죽일 거요! 따라와서 한 번 지켜보시지."
"그 열쇠 이리 내요, 후안."
"후안에게 어떻게 하라고 명령하지 말아요." 이본느가 소리쳤다. "여기서 통솔자는 후안이지, 당신이 아니니까."
"우리가 침묵하며 하루하루를 지내는 건 우리 동지들에게 죄를 짓는 거란 말예요." 폴린이 거칠게 소리를 질렀다.
제니는 이본느와 폴린이 하는 말을 무시하려고 애쓰며 통솔자라는 후안을 설득했다. "그 열쇠 이리 줘요, 후안." 그녀는 동료끼리 말하는 듯한 어조로 말했다. "설령 당신들이 사람들 눈에 띄지 않는다고 하더라도 그 테이프를 이 근방의 방송국에 가져다 놓으면 이 주변으로 요원들이 쫙 깔릴 거예요."

"우리는 테이프를 방송국에 가져다놓지 않을 거요." 자동차에 오르며 후안은 귀찮은 듯이 말했다. "방송국으로 우송할 거란 말이오!"

"그럼 소포에 우체국 소인이 찍힐 테죠."

"우리가 아는 누군가에게 우편으로 부치면 그 사람이 우리를 대신해서 우송하는 거란 말이지."

"그게 누구죠? 지금까지 알고 지냈던 사람들은 모두 감시를 받고 있잖아요!"

"이걸 하라고 말한 사람은 당신이야!" 후안이 자동차 밖으로 튀어나오며 고함을 질렀다. 앞으로 돌진하고 싶었지만 핸들에서 손을 떼지 않아서 그다지 멀리 가진 못했다. "우리는 이 테이프가 지금 당장 라디오 방송으로 나오기를 원해, 우리는 복수의 시간이 지금이라고 선언하겠어."

"당신 입으로 그렇게 말했잖아!" 이본느가 외쳤다.

"내 말뜻은 당신들을 위해 그걸 해야만 한다는 거였어요. 세계 만방에 떠들어대라는 얘기가 아니었단 말이야!"

후안은 다시 차 안으로 들어가 문을 쾅 닫아버렸다. 그리고는 시동을 걸었다. 그가 액셀러레이터를 짓이기듯 누르자 자동차가 덜컹, 하더니 가스를 뿜어댔다. "이러지 마, 폴린. 넌 안돼." 그가 폴린을 보며 말했다.

"하지만 만일 당신들이 붙잡히면 어떡하라구?" 폴린이 소리쳤다.

이것은 여전히 하나의 계략이거나 담력을 겨루자는 애송이들의 장난, 혹은 상대를 굴복시키고자 속셈을 숨기고 벌이는 도발적인 책략쯤으로 보이기도 했다. 그러나 후안은 왈살스럽게 비틀에 기어를 넣었다. 비틀은 껑충 앞으로 뛰어오르더니 다시 멈추었다. 느닷없이 폴린이 흐느껴 울면서 뒷좌석 문 손잡이를 붙들고 놓지 않으려고 발버둥쳤다. "폴린." 이본느가 훈계조로 타일렀다. 이본느는 양 손바닥으로 도어락 장치를 눌러 폴린이 열지 못하게 했다. "우린 돌아올 거야, 아가씨, 그만해. 아가씨, 그만두라니까!"

"제기랄, 나도 갈 거란 말이야!" 그녀가 기어이 이렇게 말하며 후안이 앉은 쪽으로 뛰어갔다. "내가 그걸 할 테야. 내가 제대로 할 거란 말이야. 제발 차에서 나와. 당신들 둘 다 잡히는 날엔 나도 끝장이야."

"저 개새끼들이 네 아버질 데려갔을 때 넌 그저 어깨를 으쓱하고는, 괜찮아요. 어서 하세요. 나치 양반들. 우리 노친네 데려가세요,라고 말했어?" 후안이 으르렁거렸다. "그랬었냐고 묻잖아!"

결국 후안은 자동차 시동을 끄고 열쇠를 건네주고 말았다. 집안으로 들어오자 그녀는 세 사람의 의심에 찬 눈초리가 자신의 거동을 쫓고 있다는 걸 느꼈다. 자기 방으로 들어간 그녀는 윌리엄에게 쓴 편지와 우편용품을 챙겼다. 그들의 시야에서 벗어난 곳에서 테이프를 다시 포장할 작정이었다. 집으로 들어서기 전에 문 밖으로 시선을 던졌다. 그들은 거기, 자동차 바로 옆에 모여 있었다. 그들은 이 일을 제니가 맡는 것에 간신히 동의했지만 그렇다고 그녀를 믿을 만큼 확신이 선 것은 아니었다. 그녀도 확신이 없기는 매한가지였다. 마침내 차를 몰고 떠나면서 그녀에게 맨 먼저 떠오른 생각은 멀리 떨어진 곳에다 테이프를 파묻어버리자는 거였다. 아무도 찾을 수 없는 곳에다. 하지만 그녀는 자신이 그걸 원하지 않는다는 걸 알았다. 그녀는 다시금 죽음에 대해 생각하며 지내고 있었다. 윌리엄이 체포된 첫해 동안 그녀는 깊은 잠을 잔 적이 없었다. 한 번도 온밤을 깨지 않고 내리 자본 적이 없었다. 아직도 가끔씩은 윌리엄이 죽기라도 한 것처럼 소스라치게 놀라며 잠에서 깨어나곤 했다. 그렇지만 윌리엄이 죽는다는 건 그녀에게는 생각할 수도 없는, 불가능한 일이란 걸 그녀는 알고 있었다. 그 당시에는 그가 살아 있다는 사실에 감사하는 마음이 들지 않았기 때문이다. 죽음이란 누군가가 실제로 죽었을 때 실감할 수 있는 것일까? 그녀는 오히려 그 역이 진실이어야 한다고 생각했다. 애도가 꼭 필요한 것은 그 때문이었다. 타오르는 복수심으로 추도사를 쓰고 그 내용은 반드시 방송을 타야만 했다. 어쩌면 그들 모두 죽음을 믿어보려고 애쓰고 있는 것인지도 몰랐다. 세 사람이 합당하게 비탄에 잠겨 있는데, 그녀는 그들보다 덜 슬퍼하고 있는 것인지도 몰랐다. 그녀는 뒤를 흘긋 보았다. 솟아오른 언덕을 달리면서 백미러에 담긴 그들의 모습이 작아졌고 잠시 후에는 시야에서 사라졌다.

2

나흘 후, 그녀는 다시 리버티의 외곽 판자로 세운 간이식당 옆의 공중전화 부스 안에 와 있었다. 이제는 이 일이 너무나 익숙해져서 주위에 무엇이 있는지 별로 의식도 하지 않고 부스 안으로 들어갔다. 그리고는 반사적으로 문을 홱 당겨서 닫았다. 그녀는 닳아빠진 비닐백을 부스의 철제 선반 위에 내려놓았다. 백 안에는 그동안 모아둔 동전이 들어 있었다. 그녀는 10센트짜리 동전을 찾아 체질하듯 비닐백을 흔들었다. 비닐백 속에는 동전 말고도 실 보푸라기와 먼지, 그밖에 자잘한 부스러기들로 가득 차 있었다. 좁고 밀폐된 공간 안에 뜨거운 열기가 빠르게 차올랐다. 그녀는 땀에 절은 동전의 금속 냄새와, 좀더 구분하기 애매한, 전화를 걸던 사람들이 수많은 여행길에 얼이 빠졌을 향수 냄새를 맡았다. 때로 이 전화 부스 안에서 부드럽고 편안한 기분에 젖기도 했다. 거처를 잃어버리고 정처 없이 떠도는 기분이 덜 들었다. 한 줌 가득한, 언젠가 자기 손을 벗어날 동전들이 벗이 되어주었다. 테이프를 우송한 후로 매일 이 부스를 찾기는 했으나 한순간이라 할 만큼 아주 잠깐 동안이었다. 그것은 그녀와 데이너가 예전부터 지켜온 방식에 따른 것이었다. 전화기 구멍에 동전을 먹이면 통화 연결 신호음이 울렸다. 그리고 자신의 심장이 콩닥거리는 소리가 들렸다. 데이너가 전화를 받으면 그녀는 "뭐 받았어요?"라고 물었다. 데이너가 아니라고 대답하면 두 사람은 수화기를 내려놓았다.

오늘 데이너는 "받았어. 그런데 지금 당장 이게 뭔지 나한테 말해줬으면 좋겠어."라고 말했다.

"그럴 수는 없어요. 나중에 그 이유는 알게 될 거예요. 봉투에서 그걸 꺼낼 때는 고무장갑을 끼고 하세요. 그 안에 봉투가 또 하나 들어 있어요. 그건 절대로 뜯어서는 안 돼요. 그게 바로 전달해야 할 물건이거든요."

"이미 말한 대로 했어. 겉포장을 장갑을 끼고 끌렀고 속에 있는 것도 장갑을 낀 채로 꺼냈지. 그런데 이건 그냥 종이는 아니네." 데이너의 목소리가 작아졌다. "안에서 뭔가 덜걱거리는 소리가 나."

"흔들지 말아요. 내가 말한 대로 그냥 배달만 하면 돼요."

"젠장, 제니. 너 나한테 뭘 보낸 거야? 땅 위를 질주하는 뻐꾸기가 코요테에게 보내는 식으로 이걸 보낸 거냐구?"

"아녜요! 어떻게 그런 생각을 하죠?" 제니는 어깨와 귀 사이에 수화기를 끼워보려다가 제대로 못 하고 떨어뜨리고 말았다. 떨어진 수화기가 부스 유리에 쾅, 하고 부딪혔다. 그녀는 수화기를 다시 꽉 붙잡았다. "어떻게 내가 그런 일을 할 거라고 생각할 수 있죠?"

"그렇담, 그게 뭔지 말해봐."

"그걸 배달한 다음에 라디오를 잘 들어봐요. 그럼 무엇이었는지 알게 될 테니까. 그리고 왜 내가 지금 당신에게 말해줄 수 없는지 그 이유도 알게 될 테니까. 하지만 당신은 안전하다고 장담해요."

"네가 내게 이런 짓을 하다니 믿을 수가 없어!" 데이너가 전화를 끊어버렸다.

다음날 아침 그들은 모두 여섯 시에 자리에서 일어나 부엌을 서성거리다가 서로 부딪혀 넘어지거나 서로의 커피잔을 쳐서 엎지르거나 했다. 라디오 채널은 벌써 A.M. 뉴스 방송에 맞추어져 있었다. 이본느는 엉거주춤 메모판과 펜을 들고 식탁 앞에 앉았다. 입술이 파리했고 긴장한 표정이었다. "저들이 우리를 어떻게 소개하는지 메모를 해둘 필요가 있어." 그녀가 입을 열었다. "저자들은 최신 정보를 보도하겠지만 자신들 견해도 전할 테니까. 어떤 소감인지 말이지."

후안은 이본느와 같은 의도로 녹음기를 라디오 옆에 갖다놓았다. 하지만 녹음기의 전파 방해로 라디오에서 삑삑거리는 잡음이 더 요란해졌고 소리도 일그러지게 들렸다. "호들갑 떨지 마." 후안이 소리쳤다. 폴린은 조심스럽게 다이얼을 털 한 오라기만큼 돌렸다. 그러자 후안이 "너, 절대로 그거 만지지 마! 우리가 방송을 완전히 놓쳤으면 좋겠어?"라고 질책했다.

여덟시가 되자 후안은 바닥에 털썩 엎드리더니 휘파람을 불면서 팔굽혀펴기를 했다. 몇 차례 한 다음에는 배를 깔고 바닥에 그대로 엎어졌다. 그러다가 다시 몸을 굴려 바닥에 등을 대고 누워버렸다. 그리고는 성냥을 그어 담배를 피우며 천장 쪽을 뚫어져라 쳐다보았다.

열시가 되자 그들의 팽팽한 경계의 태도는 풀어져 버렸다. 이전에도 날마다 그들은 언제라도 테이프의 내용이 방송될지 모른다는 기분이 들었었다. 그래서 은근히 예상하고 기대하던 마음도 날이 갈수록 시들해져갔고 실망감이 밀려와도 무감각할 정도까지 면역이 생겼다. 이제 그들은 테이프가 오늘 아침 언제쯤 방송될 게 틀림없다는 걸 알았다. 이 가능성 때문에 그들은 라디오 주위를 벗어나지 못하고 다시금 몰려들었다. 다른 일을 하는 척하면서도 안절부절 못해 서로에게 신경질을 부렸다.

정오 십오분 전에 제니가 알려주었다. "거긴 지금 아침 아홉시 사십오분이에요. 방송국들은 문을 늦게 열죠. 특히 대학 방송국은."

"하지만 방송은 밤새도록 하잖아요." 이본느가 말했다.

"심야 근무하는 DJ가 있으니까요. 하지만 그들도 음향실에 있지 사무실에는 없어요. 앞문으로 드나들지도 않고요."

"어떻게 그걸 알죠?" 이본느가 물었다.

열두시 삼십분이 되자 폴린은 더 이상 견딜 수 없어 했다. "채널을 돌려봐요!" 그녀가 말했다.

"이게 뉴스 방송이에요. 저들이 이 근방의 어딘가에서 테이프를 틀게 된다면 이 방송국에서 하게 될 거예요."

"난 자동차 라디오로 들을래." 폴린이 열쇠를 집어들며 말했다. "더 나은 방송국을 찾아봐야겠어."

"이리 돌아와." 후안이 소리쳤다. 그리고 나자…….

"폴린, 폴린! 돌아와, 들어오란 말이야. 지금 당장!" 이본느가 소리를 질렀다.

폴린은 즉각 방으로 되돌아왔다. 이제 그들은 모두 자그마한 라디오 주위로 몰려들었다. 아나운서가 정규 프로그램을 중단하고 보울더의 K방송국과 연결하겠다고 했다. 그리고 더 이상 아무런 통지나 경고도 없이 갑자기 이본느의 목소리가 스피커에서 터질 듯이 쏟아져 나왔다.

이본느는 얼굴을 살짝 붉히면서 자세를 고쳐 앉았다. 자만심이 솟아오르는 것 같은 표정이었으나 무언가 불확실한 기운도 감돌았다. 이본느는 메모를 하는 대신에 걱정스러운 눈길로 후안을 지켜보았다. 후안은 이본느의 시선을 외면한 채 먼 곳을 응시했다. 이본느가 맡은 부분에서는 사실들이 폭포처럼 쏟아졌다. 즉 이본느는 시간과 날짜, 기간, 저격병들, 헬리콥터들, 소총들, 폭동 진압용 가스 여과 장치통, 가까이서 구경하다 다친 흑인들, 시체들, 납세자들에게 돌아갈 비용 등등을 치밀하고 꼼꼼하게 열거했다. 현장에서 입수된 사실들, 상세한 사항들도 덧붙였다. 그리고 나자 후안이 이 모든 내용을 활용하여 보편적인 사항들을 향해 돌격했다. 후안은 신경을 곤두세우면서 자기 차례를 기다리고 있었던 게 분명했다. 마치 연사가 연설을 하는 듯했다. 높다란 연단에 올라가 격앙된 음성으로 살해와 탐욕을 질타했다. 그 연단 위에서 베트남을 바라보며 기소했고 구형했고 유죄 판결을 내렸다. 갑자기 이들이 모인 부엌이 낯설어 보였다. 마치 어딘가 다른 데 있다가 갑자기 그들 옆으로 뚝 떨어진 것처럼 생경했다. 한낮의 햇살과 더러워진 컵과 접시가 무더기로 쌓여 있는 것도 낯설기만 했다. 폴린은 미동도 하지 않은 채 의자에 앉아 있었다. 검은 눈은 흐릿했고 타는 듯이 붉게 빛나는 머리카락은 뇌의 충격으로 곤두서 있는 듯했다. 후안의 연설이 계속되었다. "그러나 경찰새끼들은 투사들이 해방을 위한 최후의 저항 속에 쓰러질 때까지 발사를 멈추지 않았다. 경찰새끼들은 전사들 하나하나의 몸이 타들어가 숯이 되고 살갗이 공중에 종이처럼 흩날릴 때까지 발사를 멈추지 않았다. 경찰새끼들은 뼈만 남아 그 뼈들이 으스러져 산산이 바스라질 때까지 발사를 멈추지 않았다. 경찰새끼들의 탐욕은 언제나 스스로를 파멸시키는 원인을 제공한다. 마침내 발사를 멈춘 경찰새끼들은 열두 명의 우리 동지들을 모두 파멸시켰다고 여겼다. 그렇지 않다는 걸 알 만한 분별력이 없었던 것이다. 이제 경찰새끼들은 스스로 오판했다는 것을 안다."

"무슨 일이 생긴 것인가? 세 명의 투사들은 어떻게 로스앤젤레스에서 비행기를 타고 떠날 수 있었는가? 전사들은, 복수는 자신들 몫이어야 한다는 걸 알았다. 어떻게 그들은 나무를 안식처 삼아 땅 위에서 잠을 잤을까? 바로 FBI의 코앞에서, 두려움을 모르는 사나운 들개떼 같았던 그들이 어떻게? 그들은 시민-돼지새끼들이 함부로 버린 무제한의 음식 쓰레기를 먹는 게 두렵지 않았다. 그들은 쓰레기통에서 바로 피자 부스러기를 끄집어내는 게 두렵지 않았다. 경찰새끼들아, 그들은 집 없는 사람, 자신들의 형제인 가난한 사람처럼 살아가려면 어떻게 해야 하는지 알고 있다. 우리는 거기, 공원의 벤치에 너희들이 먹다 버린 샌드위치 조각을 들고 앉아 있었다. 우리 옷에서는 그다지 좋은 냄새가 나지 않았고 우리의 태도도 상냥하지 않았다. 너희들은 우리를 보고도 못 본 척 시선을 돌려버렸지 않았는가? 우리는 거기, 바로 너희들의 눈앞에 있었다. 그리고 친구들이 와서 우리를 애도하고 복수를 맹세했을 때에도 우리는 거기 있었다. 우리는 앞으로 나아가 말했다. 울지 마라."

"우리는 로스앤젤레스 경찰서장이 우리가 쓰는 무기에 대해 경외감을 품었다는 것을 이해한다. 《로스앤젤레스 타임스》에 따르면 100대 1의 대결보다 더한 전투, 투사 1인당 경찰새끼들의 총탄을 무려 1000알씩 받아야 했던 전투에서 우리 동지들을 학살하고 난 뒤 이 경찰서장은 거친 돌덩이들을 파헤쳐 우리 전사들이 쓴 엽총 탄환을 많이 골라냈다고 한다. 그 탄환의 크기에 감탄했기 때문이라고 전한다. 그는 자기 아랫것들에게 나눠주려고 탄환을 양복 깃에 꽃을 장식핀으로 만들게 했다. 기념품이 그토록 갖고 싶은가, 돼지새끼들아? 우리에게는 너희들에게 선사할, 그보다 훨씬 더 좋은 게 있다. 그렇다고 숨죽이지는 말아라. 그 선물은 너희들이 가장 방심한 순간에 도착할 테니."

"우리 벗들이여. 우리를 냉정하다고 생각지 말라. 우리 동지들이 불타 죽는 광경을 지켜보는 일은 끔찍했다. 그러나 우리는 투쟁을 위해 살아가야 한다. 그리고 투쟁을 위해 죽어야 한다. 우리는 더 이상 우리 자신의 죽음이 두렵지 않다."

테이프는 한도 끝도 없이 계속될 것만 같았다. 테이프에서 쏟아져 나오는 말들이 제니에게는 이제 먼 옛날의 얘기 같았다. 죽은 동료들을 기리는 애가라기보다는 차라리 그들 스스로를 애도하는, 아득한 과거에 속하는 민예품처럼 느껴졌다. 그 순간, 미국 전역의 수십만, 수백만 명의 사람들이 이 라디오 방송에 귀를 기울였을 것이다. 그들 세 사람은 깨달았을까? 그녀가 그랬듯이 절대로 자기 자신이 하는 말에 귀 기울인 적이 없다는 사실을. 그녀는 라디오를 울릴 정도로 크게 틀어놓고 시골길을 달려가다가 그들의 광적이고 신랄한 신념을 떠올리자 돌연 온몸이 마비되는 것 같았다. 그들 자신의 음성이 그들 주변을 에워싸고 메아리 효과를 내는 일종의 반향실이었다고 말해도 무방했다. 그 반향실 너머에서 들리는 소리를 그들은 전혀 이해하지 못했다. 그런 모습에는 너무나 외로운 무언가가 깃들여 있었다. 세 사람이 지난 며칠 동안 그랬던 것과 마찬가지로, 서서 혹은 앉아서 스스로의 음성을 듣고 있는 그들의 광경에는 지독한 외로움이 배어 있었다. 이윽고 폭풍우의 불꽃이 스러지고 비가 추적추적 쉬지 않고 내리듯 폴린이 맡은 부분이 시작되었다. 제니는 폴린의 몸이 뻣뻣하게 굳어지는 것을 보았다고 생각했다. 비록 그녀의 얼굴 표정은 바뀌지 않았지만.

"A__, 그 스카프는 한 번도 네 머리에서 벗겨진 적이 없었어, 그렇지? 그건 네 아버지에게서 받은 선물이었지. 그리고 넌 아버지를 아주 많이 사랑했어. 아버지가 네 신념을 비웃었지만 말야. 너는 단 한 번도 아버지와 마음이 닿게 될 그날이 올 거라는 희망을 버리지 않았지. 그리고 B__, 너는 처음에는 소총을 다루느라 애를 먹었어. 하지만 넌 더욱 열심히 노력했지. 절대로 불평하는 법이 없었어. 그게 네가 사는 삶의 방식이었지. 결의에 차 있었고 고요했던 너. C__, 너는 늘 팔짱을 끼고 서 있었어. 네 푸른 눈은 불타올랐고 심각하지 않은 순간에도 뜨겁게 달아올랐지! 그러면 너도 웃곤 했어. 좋은 시절에 만난 완벽한 친구, 완벽한 투사였던 너. 네가 열심히 싸웠다는 걸 나는 알아……" 지직거리는 소음 사이로 들리는 폴린의 음성 뒤쪽으로 부엌은 조용했다. "그리고 에번," 폴린이 말하다가 잠시 멈추었다. 다시 입을 열었을 때 그녀의 목소리는 아까보다 더욱 잘 안 들렸다. "나에게는 남자 형제가 없었어. 우리는 황금 새장 속의 새처럼 자라났지. 언제나 수많은 사람들의 찬탄을 받으면서. 그 새장을 벗어나면 결코 살아남지 못할까봐 두려워했어. 우리에겐 다른 동지들보다 극복해야 할 점들이 훨씬 더 많았어. 그러나 너는 변했지. 그리고 나도 변할 거라는 확신을 주었어." 자신이 하는 말을 듣는 동안 폴린은 점점 더 몸이 뻣뻣하게 굳어 가는 듯했다. 그러다가 결국 경직된 자세가 풀어지고 갑자기 풀썩 주저앉아 울기 시작했다.

"듣고 있을 수가 없어!" 이렇게 말하며 폴린은 의자를 거칠게 뒤로 빼고는 밖으로 뛰쳐나갔다. 이본느가 들고 있던 펜을 떨어뜨리고 몸을 일으켜 세웠다.

"따라가지 마." 후안이 말했다. "내버려 둬."

"만일 네가 죽고 나 혼자 남겨지면 어떡하지?"

"난 네가 눈물을 아낄 줄 알았으면 해. 죽음이 두렵나? 난 아니야. 내 죽음은 정의로운 죽음이 될 거야. 우리 동지들의 죽음도 역시 정의롭고 고결한 것이었어."

"세상에, 넌 멍청이야. 그들이 죽어서 행복하다는 거야?"

"아니, 행복하지 않아. 네가 저능아지. 네 눈물은 죽은 동지들을 모욕하는 거라고 말하고 있는 거야." 후안의 말은 마치 자신도 눈물을 머금고 있다는 듯이 들렸다. 하지만 지금껏 눈물을 흘릴 때마다 자신을 반박하고 부정해 온 탓에 이제는 눈물이 그의 모공 사이로 모두 증발해버리는 것 같았다. "입 좀 닥쳐줄래?" 후안이 이본느에게 날카롭게 소리쳤다. "난 아직 들으려고 한단 말이야!"

마침내 테이프는 끝이 났다. 그리고 나자 이본느의 예상대로 최신 정보들이 어수선하고 떠들썩한 분위기 속에 이어졌다. 즉, 세 사람이 아직도 잡히지 않았다, 현장 요원들은 보울더 지역을 새롭게 주시하고 있다는 등의 소식이었다. 제니는 살갗을 타고 뜨거운 열기가 파도처럼 흘러내리는 기분이 들었다. "오, 이런!" 데이너를 떠올리며 그녀가 중얼거렸다. 그러나 후안은 그제서야 이본느를 제대로 쳐다보았고 이본느는 엎어지듯 그의 품에 달려가 안겼다. 그리고 폴린은 여전히 욕실 문을 잠근 채 나오지 않았다. 그러니까 그녀의 말에 반응을 보인 이는 아무도 없었다.

그날 밤 늦게 제니의 침실 문이 벌컥 열렸다. 폴린이 소리쳤다. "누군가 오고 있어요!"

제니는 날듯이 계단을 타고 내려가 거실로 뛰어 들어갔다. 희미한 빛 속에서 그녀는 후안이 한쪽 벽에 착 달라붙은 채로 두 발을 번갈아 경중거리며 청바지를 입고 있는 걸 보았다. 이본느는 부리나케 부엌 쪽으로 달려갔다. "라이트를 켜지 않았어." 이본느가 쉬쉬하며 말했다. 폴린은 현관 쪽 부엌 창가에 선 이본느 곁에 무릎을 꿇고서 얼굴은 문턱에 바싹 붙이고 있었다. 창문이 열려 있어서 제니는 그 창문 너머로 들리는 소리를 좀더 또렷하게 들었다. 자동차 기어를 최고속으로 넣은 탓에 액셀러레이터를 살짝 건드렸는데도 엔진이 우르르 울리는 소리를 내는 것 같았다. 자동차는 서서히 다가왔다. 라이트는 켜지 않은 채였다. 뒷문으로 달려나간 후안이 한 손에 갈퀴를 들고 돌아왔다.

"우리가 가진 건 아무것도 없어." 그가 헐떡거렸다. "아주 기본적인 그놈의 방어수단마저 없단······."

드디어 자동차가 어둠 속에 그 형체를 드러냈다. 그리고 그들 쪽으로 더듬더듬 다가왔다. 자동차는 아름드리 단풍나무 근처 어딘가에서 갑자기 멈추어 섰다. 그러더니 그림자 하나가 나타났다. 빠르게 다가오는 그 걸음걸이가 낯익었다. "프레이저예요." 제니가 말했다. 말은 그렇게 했지만 자신도 겁에 질려 있었다. 뒷문이 열렸고 프레이저는 어둠 속에 선 네 사람을 보자 목이 졸린 듯한 신음소리를 토해냈다. "으······."

후안이 홱 잡아채듯 불을 켰다. "지금 뭐하는 겁니까? 빌어먹을, 왜 우리를 놀라 자빠지게 하는 거냐구요?"

"나는 여러분을 놀라게 하려던 게 아니었어요. 깨우지 않으려던 거였지."

갑자기 쏟아지는 전구의 거친 불빛 속에서 그들은 서로의 얼굴을 노려보며 서 있었다. 잠시 후 제니가 입을 열었다. "다음 주말에 올 거라고 생각했는데."

"일찍 오고 싶었어. 어떻게 되어가는지 보려고." 프레이저는 몸을 돌려 후안과 이본느, 그리고 폴린에게 차례로 흘깃 눈길을 던졌다. "여러분이 놀랄 만한 걸 가져왔소." 그가 말했다. "바깥에 차 뒷자석에 있지. 나가서 그걸 가지고 들어오고 싶소?"

한참이 지난 후에야 세 사람은 줄을 지어 뒷문을 통해 밖으로 나갔다. "넌 아니야." 프레이저가 제니를 바라보며 중얼거렸다. 자동차 문 열리는 소리가 들리자 프레이저는 그녀를 위층으로 잡아 끌었다.

그녀의 침실에 들어서자 그는 그녀 쪽으로 몸을 돌렸다. "미쳤어?" 그가 말했다. "도대체 무슨 일이야? 너한테 저들을 맡기고 떠난 지 열흘이야. 네가 저들을 통제하고 지휘하기로 되어 있잖아!" 그의 어깨와 목에서 일어나는 날카로운 경련이 극에 달했다. 눈꺼풀이 파르르 떨렸고 눈썹 위로는 구슬 같은 땀방울이 맺혔으며 한 손을 마치 공을 눌러 짜듯 쥐락펴락 했다. 그는 그들을 깨우지 않으려고 라이트도 켜지 않은 채 차를 몰고 왔다. 혹시라도 미행하던 자가 있어 뒤따라 올까봐 불빛도 없이 운전을 하고 온 것이다.

"롭, 나는," 분노를 터뜨리기보다 본능적으로 그의 감정을 누그러뜨리려고 애쓰는 자신에게 속상해 하며 그녀가 입을 열었다. "그게 쉽지 않아……"

"쉽지 않겠지! 나도 무시록이나 되는 듯이 복수를 맹세한 선언서를 라디오 방송국에 갖다주는 일을 돕는 게 쉽지 않았을 거라고 짐작해."

"그것 때문에 여기 온 거야?"

"그 방송을 듣는 순간 당장이라도 달려오고 싶었어. 하지만 경계를 게을리할 수는 없었지. 난 당신들 같지 않으니까. 그들이 쓴 녹음기가 누구 건지 내가 맞춰볼까? 누구 테이프인지도? 데이너가 오늘 오후에 전화를 걸었더군. 지독히 언짢아하고 있어."

"저 사람들은 차를 몰고 가서 직접 그걸 부치려 했단 말이야!"

"네가 그들을 자제시키기로 되어 있잖아. 이 미치광이들을 계속 살아 있게 지켜주기로 한 건 너였다구!"

"당신이 원하는 책과 돈을 얻을 때까지 말이겠지?"

그는 바늘에 찔린 것처럼 움찔했다. "그 작업은 단지 돈 때문만이 아니라고, 물론 내 기억으로는 당신이 가담한 건 그 돈에서 한몫을 챙기려고 했던 것 같지만."

"난 살아남아야 했을 뿐이야."

"그들도 마찬가지야. 그게 내가 하고픈 말이잖아."

"그렇담 그 사람들에게는 왜 고함을 질러대지 않는 거지?"

그는 그녀를 한순간 무기력하게 응시했다. 무언가 다른 말을 금방이라도 내뱉을 것 같은 표정으로. 하지만 그는 방문을 홱 열고는 계단을 다시 내려갔다. 그녀의 귓가에 후안과 이본느, 그리고 폴린이 뒷문으로 들어오는 소리가 들렸다. 그들이 무슨 물건인지 식탁 위에 내려놓는 소리도 들렸다. 그녀는 내려가기가 싫어서 계단 꼭대기에 선 채로 서성거렸다. 그러나 프레이저는 되돌아오지 않았다. 그녀가 아래로 내려갔을 때 그는 쇼핑해온 봉지를 끌러서 냉장고에 집어넣고 있었다. 그 모습을 세 사람은 묵묵히 지켜보았다. 그가 말한 놀랄 것이란 성찬이었다. 두툼한 스테이크 고기, 감자, 차에 넣고 달려오는 동안 부드러워진 초콜릿 아이스크림 한 통, 샐러드용 야채들, 위스키 한 병, 그리고 레드 와인 두 병. "아무도 채식주의자가 아닌 걸로 아는데. 다들 샌디스에서 버거를 먹었으니까." 프레이저가 말을 이어갔다. "폴린은 소스나 토핑을 얹지 않은 버거를 좋아하고, 맞나요? 다시 말하면 스테이크도 마찬가지일 거라고 내 장담하겠소. 폴린을 빼고 우리 모두 즐길 A-1 스테이크 소스." 소스 병을 흔들면서 그가 허세를 부렸다. "그리고 감자 요리에 필요한 재료도 잔뜩 있습니다. 오븐은 작동할 테고. 이 집 세낼 때 내가 그 모든 걸 확인해놨으니까. 그리고 이외에도 트렁크에 더 있지만. 그러나 엿보기는 안 됩니다. 몇 가지는 내일을 위해 아껴두자구요."

"이게 다 뭣 때문입니까?" 후안이 기운 없는 목소리로 겨우 물었다.

프레이저가 그 말을 듣고 웃었다. 거짓으로 웃는 헛웃음이라는 생각이 들자 제니는 화가 났다. "오늘 일찍 오는 바람에 상당히 혼란스럽게 되었소. 이번 주말에 여러분들이 쓴 원고를 가지러 올 예정이었다는 거 기억나시는지? 내가 좀 서두른 감이 있어요. 미안하게 됐소이다. 여러분들의 원고를 가져가기로 한 날짜가 아직 이틀쯤 남았지만 그건 어디까지나 초고일 뿐이니까. 그래도 우리 축하는 합시다. 그게 이 모든 이유라오."

세 사람 다 당혹스러워하는 것 같았다. 프레이저가 나타난 일이나 음식들, 글 쓰는 일을 거론하는 것 등등 모든 게 어리둥절한 듯했다. 축하하자는 말이 이본느의 급소를 찌르고 말았다. 그녀는 눈을 가늘게 뜨고 프레이저를 빤히 쳐다보았다. 마치 그가 세상에서 가장 혐오스러운 말을 내뱉았다는 듯한 표정이었다. "난 당신이 질해보려고 한다는 건 알아요." 그녀가 프레이저에게 말했다. "우린 지금 태어날 때부터 단지 백인이라는 이유로 우리가 누렸던 온갖 혜택들을 전혀 누리지 못한 우리 형제 자매들을 위해 투쟁하고 있단 말입니다. 그러니까 이건 너무나 제멋대로 구는 방종이에요."

"합당한 이유가 있어서 축하를 하는 거라면 방종이 아니오."

"그럴까요, 우리에겐 그 합당한 이유가 없다구요!" 이본느가 반박했다. "LA 지역의 흑인 형제 자매들이 사는 판잣집 안으로 우리 동지들의 재가 날아들고 있는 지금 상황에서 우린 축하할 수 없어요. 형제 자매들이 지긋지긋한 평생 동안 돈이 없어서 영영 맛보지 못할 스테이크를 절대로 먹을 수 없단 말예요."

"넌 가끔 너무 지나치게 성인인 척 굴지." 후안이 불쑥 이본느에게 한 마디 던졌다. "스스로에 대해 너무 큰 자부심을 갖지는 마."

이본느는 입을 다물고 후안을 뚫어져라 쳐다보았다.

"자아, 내 잘못이오." 프레이저가 말했다. "내가 도를 넘었나 봅니다. 이왕 가져온 거 낭비나 하지 맙시다, 됐소? 다시는 이런 일 없을 테니까."

이본느의 얼굴이 새빨개졌다. 마치 살갗 속에 커다란 불덩이를 품고 있는 것처럼 보였다. 폴린은 그런 그녀를 가만히 지켜보았다. 이제 제니는 그것이 걱정어린 눈길이라는 걸 알게 되었다. 이본느의 감정이 바깥 날씨처럼 명백하게 보이는 것이라면 폴린의 감정은 안으로 들어가 셔터를 내리고 커튼을 드리운 것이었다. "아침에 보죠." 이렇게 내뱉은 이본느는 화가 난 듯 홱 돌아서더니 부엌을 나가버렸다. 폴린이 그 뒤를 재빨리 따라갔다. 침실 문이 쾅, 하고 닫혔.

후안은 이본느에게 훈계를 한 뒤 움직이지 않고 문틀에 그대로 기대서 있었다. 변호인의 최종변론처럼 이 상황을 요약해줄 말이라도 하려는 듯한 자세였다. 그러나 잠시 후에 "그럼 잘들 주무시오."라고 한 마디 던지고는 식당을 떴다. 그리고 다시 침실 문이 열렸다가 쾅, 하고 닫혔다.

이제 제니와 프레이저만 남았다. 잠깐 동안 그녀는 아래층 침실에서 빚어질 언쟁이나 화해의 시끄러운 소리를 짐짓 열중해서 듣는 체했다. 그러나 아무 소리도 들려오지 않았고 정적만 감돌 뿐이었다. 그녀는 프레이저가 자신을 바라보고 있다는 걸 느꼈다. "제니." 그가 불렀다.

"나도 피곤해. 내일 아침에 봐." 그녀가 위층으로 발걸음을 떼어놓았다. 그러자 그가 부엌의 불을 찰칵, 끄고는 그 뒤를 따라왔다. "롭." 그녀가 경고조로 말했다.

"얘기 좀 하지."

계단 위에는 가루처럼 뿌려지는 희미한 달빛조차 없었다. 창문 틈으로 별빛도 새어들지 않았다. 그래서 그녀는 그의 모습을 전혀 볼 수가 없었다. 그래도 그의 체취는 맡아졌다. 언제나 그의 살갗에서 배어나오는 달콤한 향기는 그녀를 놀라게 했다. 그가 그녀의 연인이었던 적이 한 번도 없었는데도 그 향기가 익숙하게 느껴지는 게 야릇했다. 아니, 그때 한 번은 그가 정말 그녀의 연인이었던 적이 있기는 했다. 그녀는 그의 체온과 숨결로 그가 얼마나 가까이 있는지를 알았다. "그럼 여기서 얘기해." 그녀가 계단 위에 앉으면서 말했다.

"저들이 밖으로 나오면 어떡하려구?"

"나오면 소리가 들릴 거야."

그는 머뭇거렸다. 하지만 그녀가 예상했던 것만큼 그렇게 오랫동안은 아니었다. 그리고 안달하는 기색도 보이지 않았다. 그녀는 그가 마침내 그녀 바로 아래 계단 위에 앉았다는 걸 느꼈다. 그는 그녀의 손을 찾았다. 제니는 그가 손을 잡도록 내버려두었다. 그는 마치 친구처럼 그녀의 손을 살며시 잡았다. 꽉 쥐지도, 어루만지지도 않았다. "소리질러서 미안해." 프레이저가 속삭였다.

"괜찮아." 그녀가 말했다. 그녀는 갑자기 누군가와, 설사 그 누군가가 프레이저일지라도, 한편이 되었다는 데 큰 위안을 느꼈다. 잠시 후에 그녀가 입을 뗐다. 그동안 꺼내기 두려워했던 말이었다. "저 사람들, 책 쓰는 일 아직 시작하지 않았어."

"짐작했지. 내가 그들을 가동시킬 거야."

"어떻게?"

"제발 그 걱정 좀 그만할 수 없어? 네가 자꾸만 걱정을 늘어놓고 싶어하면 난 떠날 수밖에 없거든. 안 그러면 네 고민을 죄다 풀어줄게."

그녀가 웃었다. "당신은 예전과 똑같이 멍청이야, 롭."

"그러는 너도 예전과 똑같고." 그는 말을 멈추고 그녀에게로 몸을 기울였다.

"안돼!" 제니는 다가오는 그를 밀쳐냈다.

잠시 동안 그녀는 그의 숨소리를 잠자코 듣고 있었다. 그리고 나서 "한 번 해본 걸로 날 비난할 수는 없을걸." 그가 농담처럼 말했다.

그녀는 어둠 속에서 그의 머리를 찾아 정수리에 살짝 입을 맞추었다. 그리고는 계단에서 일어났다. "잘 자, 롭." 그녀가 난간을 더듬어 찾으며 말했다.

"잘 자, 자기." 잠시 후에 프레이저도 일어나 아래로 내려갔다.

* * *

그 다음날은 그전의 며칠 동안보다 훨씬 더 서늘했고 검푸른 빛이 감돌았으며 하늘도 높았다. 제니는 프레이저와 함께 집 뒷켠에 불구덩이를 파고 납작한 돌을 쭉 깔았다. 두 사람이 언덕배기를 오르내리며 구해온 돌이었다. 후안은 숲속에 떨어진 나뭇가지들을 끌어다가 되는 대로 무더기 속에 던졌다. 집안에서는 폴린과 이본느가 샐러드에 쓸 야채를 썰었다. 그들은 음악방송 채널에 맞춘 라디오를 창턱에 올려놓았다. 라디오에서 흘러나온 음악이 산들바람을 타고 바깥으로 날아갔다. 그러나 먹장구름이 드리운 하늘은 좀처럼 개이지 않았고 오히려 시간이 흐를수록 한층 더 시커멓게 변해갔다. 세 도주자들은 어젯밤의 불화를 해소한 것 같았다. 다들 프레이저에게 무심하고 시무룩한 표정을 지어보이는 것으로 알 수 있었다. 오후 늦은 식사를 하기 위해 자리를 잡고 앉자 후안과 이본느, 그리고 폴린은 앞에 놓인 음식들만 조금씩 가려 먹었다. 아무도 입을 열지 않았다. 그래서 제니와 프레이저만 서로 이야기를 나누었다. 마치 손님을 접대하는 주인이 긴장하여 형편없는 파티의 분위기를 띄워보려고 안간힘을 쓰는 것 같았다. 제니는 점점 더 그들에 대해 화가 났다. 프레이저를 냉대하고 무시하면서 자기들끼리 결속력을 지켜가려는 태도나 좋은 음식을 앞에 두고 어린애처럼 구는 게 마뜩치 않았다. 처음에 그녀는 좋은 음식들을 즐기고 싶었으나 이제는 그 맛을 잃어버렸다. 프레이저가 자기 몫의 접시를 옆으로 밀어내자 나머지 사람들도 각자의 접시를 한켠으로 치웠다. 그들의 접시 위에는 손을 대지 않은 음식들이 수북이 남아 있었다. "놀랄 일이 또 있다고 내가 말했었지요?" 프레이저가 지나칠 만큼 활기 넘치는 태도로 말했다. "그리고 여러분들, 더 이상 나를 기다리게 만들지 말아요! 그동안 작업한 원고를 한 번 보여달란 말이지." 제니가 재빨리 프레이저를 쳐다보았다. 그러나 그는 미소만 지었다.

잠시 후에 후안이 말했다. "당신이 먼저 보여주시오."

프레이저가 성큼성큼 걸어갔다. 그들의 귀에 프레이저가 타고 온 자동차 트렁크가 열리는 소리와 쾅, 하고 도로 닫히는 소리가 들렸다. 다시 나타난 그의 양손에는 길고 가느다란 총이 한 자루씩 들려 있었다. 그는 그들이 앉은 데서 조금 떨어진 곳에 이르자 걸음을 멈추었다. 그리고 그 총들을 나무 둥치에 기대 세웠다. "거래하는 게 어떻겠소?" 그가 제안하고 나섰다.

후안과 이본느, 그리고 폴린의 눈길이 일제히 총 쪽으로 쏠렸다. "거래라구요?" 후안이 되물었다.

"일종의 거래지. 아니면 여러분이 이 거래 내용을 실행하는 동안 내가 이 총들을 잘 보관하는 게 나을까? 말할 수 없이 기묘한 기분이 드니까 말이오. 그 이유는 나도 모르겠소. 여러분이 아직 책을 쓰는 작업에 손도 대지 않았다니까 그런 기분에 휩싸이는군. 어쩌면 여러분이 내가 왜 여기 있는지, 그 이유를 헤아리지 못하는 듯이 행동해 왔기 때문에 드는 얄궂은 기분일지도 모르지. 그게 아니라면 간밤에 거실 소파에서 자다가 깨었을 때 눈에 띈 커다란 상자 때문인지도 모르겠소. 내가 종이 등속을 챙겨넣어 여러분에게 건넨 그 상자 말이오. 그런데 그 안에 들어 있는 건 모조리 무려 500가지가 넘는 방법으로 쓰여진 당신들 추도사 원고더구먼. 우리가 의논했던 내용은 단 한 페이지도 없더란 말이지. 지금 내 말이 맞는 건가? 지금까지는 아무런 이상 없소. 하지만 난 여러분들이 나에게 마음을 열어주기를 바라오."

이본느와 폴린은 어느새 하얗게 질렸고 후안은 놀라서 입을 떡 벌리고 프레이저를 바라보고 있었다. 무언가가 목에 걸려 숨이 막힐 듯한 표정이었다. "그러면 당신은 저 총들을 우리가 거래한 내용을 제대로 끝낼 때까지 잘 보관하겠다는 거요?" 후안이 물었다. "저건 진짜 총도 아니질 않습니까! 당신은 대체 우리가 뭐라고 생각하는 거요? 우리에게 무슨 짓거리를 하려는 거냔 말이오?"

두 젊은 여자는 사나운 표정으로 프레이저를 보다가 다시 후안을 보았다. "진짜 총이 아니라구?" 이본느의 말이었다.

"저건 라이플총이오." 프레이저가 말했다.

"라이플 공기총이지." 후안이 그 말을 받았다. "0.18인치 탄환용 소총, BB총. 당신은 내가 그 차이도 모를 것이라 생각했습니까?"

"당신은 우리를 돕고 싶다고 했잖아요!" 폴린이 말했다. "그리고 우리가 가지고 있던 총들을 모두 포기하게 만들었죠. 다른 총들로 바꾸어준다면서."

"지금 바꾸고 있는 중이잖소."

"저것들과 말입니까?" 후안이 소리쳤다.

"여러분이 약속한 일에 제대로 착수했다는 걸 내게 보여주지 않는다면 저것들조차도 어림없소!" 세 사람은 돌연 잠잠해졌다. "나는 지금 여러분을 돕고 있소이다." 프레이저가 아까보다 좀 차분해진 목소리로 말을 이어갔다. "그런데, 여러분, 여러분은 마음을 가다듬고 협조해야 합니다. 여러분이 지금 괴롭다는 건 나도 알아요. 하지만 앞으로 나아가야만 하는 거잖소? 사람들은 여러분을 우러러보고 있어요. 그걸 몰랐소? 내가 파면당한 대학 담벼락에 여러분에 대한 낙서가 되어 있다는 걸 알고 있소? 어제 난 그 벽을 지나왔소이다. 그들이 여러분을 얼마나 사랑하는지, 그들이 언제까지나 여러분과 한편이리는 내용의 낙서였다오. 그걸 보니 내 기분도 좋아졌어요. 여러분이 이곳에서 안전하게 지내고 있다는 걸 난 알고 있으니까. 내가 적지 않게 관여했다는 사실이 기분 좋았단 말이오. 난 지금 여러분을 돕고 있는 거요. 그러나 여러분도 스스로를 반드시 도와야 합니다."

"당신에게서 이래라 저래란 말 듣고 싶지 않습니다." 후안이 말했다. 그러나 제니는 그의 눈동자가 반짝, 하고 빛나는 걸 보았다. 그가 모두가 보는 앞에서 울지도 모른다는 생각이 들었다.

"그런 게 아니오." 프레이저가 말했다. "이래라 저래라 말하는 게 아니라 부탁하는 겁니다. 지금 부탁하고 있는 거란 말이오."

한참동안 세 사람은 고기 핏덩이가 엉긴 자신들의 접시를 뚫어질 듯 바라보고 있었다. 바람이 아까보다 더 세차게 불었다. 제니는 살갗 위로 돋아난 소름이 따끔거리는 걸 느꼈다.

"이 장난감 총들 정말 우스꽝스럽군." 드디어 후안이 입을 열었다. 그는 뒤틀린 무릎을 풀며 천천히 몸을 일으켜 세웠다. 그리고는 풀밭을 가로질러 프레이저가 총을 세워놓은 곳으로 다가가더니 두 벌의 총을 집어 들고 살펴보았다.

"맞소." 프레이저가 말했다. "하지만 내게 몇 가지 지연될 만한 사정이 있었는데 막상 이 총들을 수중에 넣고 보니 여러분에게 가져다주고 싶어진 거요. 표적을 정해놓고 그 총으로 연습은 할 수 있을 테니까."

"우리도 일을 미뤄야 할 사정이 몇 가지 있었습니다. 그러나 이제 마음을 다잡고 시작해야지요." 후안이 한숨을 내쉬었다. "우리는 거래 내용을 실행할 겁니다. 내가 지금 제대로 말하고 있는 겁니까?" 후안이 따지듯 물었다.

"맞아, 자기." 이본느가 이렇게 대답하고는 후안에게 다가가서 허리를 두 팔로 감싸 안았다. 길다란 총을 들고 양팔을 뻗은 후안과 그를 부드럽게 감싸 안은 이본느의 모습이 기이한 장면을 연출했다.

프레이저는 자리를 뜨지 않고 그대로 남아 스스럼없이 이야기를 하면서 위스키와 와인을 따라 마셨다. 그러는 사이 서쪽으로 비스듬히 넘어가던 햇살이 점점 더 가팔라졌고 석양의 그림자도 점점 더 길어졌다. 어느덧 모닥불도 스러져서 타다 남은 장작만 남았다. 해가 지기 시작하자 주위로 불러 모은 사람들을 떠나려고 그가 자리에서 몸을 일으켜 세웠다. 그들은 모두 웃었다. 폴린마저도 웃음을 머금었다. 그들은 한가롭게 풀밭에 팔다리를 쭉 뻗고 드러누웠다. 바람이 점점 더 세게 불었다. 그들은 이미 자기 몫의 스테이크를 다 먹어치웠다. 프레이저는 자신이 벌였던 일들에 대해 얘기했다. 궁지에 몰려 꼼짝 못하게 된 동료들이 분노로 눈동자가 튀어나올 것 같았던 모습을 흉내내 보였다. 그리고 자신이 코치를 맡았던 흑인 아이들의 차분하고 침착했던 태도, 어찌 보면 멍청했고 어찌 보면 멋진 승리 같았던 투쟁에 대해 들려주었다. 프레이저가 이야기를 하는 동안 제니는 풀밭에 드러누워 위스키 기운이 온몸으로 따뜻하게 번져가는 것을 느끼고 있었다. 눈은 그를 주시했다. 정말 그가 떠나려고 하자—그는 떠나고 싶지 않았다, 정말 그러고 싶지 않았다! 하지만 그는 도시로 돌아가야만 했다—이본느가 불쑥 달려들어 그를 껴안았다. 뒤늦은 사과의 표시였다. 그러자 후안과 폴린도 그를 포옹했다. "당신도 와, 제니." 프레이저가 제니를 불렀다. 그녀는 느릿느릿 몸을 일으켜 풀밭에서 걸어나와 프레이저 쪽으로 향했다. 위스키가 퍼져 나른하고 몽롱한 기분이 그녀를 아지랑이처럼 에워쌌다. 그녀는 사람들 속에 몸을 맡기고 안겼다. "봤지?" 프레이저가 그녀의 귓가에 대고 속삭였다.

"벤세레모스!(무찌르라!)" 프레이저가 차의 시동을 걸면서 그들을 향해 소리쳤다.

다음날 아침 일찍 제니는 머그잔에 커피를 담고 책 한 권을 들고는 집 위쪽의 언덕배기로 올라갔다. 뒷문이 열리는 소리가 들려서 아래를 내려다보니 세 사람이 천천히 모습을 드러냈다. 그들에게는 언덕 위의 그녀가 보이지 않았다. 우거진 숲과 한데 어울려 분간이 어려운 지점에 앉아 있었기 때문이다. 후안은 양손을 엉덩이에 얹고 농가가 들어앉은 길게 트인 산비탈을 가늠하듯이 바라보았다. 그리고 나서 찬물에 몸을 던지기라도 하듯이 어색하게 몸을 옮기더니 내달리기 시작했다.

일단 달리기 시작하자 후안의 몸은 놀랄 정도로 유연하고 자연스럽게 움직였다. 이본느와 폴린이 그 뒤를 따랐다. 이본느는 기꺼이 달리는 듯했고 폴린은 그런 정도는 아닌 듯했다. 폴린의 자세는 어색하지 않았지만 그녀와 땅 사이에는 좀더 조정이 필요해 보였다. 제니는 폴린이 말 잔등에 등을 꼿꼿이 펴고 앉은 모습은 상상할 수 있었다. 혹은 물살을 가르며 느릿느릿 우아하게 헤엄쳐 나아가는 모습도 상상할 수 있었다. 그러나 도보운동은 그녀에게 어울리지 않는 것처럼 보였다. 그래도 폴린은 후안과 이본느의 뒤를 따라서 불안정하고 들쭉날쭉한 보폭으로 달려갔다. 폴린은 두 사람이 농가의 뒤쪽으로 사라진 한참 뒤에야 모습을 감추었다. 잠시 후에 후안과 이본느가 나란히 모습을 드러냈다. 폴린이 다시 나타났을 때는 이미 그들보다 반 바퀴 뒤처진 상태였다. 그리 오래 지속되지는 못했지만 힘겨운 운동이 끝나갈 즈음 후안과 이본느는 이 작은 농가를 열 바퀴에서 열두 바퀴쯤 돌았을 것이다. 반면 폴린이 도는 걸음의 속도는 점점 더 느려졌고 다른 두 사람과 보조를 맞추지 못하게 된 지 오래였다. 제니는 폴린이 몇 바퀴를 돌았는지 매번 제대로 세어볼 수가 없었다. 폴린은 뒷계단에 허물어지듯 앉더니 고개를 무릎에 박았다. 반면 후안과 이본느는 발끝으로 날렵하게 도착지점에 닿기를 몇 차례나 연거푸 해냈다. 그리고 나자 후안이 폴린의 어깨를 흔들었다. 폴린이 일어났고 세 사람은 모두 집안으로 되돌아갔다.

짧게 지나간 이 광경이 기이하게 제니를 전율시켰다. 그녀는 미처 그 이유를 깨닫기도 전에 책을 내려놓고 머그잔 너머로 강렬해지는 빛이 발산한 황금빛 후광이 번져가는 언덕을 바라보았다. 아이였을 때 그녀는 아버지와 함께 일본에서 잠시 살았었다. 후안과 이본느, 그리고 폴린이 그렇게 딱딱하게 굳은 표정으로 짧은 반경의 농가 주위를 도는 걸 보자 일본에서 학교에 다닐 때의 체조수업이 생각났다. 남녀 아이들 모두 반짝이는 하얀색 바지와 셔츠를 입었고 보드라운 모자를 썼으며 얇은 운동화를 신었다. 가끔씩 그들은 편을 갈라 공놀이를 하곤 했다. 운동을 하다가 너무 더워지면 남녀 아이들 모두 별 생각 없이 셔츠를 벗어던졌다. 그들이 열두 살, 열세 살이 될 때까지도 그랬다. 그렇지만 대개는 빠르게 걷기를 했다. 모든 아이들이 눈부시게 하얀 옷을 떨쳐입고 꼬불꼬불한 좁은 길을 둘씩 짝을 지어 발걸음을 딱딱 맞추며 걸었다. 노래를 부르며 그들이 사는 비좁고 갑갑한 읍내 거리를 지날 때면 나이 든 어른들이 손을 흔들어주었다. 노래를 부르며 아이들은 읍내를 벗어나서 자갈돌이 깔린 길로 올라왔고 그 길은 금세 흙먼지 길로 바뀌었다. 그녀는 처음 몇 번은 숨이 차서 헐떡거렸고 발바닥에 물집도 생겼다. 다른 아이들과 보조를 맞추지 못해 점점 더 뒤처지게 되자 상급반 학생이 언덕길을 도로 내려와서 그녀를 데리고 함께 걸었던 듯하다. 그러나 시간이 흐를수록 일본말이 차츰 익숙해진 것처럼, 그리고 차려입은 옷과 학교 규칙, 친구를 사귀는 일이 덜 낯설어진 것처럼 속보 걷기도 제대로 해내게 되었다. 그들, 대다수의 아이들은, 마치 전쟁터로 행군하는 것처럼 발을 맞추어 일사불란하게 걸었다. 금방이라도 무너져내릴 듯한 고옥의 두루마리처럼 말려 올라간 축축한 처마 밑을 지났고 신도들의 기원을 적은 깃발들이 휘날리는 사찰의 처마 밑도 지났다. 그녀의 기억 속에 읍내를 벗어난 길이 떠올랐다. 그 길에 깔린 돌을 밟아 얇은 운동화 바닥이 움푹 들어가던 일도 떠올랐다. 하지만 온힘을 다해 계속 걷다 보면 피곤함도 힘든 것도 잊어버렸고 잰 발길이 공중에 붕 떠오르는 듯한 기쁨에 젖었다. 아이들은 끝도 없는 거리를 걷곤 했다. 온종일 걸었던 것 같다. 하지만 그렇지는 않았으리라. 어쨌거나 그곳은 학교였으므로 학생으로서 일상적으로 배우는 과목들이 있었을 테니까. 시골길에서 멀리 떨어진 길가에 나무로 만든 소담한 신사를 본 것은 한 무리를 이루어 빠른 걸음으로 걸어갈 때였다는 기억이 떠올랐다. 저 멀리 지팡이에 몸을 의지한 채 걷던 행인들, 물이 찰랑거리는 들판 사이로 난 편평한 길과 편평한 초록색 땅 너머로 둥그스름하게 솟아오르던 언덕도 떠올랐다. 그들이 한없이 걸었던 읍내에 대한 기억은 잊혀졌다. 기억하려 애써 보지만 단 한 사람의 어른도 기억할 수 없었다.

　제니는 그들이 부엌에 앉아 있는 것을 보았다. 얼굴이 벌겋게 상기된 채로 몸을 오들오들 떨면서 아무 말 없이 담배를 피우고 있었다. "조깅했죠?" 그녀의 이 말에 그들의 얼굴에 수상쩍은 표정이 떠올랐다. 당황하는 기색마저 엿보였다. "집 주위를 빙빙 도는 것보다 더 나은 조깅 장소들이 많아요." 그녀가 말을 이었다. "헛간을 벗어나 보면 다양한 들판이 펼쳐져 있거든요. 내 생각으론 이 집이 예전에는 낙농가였던 것 같아요. 대체로 언덕배기지만 더러 편평한 들판도 있답니다. 저쪽 뒤로 가보면 목초지도 있구요. 길에서 보면 목초지들이 안 보이죠."

 그녀가 예상했던 대로 세 사람은 그녀가 자신들에게 무언가를 제안하고 있는 상황에 적잖이 부아가 치미는 듯했다. 그러나 께름칙한 기분이 들긴 하면서도 호기심 또한 발동하는 듯했다. "안전이 문제요." 후안이 짧게 말했다. "집안과 집 뒤쪽, 그리고 집 바로 곁이 안전한 장소요."

 "연못은 어떨까?" 이본느가 후안에게 물었다.

 "연못이 뭐?"

 "연못에서 우리 수영할 수 있지 않을까?"

 후안은 이본느를 맥없이 쳐다보았다. 그러자 이본느는 한숨을 내쉬고는 어깨를 한 번 으쓱했다. 하지만 그러고 나니까 제니에게는 한결 용기가 생겼다. 그들에게 바깥에 나와 있고 싶은 마음이 간절하다는 걸 눈치챘기 때문이다. 그들은 무언가 하고 싶은 마음이 간절했다. 프레이저가 이들을 한결 느긋하게 해준 것이다. 비밀 계획이 이제 막 효력을 보이기 시작했다는 생각이 들었다. 그렇다면 그들이 제멋대로 변하도록 방치해서는 안 되었다.

 그 후로 며칠 동안 그들이 소파에 털퍼덕 앉아서 와인을 마실 때, 혹은 좀더 모험을 감행하여 바깥의 불구덩이 주변에 모여 위스키를 마실 때 제니는 그들이 여기 오기 전에 어떤 일을 했었는지 캐묻기 시작했다. 그들의 동료들이 모두 살아 있었을 때는 어땠는지—운동은 했었는지 물었다.

 "신체훈련과 전투훈련은 있었죠." 후안이 대답했다. "늘 제한된 형태이긴 했지만요. 분명 도회 환경이라는 한계 때문이었고 또 노출되지 않고 지내는 게 중요했기 때문이지요."

"그랬겠네요." 제니가 대답했다.

또 다른 날 아침에 제니는 프레이저가 사격연습에 대해 언급했던 것을 기억해냈다. "그러니까, 사격연습을 규칙적으로 했나 보죠?"

"그 정도로는 안 되지요." 후안은 그녀의 무지가 놀랍다는 표정을 지었다. 자신이 이미 전투훈련에 대해서 들려주지 않았던가? 폴린과 함께 지내게 되면서부터 이들 혁명당원들도 더는 바깥으로 나다닐 수 없게 되었다. "우린 늘 경계를 게을리해서는 안 되었어요." 후안이 사정을 설명했다. 방 세 칸짜리 철로변 아파트에서는 하기 벅찬 훈련이었으나 그래도 게릴라전의 수색 토벌작전과 매복 기습, 그리고 자기방어 훈련 등을 했었노라고 했다. 연습 도중에 전선에 걸려 넘어지거나 아래층에 살던 사람들이 도저히 참을 수 없도록 만들었다는 얘기도 들려주었다.

"당연히 그랬겠죠!" 제니가 맞장구를 쳤다.

마침내, 어느 날 아침에 제니가 종이를 사러 나갈 채비를 하고 있을 때 후안이 물품을 적은 목록을 건넸다. 그 내용은 다음과 같았다.

〈와인
맥주
담배
위스키
약 2.5킬로그램 분량의 혼합물이 섞이지 않은 시멘트 한 자루
모래나 자갈 한 자루〉

나중에 알게 되었지만 후안이 부탁한 시멘트는 그가 헛간에서 찾아

낸 낡은 화분과 페인트 깡통에 쓰였다. 즉 시멘트를 화분과 깡통 안에 채워서 길이가 짧은 빗자루의 양끝에 찔러 넣었다. 바벨로 쓸 참이었다. 한편 모래는 양말 속을 가득 채우는 데 쓰였다. 이렇게 모래를 채운 양말을 삼끈으로 묶은 다음에 몇 가닥의 고리로 만들었다. 손목과 발목에 이 고리를 끼고 양말을 추로 삼아 손목, 발목 힘을 기르는 웨이트 트레이닝을 할 작정이었다. 헛간에서 나온 쌓아올린 X자형 톱질 받침대 몇 무더기는 장애물 경주용으로 한쪽 들판에 세웠다. 후안은 들판의 또다른 쪽으로 800미터쯤 천천히 걸어서 보폭으로 거리를 가늠했다. 그 들판 위로 폴린, 이본느와 함께 내달리기를 헤아릴 수 없이 많이 한 탓에 들판에 자라던 잡초들이 얼마 지나지 않아 죄다 납작하게 누워버렸다. 손목과 발목의 근력을 키우는 훈련은 시행착오의 연속이었다. 폴린의 발목에 걸린 고리는 너무 커서 발가락 끝으로 훌렁 벗겨져버리기 일쑤였다. 그래서 그녀는 늘 풀밭을 누비며 벗겨진 추를 찾아다녀야 했다. 그녀의 손목에 달린 추도 삼끈이 풀어지면서 피부를 아리게 쓸어내렸다.

어느 날 밤, 후안은 몇 시간을 거실 등 아래에서 실과 바늘을 든 채로 눈을 가늘게 뜨고 앉아 길고 가느다랗게 찢은 셔츠 조각들로 추를 감싸 꿰매었다. 그리고는 일정표를 짰다.

오전 8시 기상
8:00~8:30 씻기, 먹기
8:30~10:30 실전훈련 : 신체 단련/민첩성, 전투 전략, 무기 사용(무기 도착시)
11:30~12:00 자아 재정립

12:00 점심식사

"자아 재정립이란 게 뭐죠?" 제니가 물었다.
"핵심요원들 사안이니까 논의할 성질이 못됩니다." 후안이 말했다.
후안과 이본느와 폴린에게 운동이 일과가 된 후로 제니는 세 사람이 빠짐없이 조깅하는 걸 지켜보았다. 세 사람은 집에서 출발하여 언덕을 오르고 풀들이 웃자란 목초지를 지난 후 다시 먼지 나는 길로 올라가는, 집에서부터 헛간까지 길다랗게 S자형을 그리며 정해진 코스를 속보로 걸었다. 조깅하는 이들의 모습이 너무나 멀찍이 떨어져 있어서 제니의 눈에는 그저 자연 풍경 속에서 뭔가 획획 움직이는 것처럼 보였다. 그러나 그럴 때도 그녀는 그들이 각각 누구인지 단박에 식별해냈다. 후안은 땅땅하고 피스톤처럼 보이는 다리를 재게 움직이며 똑바로 혹은 직각으로 걸었다. 뛰는 법이 전혀 없는 그의 발걸음은 인간 불도저를 연상시켰다. 이본느는 마치 사슴이나 망아지처럼 곡선을 그리며 경중경중 뛰듯이 걸었다. 폴린의 형체는 호리호리했고 늘 두 사람보다 훨씬 뒤처져 걸었다. 이제 이들은 낮 동안 음식을 먹고 깨어 있고 잠은 밤에 자게 되었다. 제니도 이제는 새벽녘에 불안하게 움직이는 소리가 들려도 화들짝 놀라 깨지 않았다. 세 사람의 얼굴은 햇볕을 받아 발갛게 달아올랐다가 차츰 갈색으로 변해갔다. 폴린까지도 서서히 예전보다 건강한 혈색을 띠게 되었다. 눈 밑의 다크 서클도 점차 사라졌다. 때로 그들은 싸웠지만 그 싸움마저도 되찾은 활력을 느끼게 했다. 몇 주일 동안 쉼없이 비장한 마음으로 훈련을 한 뒤에 맛보는 자극과 안도 같아 보였다. 톱질 받침대 장애물은 폴린에게는 너무 컸다. 그래서 바람이 적당히 불 때면 제니의 귓가에 격렬하게 논쟁을 벌이는 소리가 들렸다. 한 번은 폴린이 맹렬한 기세로 집 쪽으로 달려왔고 얼굴이 시뻘개진 후안이 그 뒤를 쫓아왔다. 그렇더라도 하루를 마무리하는 시간이 되면 세 사람은 풀밭에 드러누워 맥주를 마시곤 했다. 어찌된 셈인지 술을 마시는 모습에서도 건강한 기운이 흘렀다. 진지한 태도로 몰입하여 하루의 훈련을 성공적으로 마치고 나서는 달성된 목표와 아직 부족한 목표들, 경주 시간, 반복훈련의 횟수 등에 대해 의견을 나누었다. 훈련을 하는 동안 이들은 헛간에서 다양한 도구를 찾아내기도 했다. 전기 띠톱과 선반, 한손으로 켜는 소형톱, 드릴, 이밖에도 상당히 유용한 집기들을 찾아냈다. 그리고 후안은 결국 소형톱을 집어 들고는 폴린이 지켜보는 가운데 장애물의 길이를 짧게 줄여주었다.

어느 날 밤 후안이 저녁식사 중에 이렇게 말했다. "전투훈련을 내일 다시 시작하자. 몸을 최상의 상태로 유지해야 하니까. 지금 몸 상태가 최상이 아니라면 그렇게 되도록 만들어야지, 시급히." 이 말을 할 때 후안은 특별히 누구를 쳐다보지는 않았으나 폴린을 지목한 말 같았다.

"무기는 어떻게 되는 거야?" 이본느가 물었다.

"그 시시한 BB건이라도 써야지. 들고 다니는 훈련을 해야 하니까. 우린 몸을 신속하게 움직여야 해. 죽치고 앉아서 시간을 너무 많이 허비하고 있어."

"우리는 하릴없이 죽치고 앉아 있는 게 아니잖아요." 폴린이 항변했다.

"만일 네가 지금껏 충분히 힘들었다고 생각한다면 아직 제대로 모른다는 뜻이군, 공주님."

"전투훈련에 필요한 충분한 인원이 없잖아요?" 폴린이 덧붙였다.

"충분해. 2대 1로도."

"그건 공정하지 않아요."

"너를 상대로 팀을 짜지 않을 거야. 나하고 이본느가 서로를 상대로 훈련하게 될 테고 우리 중 하나가 널 핸디캡으로 얻는 식이지."

"하, 하."

"뾰로통하지 마, 폴린." 이본느가 말했다.

"퍽이나 생각해 주시는군." 폴린이 내뱉자 이본느가 웃어넘겼다.

"사실 난 그동안 제니가 우리 훈련에 합류하면 어떨까 생각해 왔어." 후안이 말했다. 그러자 폴린의 얼굴이 이번에는 완전히 흑빛으로 변해버렸다. "형평성을 맞추기 위해 당신이 폴린과 한 팀이 되는 겁니다." 후안이 제니 쪽으로 고개를 돌리며 말했다.

"난 정말 전투훈련 좋아하지 않아요." 이렇게 대답하며 제니는 후안이 폴린을 쳐다보지 않는 사이에 폴린을 주시했다. 폴린의 눈동자는 반짝이지 않았고 입술도 떨리지 않으나 몸이 팽팽하게 굳어진 채로 앉아 있었다. 쥐고 있던 포크가 그대로 멎어버렸다. 누군가 방해라도 한다면 산산이 부서져버릴 것 같아 보였다.

"당신이 좋아하든, 좋아하지 않든 운동 삼아 반드시 해야 합니다." 후안이 말을 이어갔다. "혁명은 튼튼한 몸을 요구하니까. 당신 정신이 훌륭하다는 거 압니다. 난 알아볼 수……"

"내가 왜 당신이나 이본느와 한 팀이 될 수 없는 거죠?" 폴린이 후안의 말허리를 잘랐다.

"제니는 썩 훌륭한 팀 동료가 될 거야."

"하지만 나는 제일 훈련이 안 된 사람이에요. 그러니까 당신 둘 중 하나와 팀이 되어야 해요."

"제니야말로 훈련이 가장 부족한 사람이지. 그녀와 비교한다면 넌 숙달된 프로라구. 그러니까 신출내기처럼 굴어서는 안 되지. 너도 좋아하게 될 거고."

제니가 갑자기 큰 목소리로 이들의 대화에 끼어들었다. "아무래도 난 빠지는 게 좋겠어요."

"당신은 훈련을 좋아하게 될 겁니다." 후안은 같은 말만 되풀이했다. "어이, 그렇지 않아? 지금 너한테 말하잖아!"

폴린은 자신의 접시를 내려다보고 있었다. "그래요." 잠시 후에야 폴린은 건성으로 대답했다.

"어쨌든 난 빠지는 게 낫겠어요." 제니가 같은 말을 되뇌었다. 그런데 폴린이 제니를 처음으로 바라보았다.

"그러지 말아요. 팀 구성을 평등하게 하려면 누군가 필요해요." 폴린이 말했다.

"내가 후안이나 이본느와 한 팀이 될 수 있겠네요."

"아니죠." 폴린이 말을 받았다. "나와 한 팀이 되는 거예요." 어느새 그녀는 의연해져 있었다. 열렬하게 동의해주기를 기대하는 표정이었다. 반면 후안과 이본느는 스파게티를 포크로 감아올리며 맥주를 홀짝이고 있었다. 이제 이 문제는 해결되었다고 보는 듯했다.

"좋아요." 드디어 제니가 말했다.

"됐군요." 폴린이 말했다. 진지함이 담겨 있지 않은 어조였다. 하지만 이 대답을 듣자 후안은 기쁜 표정을 지었다. 그러자 폴린도 돌연 후안과 미친가지로 기쁜 표정이 되었다. 한편 이본느는 아까부터 내내 즐거운 표정이었다.

훈련의 목적은 죽지 않고 목표를 이룬다는 것이었다. 그들은 농가에서 빗물을 저장하던 물탱크를 목표물로 정했다. 다같이 나무를 헤치고 너럭바위를 타거나 돌아서 그 지점까지 올라갔다. 때로는 지난 가을부터 수북이 쌓여 무릎까지 오는 낙엽들을 헤치면서 올라가기도 했다. 다시 내려올 때는 팀별로 나뉘어서 괜찮은 매복지점이 될 만한 자리를 물색했다. 폴린은 가운데에 갈라진 틈이 길게 난 큼직한 바위를 매복 장소로 정해놓았다. 이 바위 뒤에 숨으면 숲에 가려져 아래쪽에서 보이지 않았다.

"그들은 우리가 유리하게 오 분 먼저 출발하도록 해줄 거예요. 출발하면 우린 각자 갈라져서 그들 눈에 두 개의 서로 다른 길로 간 걸로 보이게 하는 거죠. 그런 다음 여기서 다시 만나서 매복 기습을 시도할 거예요."

"알았어요." 제니가 대답했다. "폴린, 내 말 좀 들어봐요……."

폴린은 더 이상 말을 하지 않고 몸을 돌려 산비탈을 타고 빠르게 내려가기 시작했다.

훈련이 시작되자 제니는 정해둔 갈라진 바위를 찾느라 애를 먹었다. 폴린이 미리 와서 초조하게 기다릴 거라고 예상하면서 겨우 찾아왔지만 정작 폴린은 그 자리에 없었다. 이미 오 분이 지났고 다시 오 분이 더 흘렀다. 이제 십 분. 불안한 마음이 들기 시작할 때쯤 폴린이 휘청거리며 그녀 쪽으로 다가왔다. 나무 한 그루를 남겨놓고 비틀거리며 오던 그녀는 제니 곁에 다다르자 결국 풀썩 쓰러지고 말았다. 숨결이 거칠었고 관자놀이에 비친 푸른 정맥이 팔딱팔딱 뛰고 있었다. "내가 그들을 엉뚱한 길로 이끈 다음에 따돌렸어요." 그녀가 속삭였다.

"당신이 다친 것 같다는 생각이 들기 시작했는데."

폴린은 다시 한 번 숨을 깊게 빨아들였다. "난 괜찮아요." 폴린이 짧게 대답했다. "당신이 왜 내가 다쳤을 거라고 생각했는지 알 수가 없군요."

"그건 비난하려던 게 아니에요."

"당신이 여기 먼저 도착한 건 단지 곧바로 왔기 때문이에요. 그동안 난 그들이 길을 잃게 유인했던 거구요."

잠시 후 제니가 입을 열었다. "당신이 나와 한 팀이 되고 싶어 하지 않았다는 건 나도 알아요. 그렇다면 내가 이 훈련을 차라리 안 하는 편이 낫겠다고 말할 때 내버려둘 수 있었잖아요?"

"상관없어요. 그런다고 뭐가 달라지는 것도 아니니까."

폴린의 시선이 다른 곳으로 날아가 버렸다. 이렇게 가까이에서 바라보니 신문 지면에서는 한 번도 실리지 않은 보송보송한 솜털이 덮인 얼굴에 한 쌍의 날개처럼 내려앉은 새까만 눈썹과 관자놀이에 어린 푸른 정맥이 눈에 들어왔다. 제니는 폴린의 눈 가장자리에 상처처럼 보이던 자국이 햇볕을 받으며 훈련하느라 피부가 검게 그을린 탓에 꽤 희미해지긴 했으나 완전히 사라지지 않았다는 걸 알았다. "괜찮아요? 피곤해 보여요." 제니가 물었다.

"쉬잇. 말하는 거 조심해요. 저 사람들이 우리 목소리를 들을지도 모르니까." 잠시 후에 폴린은 덧붙였다. "물론 피곤하죠. 저 농가를 돌아다니는 그 많은 쥐들 틈에서 잠든다는 건 불가능하니까."

"이제는 쥐를 거의 본 적이 없는데."

"당신이 쥐를 보지 않았다고 해서 쥐들이 거기 없다는 뜻은 아니죠. 쥐들이 예전보다 더 조심성이 많아진 것뿐이에요. 쉬잇!" 폴린이 벌떡 몸을 일으켰다. 제니도 덩달아 일어났다. 폴린이 바위 쪽으로 오기 전까지 제니는 머리 위 높은 나뭇가지에 앉은 작은 새가 내는 이상한 소리에 귀를 기울이고 있었다. 이 새 소리는 마치 자동차 시동을 걸 때 나는 소리 같았다. 에, 에, 에, 에, 에, 에. 이제 그 소리가 다시 들려오기 시작했다. 이번에는 새가 앉은 자리가 바뀌어 있었다. 아래쪽에서 갑자기 홱 움직임이 일었다. 후안의 머리꼭지였는데 금세 나무등치 뒤로 가려져서 보이지 않게 되었다. 잠시 후에 후안은 나무 뒤에서 갑자기 성큼성큼 두 걸음으로 뛰쳐나와서는 폭이 넓은 또다른 나무 쪽으로 달려가더니 사라져버렸다. 그는 바로 그들 아래에 있었다. 폴린은 서서히 몸을 일으켜 세웠다. 한쪽 손을 바위 위에 얹은 채로. 제니는 하늘을 가르는 바람의 한숨소리를 들었다. 아득할 만큼 높이 불어서 그 감촉을 느낄 수는 없었다. 나무둥치가, 배가 움직일 때 나는 소리처럼 가느다랗게 끼익 소리를 냈다. 후안이 자신의 은신처에서 나타나 달렸다. 그러자 폴린이 그가 달리는 길 앞으로 풀쩍 뛰어들었다. "하!" 폴린이 고함을 질렀다. "빵. 넌 죽었다!"

맨 첫주의 훈련이 끝나갈 무렵 후안은 그들이 훈련을 썩 잘했기 때문에 그 다음날은 쉴 자격이 있다고 선포했다. 그날 밤, 후안과 이본느, 그리고 폴린은 밤늦게까지 술을 마시며 흥청댔다. 라디오 볼륨을 한껏 높였고 채널도 록음악 방송에 맞추었다. 그들은 새 맥주병을 땄다. 제니는 맥주병을 들고 베란다에 나가 앉아 몰려드는 어스름을 응시했다. 잠깐을 그렇게 홀로 앉아 있었는데 어느새 그녀 뒤로 문이 열렸다. 후안이라는 걸 알아채자 제니는 놀랐다. 그가 의자를 들고 밖으로 나와서 제니 옆에 앉았다. "바깥에 그리 넋 놓고 볼 만한 게 있습니까?" 그가 물었다.

"그냥 맨 먼저 뜨는 별이 하늘 어디쯤에 있을까 찾는 중이었어요."

제니는 후안이 비웃거나 코웃음칠 줄 알았다. 하지만 예상과 달리 후안은 그녀를 향했던 시선을 돌려 하늘을 올려다보았다. 그리고 흥미로운 눈길로 하늘을 두리번거렸다.

"그게 뭘까요?"

"나도 몰라요. 하늘의 움직임을 자세히 쫓고 있는 건 아니니까요. 그냥 처음 떠오르는 별을 보고 싶을 뿐이에요. 목성이나 금성 같은 행성이 될 때도 있을 테고 우리가 바라보는 부분의 하늘에서 가장 반짝이는 별들 중 하나가 될 수도 있을 테죠. 난 지금 이 순간에 어떤 별자리가 하늘에 나타나는지도 모를 정도예요. 여름에 보이는 별자리라는 건 틀림없을 테지만 직접 봐야 무슨 별인지 알아요."

"그래도 대부분의 사람들보다 훨씬 더 많이 아는 겁니다."

"부르주아적 탐닉이겠죠, 별자리를 응시하는 건." 그녀가 말했다. 후안을 움찔하게 만들고 싶어서 던진 말이었다. 후안이 그렇게 말하고 싶으리라고 짐작했던 것이다.

"난 그렇게 말하고 싶지 않습니다. 이런 것들을 다 안다니 당신 멋있군요."

"그건 단지 오래 동떨어져 지낸 소외감과 권태가 빚어낸 결실일 뿐인 걸요. 이렇게 또다시 몇 년을 살다보면 사소한 일들을 얼마나 많이 알게 되겠는지 생각해 보세요." 그녀는 이 말을 내뱉기가 무섭게 하지 말았어야 옳았다는 생각을 했다. 도주자의 삶이라는 건 미래에 대한 언급을 피해야 훨씬 더 원활하게 이루어지는 법이라는 걸 알고 있었기에. 두 사람이 하늘을 쳐다보는 동안 어스름은 점점 더 짙어져 갔다. 문득 그녀의 눈에 단 하나의 별이 아니라 하늘의 서로 다른 세 지점에서 타오르는 듯 빛나는 세 개의 별이 들어왔다. "제기랄." 그녀가 내뱉었다. 후안의 눈에도 세 개의 별이 들어왔다.

"예리한 눈으로 보기에는 지나치게 많군요." 부엌 쪽에서 접시끼리 부딪혀 달그락거리는 소리가 들렸다. 이본느는 라디오에서 나오는 노랫소리에 맞추어 노래를 부르고 있었다. "있잖아요, 당신은 진정한 리더가 될 수 있어요." 후안이 불쑥 이렇게 말했다. " '난 은퇴한 자세로 살아가련다' 는 식의 이런 태도는 버리세요. 당신에겐 기량이 있고 갈색 피부도 가졌구요."

"그게 리더가 되는 것과 무슨 상관이라도 있나요?"

"당신은 당신의 민족을 위해 리더십을 발휘할 의무가 있어요. 자기 민족을 부정하면서 살아갈 수는 없습니다. 전반적인 혁명에 복무할 의무가 있다는 게 아니라 당신의 민족이라는 특정한 이들을 위해 일할 의무가 있다는 말입니다."

"인간이 내 민족이에요."

"그렇지만 그건 당신 민족을 부인하는 행태입니다!"

"단지 내가 일본 여자라는 이유 때문에 그 틀에 갇혀 나를 규정할 순 없어요. 그리고 난 은퇴한 태도로 사는 게 아니에요. 당신이 무슨 뜻으로 그렇게 말하는지 모르겠군요."

"당신은 혁명을 위해서라면 손가락 하나도 까딱하지 않을 것처럼 생각되니까요."

"내가 지금 하고 있는 일은 어떤데요? 당신처럼 미친 사람을 위해 나 자신을 헌신하고 있는 건 뭐죠?"

후안은 다시 한 번 그녀를 놀라게 했다. 베란다가 떠나갈 만큼 큰 소리로 그가 웃었던 것이다. 그녀는 그들이 이곳에 온 뒤로 몇 주일 동안 느꼈던 기묘한 차단의 느낌을 기억했다. 장례식장처럼 적막과 고요가 감돌던 그때를. 그런데 지금 후안이 어찌나 크게 웃어젖히는지 뒤쪽 문이 열리는 소리도 제대로 들리지 않을 정도였다. "내가 말하고자 하는 바는 당신의 피부 색깔이 하나의 특권이 된다는 겁니다. 당신이 속한 제3세계의 관점을 대변할 특권이지요."

"내가 말하고자 하는 바는, 내가 제3세계 출신이라는 말은 그만두라는 겁니다. 난 캘리포니아 출신이니까요."

"그렇다면 당신은 더욱 독보적인 리더가 될 겁니다. 그게 내가 말하고 싶은 전부입니다. 이봐, 공주님." 후안이 한 마디 덧붙였다. 그제서야 제니는 고개를 돌려 그들 뒤편의 어둠 속에 서 있던 폴린을 보았다. 문이 끼익, 소리를 내며 열렸을 때 그녀가 나왔다는 걸 제니는 그제서야 깨달았다. 베란다에 나와서 한동안 두 사람이 하는 얘기를 잠자코 듣고 서 있었던 것이다.

"의자를 당겨 앉아. 이본느는 어딨지?" 후안이 물었다.

"푸딩 만들고 있어요."

"편히 앉지 그래. 거기 아무 말도 없이 서 있으니 기겁을 하겠군."

"끼어들어 방해하고 싶지 않아요." 이렇게 말하며 폴린은 다시 안으로 들어갔다.

어느새 어두워졌다. 하늘 위로 빼곡히 뿌려진 별들 사이에서 처음에 찾아두었던 세 개의 별을 이제는 구별해 낼 수 없었다. "폴린은 날 싫어해요." 폴린이 안으로 들어갔다는 걸 확인한 뒤에 제니가 말했다.

"폴린은 그냥 질투하는 겁니다. 무도회에서 주목받는 미인이 되고 싶은 거랄까요."

"그게 무슨 뜻이죠?"

"그녀는 자신이 얼마나 중요한 존재인지 압니다. '홍보용 공주님'

이지요. 하지만 그녀는 당신처럼 제3세계의 시각을 대변할 만한 게 하나도 없다는 걸 알아둘 필요가 있어요. 갈색, 노랑, 검정, 빨강. 이 네 가지는 그녀가 절대로 될 수 없는 것이지요. 이본느와 나는 중서부 출신이에요. 그렇다고 우리 고향 마을에 인종차별주의자들이 없다는 말은 아닙니다. 우리가 앞으로 고쳐 나가야 할 오점이 전혀 없다는 말도 물론 아니구요. 그러나 우리는 적어도 노동자 출신이라는 거죠. 우린 세계 만방의 노동자 형제 자매들과 연계되어 있는 존재입니다. 폴린은 그런 점에서 우리보다 상당히 많이 뒤처져 있습니다. 그런데 그녀는 그렇지 않은 척하고 싶은 겁니다. 당신이 좋은 교훈이 되는 이유가 바로 그겁니다. 폴린이 당신의 실체를 직접 보면 자신은 절대로 그걸 알 수 없다는 걸 깨닫게 될 테니까. 내가 그녀에게 말하는 것처럼 그녀는 절대로 자신의 존재를 죽일 수가 없어요. 다만 속죄할 뿐이지요."

"정말 그런 말을 폴린에게 한 건 아닐 테죠?"

"그녀를 의식화시키는 것은 우리 의무입니다. 그녀가 평생 동안 해왔던 잘못된 생각을 버리게 하고 바로잡아 주는 건 우리에게 달려 있어요."

"하지만 그녀의 배경 때문에 그녀를 단죄하는 건 잘못이에요! 출신을 이유로 흠을 잡고 비난할 수는 없는 거예요. 그건 인종차별과 마찬가지로 나쁜 거라구요."

"나를 인종차별주의자로 몰아세울 순 없습니다." 후안이 정색을 하고 말했다. "나는 늘 내가 흑인이었으면 하고 바랐던 사람이에요. 간절히 바란 데서 그친 게 아니라 흑인이 되려고 작정했던 사람이란 말입니다. 그 어떤 흑인이라도 내게 와서 자신의 지위나 입장을 나와 바꾸자고 말한다면—그가 가난하든, 감옥에 있든, 혹은 열 가지도 넘는 다양한 이유로 고통을 받고 있든 상관없이 난 재고하지 않고 기꺼이 그렇게 할 겁니다."

"그건 죄의식일 뿐이에요. 게다가 이기적인 결정이죠."

"어쩌면 이기적일지도 모르지요. 당신이 당연하게 받아들이는 일종의 도덕적 고결성을 기대한다면 그렇겠지요."

"내 피부 색깔 때문에 내가 당신보다 도덕적으로 더 고결하진 않아요. 당신이 내가 믿지 않는 어떤 것의 표본인 양 날 이용하지 말아줬으면 좋겠네요."

"당신을 자기비하의 표본으로도 사용할 수 있겠는데요. 당신은 지나칠 만큼 겸손합니다. 한 인종을 이끄는 리더라면 좀더 자긍심이 넘칠 필요가 있어요. 우리의 리더는 겸손했지만 완고하고 강인한 분이기도 했습니다. 말하자면 망할 자식이었지요. 하지만 이 세상에는 꼭 그런 리더가 필요한 것입니다."

후안은 갑자기 잠잠해졌다. 고개를 뒤로 젖히고 하늘을 뚫어져라 쳐다보는 그를 그녀는 바라보았다. 아마도 무수한 별들 틈 어딘가에 불멸의 존재로 머물고 있을 자신의 리더를 찾기라도 하는 듯했다. 그가 말한 것은 모두 그녀의 신경을 거슬리게 하고 가슴에 맺혔다. 그렇지만 그의 신념은 절대적일 만큼 확고했고 그 태도는 더할 수 없이 침착했다. 지금까지 그녀가 마주친 그의 다른 어떤 모습보다 더욱 그랬다.

이 일이 있기 며칠 전에 그녀는 모두 자리 긴 뒤에 소란스러운 소리를 들었다. 아래층으로 내려가 보니 폴린이 자신의 트윈 침대 매트리스를 침실문 밖으로 끌어다가 거실에 들여놓으려 하고 있었다. 그동안 후안과 이본느는 더블 침대에 누워서 얼굴을 베개에 파묻고는 몸부림을 쳤다. "폴린, 그만해." 이본느의 목소리였다. "그냥 쥐새끼야. 너보다 훨씬 더 쪼그만 쥐들이라니까."

"당신들 침대에 쥐들이 있는 건 아니잖아." 폴린이 축 처진 매트리스를 뒤집으려고 안간힘을 쓰면서 말했다. "자, 봐. 쥐들이 저기 있었단 말이야!" 침대를 거꾸로 뒤집어 매트리스의 커버에 난 주먹만한 구멍을 가리키며 폴린이 악을 썼다.

"우라질, 빨리 돌아와서 자란 말야!" 후안이 집안이 떠나갈 듯 고함을 쳤다.

이 광란에 가까운 흥분은 제니가 신문을 공처럼 둥글게 뭉쳐서 그 구멍을 막고 나서야 잦아들었다. 그렇게 하기도 매우 어려웠다. 방안에 흩어진 신문지 가운데 절반을 폴린이 그대로 남겨두고 싶어했기 때문이었다. 그 신문들에는 죄다 이러저러한 주석이 꼼꼼하게 달려 있었다. 한 신문의 〈스탠더드 정유회사 사장 투신하다〉란 머리기사 아래에는 눈살을 찌푸린 정유회사 사장의 사진이 실렸는데, 그 사진의 테두리에 검정 매직펜이 그어져 있었다. 그리고 사진 설명으로 제1유형 범죄자라는 문구가 달렸다. 도주자들인 그들을 다룬 기사가 실린 신문들도 있었다. "저건 안 돼요!" 폴린은 계속 이렇게 말했다. 드디어 매트리스에 생긴 구멍을 신문으로 다 메꾸고 나자 제니는 자신이 편지 쓸 때 이용하는 셀로판 테이프를 넓게 붙여 윗부분을 막았다. 제니의 손가락은 신문지의 인쇄 잉크가 묻어 잿빛으로 변했다. 테이프에도 온통 더러운 먼지와 때가 덕지덕지 묻었다. "한 겹 더 막아요." 폴린이 말했다. "또 한 겹으로는 아래쪽을 막고요. 아니, 더 길게요, 그렇게요."

"고맙다고 말해!" 후안이 침실에서 소리를 질렀다. "저 사람이 네 염병할 하녀는 아니잖아, 공주님!"

다음날 제니는 나무 쥐덫을 놓았다. 쥐를 잡아 죽이는 것보다 효율적인 방법을 쓰자는 바람에서 택한 것이었다. 그리고 나서 곧 그들은 그 쥐덫에 처음으로 걸려 가냘프게 찍찍거리며 쥐덫을 벗어나려고 몸부림치는 쥐를 보았다. 다들 두려워 비명을 지르고 있을 때 제니는 국자로 퍼내듯 쥐덫을 들어서 뒷문으로 달려나가 쥐와 덫을 한꺼번에 연못 속으로 던져버렸다. 던지고 나서야 그녀는 나무 쥐덫이라서 혹시 물 위로 떠오르지 않을까 두려운 마음이 들었다. 그래서 쥐덫에 갇힌 그 쥐가 참혹한 죽음을 맞이하기까지 훨씬 더 오래 시간을 끌게 되는 건 아닐까 두려움이 일었다. 하지만 다친 쥐의 무게가 더 무거웠던지 쥐덫은 물 속으로 가라앉았다. 집안으로 되돌아오자 이본느가 그녀에게 큼직한 머그잔에 와인을 부어 건넸다. 폴린은 담배를 태우며 침대 시트를 돌돌 감고 소파에 앉아 있었다. "쥐들을 죽이기엔 너무 역겨운 방법이야." 폴린이 중얼거렸다. "게다가 효과도 없잖아!"

후안이 폴린의 말을 받았다. "그게 바로 불평불만이 지나친 공주님이 당하는 일이지."

후안과 나란히 베란다에 앉아 하늘의 별들을 쳐다보며 공상에 잠겼던 그 다음날 아침 제니는 몬티첼로에 있는 철물점으로 자동차를 몰았다. 그리고는 리버티로, 그 다음에는 주도로를 달리면서 거치는 동네마다 들러서 물어보았다. "쥐를 다치지 않게 처리할 만한 걸 찾고 있어요. 아니면 죽이지 않고 처리할 수 있는 덫을요." 그녀가 설명했다.

대부분의 가게 주인은 그렇게 묻는 그녀를 심드렁하게 쳐다볼 뿐이었다. 하지만 다섯번째로 들른 가게에서 그녀가 열심히 설명하자 가게 주인은 한 손을 들어 그녀에게 기다려보라고 말했다. 그리고 몇 분 후에 금속 격자 상자를 들고 나왔다. 상자의 꼭대기에는 손잡이가 달려 있었고, 달걀 삶는 시간을 재는 에그 타이머처럼 다이얼이 옆에 붙어 있었다. "인간적이지요." 가게 주인이 덧붙여 설명했다. "이게 제대로 작동하는지는 잘 모르겠소이다. 전에 한 번도 팔아본 적이 없는 물건이라서."

다음날 그들은 다시 전투 훈련을 시작했다. 폴린과 쓰러진 소나무 가지들 뒤에서 정찰과 사전점검을 하게 되었을 때 제니가 말했다. "나중에 보여줄 게 있어요. 일종의 실험인데."

"쉬잇." 폴린이 말했다. "잡담해서는 안 된다는 거 당신도 알잖아요."

"두 사람이 잠든 후에 위층으로 올라와 봐요."

머뭇거리던 폴린이 이내 기겁을 했다. 덤불 속에서 딱, 하고 무언가가 부러지는 소리가 들렸던 것이다. 그러나 그건 줄무늬다람쥐일 뿐이었다.

"어떤 실험이죠? 후안에게 보여주고 싶지 않나요?" 폴린이 물었다.

"별로. 당신에게 보여주고 싶을 뿐이에요."

제니는 폴린이 애써 관심을 보이지 않으려 한다는 걸 눈치챘다. "그렇담 그게 뭔지 그냥 말해봐요."

"그러니까 그냥 올라와서 보라구요."

"내가 봐야겠군요. 쉬잇, 조용히!" 폴린이 말했다.

그날 밤 제니는 다락방에서 책을 읽으며 시계가 째깍거리며 한시를 넘기고 다시 한시 반, 그리고 두시를 넘길 때까지 잠들지 않고 깨어 있었다. 이상하게 바늘로 찌르는 듯한 통증이 왔다. 결국 전등불을 끄고 어둠을 응시하며 침대 위에 몸을 눕혔다. 폴린이 계단을 올라오는 작은 발자국 소리를 들은 것은 그때부터 얼마나 더 지난 후인지 확실히 알 수 없었다. 폴린은 들릴 듯 말 듯 문을 두드렸고 제니는 침대에서 몸을 일으켜 문을 잡아당겨 열었다. 폴린이 살며시 들어오며 그 문을 닫았다. 그리고는 제니가 등불을 켜는 동안 어둠 속에서 잠자코 기다렸다. 불이 켜진 뒤에도 두 사람은 우두커니 방 안에 그대로 서 있었다. 마치 아주 조촐한 파티에 처음 온 손님처럼 어색하게.

"우리가 침대를 가지러 올라온 뒤로는 이 방에 한 번도 와 보지 않았어요." 폴린이 잠시 후 먼저 말을 건넸다.

"여긴 별다른 물건이 없어요." 제니가 몸짓을 하며 대답했다.

그녀가 간직한 윌리엄의 스냅 사진 중 하나가 침대 옆 탁자 위에 세워져 있었다. 그녀는 폴린이 이 사진을 보았으면서도 보지 않은 척한다는 걸 눈치챘다. 그녀는 그 사진을 들어 폴린에게 건넸다. 폴린은 사진의 가장자리를 잡고 자세히 들여다보았다. "그러니까 이 사람이 그 사람이군요." 폴린이 말했다. 마치 제니와 자신이 윌리엄에 대해 아주 빈번하게 토론을 했기 때문에 이제는 그들 사이의 대화에서 그저 "그 사람"이라고 하면 통하는 것처럼. 사실은 그들이 한 번도 그에 대해 혹은 그와 관련된 그 어떤 것에 대해서도 토론한 적이 없었음에도.

"그 사람 맞아요." 제니가 대답했다.

사진을 탁자 위에 내려놓은 폴린은 방안에 하나뿐인 창문 쪽으로 걸어가 유리창에 반사된 램프의 희미하지만 눈부신 빛을 피해 창밖을 뚫어질 듯 바라보았다. 그녀의 걸음걸이는 지나칠 정도로 태평하고 조심성이 없어 보였다. 지금까지 제니는 그걸 알아채지 못했었다. 폴린의 구부정한 어깨와 양손을 진바지 주머니에 깊숙이 찔러 넣은 모양에서, 다리를 흐느적거리며 창가에 붙어 서 있는 자세에서, 길모퉁이에서 나이 어린 불량배가 한쪽 엉덩이를 내밀고 선 듯한 모습에서 그런 분위기가 느껴졌다. 늘 그래왔듯이 우중충하고 낡은 기성복 티셔츠와 청바지는 그녀의 몸 위에 헐렁하게 걸쳐져 있었다. 그러나 제니는 폴린이 멋진 맵시를 뽐내며 활보했을 과거의 자세가 여전히 이 태평한 자세 속에 녹아 있다고 생각했다. 여전히 완벽하게 곧추선 목 위로 머리가 치켜 올라가 보였고 어깨가 구부정하고 엉덩이를 내밀고 있었을지라도 등은 여전히 기차 레일처럼 쪽 곧아 보였다. 아주 어릴 때부터 발레를 하면서 익혀온 자세여서 모든 동작들을 벗어버리긴 했지만 포즈만은 떨쳐버릴 수 없는 것 같았다. 그리고 그녀는 여전히 아름다웠다. 야윈 몸매에다 전지가위로 아무렇게나 자른 듯한 머리카락마저도, 사라질 줄 모르고 눈 밑에 끈질기게 남아 있는 다크 서클마저도 그녀의 아름다움을 지우진 못하는 것 같았다.

"그런데 그 실험이란 게 뭐죠?" 폴린이 물었다.

제니는 침대 밑에 밀어 넣어두었던 쥐덫을 무릎을 꿇고 앉아 밖으로 끌어당겼다. 쥐덫의 한쪽으로 출입구가 달렸는데, 안으로만 열리게 되어 있는 매우 작은 금속 뚜껑이었다. 맞은편에 달린 제2의 문은 아주 큼직했고 밖에서 빗장을 벗기면 바깥으로 한 바퀴 빙 돌게 되어 있었다. 안쪽은 여느 상자와 같았다. 그러나 에그 타이머처럼 생긴 다이얼을 감아 놓으면 마치 시계의 태엽을 감아놓았을 때처럼 안에서 똑딱똑딱 소리를 냈다. 시한폭탄 소리처럼 들리는 것 같기도 했다.

폴린은 용기를 내어 앞으로 나아가 상자를 살펴보았다. "괴상한 금속 상자네요."

"쥐덫이에요. 인간적인 쥐덫이라 해야겠죠. 쥐를 잡는 데 쓰이기는 하지만 쥐를 다치게 하지는 않거든요. 쥐들이 제발로 들어가도록 되어 있으니까 사람이 쥐를 풀어주고 싶으면 언제라도 빗장을 풀면 돼요."

"쥐들이 저 안에 뭣땜에 들어가고 싶어하겠어요?"

"아마 호기심 때문일 거라고 봐요. 사용 설명서에는 쥐들이 탐색하는 걸 즐긴다고 씌어 있어요. 똑딱똑딱 소리를 들으면 그 소리가 어디서 나는지 궁금해 한다는 거죠. 쥐가 상자 안으로 들어와 덫에 걸려들기까지는 꽤 시간이 걸릴지 모르겠지만 일단 한 마리가 갇히고 나면 점점 더 많은 쥐들이 무슨 일이 생겼는지 보러 올 테죠. 그러면 순식간에 상자 안은 쥐들로 넘쳐날 거예요."

폴린이 진저리를 쳤다. "으흐. 난 쥐를 만지고 싶지 않아요."

"만질 필요 없어요. 쳐다볼 필요조차 없죠. 내가 직접 할 테니까."

"아니에요." 폴린이 말했다. 제니는 자부심 같은 것이 반점 섞인 폴린의 초록빛 눈동자에 솟아오르는 것을 흥미롭게 지켜보았다. 흡사 작은 불꽃이 피어나는 것 같았다. "나도 와서 지켜볼 거예요. 나는 괜찮아요."

아래층에서 후안이 코를 고는 소리가 닫힌 침실 문을 뚫고 들려오고 있었다. 제니는 부엌으로 들어가는 문을 살며시 열었다. 그러자 마치 탄환이 발사되었거나 포탄 같은 것이 폭발한 듯한 느낌이 들었다. 뒤를 따르던 폴린이 몸을 움츠렸다. 부엌 안은 고요했다. 제니의 손에 들린 쥐덫 손잡이가 흔들거리면서 가느다랗게 내는 끼익 소리만 들릴 뿐이었다. 제니는 촛불을 붙이고 깡통 뚜껑 위에 초가 달라붙도록 촛농을 똑똑 떨어뜨렸다. 폴린은 조심조심 찬장 문을 열어 머그잔 두 개를 꺼내더니 와인을 따랐다. 제니가 쥐덫의 다이얼이 더 이상 감기지 않을 때까지 돌린 후 다이얼에서 손을 떼자 작고 일정하게 똑딱거리는 소리가 나기 시작했다. 그녀는 쥐덫을 바닥에 내려놓고 촛불과 와인을 든 채로 조리대 위로 기어올라갔다. 제니와 대각선으로 가로지른 곳에서 있었던 폴린은 어느새 식탁 위에 올라앉아 무릎을 두 팔로 꽉 끌어안고 있었다. 촛농이 흐르자 촛불이 금방이라도 꺼질 듯 잦아들었다가 불길이 확 솟아오르더니 이내 조그맣게 타올랐다. 포도주가 담긴 두 사람의 머그잔은 금세 바닥이 났고 둘은 묵묵히 머그잔을 다시 채웠다. 아주 가늘게 똑딱거리는 소리 주위로 한층 더 넓은 고요가 내려앉았다. 그 소리는 아무도 침범할 수 없는 신성한 소리처럼 들렸다. 후안의 코 고는 소리마저 에워싸고 부드럽게 순화시키는 듯했다.

쥐가 나타났다. 쥐가 다가오는 소리가 제니의 귀에는 마치 똑딱거리는 덫에서 갈라져 나온 불규칙한 속삭임처럼 들렸다. 그녀는 폴린이 화들짝 놀라며 몸을 앞으로 숙이는 걸 보았다. 쥐는 판자 밑에서 총총걸음으로 달려 나와서는 덫 주위를 신기한 듯 빙빙 돌았다. 덫이 놓인 쪽으로 몸을 비스듬히 구부려 보았다가는 다시 뒤로 물러났다. 제니는 자신의 심장이 고동치는 소리를 들었다. 저 쥐의 심장도 이렇게 심하게 뛸 거라는 생각이 들었다. 돌연 쥐가 덫 안으로 기어들어 갔다. 그러자 이내 딸깍, 하고 작은 소리가 들리고 어찌할 바를 몰라 허둥대는 잰 발소리가 들렸다. 쥐가 이미 벌어진 일을 되돌려 보려고 안간힘을 쓰는 중이었다. 폴린이 헉, 하고 놀라는 소리가 크게 들렸다.

"쉿." 제니가 주의를 주었다.

희미한 불빛 속에서 쇠 격자창에 박힌 수염난 작은 코가 어렴풋이 보였다. 쥐는 한참 동안 골똘한 표정으로 딸깍거리면서 빙글빙글 돌더니 갑자기 제 몸을 사방으로 거칠게 내팽개쳤다. 그리고 다시 잠잠해졌다. 잠시 후에는 근심스럽게 찍찍댔다. 제니는 쥐덫을 들여다보는 일에 너무나 몰두해 있었으므로 두번째 나타난 쥐가 쥐덫 안으로 실제로 들어올 때까지도 알아채지 못했다. 그리고 얼마 후에는 세번째 쥐가 나타났다. 그날 밤새도록 덫에서 나는 째깍거리는 소리에, 아니면 점점 불어나는 수많은 동료들의 소리에 이끌려—치즈를 찾아내어 잔치를 벌이고 걸신들린 듯 배를 채우고 있는 걸까? 웬일인지 그동안 못 보고 지나쳤던 쿠션을 발견해서 갈갈이 찢어 발기느라 법석을 떨고 있는 걸까?—쥐들이 총총걸음으로 달려나와 부엌을 빙빙 돌면서 쿵쿵거리다가 결국 제 발로 쥐덫 문을 밀고 들어갔다. 둥지라도 되는 듯 마침내 쥐덫이 수많은 쥐들로 넘쳐날 때까지.

어느덧 부엌을 밝혀주던 촛불은 어슬하고 희붐한 새벽빛으로 서서히 바뀌어갔다. 제니는 조리대 위에서 미끄러지듯 내려와 덫의 손잡이를 들어올렸다. 사납게 폭발할 듯한 생명의 무게에 그녀는 저으기 충격을 받았다. 쥐들이 탈출하려고 노력을 재개할 때마다 이쪽에서 저쪽으로 걷잡을 수 없이 급박하게 쏠리는 무게가 느껴졌던 것이다. 폴린은 양쪽 귀를 틀어막았지만 제니는 그녀의 얼굴에 번득인 섬광을 보았다고 생각했다. 황급히 탁자 위에서 뛰어내려 뒷문을 열어젖히고 제니가 쥐덫을 들고 나올 때까지 그 문을 잡고 있던 그녀의 표정에는 분명 불꽃이 튀었다. 제니는 습한 공기가 가득한 동녘으로 발걸음을 내디뎠다. 새벽의 습기는 눈의 통증을 덜어주는 연고 같기도 했고 지독한 숙취처럼 느껴지기도 했다. 체념한 때문인지 아니면 불길한 예감 때문인지 쥐들은 다시금 잠잠해졌다. 그녀는 쥐덫을 손을 바꾸어가며 들고서 긴 풀밭을 걸어갔다. 폴린이 그녀의 뒤를 바싹 뒤따라 걸었다. 쥐덫은 물 한 양동이를 든 것처럼 무거웠다. 풀들이 부드러운 면도날처럼 살갗에 스쳤다. 해가 떠오르기 전이라 이슬에 함빡 젖은 상태였다. 이내 두 사람의 청바지도 흠뻑 젖었고 운동화는 걸음을 내디딜 때마다 철벅거리거나 끄르륵끄르륵 트림 소리를 냈다. 헛간을 지났고 수련이 떠 있는 작은 연못도 지나쳤다. 첫번째 울타리에 다다르자 제니는 쥐덫을 풀밭 위에 살며시 내려놓고는 울타리 위로 기어 올라갔다. 그리고는 덫을 받기 위해 양손을 내밀었다. 폴린의 얼굴이 하얗게 질렸다. "자, 어서." 제니가 말했다. "저 안에 갇혀 있는 거예요. 밖으로 나오지 않아요." 그녀는 산마루 그루터기 위로 희미하게 떠오르는 태양빛을 느꼈다.

갑자기 결의에 찬 태도로 폴린이 쥐덫을 집어올렸다. 그러자 경악한 쥐들이 우왕좌왕한 탓에 쥐덫이 또다시 흔들렸다. 그녀는 쥐덫을 제니를 향해 울타리 위로 불쑥 내밀었다. 마치 데이기라도 한 것처럼. 제니가 그것을 받아들자 폴린도 울타리를 타고 올라왔다.

숲에서 조금 못 미친 지점에서 제니는 걸음을 멈추었다. 충분히 멀리 왔다는 확신이 들었기 때문이었다. 그러나 동시에 그녀는 이 일을 얼마 지나지 않아 다시 하게 되리라는 걸 알았다. 그러므로 이것은 새롭게 시작된 의식의 첫회일 뿐이었다. 그녀는 폴린이 부리나케 달아나는 동안 덫을 풀밭 속에 쓰러지지 않게 단단히 세워놓았다. 폴린은 갈 수 있는 만큼 멀리 달아나긴 했지만 쥐덫이 시야에서 보이지 않을 거리만큼 멀리 가진 않았다. 제니도 가급적 덫에서부터 멀리 떨어졌다. 그리고 곧바로 덫의 문을 들어올린 다음 재빨리 뒤로 물러섰다. 처음에는 아무 일도 일어나지 않았다. 그녀는 쥐덫을 발로 살짝 찬 뒤 또다시 재빨리 뒤로 물러섰다. "그렇지!" 그녀가 속삭였다. 엉뚱하게도 그녀는 두 손을 흔들어 새를 쫓듯이 휘이휘이, 했다. 잠시 후 쥐들이 덫 바깥으로 쏟아져 나왔다. 은빛이 감도는 회색의 작은 생물체들이 물결을 이루어 풀밭을 지나 나무숲 쪽으로 달아났다.

창문 밖으로 어떤 움직임이 깜박, 하고 명멸하자 그녀의 맥박이, 언제나 그렇듯이, 빨라졌다. 하지만 그것은 단지 후안이었다. 그가 의자 두 개 사이에 널빤지를 걸쳐 놓고 그 위에 누워 바벨을 들어올리고 있었던 것이다. 그 다음은 이본느였다. 그녀는 담요를 탁탁, 소리 나게 펼치고 있었다. 그리고 마지막이 폴린이었다. 불쏘시개로 쓰려고 쌓아 놓은 신문더미를 샅샅이 뒤적이면서 자신이 공언한 대로, 십자말 놀이가 실린 면을 찾고 있었다. 두 번이나.

제니는 일기장을 덮고 창문으로 비스듬히 새어 들어오는 빛을 물끄러미 바라보았다. 문과 창문이 모두 열려 있었다. 부엌에 드리운 얇은 커튼이 파도처럼 밀려 들어왔다가 조용히 밀려 나갔다. 집안에는 그녀 혼자였다. 그들이 밖으로 나간 지는 여러 시간이 되었다. 매일을 그렇게 밖에서 지내고 있었다. 예전에 그들이 날마다 집안에 머물렀을 때는 창문마다 굳게 닫혀 있었고 커튼도 드리워져 있었으며 공기는 무거웠고 담배연기 때문에 퀴퀴한 냄새를 풍겼었다.

그녀는 일기장을 이층 자기 방에다 가져다놓고는 그들과 합류하기 위해 밖으로 나갔다.

후안은 널빤지 위에 누워 있었다. 발을 풀밭 위에 단단히 디디고 힘겹게 바벨을 들어올리는 소리가 절제되고 리드미컬했다. 멀리서 도끼를 찍는 듯한 소리였다. 이본느는 풀밭에 드러누워 얼굴도 붉히지 않고 스스럼없이 후안의 몸을 빤히 바라보고 있었다. 제니는 이제 이 두 사람이 처음 사랑에 빠졌을 때의 모습을 상상해 볼 수 있게 되었다. 고등학생 시절, 이본느는 키가 껑충하게 크고 멋쩍었고 몸과 제대로 조화를 이루지 못한다. 한편 후안은 C급 학생으로 트랙경기 주자. 두 사람은 천성적으로 외로운 성격이어서 가깝게 지내는 친구들이 적다. 어쩌다가 둘은 서로의 존재를 발견한다. 이본느는 후안이 달리기 연습하는 걸 지켜본다. 소년도 아니지만 아직 남자도 아닌 그를. 청년처럼 건장한 체격의 그가 소속팀 땀복을 입고 트랙을 돈다. 보폭은 짧지만 지칠 줄 모르는 끈기로 똘똘 뭉쳐 있다. 달리는 발걸음이 끝없이 계속된다. 한결같은 속도로 그는 트랙을 돌고 돌고 또 돈다. 그녀를 지나칠 때마다 손을 들어준다. 나중에 두 사람은 사랑을 나누게 되리라. 마치 서로에게서 영양을 공급받는 뱀파이어들처럼. 더 나중에 그는 징집되리라. 그는 죽지 않고 살아남으리라. "이게 괜찮은 주장이라고 생각해?" 이본느가 읽고 있던 책을 가리키며 물었다. "난 자기가 이 책을 읽었으면 좋겠어. 이 책을 읽다 보니 예전에 자기가 했던 말이 떠올라. 우리 모두 가면을 쓰고 있지만 사실 그 가면 속에는 아무것도 없다고 했던 말 말야. 우리의 진정한 자아는 가장이나 겉치레, 가면일 뿐이지. 그게 자기가 말했던 거 아닌가……."

후안은 사이사이 숨을 몰아쉬며 이본느에게 대답해 주었다. 한 번에 한 구절씩 자신의 생각들을 이어갔다. 폴린이 두 사람 사이에 끼어들었다. "네 글자, 아직도 분쟁 중이란 뜻의 단어."

"그거 전에 내게 두 번이나 물어봤잖아." 후안이 투덜거렸다.

이본느는 맥주를 마셨고 제니에게도 나누어주었다. 아무 말도 없이 그들은 맥주 캔 하나를 주거니받거니 하며 홀짝거렸다. 고요 속에 다시 찾아온 리듬. 이것은 그들에게 남은 마지막 맥주였다. 그러므로 나중에, 어쩌면 내일 당장이라도 제니가 자동차를 몰고 나가 더 많은 맥주, 더 많은 와인, 더 많은 담배, 심지어 더 많은 위스키까지 사올 것이었다.

"잠깐." 제니가 불쑥 한 마디 던졌다. 맥주를 건네던 이본느의 손이 허공에 그대로 멎었다. 후안은 머리 위로 바벨을 들어올리느라 쭉 뻗은 양손을 멈추었다. 폴린의 연필이 공중에서 빙빙 돌았다.

저 멀리 아래쪽에서, 사람의 발길이 거의 닿지 않는 길 위에서 자동차 소리가 들려왔다. 자동차가 혜성처럼 돌진해 오는 동안 그들은 쥐 죽은 듯 그 소리에 귀를 기울였다. 자동차가 지나쳐 갔다. 한숨이 한꺼번에 새어나왔다.

"그냥 지나가는 차였어." 이본느가 입을 뗐다.

이제 산허리는 푸르게 물들었다. 밤이슬이 대기를 벗어나 내려앉기 시작하는 것이 느껴졌다. 불나방들이 깜박거리며 떠돌아 다녔다.

후안이 숨을 토해내며 "사백" 했다. 그리고는 들었던 바벨을 가슴 위에 풀썩 내려놓았다. 모두들 자리를 뜨기 시작했다. 숨죽였던 짧은 순간을 털어내면서. 이제 곧 그들은 안으로 들어가 저녁식사 준비를 할 것이었다.

3

후안은 비밀 프로젝트를 들고 홀로 헛간으로 들어가 문을 잠갔다. 한 사람, 한 사람에게, 그리고 모두가 모여 있는 자리에서도 자신을 절대로 방해하지 말라고 엄포를 놓고 나서였다. 그래서 폴린과 이본느는 헛간과 농가 사이에 난 진흙길을 트랙으로 삼아 체력훈련을 하게 되었다. 두 사람은 S자형으로 구부러진 두 갈래 내리막길을 속보로 걸었다. 표지물을 터치한 뒤 다시 언덕으로 올라와서 또 한 번 표지물을 터치하는 식으로 조깅을 했다. 얼마 못 가서 폴린은 이본느보다 반 바퀴 뒤처졌고 좀 뒤에는 한 바퀴를, 그리고 다시 한 바퀴 반을 뒤처지게 되었다. 그러다가 두번째 내리막길에서는 표지물을 터치하는 걸 건너뛰고는 풀밭에 털썩 주저앉고 말았다. "넌 아직 안 끝났잖아!" 성큼성큼 언덕을 내려가던 이본느가 소리쳤다.

폴린은 하늘을 응시했다. "메슥거린단 말이야. 아침을 안 먹었어."

"아침을 먹어야 하는 사람이 있어? 난 아침 먹는 거 진작에 그만둔

걸. 세계 곳곳의 형제 자매들이 날마다 밥 한 그릇으로 연명해가고 있어. 네가 같이 자란 돼지새끼들, 그런 인민의 적들과는 달라. 하루에 세 끼씩 게걸스럽게 탐식해서 살이 뒤룩뒤룩 찌고 타인에게는 냉담하기 짝이 없는 돼지 같은 인종들이 아니란 말이지."

제니는 더는 이런 말을 참을 수가 없어져서 읽고 있던 책을 내려놓았다. "가난한 사람들이 밥 한 그릇으로 목숨을 부지해가는 건 그게 더 낫기 때문은 아니죠. 어디 한 번 그 사람들에게 하루 세끼 식사는 절대 안 된다고 설득해 보지 그래요?"

"이봐요, 자매님." 이본느가 제니에게 말했다. "우리가 힘을 모아 분투하고 있는 지금 왜 끼어들어 분란을 일으키는 겁니까? 새로운 시련을 맞기 전에 이렇게 근사한 장소에서 몸과 마음을 갈고 닦는 이토록 축복받은 시기에 자매님 본분을 벗어나서 분쟁을 일으키지 말란 말이에요."

마침내 후안이 겨드랑이 밑에 길다란 물건을 끼고 헛간에서 나왔다. 그리고는 그 물건을 풀밭 위에 던졌다. 나무로 만든 장난감 총—장난감 기관총—이었다. 투박하고 밋밋하긴 했으나 총이 틀림없었다. 제니가 이따금씩 작은 시골길 마당에 세워놓은 것을 보았던, 울타리에 기대 선 허수아비 농부의 검은 그림자 같았다.

"병기창도 없이 훈련하는 거 이젠 넌더리가 난다구. 지금 이 순간부터 우린 완전무장을 하고 할 거야. 난 권총과 기관총, 그리고 엽총을 제작하고 싶어. 프레이저가 우리가 쓸 병기를 들고 나타날 때까지는 이렇게 하는 게 최선이야."

헛간 문을 닫아걸고 불과 서너 시간 만에 후안은 좋은 총을 제작하기 위한 장치를 만들어냈다. 각각의 스타일에 따라 한 벌씩 만들어낸 뒤로는 완성된 총을 견본으로 삼았으므로 제작 속도가 훨씬 더 빨라졌다. 모두 헛간에 모여서 후안이 연필 동강으로 방아쇠의 안쪽 굴곡진 부분과 긴 총구 부분을 단단하게 돌려가며 다듬는 걸 유심히 바라보았다. 후안의 설명에 따르면 일단 띠톱으로 널빤지를 자르고 다듬어 형태를 만들고 난 뒤 모서리를 둥글리기만 하면 "3-D"로 된다고 했다. 만들어진 총은 "2-D"였다. 잘라놓은 널빤지가 두껍고 기본적으로 납작했기 때문이다. "3-D"란 총구의 모서리를 둥글게 깎고 다듬어서 매끈하지는 않더라도 튜브를 닮은 모양으로 만들어내는 걸 뜻했다.

제니는 이것도 그들이 열광적으로 몰두했던 전투훈련과 마찬가지로 마니아적이라는 생각이 들었다. 어쩌면 추도사를 녹음한 행위마저도 그랬다. 뚜렷한 목표에서 비롯된 행위였다 하더라도 얼마 지나지 않아 설정했던 목표는 실종되고 광기어린 행동만 남아 계속되는 듯했다. 순식간에 그들은 풀 세트를 갖춘 "무기"를 만들어냈다. 그리고 나서도 멈추지 않고 더 많이 만들어갔다. 마치 귀중한 비상용 보급자재를 축적해 놓기라도 하듯이. 헛간 바닥은 이내 후안이 윤곽만 본뜬 단계에서 고르지 않은 톱날 솜씨로 망쳐버린 많은 실패작들로 뒤덮였다. 처음 낸 실패작 외에도 3-D 제작 단계에서 망친 것들도 적지 않았다. 이본느와 폴린은 후안의 가르침을 충분히 숙지한 다음 조각용 끌과 망치, 주머니칼로 총을 만들었다. 그런데 이들은 후안만큼 침착하지 못해서 띠톱을 무슨 선반처럼 썼다. 이는 이본느가 고안해낸 생각이었다. 띠톱이 돌아가자 헛간에 날카로운 비명과 넋두리 같은 소리가 진동했다. 그러자 제작 중이던 총을 가급적 몸에서 멀리 떨어지게 들었다. 심하게 요동치는 톱날이 칼자국을 내고 어디로 튈지 모르게 작고 두꺼운 나무 조각들을 총알처럼 날려버릴 때까지.

후안이 말했다. "사용할 줄 모르면 깝죽대면서 연장을 주물럭거리지 말아." 또 이렇게도 말했다. "잘했군, 쌍년. 톱날을 완전히 망가뜨려 버렸구만."

그러나 앞뒤 가리지 않고 무모하게 덤벼드는 이본느의 태도를 보고 후안은 어느 면에서는 두려움을 느꼈던 게 틀림없다. 그는 이제 거리와 간격을 수없이 가늠해 보면서 점점 더 빨리 총을 재단하려고 애를 썼다. 총구 꼭대기가 흔들리며 나올 수 있게, 혹은 방아쇠 안전장치 없이, 혹은 아주 짧은 손잡이가 달린 총을 만들기 위해서였다.

어느 날 오후 제니가 그들의 작업을 유심히 들여다보고 있을 때였다. 폴린은 한쪽 구석에 다리를 꼰 채로 앉아서 끝을 움켜쥐고는 투박한 총을 마구잡이로 난도질하듯 잘라내고 있었다. 그러다가 갑자기 쥐고 있던 끝을 헛간 뒤편으로 휙 내던져버렸다. 끝은 벽에 부딪혀 탕 하는 소리를 내더니 건초더미 속에 쿵 하고 떨어졌다. "나무가시에 찔렸어." 그녀의 말이었다.

"그 끝 잘 찾아봐." 후안은 고개도 들지 않은 채 대꾸했다. "끝이 어디에 떨어졌는지 잊어버리기 전에 부지런히 몸을 놀려 찾으라구."

"나무가시에 찔렸단 말예요." 폴린이 했던 말을 되풀이했다.

"손에 굳은살이 박히고 나무가시에도 찔리고 그러는 거야, 이 아가씨야. 그건 구원으로 내딛는 아주 작은 발걸음이야. 힘든 일을 해야 은닢을 얻지."

"제기랄." 폴린이 말했다.

후안은 선을 그리던 총을 내려놓았다. "준비됐다면 어서 해봐." 후안이 말했다.

폴린은 꼼짝도 하지 않았다.

"네 빈약한 엉덩이를 부지런히 놀려서 그 끝 찾아보란 말 안 들려!" 후안이 고함을 질렀다. "염병할 끝이 두 개뿐이잖아!"

"내가 움직이게 해보시죠, 독재자 양반!" 하지만 결국 그녀는 몸을 일으켜 세웠다. 아주 천천히 일어나면서 무릎에, 넓적다리에, 엉덩이에 달라붙은 톱밥들을 털어내며 꾸물거렸다. 그리고는 끝이 떨어진 지점을 향해 조심조심 걸어갔다.

이제 더 이상 자신들이 책을 쓰기 위한 준비를 하고 있다고 그럴듯한 핑계를 댈 여지가 없다고 제니는 판단했다. 그렇다고 이들이 책을 쓰는 작업을 회피하고 있다고 할 수는 없었다. 어쨌거나 책이란 것은 "자아 재정립" 같았다. 즉 명확한 의도에 따라 수행하는 작업이었다. 그런데 아직까지 이 작업은 낮에는 전혀 이루어지지 않았다. 날씨가 너무 더워서 낮에 집안에 틀어박혀 글을 쓸 수는 없다는 것이 이들의 변이었다. 그런데 책을 쓰는 작업은 밤이 되어도 전혀 이루어지지 않았다. 밤이 될 무렵이면 늘 너무 많이 취한 상태였기 때문이다. 어느덧 뜨거운 열기가 그들 위로 내려앉았다. 이 농가에는 뒷문 옆에 온도계가 있었다. 진기하게 생긴 온도계는 산의 경치를 담은 조야한 금속 액자 위에 붙어 있었다.

"섭씨 38도야." 어느 날 아침 이본느가 취해 몽롱한 눈을 가늘게 뜨고 온도계 눈금을 읽었다. 청 반바지와 브래지어 외에는 아무것도 걸치지 않은 차림이었다. "38도라구!"

"38도가 넘어." 후안이 말했다. "저건 38도에서 멈춰버린 거야. 저 거지 같은 물건은 제대로 돌아가지 않는다구."

"돌아가고 있어!"

"저건 수은이 아니라 음식 물이 밴 거라니까."

"지난 주에 이 온도계 눈금은 24도였는걸."

"절대로 작동 안해. 우리가 이 쓰레기 같은 집에 온 뒤로 한 번도 25도가 된 적이 없어."

"저 액자 속의 그림이 캘리포니아 같아요. 여기랑은 하나도 비슷한 게 없어." 폴린이 말했다.

"내가 아는 캘리포니아는 전혀 아닌데."

"시에라 산맥처럼 보여요."

"그 시에라 산맥에 너희 집안의 근사한 저택 있지 않아?"

"캐스케이드 산맥이에요. 그리고 입 좀 다물어줄래요."

"네가 입 닥치지 그래!"

"입 닥쳐야 할 사람은 당신이래두!"

제니는 그 주에는 날마다 리버티 시로 자동차를 몰고 들어갔다. 어느 정도는 이들에게서 벗어나고 싶은 마음 때문이었지만 사실은 편지를 기다렸기 때문이었다. 습관처럼 몇 주일이 몇 달처럼 느껴졌다. 그녀는 윌리엄에게서 올 편지를 언제나 너무 미리부터 기다렸다. 이제 답장은 와야 할 날짜에 오지 않았을 뿐 아니라 아주 여러 날이 지난 뒤에야 왔다.

그런데, 드디어, 희미한 불빛이 비치는 자그마한 사서함에 무언가 놓여 있는 것이 보였다. 그녀는 상자를 뚫어질 듯 쳐다보았다. 손가락 끝이 따끔거렸다. 그녀는 그 무언가를 낚아채듯 집어서 급히 봉투를 찢었다. 봉투 안에는 네모나게 여러 겹으로 두껍게 접은 편지지가 들어 있었다. 글씨가 너무나 빽빽히 씌어 있어서 편지지 뒷면에도 어지럽게 엉킨 검은 잉크가 배어나올 정도였다. 그게 굉장히 낯익었던 탓에 그녀는 순간 엉뚱한 것으로 생각했다. 그러나 편지는 윌리엄에게서 온 게 아니라 그녀가 그에게 보낸 것이었다. 봉투 속에 든 것 중에 그녀가 보내지 않은 것이라곤 작은 쪽지 하나뿐이었다. 데이너의 필체였다. 더 이상 편지를 쓰지도, 무얼 보내지도 마. 나 이사했어. 미안. 데이너.

그녀는 한참 동안 여러 가지 종이를 든 채로 서 있었다. 주위에는 청동으로 빚은 똑같은 모양의 작은 독수리들이 나란히 줄지어 보였다. 로비는 조용했고 인적이 없었다. 그녀는 들어온 길을 되짚어 가늘게 뜬 눈을 깜박이며 한낮의 빛 속으로 나왔다. 그리고는 차에 올라탔다. 다른 차가 주차장 안으로 들어서고 있었다. 그녀는 재빨리 차를 몰고 나왔다.

늘 다니던 공중전화 박스에 다다랐을 때는 그 안에 누군가가 있었다. 넥타이를 풀고 재킷을 어깨에 걸친 것이 방문 판매원의 행색이었다. 그녀는 자기 영역을 되찾으려고 안절부절 못하는 불안한 동물처럼 그 사내가 나올 때까지 공중전화 박스 주위를 왔다갔다 하며 차를 몰았다.

데이너의 집에서는 전화를 받지 않았다. 그녀는 다시 돌아와서 작은 공원 쪽으로 차를 몰았다. 그리고는 얼굴을 두 손에 파묻은 채 기다렸다. 반 시간쯤 지나 그녀는 전화 박스 쪽으로 다시 차를 몰았고 또다시 전화를 걸었다. 하지만 이번에도 전화를 받지 않았다. 수화기를 너무 바싹 갖다댄 탓에 귓바퀴가 통증으로 파르르 떨렸다. 박스 위로 부서지는 햇빛이 눈부셔서 그녀는 눈을 감았다. 그런데 갑자기 신호음이 떨어졌다. 신호를 보내는 벨소리가 울리고 있었다는 걸 그녀도 잊을 뻔했을 만큼 한참이 지나고서였다. 전화선을 타고 희미하게 슈웃, 소리가 들렸다. 그녀와 콜로라도 사이의 공간이 내는 소리였다. 그리고 나자 "여보세요?" 하고 데이너의 머뭇대는 음성이 들렸다. 안도감이 파도처럼 밀려왔다.

"데이너." 제니가 숨을 몰아쉬었다. "데이너, 나예요."

화들짝 놀란 데이너의 음성이 제니의 목소리를 덮어버렸다.

"내가 전화하지 말랬잖아!"

"하지만 데이너……."

전화가 끊어지고 말았다.

제니가 다시 전화를 걸자 데이너가 곧바로 수화기를 낚아채듯 움켜쥐고 한 마디 내뱉었다.

"이러지 마."

"전화 끊지 말아요, 데이너. 제발, 데이너. 끊지 마……."

데이너가 거칠게 제니의 말을 가로막았다.

"나 아파. 그래서 의사를 만났어. 놀란 척 안 해도 돼."

이번에는 제니가 잠자코 있었다. 다시 전화선 안에서 슈웃, 소리가 들렸다. 하지만 그 소리는 미묘하게 변질된 듯했다. 청각적인 요소가 아니어서 감지할 수는 있지만 들을 수는 없는 무언가가 전화선 안에 덧붙여지기라도 한 것 같았다. 그녀에게 아버지가 언젠가 했던 이야기가 떠올랐다. 아버지는 불가사의할 정도로 고양이들과 잘 지냈다. 고양이를 길들이고 고양이의 존경을 받으며 군림하고 고양이의 행동을 제어하는 신기한 능력이 있었다. "모든 게 프스트!(pssst, 주의를 끌기 위해 내는 감탄사 : 옮긴이)를 어떻게 하느냐에 달려 있지." 아버지는 이렇게 말했었다. "고양이의 관심을 끌기 위해 내는 '프스트!' 에는 두 가지가 있다. 그 한 가지는 풀밭 위를 스치는 바람소리같이 들리게 하는 거야. 고양이들이 퍽 좋아하지. 또 다른 한 가지는 뱀이 사그락거리는 소리처럼 들리게 하는 건데, 이건 고양이들이 두려워한다." 아버지가 다르다고 한 이 두 가지 '프스트!'가 그녀에게는 완전히 똑같은 소리로만 들렸다.

손에서 땀이 흥건하게 배어나오고 있었다. 그녀는 자신이 아직도 반송된 편지를 꽉 움켜쥐고 있다는 걸 깨닫고 놀랐다. 편지지에 손바닥의 땀 얼룩이 묻었다.

"길모퉁이에 지금도 그 병원이 있나요?"

"그럴 거야. 하지만 이제 난 거긴 갈 수 없어."

"제발 가봐요, 그냥 검진만이라도 해봐요. 그렇게 오래 걸리지도 않을 텐데."

데이너는 대꾸도 없이 잠자코 있었다. 화가 났다는 신호로 보내는 침묵이었다. 마침내 그녀가 입을 열었다.

"삼십 분도 안 걸릴 거야."

두 사람의 대화는 제니가 기다린 시간에 비하면 너무나도 짧게 끝나버렸다.

"네가 나한테 보낸 물건들 때문에 난 정말 기분 나빴어." 데이너가 말했다. "넌 여기 상황이 어떻게 돌아가는지 상상도 할 수 없을 거야. 사방에 널려 있는 게 의사들이지. 그 지역, 내가 사라진 그 지역에서 일하는 사람들은 모르긴 몰라도 이미 대여섯 번은 조사를 받았을걸. 그들이 나를 이내 찾아낸 것도 그 때문이지."

"조심만 했더라면 그들이 찾아낼 방도가 절대로 없었을 거예요."

"너 지금 날 비난하는 거야?" 데이너의 음성에는 자제하려는 빛이 역력했다. 잠깐 뜸을 들인 다음 그가 말했다. "난 도대체 네가 왜 이 일에 뛰어들었는지 이해가 안돼."

"난 지금 그들을 도와주고 있는 거예요. 당신이 나를 도와주듯이."

"넌 지금 누굴 도와줄 처지가 못되잖아."

"그들이 어떻게 당신을 찾아낸 거죠? 당신을 봤나요? 누구랑 얘기를 나누었던 거예요?"

"세상에! 날 모욕하지 마."

"그렇담 그들은 그저 당신에게 말을 건넸을 뿐이에요. 거기, 그 지역에 독감이 돌고 있으니까. 그냥 거기 사는 사람들과 얘기를 나누고 있는 거라구요."

한참을 아무 소리도 하지 않고 있던 데이너가 입을 열었다. "샌디가 추도식에서 어떻게 말했는지 기억나지? 이 병으로 죽은 사람들에 대해 했던 말. 의사들은 거기서 연설을 했던 모든 사람을 추적하고 있어. 그리고 그들이 알고 지내는 사람도 죄다 추적 중이고. 그들은 3주쯤 전에 샌디에게 말을 걸었어. 그래서 지금 샌디는 여동생이랑 피신 중이라구."

"샌디가 그들에게 무슨 말이라도 했나요?"

"보울더에 사는 누군가를 알고 있단 말을 한 게 틀림없어."

제니가 아무 대꾸도 하지 않자 데이너가 다시 덧붙였다.

"직장에서 돌아와 보니 그자들이 내 집 베란다에 앉아 있더라구. 까만 양복에다 선글라스를 끼고서. 우라질, 기절초풍하겠더군. 네가 보낸 편지를 테이블 위에 올려놓고서 말이지."

데이너는 떨리는 음성을 주체할 수 없는 듯했다.

"미안해요, 데이너."

"딱하게 된 건 내가 아니라 바로 너야. 만일 샌디가 그 작자들에게 나에 대해 말했다면 네가 숭배해 마지않는 그 위인 얘기도 했을 게 틀림없으니까. 그리고 그 위인은 네 행방을 알고 있잖아. 그 사람이라면 네가 어떻게 이 일에 끼어들게 되었는지 알 테지."

"당신은 내가 어디 있는지 알잖아요."

"아니, 그렇지는 않아. 그리고 아는 게 적을수록 좋겠어."

"미안해요."

제니는 거듭 사과했다. 속이 메슥거렸다. 마치 두 사람을 연결하는 전화선을 타고 느껴지던 식별할 수 없는 그 요소가 도청이 아니라 독가스라도 되는 것만 같았다. 그래서 그들이 나눈 대화에 독이 퍼진 것만 같았다.

"이제 전화 끊어야겠어. 우린 오 분 동안 계속 통화를 했어." 데이너가 말했다.

장보러 나온 몇몇 사람들이 안으로 들어갔다가 가슴팍에 쇼핑백을 안고 나오거나 카트를 덜거덕거리며 밖으로 나와 자동차를 주차시켜 놓은 곳까지 밀고 가는 모습을 한참동안 지켜보았다. 그리고 나서 제니는 예전의 그 소년이 정문 밖으로 나와 가게의 큼직한 유리창 앞에 서서 담뱃불을 붙이는 것을 보았다. 유리창에는 가게의 스페셜 행사를 광고하는 플래카드가 붙어 있었다. 소년은 두 손을 담배 주위로 컵처럼 오므리고 고개를 길게 뺐다. 그런데 목이 뻣뻣하게 뒤로 젖혀져서 마치 머리 위 무언가의 균형을 잡으려고 애를 쓰는 것처럼 보였다. 그녀는 소년이 아프로 스타일(Afro, 곱슬머리를 둥글게 부풀린 흑인 모양의 헤어스타일 : 옮긴이)의 머리가 담뱃불에 닿을까봐 피한 거라는 걸 깨달았다. 여하튼 어색하지만 신중한 그의 동작은 그동안 연습을 많이 했다는 걸 보여주었다. 그래도 그녀는 소년이 흡연자는 아님을 알 수 있었다. 그는 어깨 너머로 가게 안을 흘깃 쳐다보더니 옆으로 살짝 몸을 틀었다. 가게 안에 줄을 선 손님의 시야에서 벗어나기 위해서였다. 사람들의 시선에 띄지 않을 만큼 움직이고 나자 소년은 콘크리트 담벼락에 몸을 비스듬히 기울이고는 눈앞에 펼쳐진 넓은 터를 훑어보았다. 담배는 가끔씩, 그것도 아주 짧게 빨았다.

잘생긴 아이였다. 그런 생각이 떠오른 순간 그녀의 눈에 뜬금없이 눈물이 고였다. 소년을 바라보고 있노라니 그 아이가 느끼는 기쁨이 오롯이 이해되었다. 마치 다 자란 사내처럼 소년은 담배 한 모금을 피워 물고 짧은 휴식 속에 홀로 고독을 만끽하며 서 있었다. 몸과 마음이 피폐해지고 절망적인 자신의 상황과는 놀랄 만큼 대조적인 모습이란 생각이 들었다.

데이너와 통화를 하고 난 뒤 제니는 더 이상 혼자라는 사실을 못 견딜 것만 같았다. 다시 그 농가로 되돌아가는 것도 못 견딜 것만 같았다. 그렇다고 제멋대로 자동차를 몰고 길 위를 헤매다닐 수도 없는 노릇이었다. 그러다가 자기도 모르는 사이에 여기에 와 있다는 걸, 짐을 들어다주는 소년을 몰래 바라보고 있다는 걸 깨달았다. 소년이 알아볼까봐 그녀는 선글라스를 끼고 자동차 시동을 다시 켰다. 그러나 시동을 켜는 순간 소년은 앞쪽을 유심히 바라보더니 길게 반원을 그리면서 꽁초를 털어버리고는 그녀의 차 쪽으로 다가오기 시작했다.

"이봐요!" 소년이 쾌활하게 불렀다. "베트남에서 오지 않은 사람! 당신 정말 잘 먹는군요. 그때 사갔던 식품들로 족히 일 년은 버틸 줄 알았는데."

바로 그때 몸집이 작은 중년의 백인 남자, 늘 무언가를 찾아다니는 것처럼 몸이 앞으로 구부정한 남자가 부산스럽게 가게 문 밖으로 나와서 눈을 가늘게 뜨고는 주차장 쪽을 머뭇대는 표정으로 바라보았다.

"토머스?" 남자가 소리쳤다.

반바지를 끌어올리던 소년이 몸을 돌려 3미터쯤 떨어진 맞은편에 선 이 백인 남자에게 손을 흔들었다. 마치 하늘 저 멀리 날아가는 비행기를 가리키며 양팔을 크게 휘두르는 듯한 손짓이었다. "여기예요, 사장님."

"여기 있을 거야, 아님 갈 거야?"

"잘 모르겠는데요."

"갈 거면 펀치 찍어야지." 훈계치곤 상냥하고 건성으로 하는 말처럼 들렸다. 잠시 후 남자는 가게 안으로 다시 들어갔다.

"저 사람이 사장이에요." 그녀의 자동차 창문 쪽으로 다가온 소년이 말했다. "박쥐처럼 앞이 잘 안 보이죠."

"그 사람이 네가 담배 피우는 걸 봤을까봐 걱정하는구나."

"걱정 안 해요. 사장님은 내가 담배를 피우기엔 너무 어리다고 생각하지만 난 열여덟 살인 걸요."

이 말을 하자 소년은 갑자기 도끼빗이 생각난 모양이었다.

"여기 장보러 왔죠?"

그가 머리를 매만지면서 물었다.

"그냥 차를 타고 돌아다니는 중이야."

"멋있는 말인데요. 나도 같이 타고 갈래요."

"너 바쁘잖아?"

그녀가 웃었다. 그러나 그저 농담을 한 게 아니라는 걸 금방 깨달았다. 소년이 쏜살같이 가게 안으로 달려 들어갔던 것이다. 그가 안으로 사라지자마자 그녀는 서둘러 자리를 떠야 한다고 스스로를 채근했다.

그러나 그녀가 미처 숙고해볼 겨를도 없이 소년은 어느새 바깥으로 나오고 있었다.

"오늘 같은 날은 내가 필요 없어요. 그래도 내가 가외로 일하고 싶어 하면 사장님은 더 일하도록 해주죠."

자동차에 오르며 소년은 숨을 헐떡거렸다.

"지금 막 퇴근기록 펀치 찍고 나왔어요."

일단 소년을 태우고 차를 몰게 되자 그녀의 마음은 한결 담담해졌고 보다 합당한 일처럼 느껴졌다. 자신이 이 아이를 위험에 빠뜨릴 거라고 생각할 이유가 하등 없었던 것이다. 이전에도 그녀는 리버티 우체국의 여직원이나 쥐덫을 팔았던 남자를 위태롭게 만든 적이 없었다. 그들과 이야기를 했을 뿐이지 않은가? 그녀는 소년이 가르쳐주는 대로 동네의 외곽을 지났다. 그리고 소년이 어쩌려는지 미처 낌새를 알아채지 못한 채 외따로 서 있는 호젓한 갈색 건물에 다다랐다. 건물에는 가늘고 길쭉한 구멍처럼 생긴 창문이 하나 달려 있었다.

"여기 술집이잖아?" 그녀가 놀라 소리쳤다. "넌 술 마실 만큼 나이 들어 보이지 않는데."

그녀의 이 발언은 소년의 마음을 몹시 상하게 했다. "내가 당신보다 나이가 더 많다고 장담하죠. 이 바는 내가 단골로 드나드는 곳이에요. 두고 보세요. 여기 사람들이 죄다 날 알고 있으니까."

술집의 실내는 어두침침하게 느껴졌다. 작은 전등과 핀볼 기계에서 발산하는 빛 때문에 어쩌면 밤이 지금보다 덜 어두울지도 몰랐다. 지금은 희미해진 햇살이 좁은 구멍 같은 창문을 통해 썰물처럼 빠져나간 뒤였다. 그런데 빛이 그리 멀리 가버린 것은 아니었다. 술집 안에는 몇 사람뿐이었다. 카운터 앞에는 꽤 나이 들어 보이는 흑인 남자 둘이 앉아 있었고 카운터 뒤로는 나이 든 흑인 여자가 보였다. 그들이 안으로 들어서자 바텐더가 움츠러들게 하는 눈길로 쏘아보았다.

"맥주 둘." 소년이 말했다. "아님 콜라 한 잔만. 친구랑 그냥 왔어요." 소년이 하소연하듯 중얼거렸다.

"당신 몇 살인가요?" 바텐더가 그녀에게 물었다.

"스물 다섯."

"우와!" 소년이 말했다.

바텐더는 눈썹을 치켜올렸다.

"토머스는 아직 열여섯도 안 되었어요. 쟤가 하는 말 믿지 말아요. 왜 가게에서 일 안 하고 여기 왔지?" 그녀가 따지듯 물었다. "내가 네 엄마에게 거짓말하게 만들지 마라."

"일찍 끝낸 거예요." 토머스가 볼멘소리로 대답했다. 두 사람이 창문 가까이, 바에서 가장 멀찌감치 떨어진 칸막이 안으로 살짝 들어서자 제니가 말했다.

"우리 여기서 빨리 나가는 게 좋겠어."

"왜요? 바텐더 여자가 사납게 굴어서요? 아, 저 여자는 늘 저런 식이라구요. 그래도 날 좋아해요. 우리 형이 언제나 날 여기 데리고 왔었거든요."

"네 형 일은 안됐어." 그녀가 잠시 후에 말했다.

"왜요? 대수롭지 않은 일인데요, 뭘."

"그건 대수로운 일이야. 끔찍한 전쟁에서 죽임을 당했다는 건 대단한 일이라구. 지금 너와 함께 있어야 마땅한 사람인데."

토머스가 눈을 가늘게 뜨고 그녀를 바라보았다. "젠장." 잠시 후 소년이 이렇게 내뱉고는 짧게 웃었다.

"뭐야?"

소년이 고개를 흔들었다. "당신 이름을 몰라요." 문득 생각이 났던 것이다. "내 이름은 토머스. 내가 이미 말했던가요?"

"난 엘리스야."

"엘리스, 화내지 말아요." 그가 어깨 너머 뒤쪽으로 흘깃 시선을 던졌다. 카운터 앞에 앉은 늙수그레한 사람들은 이제 그들에게 아무 신경도 쓰지 않고 있었다. 그런데도 소년은 여전히 목소리를 낮추었다. "내가 실없는 소리를 지껄인 거예요. 우리 형은 죽지 않았어요."

"안 죽었어?"

"아뇨."

"흠, 그렇다면 다행이구나." 그녀가 조심스럽게 대답했다.

소년은 아까보다 훨씬 더 불편해 보였다. "아무튼, 어디 살아요? 읍내에서는 한 번도 본 적이 없는데."

그녀는 맥주를 한 모금 마셨다. 거품이 일고 차가웠다. 그녀가 생각을 하는 동안 맥주가 넘어가는 목구멍이 타들어가는 듯했다. 이렇게 술집에 앉아서 한가롭게 시간을 보내본 지가 얼마 만인지 기억나지 않았다. "읍내 밖에 살아. 내가 일해 주는 집 부인하고 함께 살지." 그녀가 겨우 대답했다.

"그렇담 하녀예요?"

"상당히 비슷해."

"그 부인하고 당신하고 단둘인가요? 외로울 것 같네요."

"그래."

이렇게 말하고 나자 잠깐 동안 둘 사이에 침묵이 흘렀다.

그녀 앞에 놓인 맥주병은 이내 비워졌다. 그녀가 말리기도 전에 토머스는 곧장 가서 한 병을 더 시켰다.

"여기서 주는 공짜 술이에요." 맥주병을 내려놓으며 소년이 말했다. "봤죠? 여긴 내 술집이라구요. 비록 난 술을 마실 수 없지만 말이죠."

제니는 손을 흔들어 그 바텐더에게 고맙다는 인사를 했다. 그녀도 어깨를 으쓱하며 손을 흔들어 보였다.

"왜 내게 형이 전쟁터에서 죽었다고 말했지?"

그녀가 맥주를 한 모금 꿀꺽 삼키고 나서 물었다.

"그냥 농담 해본 거죠, 뭐."

"징집된 거니?"

"왜요?"

"그냥 묻는 거야."

토머스는 또다시 앉은 자리에서 몸을 비틀었다. 바 쪽을 아까처럼 일별하고는 호주머니를 뒤져 담배를 꺼내더니 골똘한 표정으로 내려다보았다.

"저 바텐더 아줌마가 우리 엄마한테 분명히 다 꼬나바칠 거예요." 그는 짜증난다는 듯이 말했다.

그리고는 잠자코 있다가 곧 이렇게 덧붙였다. "징집되긴 했는데 출두하지 않았어요. 그리고 달아난 뒤로 영영 돌아오지 않았죠. 그러니 죽은 거나 마찬가지예요. 어쩌면 죽었을지도 모르고요."

그는 이미 자기 몫으로 시킨 콜라를 다 마셨는데도 빨대를 물고 탐색하듯 얼음 조각 사이를 찔러댔다. 콜라가 더 있는지 찾아내기라도 할 것처럼.

"형이 한 일에 대해 부끄러워해서는 안돼."

"그렇다고 내게 뭐 영향을 주는 것도 없어요. 형은 자신이 원하는 대로 할 수 있는 거니까."

"내 아버지도 똑같은 일을 하셨어. 그렇지만 베트남전은 아니고 2차 세계대전이었지. 아버지는 정부에서 일본 사람들을 죄다 감옥에 가둔 데 대해 분노하셨던 거야."

"누가 일본 사람들을 모두 감옥에 가두었는데요?"

"정부에서 그랬지. 진주만 습격 이후에. 감옥은 아냐. 하지만 감옥 하고 다를 바 없는 수용소였어. 미국 시민인 경우에도 부모나 조부모가 일본인이면 무조건 감옥에 가둔 거야. 스파이 노릇을 했을지도 모른다는 게 그 이유였어. 우린 그때 독일과 이탈리아와도 전쟁 중이었는데 독일인이나 이탈리아인들은 괜찮았지. 수용소에 갇힌 건 오로지 일본인들뿐이었어."

"학교에서 그런 걸 들어본 적이 없는데요."

그녀가 어깨를 으쓱했다. "학교에서는 절대로 그런 걸 가르치지 않으니까."

"지금 나한테 거짓말치는 거죠, 그렇죠?"

"아니, 거짓말하는 게 아냐." 그녀는 다시 한번 맥주를 쭈욱 들이켰다. "학교에서 노예제도에 대해서 얼마나 많이 가르쳤어?"

"정말 맞아요." 토머스가 씨익 웃었다. "학교에서는 그런 건 개뿔도 가르치지 않죠. 그런데 어쨌거나 난 학교에 잘 가지도 않는데요, 뭘."

"오, 토머스. 그건 나빠. 학교엔 꼭 가야 해."

"방금 학교가 얼마나 엉터리 같은 덴지 말한 거 아니었어요?"

"그래도 학교는 가야 해. 그게 바로 그들이 너에게, 흑인 남자아이들에게 기대하고 있는 거니까. 학교에 가지 않는 거."

토머스는 제니의 이 말을 잠시 동안 곰곰 생각했다. "그나저나 당신

아버지한테는 무슨 일이 생긴 건데요?"

"아버진 두 해 동안 감옥에 계셨어. 진짜 감옥 말이야."

그녀의 심장이 점점 더 세차게 뛰고 있었다. 자신이 아버지에 대한 말을 꺼내도록 스스로를 허용했다는 사실이 믿겨지지 않았던 것이다. 그녀는 한 손으로 마시던 맥주병을 단단하게 감쌌다. 냉기 때문에 자신이 또다시 물러서게 될까봐 두렵기라도 한 것처럼. 맥주병에는 아직도 차가운 물방울이 맺혀 있었다. 그런데 조금 전에 마셨던 것과 마찬가지로 이 병도 순식간에 비워졌다.

"엘리스, 이봐요, 엘리스. 울지 말아요." 토마스가 말했다.

한순간 그녀는 왜 그가 자신을 그렇게 부르는지 그 이유를 알 수가 없었다. "세상에, 나 좀 봐. 난 술 잘 못해. 맥주 기운 때문에 감상에 빠져버렸나봐."

"적어도 당신은 아버지와 의견이 같잖아요. 우리 아버지는 곁에 없어요. 하지만 아버지가 만약 우리 형을 붙잡기라도 한다면 형은 차라리 베트남에 있었으면 하고 바랄 거예요."

"어째서 넌 내가 아버지와 의견이 같다고 생각하지?"

"당신은 전쟁이 나쁘다고 생각한다고 말했죠. 그러니까 전쟁에 반대하는 사람들이랑 비슷한 거죠. 당신 아버지 역시 그런 식이었을 게 틀림없구요." 그것은 대체로 불협화음을 내는 세상에서 조화의 가능성을 발견한 하나의 판단, 기분 좋은 해석이었다. 그녀는 소년을 바라보았다. 술집에 단 하나뿐인 작은 창문을 마주하고 앉은, 빛가루가 살짝 뿌려진 그의 앳된 얼굴을. 열다섯 살 남자아이라는 낯선 영역에서 그녀를 찬미하는 시선을. 다시 빗이 소년의 주머니에서 나왔다. 그는 굼뜬 동작으로 머리카락에 빗을 꽂고는 힘껏 빗어올렸다. 일에서 벗어난 오후의 만족스러운 기분. 창문에서 고개를 돌렸지만 그와 가까운 그녀의 얼굴에는 그늘이 드리워져 있었다. 그녀는 가급적 너무 급하게 자리에서 일어나지 않으려고 신경을 썼다.

"가봐야겠어, 토머스. 돌아가서 일을 해야 하거든." 그녀가 말했다.

"오, 그래요? 그런데 당신은 내게 너무 훌륭한 얘기를 많이 해주네요. 당신 얘기는 정말 멋져요, 엘리스. 당신 일을 끝내고 나서 오늘밤 만나는 거 어때요?"

"오늘밤은 안 될 것 같아."

"당신은 앞으로 일 년 동안 가게에 들르지 않을 거잖아요. 지난번에 식품을 그렇게나 많이 사갔으니 말이죠."

"그래도 들르게 될 거야."

"좋아요. 약속하는 뜻으로 악수해요." 그가 한 손을 내밀었고 그녀가 그 손을 잡고 흔들었다. "내 손은 나이 든 여자와 닿으면 마술을 부리니 조심해야 할 걸요." 그가 말했다.

밖으로 나온 토머스는 담뱃불을 붙였다. 예의 그 어색하고 신출내기 같지만, 인상적이고 독특한 자세로. 그녀는 이것이 단지 우연의 일치일 뿐일까 궁금해졌다. 그녀가 절망적일 만큼 외로운 때에 이 소년과 우연히 마주치게 되어 너무 많은 말을 쏟아놓게 된 이것이. 그게 아니라면 이 아이만이 가진 그 무엇 때문이었을까? 언젠가 윌리엄은 사람들을 설득하여 혁명의 대열에 참여하게 하는 방법에 대해 말한 적이 있었다. 아직 어리고 감수성이 예민한 나이의 사람들에게 다가가야 한다고 했었다. 윌리엄이 농담처럼 흘린 말이었지만 그 후로 한동안 그녀는 숨구멍이 채 닫히지 않은 어린아이, 완전히 융합되지 않은 상태라는 어린아이의 두개골을 주시하는 보이지 않는 눈길을 상상하곤 했다. 그런 경우 세상에 스며든다는 것은 물리적인 작용이었다. 아무리 그러지 않으려고 안간힘을 써보아도 나이가 들면 잃어버리게 되어 있었다.

토머스는 어디에 살든 상관없이 데려다주겠다는 그녀의 제안을 거절했다. 좀 돌아다니려구요, 그의 해명에 그녀는 안도했다. 그러면서도 실망스러웠다. 그런데 그것이 자연스럽게 헤어지기 위해 그녀가 할 수 있는 전부였다. 그녀는 그에게 말을 건넨 것으로 이미 규정을 어겼다. 그러므로 이제 다시는 그와 마주치도록 스스로를 방치해서는 안 된다는 것을 알았다.

"이봐요." 그녀가 시동을 걸자 소년이 말했다. "내게 해준 그 모든 얘기들 고마워요."

술집을 벗어나 자동차를 몰고 오면서 그녀는 자신이 왜 그랬는지 그 이유를 여전히 알 수가 없었다. 아버지의 태도는 더 이상 그녀가 변하기를 기대하는 것도 아니었고 그렇다고 온전히 이해하는 것도 아니었다. 자신의 정치적 신념에 대해 섬뜩하리만큼 반대하고 나선 아버지의 입장에 대해 고심하는 걸 포기한 지 오래였다. 아버지는 여느 사람보다 훨씬 더 자신의 신념에 찬성해야 마땅하다는 생각도 버린 지 오래였다. 아버지는 포로수용소에 대해 너무나 분개했었고 징집을 거부했다는 이유로 감옥살이를 했었다. 그리고 일본으로 이주했을 때는 영원히 미국 국적을 버릴 생각이었다. 아버지는 이주해온 그곳 일본에서 존중받게 될 것으로 생각했음에 틀림없었다. 황인종이라는 이유로 백인들에게 배척받지 않으리라고, 또한 백인들에게 머리를 조아리고 아부를 한 것도 아니었기에 자기 인종에게서 배척당하지 않으리라고 생각했음에 틀림없었다. 징병제에 저항한 아버지의 행동은, 수용소에 간힌 일본인들 사이에서 인기를 얻거나 고결한 태도라고 인정을 받은 적이 한 번도 없었다. 그의 이런 이력은 오히려 불공평하게도 열광적인 제국주의 숭배자들, 그들을 제외한 모든 이를 아주 나쁘게 보이게 만든 극소수의 골수 미국 혐오주의자들과 한통속으로 묶였다. 그래서 그녀의 아버지는 일본계 미국인들이 자신을 배척하고 추방했던 것만큼이나 본토의 일본 사람들이 진심으로 자신을 반겨주리라 기대했었던 게 분명하다. 하지만 상황은 기대했던 대로 흘러가지 않았다. 일본에서 그는 무기력하고 지워지지 않는 오점을 가진 미국인으로 받아들여졌다. 그의 키와 지워버릴 수 없었던 로스앤젤레스 억양은 그에게 미약한 도움도 못 되었다. 그의 편한 옷차림은 불완전한 일본어 발음과 더불어 칠칠맞고 너저분한 인상을 준 것 같았다. 반면에 제니는 잠을 자면서도 일본어를 빨아들이는 듯했다. 캘리포니아를 떠날 때 그녀는 엉망이 되어버렸지만 아직 아홉 살의 아이였다. 그런데 그녀의 아버지가 또다시 그들의 보금자리를 옮기려는 결정을 내렸을 때는 열네 살이었다. 그녀는 태평양을 건너 되돌아오는 비행기 안에서 내내 흐느껴 울었던 게 떠올랐다.

되돌아온 스톡턴에서는 시청 건물 안에 사무실이 있던 학교 담당 심리학자를 의무적으로 찾아가야 했다. 이 건물은 자유의 여신상으로 유명했다. 로비의 받침대 위에 놓여진 자유의 여신상은 어린아이 키 높이에 맞추어 완벽하게 복제된 작품이었다. 그녀는 이 여신상 근처를 벗어날 수기 없었다. 도전을 하는 것 같기도 하고 징난을 치는 깃 같기도 한 여신상의 주위를 빙빙 돌았다. 여신상을 만져보려고 했다가 야단도 맞았다. 그리고 나서도 여신상 생각을 떨쳐버리지 못한 채 불안하고 참을 수 없는 심정으로 앉아 있었다. 그동안 그녀의 아버지는 새

양복을 입고 새 구두를 신은 터라 불편하고 뚱한 심사로 한쪽 무릎 위에 한쪽 발목을 불안하게 걸치고 양손은 넓적다리 위에 되는 대로 올린 채 앉아 있었다.

아버지는 딸의 교육이 오 년 동안 중단된 이유를 설명하느라 애쓰는 중이었다. "그곳 학교 시스템은 우수합니다." 그녀는 아버지가 했던 말을 기억했다. 이 의견에 대한 쌀쌀맞고 냉담한 침묵을 어색하게 가르며 아버지는 이렇게 덧붙였다. 여느 때의 아버지와는 달리 더듬거리는 말투였다. "제 말은, 다른 외국과 비교할 때 우수하다는 말입니다. 미국 학교들과 비교한 건 아닙니다."

그녀의 짐작으로는 자신이 치른 갖가지 종류의 시험들은 지능 발달이 늦은 지진아나 다루기 힘든 아이들을 대상으로 하는 시험이었다. 그녀의 눈앞에 플래시 전구가, 그 다음에는 밝은 나무 퍼즐판과 잉크 얼룩이 번쩍거렸으며 큰 소리로 글을 읽어주기도 했다. 캘리포니아는 그녀에게 경악할 만큼 달라 보였다. 그녀가 더 이상 아홉 살 아이가 아니라 열네 살 소녀가 되었기 때문만도 아니었다. 그녀가 일본에서 다섯 해를 살았기 때문만도 아니었다. 자신에게 주어진 모든 시험에 통과했을 때 담당 심리학자가 실망하는 기색을 보였기 때문만도 아니었다. 혹은 사물들이 더 작아졌고 유년시절의 마법을 벗어버렸기 때문도, 예전에는 어린아이의 불가사의한 눈으로 사물들을 더 잘 파악했기 때문도 아니었다. 무언가 다른 것이 있었다. 번들거리며 빛나는 태양빛, 꽃이 빼곡하게 피어난 뜰, 그리고 자기 안에 빠져 있는 무심한 표정들에는 부정한 사기의 기운이 감돌았다.

그해 여름이 시작될 무렵 베트남에서는 한 승려가 자신의 몸을 제물로 바쳤다. 그리고 그의 몸을 삼켜버리는 무시무시한 불길들이 텔레비전 화면에 비쳐졌다. 이제 그녀의 아버지는 자신이 태어난 나라와 벌이던 일방적인 전쟁에서 휴전을 선포했다. 그런데 그것은 그동안 아버지가 왜 투쟁했었는지 그녀가 파악하기 시작한 바로 그 순간에 이루어졌다. 그녀가 포로수용소에 대해 알게 된 것은 일본 학교에서였다. 정작 그 일이 벌어졌던 곳인 캘리포니아나, 그 일을 직접 겪었던 당사자인 아버지에게서는 한 번도 들어보지 못했던 얘기였다.

그날 학교에서 돌아와 포로수용소에 대해 아버지에게 묻자 아버지는 짜증을 내며 이렇게 말했을 뿐이다.

"왜 그런 걸 물어? 모두가 오래 전의 일이다."

하지만 그녀에게는 그것이 하나의 열쇠 같았다. 아버지를 이해하고 아버지를 알 수 있는 열쇠, 그리고 어쩌면 아버지의 딸이 되게 만들어주기까지 할 열쇠. 아버지가 그동안 견뎌낸 세월을 하나하나 알아간다는 것은 역사와 정치, 권력과 압제, 형제애와 인종 차별주의, 그리고 마침내 급진주의를 새롭게 발견해가는 과정이었다. 하지만 이러한 발견은 아버지와 딸 사이의 싸움으로 치달아갈 뿐이었다. 자라면서 반전 운동에 점점 더 깊게 개입하게 되자 아버지와의 갈등도 점점 더 격렬한 싸움으로 변해갔다. 그러나 싸움의 내용이 점점 더 복잡해진 것은 아니었다. 한 번도 이슈를 문제 삼거나 전쟁 그 자체를 두고 언쟁을 벌인 것은 아니었으므로. 단지 그녀의 오만함, 혹은 그녀의 어리석음, 전쟁에 반대하는 그녀의 무모하고 순진한 언동을 문제 삼은 것이었으므로. 네가 뭘 알아? 아버지는 격분하여 이렇게 소리를 버럭 지르곤 했다. 그녀는 고등학교를 마치지 않고 열여덟 살에 버클리로 이주했다. 그녀가 모든 시험을 잘 치렀음에도 불구하고 스톡턴 교육구의 심리학자는 3년을 유급시켰다. 아마도 일본 학교와 비교했을 때 미국 학교가 더 우수하다는 걸 강조하고 싶었던 것이리라.

　버클리로 옮겨온 그녀는 지역문화센터의 현대정치학 야간과정에 등록했다. 나중에 고등학교 졸업장이 필수가 아닌 대학으로 편입할 수 있을지도 모른다는 생각에 따른 결정이었다. 그곳에서 그녀를 가르친 교사는 깔끔하게 면도를 한 버클리 대학 4학년생이었다. 그는 학장실을 점거했다는 이유로 학사 학위를 몇 학점 남겨놓고 학교에서 쫓겨난 인물이었다.

　학기가 끝나갈 무렵 그녀와 이 교사는 연인 사이가 되었다. 윌리엄은 이런 식으로 그들의 관계를 담담하게 표현했으나 그녀로서는 이례적인 관계의 진전이었다. 그녀는 이전에 한 번도 누구의 연인이었던 적이 없었던 것이다. 그를 만나기 전까지는 그 누구에게 키스 한 번 받아본 적이 없던 그녀였다. 이미 실낱같이 가느다랗게 변해버린 아버지와의 결속이 윌리엄과 가까워지면서 완전히 끊어져 버리고 말았다. 그녀가 윌리엄과 살던 아파트를 찾은 아버지의 단 한 번의 방문이 부녀의 관계를 파국으로 몰고 갔다. 폭발하듯 터진 언쟁에서 아버지와 윌리엄은 믿기지 않을 정도로 모욕적인 언사를 서로에게 퍼부었다. 그녀가 두려워했던 것보다 더 끔찍했고 참혹할 정도였다. 그녀와 아버지는 가급적 적대적인 입장을 최소화하는 선에서 그냥 서로간에 연락을 끊어버렸다.

　이제 윌리엄이 그녀의 세계가 되었고 윌리엄의 언어는 그녀의 언어가 되었다. 그녀는 마음 속으로 그런 생각을 했던 자신을, 이따금 과감하게 우리는 연인이 되었다는 말을 큰 소리로 입밖에 내보기까지 했던 자신을 떠올려보았다. 그리고 이전에 한 번도 써보지 않았던 화법을 썼을 때, 이전에 한 번도 상상해 보지 않았던 삶을 지향하게 되었을 때 자신을 사로잡았던 환희를 떠올려보았다.

이제 그 삶은 가뭇없이 사라져 버렸다. 데이너가 마지막 남았던 끈을 잘라내고 말았다. 그게 다 제니가 삼총사 '동지들'을 위해 위험을 무릅썼기 때문이었다. 이 삼총사는 절대로 그녀를 위해 위험을 자초하지 않을 사람들이었고, 그녀가 단언하건대, 지금껏 책으로 엮을 원고를 한 자도 쓰지 않은 사람들이었다.

농가에서 마지막 몇 미터를 남겨놓고 가파른 언덕 위로 차를 달리고 있었을 때 그녀는 격분한 상태였다. 그녀는 자동차의 문을 쾅, 소리나게 닫고는 연못을 향해 저벅저벅 걸어갔다. 그들은 벌거벗고 헤엄을 치고 있었다. 집에 다다르기도 전에 풀밭 위에 어지러이 흩어진 옷들을 보고 그럴 거라는 짐작을 할 수 있었다. 토탄 악취가 풍기는 옅은 갈색 물웅덩이까지 올라가자 손을 흔드는 이본느와 어깨까지 물에 담그고 얌전히 앉아 있는 폴린의 모습이 보였다. 폴린의 머리카락은 아직 젖지 않은 상태였다.

"당신들에게 얘기할 게 있어요." 그녀가 크게 소리쳤다. 그지없이 차분하게 나오는 자신의 목소리가 스스로도 놀라웠다.

후안은 뒤에서 폴린에게 물을 튀기더니 물 속으로 밀어 넣었다. 폴린이 철버덕거리고 비명을 지르며 수면 위로 고개를 내밀었다.

"망할 자식!" 폴린이 소리를 질렀다.

폴린과 후안이 팔다리를 허우적거리면서 탁한 연못물을 요란하게 휘젓는 동안 이본느는 연못에서 걸어나와 무릎과 넓적다리에 튄 진흙을 털어냈다. 그리고는 몸을 돌려 두 사람을 온화한 표정으로 가만히 지켜보았다.

"자매도 한바탕 적셔봐요." 이본느가 말했다.

"나중에요. 여러분에게 할 말이 있어요. 여러분 모두에게요."

"무슨 얘긴데요?" 이본느의 가슴과 뒤엉킨 치모에서 물이 뚝뚝 떨어졌다. "동지들, 제니가 얘기하고 싶대." 그녀가 소리쳤다.

폴린과 후안은 연못물을 휘저으며 서로에게서 멀어졌다. 후안은 몸을 뒤로 젖히더니 고개를 물 속에 집어넣었다. 마치 세례를 받는 것 같은 자세로. 물 밖으로 다시 드러난 얼굴에는 까만 머리카락이 착 달라붙어 있었다.

"더워 보입니다, 자매. 옷을 벗어요. 우리에게 당신의 맨살을 보여줘 봐요."

"제기랄. 당신들에게 할 말이 있다니까!"

"발가벗는 건 대수롭지 않은 일이라구. 그런다고 죽진 않으니까. 그렇잖소?"

"난 집안에 들어가 있을게요. 날 기다리게 하지 말아요." 제니는 목까지 물 속에 잠긴 폴린을 보았다. 그녀는 화가 나서 홱 돌아서 가버리는 제니를 보자 겁먹은 표정을 지었다.

제니는 뒷문으로 들어서는 세 사람 모두의 얼굴에 걱정스런 기색이 감도는 것을 보자 기뻤다. 그들의 몸에는 젖은 옷이 들러붙어 있었고 엉킨 머리카락에서는 물이 뚝뚝 떨어졌다. 그녀는 문구용품 상자 안의 내용물을 탁자 위에 꺼내 놓았다.

"이봐요. 그거 손대지 말아요." 후안이 말했다.

"당신들 뭐라도 한 게 있어요? 뭐라도 했냐구요?"

"그건 전혀 당신이 상관할 바가 아니잖소. 내가 말했듯이 우린 일을 우리 페이스에 맞추어 할 뿐이오. 당신 페이스에 따르진 않는다구."

"다음 주가 되면 프레이저가 당신들이 그동안 한 걸 보려고 다시 올 거예요."

"쓸 겁니다." 후안이 무뚝뚝하게 반응했다.

"언제요? 이곳을 벗어난 바깥세상은 여전히 예전과 다름없이 돌아가고 있어요. 그들은 여전히 당신들을 찾아다니고 있단 말이에요. 그들이 여길 찾지 못할 거라고 믿을 만한 근거가 아무것도 없어요. 조만간에."

"오, 이를 어째." 폴린이 머리카락을 쥐어뜯으면서 중얼거렸다.

후안이 말했다. "나는 결코 인민의 적인 돼지들을 과소평가 안 합니다. 그리고 돼지들도 우리를 과소평가해서는 안 될 테구요. 여기 오라고 합시다. 그러면 내가 아침 요깃감으로 그 돼지 녀석들 요리를 해주겠소!"

제니는 그들이 거실에서 타자기 안에 백지를 말아넣는 걸 보고 나서야 다시 집을 나섰다. "우리 마음 속에 다 담겼던 거라 그리 오래 걸리지 않을 거요. 그걸 죄다 밖으로 뱉어버리는 건 기분 좋은 일이 될 겁니다." 후안이 말했다. 집 밖으로 나온 제니는 농가의 뒤켠에서 시작되는 가느다란 알루미늄 파이프를 따라서 언덕 위까지 올라갔다. 풀 틈에 가려 보이지 않았던 파이프는 풀밭을 지나 나무숲 속까지 이어졌고 너럭바위들 주변에서는 이음새로 이어지거나 바위 틈새를 살짝 들어갔다 빠져나온 식으로 기울기도 일정했다. 한동안 비가 오지 않은 듯했지만 물탱크에는 물이 가득했다. 주저 없이 그녀는 옷을 벗고 그 안에 몸을 담갔다.

견딜 수 없이 찬 기운이 몰려왔으나 그녀는 그대로 머물렀다. 물탱크 안에서 얼얼한 손으로 몸을 씻었고 곱은 손가락으로 머리카락을 쓸어내렸다. 팔다리와 몸통, 심지어는 가슴마저도 차츰 감각을 잃어갔다. 이제 뼛속으로 스미는 통증만 느껴질 뿐이었다. 그런데도 여전히 물탱크에서 나오지 않았다. 감각을 다 잃어버린 상태로, 자신의 몸을 아주 잘 감지하면서 한참을 그러고 있으니 기분이 좋았다. 배낭 여행자나 성지 순례자, 혹은 다른 유랑자처럼 그녀는 너무 오랫동안 제대로 된 사생활을 갖지 못한 채 지낸 탓에 마치 자신의 몸이 사라져버린 것 같았었다. 이제 육체는 그저 수단, 방패, 혹은 도구에 지나지 않게 되어버렸다. 한 번도 아름다움이나 쾌락을 담았었다고는 볼 수 없을 것 같았다. 그녀는 눈을 감고 윌리엄을 떠올려 보았다. 그의 가슴팍을 축축하게 적시던 타원형 땀방울. 가끔씩 몸을 활처럼 구부리면 그 땀이 그녀의 몸으로 옮겨오곤 했다. 침실 문을 지나면 그들의 보금자리, 마침내 그들은 둘만 살고 있었다. 이런 것들로 규정된 어두운 공간이 그녀의 쾌락이었다. 처음 이런 일이 생겼을 때 그녀는 이미 쾌락으로 너무나 혼몽한 상태였으므로 짐승의 울부짖음 같은 이상한 소음을 들었을 때에도 그것이 자기 안에서 나오는 소리라는 사실을 깨닫지 못했었다.

윌리엄 위크스. 나중에, 그녀는 세상 사람들처럼 자신도 여러 신문에 실린 그의 체포 사진을 꼼꼼히 살펴보려고 애써 보았다. 윤곽이 뚜렷한 그의 입술은 사진 속에 그대로 보였으나 눈동자는 광택이 없고 흐릿했다. 그녀가 알던 그의 눈이 아니었다. 그녀가 아는 윌리엄의 눈은 침실에서의 눈이었다. 겉으론 욕망이 충족된 눈이지만 그 안에 허기를 숨긴 그런 눈. 그녀와 성교할 때 보았던 눈. 마치 박탈당한 사람처럼 질책을 퍼붓고 미친 듯 흐느껴 울던 때의 눈. 그는 벌건 대낮에도 종종 성적인 의도가 담기거나 불안한 약탈자 같은 표정을 짓곤 했다. 이따금씩 자신의 몸 위에 올라간 그에게서 보았던 것과 같은 표정. 그런 표정으로 그는 등을 활처럼 구부리며 그녀 속으로 더 깊이 들어오곤 했다. 마치 그녀와의 섹스가 마약에의 탐닉처럼 파괴적이고 퇴폐적이기라도 한 것처럼 허무한 표정이었다. 당연히 그런 그의 표정들은 신문에 실린 사진 속에는 하나도 담겨 있지 않았다. 사진 속의 그는 예전 청소년의 우상처럼 보였다. 더러운 것이라곤 낡은 플란넬 운동셔츠와 길다란 머리카락뿐인 순수한 모습. 예쁜 생김새 때문에 어린 소녀들이 사랑에 빠지고 마는 그런 소년의 모습. 아직 동성의 소녀를 사랑하는 걸 끝내지 못한 소녀들. 하지만 그에게는 특정 유형의 여자들이 특별히 갈망하는 그런 류의 남자 모습도 있었다. 그와 두 해가 넘는 세월을 함께 한 뒤에 그녀는 자신이 그의 유일한 여자가 아니라는 사실을 알게 되었다. 두 사람이 동거를 하고 있는 동안에도 그랬다는 걸 알게 되었다. 하지만 그녀는 언제나 다른 여자와 경쟁 상대가 안 될 만큼 그의 중심에 있는 여자였다. 그녀로서는 그 이유가 무엇인지 헤아릴 수 없었다.

저수 탱크의 깊은 물에 잠긴 그녀의 몸은 이제 뒤틀리고 새파랗게 질려 있었다. 그녀는 손을 뻗어 몸을 만져보았다. 한 손으로 두 다리 사이를 눌러보았다. 갑자기 확 달아올랐으나 금세 충동은 사라지고 말았다. 고개를 들어 대성당처럼 구축된 나무들을 쳐다보았다. 빽빽한 나무들로 하늘이 가려져 있었으나 그녀는 태양이 어디쯤 있는지 감지할 수 있었다. 태양은 그녀가 물탱크에 들어온 뒤로 꽤 많이 내려앉았다. 물탱크에서 빠져 나오려다가 그녀는 털썩 주저앉다시피 풍덩, 하고 물 속에 다시 빠져 버둥거려야 했다. 온몸이 마비된 탓이었다. 물탱크의 가장자리에 앉아 이를 딱딱 부딪치며 온몸에 소름이 돋은 채로 몸이 마르기를 기다리는 동안 그녀의 눈에 너럭바위들 가운데 제일 큰 바위 뒤쪽으로 타이어가 미끄러지며 남긴 검은 자국이 들어왔다. 마치 이 바위들은 다른 암석들보다 지형적으로 더 빨리 움직이고 있는 것 같았다. 언덕 아래 그들이 머무는 농가를 향해 빠르게 굴러가고 있는 것 같았다.

그날 밤, 열에 들뜬 그녀는 꿈속으로 빠져들었다. 아버지와 함께 하와이 항구의 배 갑판 위에 서 있었다. 그러나 꿈속의 하와이는 화려한 색채를 띤 내세였다. 마치 현세는 단순한 그림자에 지나지 않는 것 같았다. 꿈속의 산들은 깜깜한 우주를 배경으로 사람의 손길이 닿지 않은 벨벳을 포개어 놓은 것처럼 솟아 있었다. 꿈속의 바다는 만년필의 잉크 색깔이었다. 꽃향기가 어찌나 짙은지 마치 입 안에 비누가 들어 있는 것처럼 강렬했다. 저 멀리 해변가에는 거대한 홈통이 유리 연단처럼 서 있었다. "저기 가서 수영할래요." 그녀가 말했다. "그러지 마라." 아버지가 말했다. "제니." 그녀는 이상한 기분에 사로잡혀 잠에서 깨어났다.

부엌에서 그녀는 원두커피를 내리고 있던 이본느와 마주쳤다. "우리 작업할 거예요." 이본느가 새처럼 재잘거렸다. 마치 제니가 고등학교 기숙사의 사감이라도 되는 듯이 굴었다.

"좀 오래 산책하고 올게요." 이본느에게 이렇게 말하고 나섰으나 언덕을 오른 지 얼마 안 되어 흔들리는 기분은 절정에 달했고 물이 방울지며 떨어지듯 점차 잦아들고 말았다. 누군가가 자신을 기다리고 있을 거라는 강렬한 느낌에 사로잡혀 침대에서 쫓기듯 빠져나왔는데, 이제 그 감정이 헛된 것이었음을 깨달은 것이다.

천천히 그녀는 집으로 되돌아왔다. 거실문은 닫혀 있었다. 마지막 남은 힘을 다 쏟아붓듯 그녀는 계단을 힘겹게 올라왔다. 그리고 조심스럽게 침대 위에 몸을 뉘였다.

 얼마나 지났을까. 그녀는 현관문이 쾅, 하고 열리는 소리에 화들짝 놀라 잠에서 깨어났다.

 "너무 더워." 이본느의 음성이 계단 아래쪽에서 들려왔다.

 "저 문을 열어두고 침대 문도 열어두면 공기가 훨씬 더 잘 통할 거야." 후안이 말했다.

 "제니는 어디 있지?"

 "밖으로 나갔어. 산책한다고."

 부엌의 수도꼭지에서 삐걱이는 소리와 함께 물이 흘러내리고 유리컵에 물이 채워지는 소리가 들렸다. 냉장고 문은 빨아들이는 소리를 내며 열렸다가 탁, 소리와 함께 다시 닫혔다. 제니는 두 눈을 감았다. 이때부터 시간이 조금 흐른 뒤였을까, 아니면 바로 뒤였을까, 후안의 고함 소리가 들렸다.

 "그저 연습할 거라면 테이프 낭비하지 말라구, 염병할! 네가 끝냈는지 아닌지 우린 알 수조차 없잖아."

 "난 그걸 죄다 바꾸었어요." 폴린이 말했다.

 "내가 듣기로는 달라진 건 하나도 없던데. 바꾸는 것도 다 끝내고 나서의 일이야. 그리고 내가 끝났다고 해야 끝난 거지." 잠시 말을 멈추었다가 후안은 다시 입을 열었다. "그러니까 읽으란 말야."

 "알겠어요." 폴린의 대답. 그리고는 다시금 잠시 동안 아무 소리도 들리지 않았다. 폴린이 녹음할 준비를 하고 있는 듯했다. 아마도 멋대로 자란 머리카락을 긴장되고 초조한 손길로 자꾸만 뒤로 넘기고 있거나 아니면 엄지손톱 귀퉁이를 잘근잘근 씹어대고 있을 것이다. 다른 사람이 눈치채기 전에 두꺼운 손톱을 제대로 잘라내려는 것처럼. 폴린의 얼굴과 목덜미, 어깨에 이르기까지 자잘하게 수없이 일어나던 경련을 제니는 자신도 의식하지 못하는 사이에 마음에 깊이 담아 두었던 것이다. 침대에 누워 눈을 감고도 폴린의 모습을 그토록 세세하게 떠올릴 수 있다는 사실을 깨닫자 제니는 스스로도 놀라웠다. 폴린의 엄지손톱 귀퉁이는—오른쪽 손가락의 엄지손톱 안쪽 귀퉁이는 깨물고 아무는 과정이 거듭되면서 이제는 납작하게 변해버렸다. 마치 그 부분의 살점이 깨끗하게 잘려져 나간 듯이 보였다.

"새로운 사상, 살아 있는 사상이 내가 숨쉬는 공기를 감싸고 있었습니다. 그러나 그걸 나는 순전히 자연스러운 이유로 앓아눕고 나서야 깨닫게 되었지요. 앓아눕게 되면서 나는 비로소 그때까지 내가 살아온 삶이 우스꽝스러운 엉터리라는 사실을 진실로 깨달아가기 시작했습니다. 그때부터 내 미래의 동지들이 품은 신념들이 정당하다는 것을 이해하기 시작했어요. 나는 너무 심하게 아팠기 때문에 온종일 침대에 누워서 지내야 했습니다. 침대에 누워서 아주 달콤한 목소리를 들었어요. 그 목소리는 너무나 달콤해서 마치 꿈을 꾸고 있는 게 아닐까 하는 생각마저 들게 했지요. 그러나 꿈이 아니었어요. 그 목소리의 주인공은 나를 간호하던 동지였어요. 그 동지는 훌륭한 간호사 역할에 만족하지 않고 내게 큰 소리로 글도 읽어주었습니다. 몇 시간 동안 쉬지 않고. 나중에 알게 된 사실이었는데, 내가 누운 채로 들었던 그 감동적인 말들은 칼 마르크스의 『자본론Capital』, 엘드리지 클리버의 『냉철한 영혼Soul on Ice』, 조지 잭슨의 『내 눈의 피Blood in My Eye』에서 따온 구절들이었어요. 물론 이런 책들에 대한 소문은 이미 들은 적이 있었죠. 그러나 황폐하고 몽매한 삶을 살던 과거의 내게는 중시되지 않았던 책이었지요. 나는 이토록 친절하고 현명한 사람이 누구인지 그 얼굴을 보고 싶은 마음이 간절했어요. 나에게 가르침을 주려고 애쓰고 있는 이 형제의 얼굴을 보고 싶었어요. 그래서 내 눈가리개를 벗겨달라고 그에게 간청했지요. '당신을 보기만 하면 안 될까요?' 라고 나는 물었죠. 그러자 그는 '중요한 건 말이지, 내가 아니에요.' 라고 설명해 주었어요."

후안이 폴린의 말을 자르며 끼어들었다.

"눈가리개는 안돼."

"눈가리개는 안 된다구요?"

"그 눈가리개라는 말은 빼버리라고 벌써 말했었잖아."

"지난번에 말한 건 내가 옷장 속에 갇힌 게 아니라는 거였어요."

"그 좆 같은 옛날에 넌 옷장에 갇혀 있지 않았으니까."

"그럼 찬장 안이었나요?"

"그건 방이었단 말이야. 네가 과거에 살았던 근사한 방은 아닐지 모르겠지만."

"어쨌든 내가 분명히 알고 있는 건 그 좆 같은 시간 동안 줄곧 눈가리개를 했었다는 사실이에요."

"폴린이 왜 그 남자를 볼 수가 없었는지 그 이유를 설명해야잖아." 이본느가 분란을 중재하려는 어조로 끼어들었다. "그의 목소리에 반해 사랑에 빠졌다니 달콤하지 않아?"

"쟤가 그자의 목소리에 반했든지, 아니면 그자의 좆대가리에 반했든지 난 개의치 않아."

"그 사람에 대해서 그런 식으로 말하지 말아요." 폴린이 말했다.

"넌 그자에 대해 거의 아는 게 없잖아, 공주님. 내가 그 작자와 빠구리친 적은 없을지 모르지만 제대로 알고는 있지. 그러니까 그 눈가리개는 내용에서 빼버리란 말이야. 다 개소리니까."

"그건 사실이에요."

"우리가 말하고자 하는 요점에 부합되는 사실은 아냐. 우리의 요점을 부각시키는 데 하등 도움이 되지 않는 사실들도 있는 거니까."

"그렇담 내가 왜 그 사람을 볼 수 없는 건데요?"

"넌 그 사람을 볼 수 있어! 염병할, 꼭 그 작자를 볼 수 없어야 되는 이유가 대체 뭐야?"

"왜냐하면," 폴린은 결국 그 이유를 설명했다. "내가 그 사람의 얼굴을 볼 수 없었다가 나중에야 드디어 그의 얼굴을 정말로 보게 되는 게 더 중요하기 때문이에요."

"그럼 다른 방법을 강구해봐."

폴린의 얼굴 표정에 그녀의 심정이 고스란히 내비쳤음에 분명했다. 왜냐하면 후안이 이렇게 덧붙였기 때문이다. "아무도 이게 쉬울 거라고 말한 사람은 없어. 이건 정말이지 우라질 만큼 대단한 일이니까. 우리 책을 만드는 과업이라고……." 속이 상하는지 후안이 무언가를 발길로 찼다. 녹음기인지 타자기인지는 모르겠지만 그것은 놓였던 커피 테이블에서 벗어나서 바닥에 와장창, 하며 떨어졌다. 그 요란한 소리가 익숙하지 않은 소음은 절대로 아니었건만 제니는 화들짝 놀라며 침대에서 벌떡 일어나 앉았다. 등허리가 그냥 축축해진 정도가 아니라 땀이 주르르 흘러내렸다. 방안이 자신의 동작에 따라 반응하는 것 같았다. 방도 부르르 떨리더니 다시금 고요해졌다.

"저게 무슨 소리야?" 이본느가 말했다.

제니는 휘청거리며 침대에서 빠져나와 층계참 쪽으로 비틀비틀 걸어갔다. 세 사람 모두 거실에서 나와 계단 위를 올려다보았다. 잠시 후 이본느가 입을 열었다.

"산책 나간 줄 알았는데."

"산책을 가긴 했는데 기분이……" 제니는 희미한 몸짓으로나마 자신의 컨디션을 표현해 보려 했다. 그렇게 움직이면서 자신이 아프다는 걸 깨달았다.

"우리 땜에 잠이 깬 거예요?" 폴린이 물었다.

"아니 저절로 깼어요. 목이 말라서."

그녀는 자기에게로 향한 세 사람의 의문에 찬 팽팽한 시선을 받은 느낌이 들었다. 그러나 그런 느낌이 들었다 해도 금세 느슨해졌고 결국 녹아내리듯 사라져버렸다. 세 사람은 부엌으로 밀물처럼 들어갔다. 그녀는 한 손으로 난간을 꽉 붙들고 계단을 내려갔다. 불현듯 그들의 행동이 지나칠 정도로 자연스럽다는 생각이 들었다. 열에 들뜬 채로 끔찍한 통증을 견뎌내던 순간들도 떠올랐다. 어떤 까닭인지 자신이 인지했었던 일들을 까맣게 잊어버리기는 했지만. "그게 사실이에요?" 그녀가 불쑥 따지듯이 물었다. 열 때문에 맥빠진 몸이 둥둥 떠서 앞으로 나가는 것 같은 기분이 들었다. "당신들이 폴린에게 눈가리개를 씌운 채로 옷장에 계속 가두어 두었다는 거?"

그러자 세 사람이 일제히 그녀 쪽으로 몸을 돌렸다. 그녀는 폴린의 얼굴이 붉어지는 걸 본 듯했다.

"여러분이 하는 얘길 들었어요. 엿들을 생각은 전혀 없었는데 듣게 되었네요."

"자매님." 이본느가 놀란 표정으로 말했다. "정말 괜찮은 거예요?"

"예전에 일정한 간격을 두고 여러분들이 발표했던 공식 성명서에 따르면 폴린을 제네바 협약에서 규정한 것보다 훨씬 잘 대우하고 있다고 하지 않았던가요? 폴린에게 운동도 하고 신문도 읽고 여러분과 식사도 함께 하게 해준다고 했지요. '우리는 그녀를 처벌하는 방법으로는 절대로 설득하고 마음을 움직일 수 없다는 걸 알았다. 우리는 항상 그녀 스스로 우리가 자유를 추구하는 진정한 친구라는 것을 알 수 있게 배려한다.'"

잠시 후 후안이 말했다. "그건 모두 사실입니다. 하지만 처음에는 폴린이 눈가리개를 하고 있을 수밖에 없었어요. 그래야 우리 신분을 확인할 수 없을 테니까 말이죠. 그건 그녀를 보호해주려던 생각입니다. 제니, 당신도 알잖아요."

"옷장은 어떻게 된 거죠?"

후안이 천장을 올려다보면서 피식 웃었다. "아, 이런. 그러니까 그 케케묵은 논쟁을 당신이 엿들었군요."

"폴린. 당신은 왜 아무 말도 하지 않는 거예요?"

"자매님!" 이본느가 끼어들었다. "폴린이 무기력하게 감옥살이를 하지 않는다는 건 자매님이 직접 봐서 알잖아요."

"원한다면 난 언제라도 저 차를 몰고 달아날 수 있어요." 폴린이 불쑥 말했다. "난 당신보다 훨씬 더 열심히 헌신하고 있단 말예요."

"그런 식으로 제니에게 말하지 마." 후안이 경고조로 말했다.

"오, 그래요. 제니는 너무 훌륭하니까. 그런 말 정말 지긋지긋해. 내가 하는 일은 죄다 틀렸고 제니가 하는 일은 죄다 올바른 거죠!"

"그렇지 않아요." 제니가 말했다.

"네가 제니가 달성한 과업의 4분의 1이라도 일구어냈는지 보란 말야. 네가 비(非) 백인종 출신인지 보라구……."

"오, 제발 그런 말 하지 말아요." 제니가 말했다. 그녀 발 아래로 계단이 휘어져 보였다. 제니가 난간을 움켜쥐고 기어서 위층으로 올라가는 동안에도 세 사람의 언쟁은 끝나지 않았다.

다시 침대로 되돌아오자 시간의 속도가 늦추어져서 느릿느릿 흘러갔다. 누운 침대 시트가 땀으로 흠뻑 젖었는데도 그녀는 추워서 몸을 와들와들 떨었고 계속해서 창문을 올렸다 내렸다 했다. 그러다가 나중에야 창문을 닫지 않고 열어둔 채로 있었다는 사실을 알게 되었다. 시끄러운 소리들, 개들이 없었는데도 개들이 사납게 짖어대는 소음, 자동차들이 지나가지 않았는데도 자동차가 시끄럽게 오가는 소음이 밖에서부터 그녀의 몸속으로 배어들었다. 그녀는 그것이 그때였는지, 아니면 더 나중의 일이었는지 알 수가 없었다. 죽을 팔러 다니던 남자의 외침 소리를 떠올린 것이. 그 소리는 예전에 기억 속에 새겨두려고 애썼으나 잊어버리고 말았던 소음이었다. 그리고 그 소리를 기억하려던 노력마저도 잊어버리고 말았다. 그런데 그 소리가 지금 그녀의 마음속에서 힘차게 들려왔다. 죽 팔러 다니는 사람의 외침 소리는 여름날 밤에만 들리는 소리였다. 너무 더워서 숙면을 취할 수 없는 그런 날에 들었던 소리. 하지만 너무 깊은 밤이라 사람들이 잠을 청해보려고 집안으로 들어가고 거리에는 완전한 적막만이 감도는 시간. 거리의 불빛 아래 드리운 공기는 한곳에 그대로 머물며 움직이지 않는 안개 때문에 노랗고 끈적거렸다. 유난히 까매 보이는 은행나무 잎들은 천장에 매다는 장식처럼 축축 늘어져 있었다. 망인을 애도하는 곡소리가 몇 킬로미터 떨어진 곳에서 들려오는 듯했다. 공기를 타고 들려오는 것은 통곡소리뿐, 어찌된 셈인지 산들바람 한 자락도 실려오지 않았다. 그 통곡소리는 마치 치명적인 부상을 입은 코요테가 죽어가며 마지막으로 부르짖는 울음소리처럼 들렸다. 그 소리는 아무리 깊은 잠에 빠져 있을 때라도 그 잠결을 뚫고 파고들어서 쿵쾅거리는 가슴으로 잠에서 깨어나게 했고 머리카락이 쭈뼛 곤두서게도 했다. 거리의 불빛이 창문 틈으로 새어 들어왔고, 선풍기는 쉬지 않고 지붕 물받이에 떨어지는 빗물 소리를 냈으며, 불면증에 시달리는 그녀 아버지는 마치 심해의 물고기처럼 활기없이 굼뜨게 움직였다. 모든 것이 응고되어 있는 것 같았다. 시간이 너무 두껍게 쌓여 있어서 앞으로 나아갈 수 없는 것 같았다. 바닥 모를 깊고 깊은 우물 속을 배회하는 듯한 기분이었다. 그들의 움직임마저도 고요한 적막의 옷을 입은 듯했다. 아버지는 늘 길고 헐렁한 가운을 입고 파자마 위로는 띠를 둘렀으며 손가락 마디에 때절은 헝겊 붕대를 감았고 마분지 위에 찍힌 발자국 같은 조리를 신었다. 그녀는 잠옷은 입었지만 조리는 신지 않았다. 손을 잡고 모녀는 축축하고 코끝을 찌르는 냄새가 진동하는 오층 계단을 타박타박 내려와서 거리로 나섰다. 고개를 돌려 올려다보면 그들이 사는 집 창문이 보일지도 몰랐다. 은행나무 꼭대기, 나뭇잎들 사이로 외로운 사각형 불빛이. 어쩌면 이런 밤은 그날 밤 딱 한 번이었을 것이다. 하지만 어쨌든 그녀는 그것을 의식처럼, 고통이나 의무에서 벗어난 순간처럼, 깊은 슬픔처럼, 깊은 우물과도 같았던 일본에서의 그들의 삶처럼 기억했다. 죽을 팔러 다니던 남자는 이들의 외로운 불빛을 보았을 것이다. 아니면 그녀의 아버지가 그에게 기다리라고 손짓을 했을 것이다. 그들이 포장한 인도 위로 모습을 드러냈을 때 죽 장수는 자신이 끌고 다니던 수레 옆에 서 있었다. 그녀의 기억 속에서 그가 쓴 도구는 가운데가 꼬여 있는 장난감 피리 같았다. 불가사의한 외침 소리가 날 듯했던 그 도구는 아무 소리도 내지 않고 그의 손에 들려 있었다. 어쨌든 죽 장수의 외로움을 담은 소리를 실어 나르던 작은 물건. 몇 킬로미터 떨어진 곳까지 줄처럼 던져지던 소리. 물론 이제 그 기억은 불합리했으므로 그 아름다움이 훼손되고 말았다. 왜 그는 그렇게 한밤중에 죽을 팔러 다녔을까? 왜 그녀와 아버지만 그 죽을 사먹었을까? 그 중에는 그녀가 확신하는 몇 가지 사실도 있었다. 가령 그 죽장수의 수레는 사각형이었고 바퀴가 둘, 긴 손잡이가 하나 달려 있었다는 것만은 분명했다. 수레를 움직이고 싶으면 죽 장수는 손잡이를 위로 들어올리면서 동시에 앞으로도 밀어야 했다. 수레 위에는 드는 뚜껑이 달려 있었다. 죽장수가 이 뚜껑을 열면 안에서 액체가 철썩거리는 소리가 그녀의 귓가에 들려왔다. 배의 선창에 갇힌 바닷물이 쉴새없이 찰랑대는 소리 같았다. 그녀는 그 나라에서는 더운 날 밤에 뜨거운 걸 먹으면 시원해진다는 걸 이해했다. 이열치열이란 말은 그 나라에서만 지켜지는 하나의 금언이었다. 그 죽은 잘 기억나지 않았다. 그 안에 국수가 들어 있었던가? 분명 그랬을 것이다. 소금을 듬뿍 친 걸쭉한 수프. 두 사람은 길거리에서 말없이 죽을 먹고 그릇을 죽 장수에게 되돌려주고는 다시 계단을 밟고 집으로 돌아왔다. 긴 잠옷을 입은 그녀의 온몸 구석구석 땀구멍에서 달콤하고 구슬 같은 땀방울이 송글송글 맺혔다. 그러면 시원한 기분이 들었다. 그리고 이내 약에 취한 듯 잠 속으로 빠져들었다. 이런 밤이면, 잠옷 차림으로 어두운 거리에 야릇한 순례라도 떠나듯이 걸어나와서 죽을 사 먹고 몸이 시원해지도록 시원한 땀을 흘린 이런 밤이면 새벽녘에 지진이 일어나더라도 깨지 않고 그대로 잠을 잤다.

이마도 그녀가 고열에 시달리는 동안 이것을 기억한 것은 아닐 것이다. 기억은 그녀의 몸 속에 머물렀었겠지만 그녀의 마음이 그 기억을 찾은 것은 더 나중의 일이었을 것이다. 아마 열이 내린 다음이었을 것이다. 처음으로 떠오른 죽 팔던 남자에 대한 기억이 지나간 모든 시간들을 엷게 물들인 것은.
그녀는 문가에 서 있는 폴린을 보았다. "제니." 폴린이 말했다. "당신은 앓았어요. 앓는 동안 계속 무슨 말을 했고요. 때로는 잠에서 깨어나 우리들에게 말을 거는 것 같을 때도 있었죠. 하지만 당신이 중얼거린 건 아무 뜻이 통하지 않는 말이었답니다. 우린 당신의 건강에 차도가 없으면 앞으로 어떻게 해야 좋을지 몰랐어요. 의사도 부를 수가 없었으니까요. 우리가 어떻게 했어야 옳았던 걸까요?"
"여기 왔었어요?" 제니가 힘없이 일어나 앉으며 물었다.
폴린이 고개를 끄덕였다. "우리 세 사람 모두요."
"지금은 당신 혼자만 와 있네요."
"두 사람은 지금 잠들었어요. 늦은 시간이에요. 새벽 세시가 넘었거든요."
"그럼 당신도 자야 하잖아요?"
"잠을 잘 수가 없어요." 폴린이 대답했다. "이 수프 좀 먹어 볼래요? 식어버리긴 했지만 가서 다시 데워 올게요."
제니는 아무 말 없이 고개만 끄덕였다. 잠시 후에 폴린은 김이 솔솔 나는 수프를 들고 되돌아왔다. 탄 냄새도 살짝 풍겼다.
"태운 것 같아요." 폴린이 말했다. 그리고는 잠시 뜸을 들이더니 속상한 듯한 목소리로 이렇게 덧붙였다. "난 요리 할 줄 알아요. 예전에 제대로 된 음식을 만들곤 했죠. 음식 솜씨도 있었고요."
"괜찮아요." 제니가 말했다. 그녀는 고개를 숙여 수프를 조심스레 한 스푼 떴다. 위장이 식욕을 느끼며 꾸르륵거리는 게 스스로도 신기했다. 그녀는 수프를 빨리 떠먹기 시작했다.
"그런 말 한 거 미안해요." 폴린이 수프를 허겁지겁 먹는 제니를 쳐다보며 말했다. "당신이 하는 건 죄다 옳고, 그게 진절머리 난다고 내뱉었던 말 말예요. 그건 내 진심이 아니었어요."

그녀는 이제 생각을 제대로 모을 수 있을 것 같은 기분이 들었다. 마치 폴린이 가져온 수프가 신선한 피가 되어 머리 속으로 흘러들어간 것만 같았다. "당신이 옷장 문제로 후안과 언쟁하는 걸 들었어요. 눈가리개에 대한 얘기도." 제니가 말했다.

"알아요. 하지만 당신은 그때 정황을 모르잖아요. 옷장이나 눈가리개 같은 문제는 중요하지 않아요."

"하지만 당신은 중요하다고 느끼는 것 같던데."

"당신은 정황을 몰라요." 폴린이 같은 말을 되풀이했다. "굳이 설명하고 싶지도 않고요."

제니는 후안이 했던 말을 떠올렸다. 요점을 부각시키는 데 하등 도움이 되지 않는 사실들이 있다고 한 말이. "당신들 세 사람을 만나기 전에 난 프레이저에게 물었어요. 폴린 당신이 스스로의 선택에 따라 그들과 함께 한다는 걸 그가 확신하고 있는지를."

폴린의 표정이 돌연 배타적으로 굳어졌고 입을 다물어버렸다. 제니는 처음 보았던 폴린이 생각났다. 전투 훈련을 시작하기 전, 여름 태양 아래, 음식을 앞에 둔 모습. 돌로 빚은 파리한 환영 같았던 모습이. "제니, 당신이 열에 들떠 시달리는 동안 우린 모두 정말 무서웠어요. 그리고 난 진심으로 당신에게 사과하고 싶었고요. 하지만 당신은 지금 무슨 말을 하고 있는지 모르죠? 그렇죠? 내가 누구인지 모르겠죠?"

"이제 괜찮아요." 제니가 잠깐 뜸을 들인 후 대답했다.

폴린의 표정은 아까보다 더 자신 없어 보였다. "내가 뭘 좀 보여줘도 될까요? 정말 피곤하지 않다면요."

"하루 종일 잔 걸요."

폴린은 아래층으로 내려갔다가 몇 분 후에 다시 프레이저 앞으로 주소가 적힌 갈색 서류 봉투를 들고 왔다. 봉투 뚜껑은 벌써 뜯겨져 있었으나 금속으로 된 가늘고 작은 기역자 고리와 그 고리를 끼워넣게 되어 있는 구멍은 손상되지 않은 상태였다. 고리를 끼워 봉투는 깔끔하게 다시 봉해져 있었다. "봉투는 아니에요." 폴린이 말했다. "그건 물건들 담아서 정리하려고 프레이저의 집에서 그냥 들고 온 거예요. 우리가 아직 뉴욕에 있을 때요. 안을 보세요."

봉투 안에는 얇은 종이 조각들이 들어 있었다. 오려 모은 건 아니었고 찢어낸 것이긴 해도 아주 세심한 주의를 기울여 찢은 것 같았다. 봉투 속에는 《뉴스위크》에서 찢은 기사들과 가운데서부터 아래로 스테이플러 철침을 뺀 구멍이 여섯 개 뚫린 《타임》 기사들이 들어 있었다. 제니는 기사 조각들을 황급히 넘기며 검은 매직펜으로 밑줄이 그어진 것을 찾았다. 그것이 폴린의 서명이라는 걸 그녀는 알았던 것이다. 하지만 봉투 안에 들어 있던 기사 조각들은 대체로 아무런 표시가 되어 있지 않았다. 간혹 지면의 여백에 가늘게 그어진 수직선은 근처에 주석을 달아놓았다는 뜻이었다. 그녀는 《뉴스위크》와 《타임》의 특집기사들, 온통 폴린에 대한 이야기 일색이었던 기사들이 떠올랐다. 기사마다 사진은 풍부하게 실렸으나 세세한 정보 면에서는 빈약했었다. 기사의 주체인 폴린에 대해서는 눈에 띌 만한 내용을 고작 몇 줄 실은 게 전부였다. 오히려 신문기사 조각들이 내용은 더 충실했다. 이것들은 베이 에어리어 지역에서 발행하는 타블로이드판 신문에서 찢어낸 기사들로 제니가 지난 2년이 넘도록 보지 못했던 것이었다. 이런 류의 신문은 라인벡 도서관에서 정기 구독할 만한 정기간행물이 아니었기 때문이다. 아주 오랫동안 접하지 못했기에 느껴지는 신문들 사이의 미묘한 차이들이 지금은 도리어 선명할 정도로 익숙하게 다가오는 듯했다. 신문의 지질과 활자체. 찢어낸 기사 뒷면에 실린 광고들이 마치 눈에 익은 이정표처럼 다가왔다. 가장 최근 것들에는 총격전이 벌어진 직후의 날짜가 보였다. 기사 제목은 〈결국 경찰, 수사요원들은 "희생자"와 납치자 사이에 아무런 구별을 두지 않는다〉였다.

먼저 보았던 기사 조각들을 다시 뒤적이면서 제니는 기사들이 모두 한 가지 주제에 관련된 것임을 알게 되었다. 새로운 이름, 그러나 예전과 다름없는 역할 : 집안의 반항아. 그래서 납치당한 상속녀는 어쩌면 처음 생각했던 것보다 훨씬 더 납치범들과 공통점이 많을지도 모른다. 학교를 몰래 빠져나가고 수녀에게 말대답을 했다는 이유로 수녀원 기숙학교에서 제적당함. 레스토랑에서 실직함. 돈이 필요한 건 아니었지만 레스토랑의 여자 지배인으로 취업. 그러나 최저임금을 보장해달라는 보조 웨이터들을 두둔한 이유로 해고당함. 폴린이 이전부터 기성 질서와 체제에 반대한 반항아였다는 요지 아래 스캔들을 일으키고자 언론에서는 그녀가 자신의 납치자들을 동지로 생각한다는 선언을 하기 전부터 이미 조사를 해왔던 것이다. 그러나 이런 내용은 언제나 그렇듯이 대수롭지 않게 다루어져서 테니스에 몰두해 있는 대조적인 그녀의 초상보다 호소력이 약했다.

"전부 다 읽을 필요는 없어요." 폴린이 말했다.

제니는 신문기사 뭉치를 내려놓고 침대 시트를 만지작거렸다. 낡고 닳아 반들반들해진 시트는 그녀가 흘린 땀 때문에 축축해진 상태였다. 밤의 산들바람이 여전히 열려 있는 창문으로 파동을 일으키며 들어왔다. 하지만 더 이상 바람 때문에 한기가 들지는 않았다. 그녀는 자신을 유심히 바라보는 폴린의 얼굴을 물끄러미 바라보았다. 만족감일까? 희망일까? 마치 유리를 밟듯 조심스럽게 제니가 마침내 말했다.

"드디어 자신과 같은 견해를 나눌 동지들을 찾았으니, 분명 기쁘겠어요."

제니는 자신이 한 이 말에 작은 한 부분이 무너지는 듯 풀이 꺾이는 폴린의 모습을 보았다는 생각이 들었다. 마치 알 수 없는 도시의 복합 빌딩들 전체를 조망하는 조감도에서 빌딩 하나가 무너져내린 모습을 보는 것 같았다.

"그래요." 폴린이 대답하며 재빨리 기사 조각들을 치웠다. 그녀는 자신이 듣고 싶었던 무언가를 제니의 입에서 듣지 못했던 것이다. 아니면 그녀가 미처 예상하지 못했던 무언가를 제니에게서 들었던 것일까. 제니는 폴린이 힘없이 봉투를 봉하고 조심스럽게 작고 가느다란 고리를 누른 다음 수프가 비워진 사발과 스푼을 집어 드는 모습을 바라보았다. 그 순간의 폴린은 평화로워 보였다. 무언가에 신경을 쓰며 조금이나마 움직이는 일이, 그녀의 기분이 어떠했는지는 모르지만, 어쨌든 그 기분에서 놓여나게 해준 듯했다.

"날이 거의 밝았네요. 우리도 자야죠." 폴린은 제니가 대답도 하기 전에 다시 아래층으로 내려갔다.

제니는 전등불을 껐다. 눈에 어둠이 익어갈 무렵 어느새 먼동이 트기 시작했다는 걸 알 수 있었다. 방안의 몇몇 집기들이 서서히 형태를 띠어갔다. 아래층의 전등은 아직도 그대로 켜놓은 상태였다. 그녀는 귀를 기울여보았다. 종이 부스럭거리는 소리가 희미하게 들렸다. 그 소리가, 그리고 고운 가루가 내려앉은 듯한 이층의 희미한 전등 불빛이 그녀에게는 안전장치처럼 느껴졌다. 하지만 그것이 안전판이 아니라는 걸 모르지는 않았다. 그 희미한 소리와 불빛이 병이 거의 나아가던 무렵의 어린 시절로 그녀를 데려갔다. 더 이상 아프지는 않았는데도 보살핌은 고스란히 받고 있던 그때로. 안심할 수 있고 자유롭다는 특별한 기분에 젖어 있던 그때로. 사무실을 겸한 아래층 침실에 놓인 책상 위에는 서류들이 넘쳐흘렀고 아버지가 소중히 여겼던 키우기 까다로운 식물들이 문턱마다 와글거릴 만큼 많았다. 아버지는 불을 켜둔 채로 의자에 앉아서 잠이 들곤 했다. 그녀가 살그머니 아래층으로 내려와 오렌지 주스를 한 컵 마시려고 할 때면 아버지 방문이 비스듬히 열린 것이 보였다. 그 방문 사이로 절제되고 도도한 아버지의 코 고는 소리가 들렸다. 방을 지나치면서 얇다란 빛줄기를 보곤 했다. 이때는 아주 어린 시절이었을 것이다. 일본으로 이주하기 전 스톡턴에 살 때의 기억이었으니까. 그 집을 생각하면 왜 기분이 좋아지는지 알 수가 없었다. 그녀에게는 불편하기만 했던 그 집이. 차고나 다락방처럼 언제나 갖은 잡동사니로 어지러웠고 너무나 비좁았던 집. 사생활이 이루어지는 집으로서의 공간과 일반 사람들이 마음대로 드나드는 온실로서의 공간 구분이 제대로 이루어진 적이 없었던 집. 아버지는 부업으로 기계나 용구 수리도 겸하고 있었다. 탁자 위에, 오래된 신문 더미 위에 놓인 반쯤 분해된 기계들에는 먼지가 쌓여가고 있었다. 아버지는 부기나 장부 처리에 무관심했으므로 매상 전표들이 아무데서나 뒹굴었다. 문 옆에 세워둔 거대한 수제 항아리에는 거대한 비취색 식물이 심어져 있었다. 코끼리 모양으로 생긴 식물로 그 줄기는 휘감아 올라간 거친 코끼리의 코를 연상시켰고 줄기 끝에는 고무줄같이 강인한 코끼리의 귀처럼 생긴 모양이 여러 개 달려 있었다. 은은한 불빛이 잎들에 반사되곤 했다. 아버지가 집안의 먼지를 털거나 청소기를 돌리거나 빗자루로 쓰는 모습을 본 기억은 없었지만, 일주일에 한 번씩 면헝겊에 축축하게 물을 적셔 이 식물의 잎을 일일이 꼼꼼하게 닦는 일을 거르는 법은 없었다.

그녀는 그 집에서 살던 동안 해마다 자신의 생일날이 되면 왜 새로 먹은 나이가 제일 좋은 나이인지 아버지에게 연설하듯 설명하던 일을 기억했다. 여섯 살이면 학교에 들어간 첫해여서 신기한 것이 많지만 힘들고 지루한 공부는 아직 시작되지 않은 시기였다. 일곱 살이 가장 행운의 나이, 그녀 인생을 통틀어 가장 운이 좋은 시기였다. 여덟 살도 재미있게 지내기에는 여전히 어린 나이였지만 한편으로는 그 재미의 진가나 미묘한 차이를 인식할 만큼 자란 나이이기도 했다.

아버지는 그녀의 설명에 아무런 의견을 달지 않고 잠자코 들어주었다. 그 동안에도 몇 가지 집안일을 하던 손길을 멈춘 적이 없었다. 때로 아버지는 "아무렴, 그건 네 말이 옳지." 하는 말로 그 논의를 끝내기도 했다. 지금 생각해 보면 그것은 우울한 행위였다. 미래는 절대로 현재의 기대에 부응할 수 없으리라는 증거를 수없이 보아왔으므로. 하지만 그때 그녀가 미래에 대해 품은 느낌은 아주 낙관적이었다. 해마다 지난 해를 기리는 승리의 나팔을 불었고 이상적인 미래를 향해 한 발자국씩 더 가까이 나아갔다.

그 뒤로 몇 년이 지난 뒤에도 수많은 사람들이 자신과 똑같은 확신을 가졌으리라고 믿었음을 기억했다. 자기 세대가 가장 운이 좋고 가장 훌륭하며 가장 축복받은 세대라는 믿음을 품었던 걸 기억했다. 아버지 세대는 선량한 독일인으로서, 포로수용소에서 수모를 겪은 일본인으로서, 인종 차별주의적 치안 책임자로서, 그리고 경직되고 타락한 정치가로서 존재했던 시대였다. 반면에 그녀의 세대는 부모들이 저지른 과오를 밑거름 삼아 보다 각성되고 계몽된 시각을 키우며 자라난 시대였다. 그들은 이미 우매하고 편협하며 완고하게 변해버리기 전에 온 나라를 휩쓴 공포를 맛본 사람들이었다. 재미를 즐길 만큼 충분히 어리고 그 재미의 차이와 가치를 인식할 만큼 충분히 나이를 먹은 세대! 그 어느 세대도 따를 수 없을 행운의 세대! 이런 종류의 도덕적 확신이 가져다준 기쁨은 그러나 한번 잃어버리고 나자 기억 속에 영영 재현할 수 없어졌다.

갑자기 해 뜨는 시각이 되었다. 제니는 조금씩 움직여 침대에서 빠져나와서 창가로 걸어갔다. 아주 조심스럽게 발걸음을 떼어놓았는데도 낡은 마룻바닥은 변함없이 삐걱거렸다. 아래층의 전등 불빛이 찰각, 소리와 함께 금방 꺼졌다. 그러자 계단을 거쳐 위층까지 희미하게 비추어주던 빛도 함께 사라져 버렸다. 그녀는 폴린이 소파에서 몸을 일으키는 소리를 들었다. 이 집안에서 서로에게 눈에 띄지 않고 숨을 수 있기라도 하다는 듯이, 그녀처럼 별 뜻도 없이 자취를 감추려는 몸짓. 폴린은 살며시 자신의 침실로 들어갔고 문을 당겨서 살그머니 닫았다. 〈2권에서 계속〉